Morris L. West

EMINENZ

Morris L. West

EMINENZ

Roman

Aus dem Englischen
von Peter Klumbach

Econ

Die Originalausgabe erschien 1998 unter dem Titel Eminence *bei HarperCollins, Pymble, Australia.*

Der Econ Verlag ist ein Unternehmen der Econ & List Verlagsgruppe

ISBN 3-430-19595-0

Gesetzt aus der Sabon bei Franzis-Druck GmbH, München
Druck und Bindung: Graphischer Großbetrieb, Pößneck

Für Carol und David Ashley-Wilson,
gute Gefährten, Freunde von Herzen

»Die argentinische Kirche und wir, ihre Angehörigen, haben viele Gründe, unsere Sünden zu bekennen und Gott und die Gesellschaft um Verzeihung zu bitten: für unsere Gefühllosigkeit, für unsere Feigheit, für unsere Unterlassungssünden, für unsere Mitschuld bei der illegalen Unterdrückung.«

Monsignore Jorge Novak, Bischof von Quilmes, Argentinien; zitiert in Politica, *29. April 1995*

»Wo das Gesetz endet, beginnt die Tyrannei.«

William Pitt; Rede vom 9. Januar 1770

Eins

An seinen schlechten Tagen – und dies war einer der übelsten seit langer Zeit – floh Luca Rossini aus der Stadt.

Seine Mitarbeiter waren sein plötzliches Gehen und Kommen gewohnt. Sie konnten ihn jederzeit über seine Mobilfunk-Nummer erreichen. Seine Standesgenossen, die seine Ämter und Würden auswendig herunterbeten konnten, wußten außerdem, daß er ein ganz spezieller Mann war, der seine Befehle von höchster Stelle erhielt. Sie akzeptierten, daß er voller Geheimnisse steckte; sie hatten ihre eigenen Geheimnisse. Und sie wußten, daß Klatsch in dieser Stadt ein gefährlicher Zeitvertreib war, also sparten sie sich jegliche Ressentiments für private und kameradschaftliche Momente auf. Sein Meister, ein wortkarger Mann, forderte ihn niemals auf, Rechenschaft über seine Bewegungen abzulegen, nur über seine offiziellen Transaktionen.

Er kam weit herum und reiste gewöhnlich allein. Niemand schien in der Lage, seine Bewegungen oder die Gründe dafür genau zu verfolgen, und doch wurde man sich entweder seiner Anwesenheit oder seines Einflusses bewußt, wohin auch immer man sich wandte. Seine Berichte waren lakonisch. Seine Aktionen waren brüsk. Die Gründe, die er vorbrachte, waren klar und präzise, aber er lehnte es ab, sie mit irgend jemandem zu diskutieren, ausgenommen dem Mann, der ihn kommandierte. Er konnte ein angenehmer Gesellschafter sein, gestattete sich aber nur selten Vertrautheiten.

Bevor er die Stadt verließ, zog er sich um – Jeans, Wanderstiefel, eine abgewetzte Lederjacke, eine alte Mütze. Er fuhr einen betagten Mercedes, den er in der Garage seines zwanzig Minuten von seinem Büro entfernten Apartments unterstellte.

Sein Ziel war immer dasselbe: ein winziges Gut in den Hügeln, das er zwanzig Jahre zuvor einem einheimischen Landbesitzer abgekauft hatte. Das von der Straße aus nicht einsehbare Grundstück war von einer uralten Steinmauer umgeben, deren schweres hölzernes Tor mit handgeschmiedeten Bauernnägeln beschlagen war. Innerhalb der Mauern stand eine kleine Hütte mit einem Schindeldach, die früher einmal eine Scheune gewesen war. Sie enthielt einen einzigen großen Wohnraum, an den er mit eigenen Händen eine rustikale Küche und ein gekacheltes Badezimmer angebaut hatte. Es gab Wasser und Strom, und das Gas wurde in Flaschen angeliefert. Das Mobiliar war karg: ein Bett, ein Eßtisch, ein Satz Stühle, ein reichlich mitgenommenes Sofa und ein ebensolcher Lehnstuhl, ein moderner CD-Player mit einer großen Sammlung klassischer Musik, ein Bücherschrank, über dem ein aus Olivenholz geschnitztes Kruzifix mit einem grotesk schmerzverzerrten Christus hing. Im Garten gab es ein Gemüsebeet, eine Reihe von Obstbäumen, ein Spalier mit Weinranken und zwei eingetopfte Rosensträucher. Während seiner Abwesenheiten, die zahlreich waren und lang dauerten, wurde der Garten von einem Mann aus dem Dorf gepflegt, dessen Frau das Haus sauberhielt. Wenn er kam, so wie heute, führte er das Leben eines Eremiten. Wenn er wieder wegfuhr, hinterließ er gegen die Tischlampe gelehnt einen Umschlag mit Geld für den Hüter des Hauses.

Dies war der einzige Platz auf der Welt, wo sich niemand fragte, wer er war oder welchen Platz er im Leben einnahm. Er war einfach Signor Luca, *il padrone*. Ob Himmel oder Hölle – und gelegentlich hatte er sich gefragt, welches von beiden es war –, hier war sein wahres Heim. Niemand konnte zu ihm hereinschauen. Er konnte auch nicht über seine eigene Gartenmauer blicken. Und doch war ihm klar, daß dies ein Ort der

Heilung war. Die Kur hatte lange gedauert. Sie war noch nicht beendet; vielleicht würde sie niemals zu Ende sein. Doch als er das Tor aufstieß und in einen Garten kam, der von der ersten Farbenpracht herbstlichen Obstes erfüllt war, fühlte er jähe Hoffnung aufsteigen.

Sobald er das Tor hinter sich geschlossen hatte, begannen seine Rituale. Er ging ins Haus und packte die wenigen Dinge aus, die er unterwegs eingekauft hatte: Brot, Käse, Wein, Mineralwasser, Wurst und Schinken. Dann machte er eine Runde durch das Zimmer. Es war sauber, jeden Tag abgestaubt worden, wie er angeordnet hatte. Das Bett war frisch bezogen, und im Bad hingen saubere Handtücher. Er überprüfte den Druck in der Gasflasche und schaute nach dem Holzstapel in der Kiste neben dem Kamin. Er würde ihn bei diesem milden Wetter nicht brauchen, aber der Gedanke, daß er ein Feuer anlegen und entzünden konnte, falls er sich dazu entschloß, hatte etwas Tröstliches an sich. Er blieb vor den Bücherregalen stehen und blickte zu der verkrümmten Figur an dem Kreuz aus Olivenholz hoch. Er sprach mit ihr und verfiel dabei mit einem Mal in einen spanischen Redeschwall:

»Wir beide sind noch lange nicht fertig miteinander! Du bist aus allem raus – aus allem raus und zu Ruhm und Herrlichkeit aufgefahren. Jedenfalls behaupten wir das so! Ich bin immer noch hier. Ich werde von Kordel und Leukoplast zusammengehalten. In dem Augenblick, als ich heute früh aus dem Bett gestiegen bin, wußte ich, daß das ein übler Tag wird. Ich bin wieder auf der Flucht. Was bleibt mir anderes übrig? Ich bin immer noch im dunkeln.«

Er schob die Bände auf dem obersten Bord des Bücherschranks zur Seite. Dahinter war ein kleiner stählerner Tresor in die Wand eingelassen. Der Schlüssel hing um seinen Hals. Er öffnete den Safe und nahm einen Stapel Briefe heraus, die von einem verblaßten Stoffband zusammengehalten wurden. Er las sie nicht. Er kannte jede einzelne Zeile auswendig. Er hielt sie in den Händen und rieb mit den Daumen über das dicke Papier, als befingere er ein Amulett. Dann legte er die Briefe zurück in den Tresor, schloß ihn wieder ab und stellte die Bücher zurück an ihren Platz.

Isabel und er schrieben sich noch immer, aber ihre Briefe waren jetzt vergängliche Texte auf einem Computerbildschirm, die gelesen und gelöscht wurden und nur in seiner Erinnerung eine Spur hinterließen, wie ein Insekt im Wüstensand.

Die Scheibe im CD-Player war Mozarts Prager Symphonie. Er schaltete das Gerät ein und ließ die Musik über sich hinwegströmen. Dann ging er zum Bett. Er zog seine Jacke und das Hemd aus und legte sie sorgsam auf die Bettdecke. Obwohl die Luft im Haus warm war, erschauderte er. Er schlug die Arme um sich, so daß seine Fingerspitzen die äußersten Ränder der Narben berührten, die seinen Rücken bedeckten und sich um die Rippen herumzogen. Er konnte sie nicht sehen. Er wollte sie nicht sehen. Er konnte sie nur spüren. Nach einer Weile entließ er sich aus seiner eigenen Umarmung und ging hinaus in den sonnenhellen Garten.

Vor der Tür waren ein paar rustikale Gartengeräte an die Wand gelehnt: ein Spaten, eine Hacke, eine Heugabel, ein Rechen. Er griff nach der Hacke und empfand dabei wie stets Vergnügen daran, die rauhe Oberfläche des Stiels zu berühren. Er legte sich die Hacke über die Schulter und begann, sich rund um den Garten zu arbeiten, das Unkraut zwischen den Kohlköpfen und den Bohnenranken zu jäten und das Gras an den Rändern der Beete zurückzuhacken.

Die ganze Zeit über war er sich der Sonne auf seinem Rücken bewußt, der Schweißbäche auf den erhabenen Stellen seiner Narben. Auch das war tröstlich, aber der größte Trost von allen war es, die Narben entblößen zu können, ohne dabei Scham zu empfinden, denn hier gab es keinen Zeugen dessen, was ihn vor so vielen Jahren zu einem Nichts reduziert hatte.

Er arbeitete über eine Stunde lang und entdeckte dabei selbst in dem wohlgepflegten Garten immer neue Dinge, die es zu tun galt. Er rechte Laub zusammen und verbrannte es. Er knipste tote Blüten und Blätter von den Rosensträuchern ab. Er pflückte Tomaten und Salatblätter für sein Abendessen. Er inspizierte das reife Obst und goß den Boden unter den Weinranken. Am Ende waren seine überreizten Nerven ruhig, und seine vertrauten Dämonen hatten ihr Geschnatter eingestellt. Er war, wo er sein mußte: in der Stille einer physischen, animalischen Welt, die weitab lag von Politikern, Philosophen und dem Gezänk miteinander verfehdeter Pedanten.

Er machte die Gartengeräte sauber und stellte sie wieder zurück auf ihren Platz an der Wand. Er schüttete trockenes Erdreich auf die letzte Glut des Feuers und ging dann ins Haus, um eine Dusche zu nehmen. Er freute sich wie ein kleines Kind, daß er die Fliesen so sauber verlegt hatte, und wünschte sich, es sei jemand da, dem er seine Arbeit vorführen konnte.

Er war noch immer dabei, sich abzufrottieren, als er sein Handy fiepen hörte. Er eilte ins Wohnzimmer und antwortete in seiner üblichen lakonischen Art:

»Luca hier.«

Die Stimme des Anrufers war vertraut, aber jetzt klang sie krächzend vor Besorgnis.

»Hier spricht Baldassare. Wo sind Sie?«

»Eine Stunde außerhalb der Stadt. Was kann ich für Sie tun?«

»Kommen Sie so rasch wie möglich hierher zurück.«

»Warum die Eile?«

»Wir haben ein Problem, Luca.«

»Beschreiben Sie's nicht. Nennen Sie mir nur das Codewort.«

»Hiob.«

»Nun erzählen Sie mir bloß nicht, daß er so bald von uns gegangen ist.«

»Eben das ist das Problem. Er ist überaus anwesend, und wir alle sitzen bei ihm auf dem Misthaufen.«

»Ich nehme an, Sie haben eine Nachrichtensperre verhängt?«

»So rasch das hier überhaupt möglich ist. Das ist der Grund, warum wir Sie brauchen, Luca. In solchen Dingen sind Sie gut.«

»Ich wünschte, ich würde mich geschmeichelt fühlen. Ich komme, so schnell ich kann.«

Als er das Handy abschaltete, brach er in schallendes Gelächter aus. Es war ein Moment von purer Ironie. Er hatte das fehlerbehaftete System, dem er sich verschrieben hatte, mit einzigartiger Bravour überlebt. Jetzt wurde er aus seinem privaten Nirgendwo herbeizitiert, um dessen mächtigsten Ratgebern – von denen er, höchst überraschenderweise, einer der jüngsten war – mit Rat, Kraft und politischem Geschick zu unterstützen.

Das Bild des Hiob auf seinem Misthaufen war eine überaus lebendige Metapher. Das Codewort bedeutete weit mehr, als es besagte, nämlich daß ein nicht mehr rückgängig zu machendes Ereignis vor sich ging; doch bis es zu Ende war, hockten Hiobs Tröster selber auf dem Misthaufen, und falls sie es nicht schafften, schlau und gerissen genug vorzugehen, würden sie selbst mit all den Katastrophen des Hiob geschlagen werden.

Und wieder begannen die Narben auf seinem Rücken zu kribbeln, diesmal, als würde ein leichter, eisiger Windhauch darüberstreichen. Aus der Vergangenheit drang die Stimme eines seiner ersten Ärzte, eines Psychiaters, der auf die Behandlung traumatisierter Opfer spezialisiert war.

»... Sie werden sich lange Zeit – wie lange kann ich Ihnen auch nicht sagen – dabei ertappen, wie Sie zurückschauen, mein Freund, schlimmer noch: zurückleben möchten. Sie werden sich sogar dabei ertappen, wie Sie zwei Spiegel benutzen, weil Sie versuchen möchten, sich die Narben auf Ihrem Rücken anzuschauen. Sie werden Wiedergutmachung suchen, Gerechtigkeit, Vergeltung. Sie werden nie gänzlich entschädigt werden. Sie werden den Gottlosen Blutrache schwören – und den Gottesfürchtigen, die mit ihnen kollaboriert haben. Sie werden Rache fordern, weil sie Ihr gutes Recht ist. Sie werden sie sogar verlangen, weil sie für Ihr persönliches Überleben notwendig ist.«

»Bei meinem Volk gibt es ein altes Sprichwort: ›Bevor du eien Vendetta beginnst, solltest du besser gleich zwei Gräber ausheben.‹ Ich bin mir nicht sicher, ob man sowohl Vergeltung üben als auch überleben kann.«

»Eine Zeitlang geht das. Der Nürnberger Prozeß hat bestimmte Kriegsverbrecher aus dem Weg geschafft. Die Israelis haben Eichmann erwischt, ihn vor Gericht gestellt und hingerichtet. Nichtsdestoweniger ist die Zahl der Greueltaten über die Jahrzehnte gewachsen. Der christliche Glaube bot andere Lösungen an. Die Kirchen söhnten sich mit ihren Kriminellen aus, indem sie einige von ihnen degradierten und anderen zur Buße Schweigen auferlegten. Auch das hatte seinen Preis; aber über ein paar Jahrhunderte verteilt erschien es zweifellos vernünftig.«

»Der Institution. Aber nie den Opfern.«

»Was erwarten Sie denn von mir?« Der Doktor zuckte die Achseln und breitete in einer resignierten Geste die Arme aus. »Ich bin kein Wundertäter. Ich kann Ihre Vergangenheit nicht umschreiben. Ich kann Ihnen keine Zukunft verordnen. Sie werden zu Ihrer eigenen Zeit Ihren eigenen Frieden mit dem Leben machen.«

Also hatte er eine Entscheidung getroffen: in dem System zu bleiben, es als Festung zu benutzen, aus der heraus er seine privaten Kriege führen konnte. Die Wahl war höchst gefährlich. Sie brachte einen weiteren Riß in seinem beschädigten Selbst mit sich. Er war jetzt Opfer und Rechtfertiger zugleich. Nach all den Glaubensvorstellungen, zu denen er sich bekannte, war Rache selbst ein Verbrechen. Sie nahm Rechte vorweg, die nur Gott zustanden. Nichtsdestoweniger hatte er sich ihr verschrieben. Von diesem Moment an wurde alles, was er tat, zur Berechnung und zum Winkelzug. Sein öffentliches Leben basierte auf einer privaten Lüge. Er konnte sich nicht der Unsicherheit überlassen. Die Überzeugung, nach der er lebte, mußte stärker sein als der Glaube, an den er durch sein öffentliches Bekenntnis gebunden war. Also versiegelte er ganz sorgfältig die Quellen des Mitleids und die kleinen Rinnsale des Zweifels. Er konnte sich keine Verwirrung leisten. Er konnte sich auch keine Illusionen leisten. Er konnte allein im klaren Licht seiner eigenen Vernunft arbeiten. Wenn dieses Licht sich am Ende als Dunkelheit erwies, dann sollte es eben so sein. Als er an das Wagenrad gebunden war und auf jeden neuen Peitschenhieb wartete, hatte es einen Moment gegeben, in dem er um Dunkelheit als letzte Gnade gebetet hatte.

Er zog sich rasch an, legte die Lebensmittel, die er mitgebracht hatte, in eine hölzerne Schüssel mitten auf dem Tisch, kritzelte eine Notiz auf einen Briefumschlag, stopfte ihn mit Geld für den Hüter des Hauses voll und lehnte ihn gegen die Schüssel. Er verließ eilig das Haus, knallte das alte, nietenbeschlagene Tor zu und fuhr in zügigem Tempo durch den dichter werdenden Verkehr zur Stadt. Er schaltete das Autoradio ein und lauschte angespannt auf irgendwelche Nachrichten, die darauf hindeuten könnten, daß es in bezug auf Hiob und seine Tröster eine Sicherheitslücke gegeben hatte. Als er nichts hörte, ging er im Geist die Bedeutung des Gleichnisses durch.

Hiob war der Codename des Römischen Papstes – alternd, krank und wunderlich, aber noch immer unbeugsam und bestimmt. Seine Tröster waren die Angehörigen der Kurie, des ältesten Hofstaats in ganz Europa. Die Erwähnung des biblischen Misthaufens bedeutete, daß der Pontifex von jener Erkrankung heimgesucht worden war, die seine Ärzte vorausgesagt hatten: einem massiven Schlaganfall, der schwere Hirnschäden mit sich brachte. Es hatte bereits eine Reihe kleinerer Vorspiele gegeben, Durchblutungsstörungen, die den Ärzten zufolge Vorboten eines schweren Anfalls waren.

Der Mann, der ihn angerufen hatte, war der Kardinal Camerlengo, der Kämmerer des päpstlichen Haushalts, dessen Verantwortung es war, sich mit den Ärzten über die Behandlung des kranken Mannes zu beraten, den Haushalt zu führen und schließlich, wenn der Pontifex starb, die Interimsregierung der Kirche zu übernehmen, während ein Nachfolger gewählt wurde. Der Camerlengo war ein geschickter Mann, aber er sah sich einem großen und unangenehmen Dilemma gegenüber.

Ein kränklicher Papst war eine Sache – ein hirngeschädigter eine ganz andere. Wie sollte man über ihn verfügen, wenn denn »verfügen« nicht in der Tat ein allzu farbiges Wort war? Gegen Ende der neunziger Jahre waren Regeln aufgestellt worden, um mit den Altersproblemen unter den hohen Prälaten der Kirche – einschließlich des Papstes selbst – fertigzuwerden. Wenn er gesundheitlich außer Gefecht gesetzt war, konnten entweder der Kardinalstaatssekretär oder eine Mehrheit des Kardinalskollegiums ihn für amtsunfähig erklären und ihn mit aller gebührenden Milde in den Ruhestand schicken. Danach stand es dem Camerlengo frei, den Heiligen Stuhl für vakant zu erklären und das Konklave zur Wahl eines Nachfolgers einzuberufen.

Hinsichtlich dessen, was mit dem ehemaligen Papst geschehen sollte, falls er am Leben blieb, aber nur noch als hirntotes Wrack dahinvegetierte, waren die Regeln weniger klar. Im schlimmstmöglichen Fall würden Entscheidungen getroffen werden müssen, ob er an ein Lebenserhaltungssystem angeschlossen werden sollte und wer – vorausgesetzt, dies geschah durch einen Irrtum oder eine Fehleinschätzung – den Strom abschalten sollte. Die Grundannahme war, daß der Pontifex seinen eigenen Willen hinsichtlich einer exzessiven Verlängerung seines Lebens geäußert haben würde. Doch wenn er nun keine Instruktionen hinterlasssen hatte, wer traf dann die Entscheidung? Ganz eindeutig konnte sie nicht allein dem Zufall überlassen werden, genausowenig seiner Familie, denn zumindest von der Theorie her hatte er den Kreis seiner Verwandtschaft verlassen. Er gehörte Gott und der Kirche Gottes. Mithin waren die Prälaten, die er ernannt hatte, die Richter über sein Geschick.

Doch das würde erst der Anfang sein. Die Weltpresse würde das vatikanische Dilemma zu einem weiteren Kapitel in der langjährigen Debatte über die Euthanasie ummünzen. Das war die Richtung, in der Rossini die Situation interpretierte, während er zurück zur Stadt fuhr. Falls der Pontifex sich nach wie vor innerhalb der Grenzen des Vatikans befand, war die Situation noch bis zu einem gewissen Maß unter Kontrolle. Wenn er jedoch in sein übliches Krankenhaus, das Gemelli-Hospital, verlegt worden war und damit das souveräne Territorium des Vatikanstaats verlassen hatte, würde sich die Lage radikal ändern.

Geheimhaltung würde unmöglich sein. Die medizinischen Bulletins würden mehr enthalten müssen als bloße Andeutungen der Wahrheit. Die Presse würde die halbe Belegschaft des Krankenhauses bestechen, um mit täglichen Fakten und verkäuflichen Fiktionen beliefert zu werden.

Der Kardinal Camerlengo war ein erfahrener Verwaltungsmann, doch einer seiner Vorgänger hatte einen fürchterlichen Fehler gemacht, indem er versuchte, die Details des Todes von Papst Johannes Paul I. zu vertuschen. Dieser Fehler hatte eine Flut von politischen Desinformationen ausgelöst und zu einem weltweiten Bestseller geführt, in dem behauptet wurde, ein amerikanischer Kardinal und ein im Vatikan residierender amerikanischer Bischof hätten sich, zusammen mit einem Mafioso namens Michele Sindona, verschworen, um den Pontifex zu ermorden. Die Skandalgeschichte war noch immer im Umlauf. Das Buch war nach wie vor zu haben. Falls die gegenwärtige Angelegenheit ungeschickt gehandhabt wurde, würden neue Gerüchte aufblühen und rascher wachsen als die legendäre Bohnenranke. Das war eine weitere Ironie, über die Luca Rossini inmitten des Tumults der Hupen und lautstarken Verwünschungen nachsann: Geheimnistuerei schuf und nährte die Skandale, die sie eigentlich verhindern sollte.

Die Fahrt nach Hause dauerte eindreiviertel Stunden. Bis er sein Apartment erreicht hatte, war er überzeugt, daß die Geheimhaltung noch immer gewahrt war. Er schloß den Wagen in die Garage ein, schlüpfte in seine normale Kleidung und rief sein Büro an, sie sollten ihm eine Limousine schicken. Fünfzig Minuten später salutierte ein Wachtposten an der Porta Angelica vor ihm und winkte seinen Wagen auf den für hochrangige Prälaten reservierten Parkplatz. Luca Rossini, Kardinal Presbyter und Graue Eminenz der römischen Kurie, war zurück an seinem Arbeitsplatz.

Er eilte zu den päpstlichen Gemächern, wo ein einsamer Sekretär im Arbeitszimmer des Pontifex Wache hielt, während der Arzt und der Camerlengo an seinem Bett warteten. Bleich und unbeweglich, an ein Sauerstoffgerät und die tragbaren Monitore angeschlossen, die seit Monaten zum Mobiliar des päpstlichen Schlafgemachs gehörten, wirkte er immer noch wie ein alter Löwe, der im Gras döst, aber jedem Eindringling gefährlich werden kann, der seine Ruhe stört. Als Luca Rossini ins Zimmer kam, begrüßten ihn der Arzt und der Camerlengo mit sichtlicher Erleichterung. Er blieb einen Moment stehen und blickte hinunter auf die hingestreckte Gestalt seines Herrn und Meisters. Dann fragte er:

»Wie geht es ihm?«

Der Doktor zuckte die Achseln.

»Wie Sie sehen. Tiefes Koma. Wir führen Sauerstoff zu. Wahrscheinlich gibt es massive Hirnschäden. Läßt sich natürlich nicht sicher sagen, es sei denn, wir bringen ihn ins Krankenhaus, um eine Computertomographie vorzunehmen und ihn rund um die Uhr zu überwachen.«

»Ist der Schaden reversibel?«

»Ich würde sagen, nein.«

»Also wird, im allerbesten Fall, eine schwere Behinderung zurückbleiben?«

»Ja.«

»Und schlimmstenfalls vegetiert er als Hirntoter dahin?«

»Wenn wir ihn an ein Lebenserhaltungssystem anschließen, ja.«

»Was das letzte ist, das er möchte oder verdient hat.«

»Da müßte ich zustimmen.« Der Arzt zögerte einen Moment und fügte dann vorsichtig hinzu: »Es wäre hilfreich, wenn Seine Heiligkeit in schriftlicher Form irgendeinen klaren Ausdruck seiner Wünsche hinterlassen hätte.«

»Hat er sie Ihnen gegenüber jemals geäußert, Herr Doktor?«

»Nur in überaus vagen Worten.«

»Wie zum Beispiel?«

»Wir müsssen abwarten und schauen, was Gott für mich bereithält.«

»Nichts Präziseres?«

»Nichts.«

Rossini wandte sich dem Camerlengo zu.

»Hat sein Sekretär irgendwas?«

»Er weiß von keinerlei Dokument, das den diesbezüglichen Wünschen des Heiligen Vaters Ausdruck verleihen würde. Es gibt kein relevantes Kodizill zu seinem Testament.«

Luca Rossini schaute von einem der Männer zum andern. Um seine Mundwinkel zuckte ein dünnes, sardonisches Lächeln.

»Ich frage mich, was er erwartet hat: daß er wie Elias in einem feurigen Wagen gen Himmel fährt?«

Der Camerlengo runzelte die Stirn über diese Geschmacklosigkeit.

»Ich darf Sie daran erinnern, Luca, daß Seine Heiligkeit noch am Leben ist und unter uns weilt. Wir müssen entscheiden, was zu seinem Besten und dem der Kirche unternommen werden soll.«

»Haben Sie den Rat von Spezialisten eingeholt, Herr Doktor?«

»Cattaldo und Ghedda haben ihn beide gesehen.«

»Und was meinen die?«

»Das gleiche wie ich. Es gibt irreversible Schäden. Vom medizinischen Standpunkt aus wäre es einfacher, ihn im Krankenhaus zu betreuen. Andererseits verstehen wir durchaus ...«

Der Camerlengo schnitt ihm brüsk das Wort ab.

»Es gibt gewisse Konsequenzen, und zwar sehr öffentliche. Der Heilige Vater befindet sich dann außerhalb der Grenzen des Vatikanstaats. Diejenigen, die ihn behandeln – wenn auch nicht der Papst selbst –, würden der Jurisdiktion der Republik Italien und der permanenten Überwachung durch die Weltpresse unterliegen.«

»Wenn er stirbt«, begann Luca Rossini knapp eine Reihe

von Möglichkeiten darzulegen, »haben wir keinerlei Probleme. Wir begraben ihn mit allem Pomp, wählen einen Nachfolger und gehen zur Tagesordnung über. Falls er überlebt, aber stark behindert ist, müssen wir ihn aufs Altenteil schicken. Dafür gibt es Bestimmungen in neueren Zusätzen zur Apostolischen Verfassung. Falls er jedoch als hirntotes Wrack überlebt, das nur noch maschinell am Leben erhalten wird, werden Entscheidungen getroffen werden müssen, wann damit aufgehört werden soll und wer den Strom abschaltet.«

Der Camerlengo forderte ihn in aller Förmlichkeit heraus.

»Also, wie beantworten Sie ihre eigenen Fragen, Luca?«

»Behaltet ihn hier. Laßt ihn mit Würde in seinem eigenen Haus sterben. Versucht nicht, sein Leben zu verlängern. Erlaubt niemand anderem, das unter irgendeinem Vorwand zu tun. Ich werde zu Protokoll geben, daß dies der Wunsch war, den der Heilige Vater selbst mir gegenüber im Lauf der letzten Jahre bei verschiedenen Gelegenheiten geäußert hat. Sie, Baldassare, können bestätigen, daß wir eine ziemlich spezielle Beziehung hatten. Sie war manchmal schwer zu definieren – doch ja, sie war eine sehr spezielle Beziehung.«

Der Camerlengo schwieg einen Moment. Dann nickte er zustimmend.

»Das macht Sinn.«

»Eminent viel Sinn«, sagte der Arzt mit offenkundiger Erleichterung. Luca Rossini drehte sich abrupt zu ihm um.

»Sie haben noch eine Pflicht zu erfüllen, Doktor. Wir brauchen auf der Stelle ein Bulletin zur Veröffentlichung durch die Pressestelle des Heiligen Stuhls. Es muß einen besonderen Ton haben, einen gewissen Nachdruck. Inwieweit sind Sie und Ihre Kollegen bereit, ihre Prognose darzulegen?«

»Ich verstehe nicht ganz, was Sie meinen, Eminenz.«

»Zu welchen Formulierungen sind Sie bereit? Ein schwerer Gehirnschlag? Jenseits aller Hoffnung auf Genesung? Unheilbar? Das Ende ist stündlich zu erwarten? Was, Doktor?«

»Warum sind die Wörter so wichtig?«

»Das wissen Sie doch selber«, sagte Luca Rossini brüsk.

»Solange der Papst am Leben ist und von seinem eigenen Haushalt betreut wird, wird die Presse zu wissen verlangen, welche Art von Pflege er bekommt und wie lange er es wohl noch machen wird. Baldassare hier und der Staatssekretär werden sich mit der gehobenen Hierachie in Verbindung setzen. Die Pressestelle kümmert sich um die Medien. Die Verlautbarungen aufzusetzen, ist nicht meine Sache. Ich weise lediglich auf die Bedeutsamkeit ihrer Formulierungen hin. Drücke ich mich klar genug aus?«

»Wie immer, Luca.« Der Ton des Camerlengo war trocken.

»Und Sie, Doktor?«

»Ich bin sicher, daß wir einen passenden Text zusammenbekommen können.«

»Gut.« Er sah von einem zum andern, studierte ihre Gesichter. Seine eigene Miene war zur steinernen Maske erstarrt. »Und jetzt möchte ich mit Ihrer Erlaubnis gern einen Moment mit ihm allein sein.«

Der Doktor und der Camerlengo schauten einander an. Der Arzt erklärte ganz ruhig:

»Wie Sie wissen, liegt er im tiefen Koma. Er wird nichts sehen, nichts hören. Er wird nicht einmal die Berührung Ihrer Hand spüren.«

»Ich will mit ihm ungestört sein.« Luca Rossini war voll von kaltem Zorn. »Ich habe ihm etwas Privates zu sagen, selbst wenn die Chance, daß er mich tatsächlich hören könnte, eins zu einer Million steht. Kann ihm das irgend etwas schaden?«

»Natürlich nicht, Luca.«

»Dann lassen Sie mich, bitte!«

Der Camerlengo und der Arzt zögerten einen Moment. Sie wechselten einen Blick. Der Camerlengo nickte seine Zustimmung. Die beiden Männer verließen das päpstliche Schlafgemach und schlossen die Tür hinter Luca Rossini und seinem stummen Meister.

Während sie im Nebenraum warteten, bemerkte der Arzt:

»Dieser Mann beunruhigt mich, Baldassare.«

Der Camerlengo verzog spöttisch den Mund.

»Was genau beunruhigt Sie, mein Freund?«

»Es steckt so viel Wut und Zorn in ihm, so viel Arroganz. Es ist, als ob er jeden Tag die ganze Welt unter seine Kontrolle bringen müßte – mit Peitschen und Skorpionen!«

»Der Zorn, ich weiß.« Der Camerlengo war ein vorsichtiger Kritiker. »Ich habe ihn in Gegenwart des Papstes höchstpersönlich ranghöhere Kollegen allein mit Blicken zum Schweigen bringen sehen. Die Arroganz ist eine andere Sache. Ich sehe sie als Verteidigungsmaßnahme. Der Mann hat viel erleiden müssen. Er ist noch immer nicht gänzlich geheilt.«

»Und das ist eine konstante Gefahr, nicht wahr?« Der Arzt setzte seine Maske klinischer Distanziertheit auf. »Die unverheilte Wunde, die ungelöste Seelenkrise.«

»Ist es das, was Sie bei Luca Rossini wahrnehmen?«

»Ja.«

»Ich muß Ihnen sagen, mein Freund, daß er in allem, was er tut, höchst kompetent ist. Der Heilige Vater benutzt ihn als persönlichen Emissär, und er ist, wie Sie wissen, ein sehr anspruchsvoller Vorgesetzter.«

»Was hat das schon zu bedeuten? Der Favorit bei Hofe wird stets mit Nachsicht behandelt. Wie denken Rossinis Kollegen über ihn? Sie, zum Beispiel?«

»Ich finde ihn distanziert, aber immer loyal. Jemand, der einem Auge in Auge gegenübertritt und sagt, was er denkt.«

»Rückhaltlos?«

Der Camerlengo wurde langsam wütend.

»Wie soll ich das beantworten? Sie haben ihn ja vor ein paar Minuten selbst gehört. Er hat Dinge gesagt, die in Worte zu fassen Sie und ich nicht den Mut hatten.«

Der Arzt ging sofort in Verteidigungsposition.

»Ich habe hier keine Autorität, Eminenz. Ich bin Mediziner, aber ich kann nur zuraten, nicht vorschreiben, selbst bei meinem distinguiertesten Patienten.«

»Sie haben bereits der Behandlung zugestimmt«, korrigierte der Camerlengo ihn blitzschnell. »Aber Luca Rossini ist nicht

Ihr Patient. Sie sollten sich nicht zu seinem Gesundheitszustand äußern oder Urteile über das fällen, was Sie in Ihrer privilegierten Position möglicherweise zu sehen oder hören bekommen.«

Der Arzt wurde rot vor Verlegenheit und neigte den Kopf.

»Sie haben mich in meine Schranken gewiesen, Eminenz. Verzeihen Sie mir.«

»Da gibt es nichts zu verzeihen. Im Augenblick stehen wir beide unter Streß. Luca Rossini ringt mit seinen eigenen dunklen Engeln ...«

Er saß neben dem Bett und hatte eine Hand auf die Hand des bewußtlosen Pontifex gelegt, dessen Haut kalt, trocken und runzlig war wie die eines Reptils. In seinen Nasenlöchern steckten Schläuche, und Elektroden verbanden ihn mit den Monitoren. Luca Rossini sprach ihm in scharfen Stakkatosätzen ins Ohr und versuchte, ihn aus seinem Schweigen herauszulocken.

»Du kannst mich hören! Ich weiß, daß du mich hören kannst! Und diesmal hörst du mir zu! Du hast dich in mir geirrt. Du hast geglaubt, was sie dir erzählt haben: daß ich der Held sei, der junge Pastor, den sie in einer kleinen Stadt an ein Wagenrad gebunden und öffentlich ausgepeitscht haben, um seine Leute zu terrorisieren und sie zu lehren, daß alle Macht von Gott kommt und die Obristen in diesem Land die Stimme Gottes sind ... Du hast angeordnet, mich hierher zu bringen, um die feigen Bischöfe meines Landes zu beschämen. Du hast mich favorisiert. Du hast mich voran und nach oben gedrängt. Du hast einen Mann von Rang aus mir gemacht. Du konntest nicht glauben, daß ich ein beschädigter Mann war, ein angeschlagenes Gefäß voller Sprünge ... Ich habe alles akzeptiert, was du mir gegeben hast. Ich war so voller Schuldgefühle, so voller Scham, daß ich glaubte, die Stimme Gottes zu vernehmen ... Hörst du mir überhaupt zu? So nahe bin ich einer vollständigen und offenen Beichte noch nie gekommen, und du kannst nicht mal die Hand heben, um mir die Absolution zu erteilen, an die ich nicht glaube! Aber laß mich bloß dies eine Mal sagen, daß ich dich geliebt habe – nicht, weil du mein Patron warst, sondern weil du mich für jedes bißchen Vertrauen, das du mir geschenkt hast, bezahlen ließest ... Das ist der Grund, warum ich jetzt nicht möchte, daß man dich beschämt. Ich würde dich eher mit eigenen Händen umbringen, als dich am Strauch verrotten zu sehen wie ein Stück Obst ... Aber das kannst du selber. Laß einfach los und schlüpf davon. Bitte, bitte geh!«

Er beugte sich hinunter und küßte den stummen Mann auf die Stirn. Er stemmte sich vom Bett hoch. Auf seinen Wangen standen Tränen. Er wischte sie weg, und dann setzte er wieder seine maskenhafte Miene auf – feindselig und gebieterisch.

Kurz vor acht Uhr an diesem Abend gab die *Sala Stampa*, das offizielle Pressebüro des Heiligen Stuhls, ein Bulletin heraus:

> »Heute um 14 Uhr 30 erlitt Seine Heiligkeit eine schwere Gehirnblutung, in deren Folge er gelähmt ist und in einem tiefen Koma liegt. Eine Reihe leichterer Durchblutungsstörungen während der Sommerferien in Castel Gandolfo hatten sowohl den Pontifex als auch seine Ärzte vor der Möglichkeit eines ernsthafteren Zwischenfalls gewarnt.
>
> Konkrete Maßnahmen waren vom Pontifex und seinen medizinischen Beratern diskutiert worden. Alle waren von hohen Risiken begleitet. Seine Heiligkeit hatte das, was er die übereifrige Verlängerung seines ohnehin schon langen Lebens durch chirurgische Eingriffe oder mechanische Mittel nannte, standhaft abgelehnt. Er werde, sagte er, gehen, wann es Gott gefalle, und er würde es vorziehen, wenn das in seinem eigenen Haus geschah, statt in einem Krankenhausbett.

Daß die Pflege und die angemessene neurologische und kardiologische Überwachung in den päpstlichen Gemächern selbst vorgenommen werden, geschieht aus Respekt vor diesen klaren Wünschen. Der Arzt des Pontifex, Dr. Angelo Mottola, wird von zwei hochrangigen Kollegen unterstützt, dem Neurologen Dr. Ernesto Cattaldo und dem Herz- und Kreislaufspezialisten Dr. Piero Gheddo.

Alle drei zögern, eine Voraussage abzugeben, wie lange der Pontifex überleben könnte. Sie sind sich jedoch darin einig, daß das Gehirn massiv geschädigt und die Prognose negativ ist.

Der Kardinal Camerlengo, der Vorstand des päpstlichen Haushalts, bittet alle Gläubigen inständig, dafür zu beten, daß es Gott gefallen möge, Seinen guten und treuen Diener zu sich zu rufen.

Dieses Büro wird täglich um 12 Uhr und um 18 Uhr weitere Bulletins herausgeben.

Hintergrundmaterial in englischer, französischer und spanischer Sprache wird beim Vatican Information Service (VIS) erhältlich sein. Der tägliche Pressedienst des VIS wird wie gewohnt fortgesetzt.«

»Ich frage mich, wer das wohl ausgekocht hat?«

Stephanie Guillermin von *Le Monde* tippte mit einem knallrot lackierten Fingernagel ans Schwarze Brett und sah ihre Zuhörerschaft, ein halbes Dutzend spätabendlicher Gäste in der Bar des Clubs der Auslandspresse in Rom, herausfordernd an.

»Wen kümmert's?« Fritz Ulrich vom *Spiegel* wischte die Frage mit einer Handbewegung weg. Er war bei seinem dritten Whisky und in der Stimmung, sich zu streiten. »Der Mann hat sich schon seit Jahren zu Tode gearbeitet. Und nun ist ihm schließlich ein Blutgefäß geplatzt. Was soll denn die *Sala Stam-*

pa deiner Meinung nach dazu sagen? Die großen Worte heben sie sich für den Nachruf auf.«

»Genau das meine ich, Fritz.« Stephanie Guillermin ließ sich so schnell nicht abweisen. »Der Text paßt absolut nicht zu ihnen. Ihm fehlt Angel-Novalis' persönliche Note. Ich würde vermuten, daß er von einem Komitee aufgesetzt und dann der Pressestelle zur Veröffentlichung übergeben wurde.«

»Aber was ist das für ein Komitee, und warum sollten sie sich einmischen?« Frank Colson vom *Telegraph* kannte die Dame gut genug, um ihr Respekt zu zollen. Sie sah aus wie die junge Georges Sand, und sie schrieb eine saubere, klassische Prosa mit einem feinen Unterton von Bosheit. Sie lebte auf ziemlich großem Fuß mit der steinreichen Witwe eines italienischen Bankiers zusammen; also waren ihre Nachrichtenquellen exotisch, aber zuverlässig. Ihre Interpretationen von Menschen und Ereignissen waren subtil genug, um ihr den Spitznamen *la déchiffreuse* eingebracht zu haben – die Entschlüsslerin. Colsons Respekt schmeichelte ihr. Sie lächelte und streckte den Arm aus, um ihm die Wange zu streicheln.

»Das Komitee? Überleg doch mal selbst, Frank. Es müssen zumindest drei gewesen sein – der Camerlengo, der Kardinalstaatssekretär, der Arzt, dazu vielleicht noch ein weiterer Kurienkardinal. Jansen fällt mir dazu ein oder auch dieser mysteriöse Rossini. Das Dokument mußte in aller Eile herausgegeben werden, und es mußte zumindest pro forma einen Konsens innerhalb der Kurie widerspiegeln.«

»Aber warum sollten sie sich in die Formulierungen eines simplen Dokuments einmischen wollen?«

»Weil es ganz und gar nicht simpel ist, Frank.«

Sie hatte jetzt die allgemeine Aufmerksamkeit. Fritz Ulrichs Hand mit dem Drink hing unbeweglich in der Luft. Enzo, der Barmann, legte seine Serviette weg und lehnte sich über den Tresen, um besser zuhören zu können. Colson unterbrach ihr momentanes Schweigen.

»Weiter, Steffi ...«

»Was haben wir denn hier? Eine halbe Seite platte, banale

Prosa; absolut nicht der übliche Stil der *Sala Stampa*. Nichtsdestoweniger ist das Ganze überaus sorgsam angelegt.«

»Zu welchem Zweck?« Fritz Ulrich war zurück auf Angriffskurs.

»Um unangenehme Fragen zu beantworten, ehe Leute wie wir sie zu stellen beginnen. Überlegt doch mal! Sie sprechen von einer schweren Gehirnblutung, einem massiven Anfall. Warum haben sie ihn dann nicht schnellstmöglich ins Krankenhaus geschafft? Wir wissen doch alle, daß die Monitoreinrichtungen in den päpstlichen Gemächern elementares Zeug sind. Einen Computertomographen haben die da ganz bestimmt nicht. Also kriegt der alte Mann trotz der drei respektablen Namen auf dem medizinischen Bulletin letztlich nichts als eine simple Diagnose am Krankenbett, die allernotwendigste Überwachung und häusliche Pflege.«

»Was würde er denn im Gemelli-Hospital mehr bekommen?«

»Falsche Frage, Fritz.« Stephanie Guillermin war so flink auf den Füßen wie eine Fechterin. »Wann hast du je ein vatikanisches Dokument gelesen, das eine Erklärung für irgendeine Aktion angeboten hätte – geschweige denn eine Entschuldigung dafür?«

»Nie im Leben!« Ulrich leerte sein Glas und schob es zum Nachfüllen über die Bar. »Du willst also sagen ...«

»Daß es verfaßt wurde, um eine sehr seltsame Situation zu rechtfertigen. Es schreibt dem Opfer eines Schlaganfalls Anweisungen und Entscheidungen zu, die es nach dem Anfall nicht mehr hätte treffen können und über die es davor anscheinend nur ganz allgemein gesprochen hat.«

»Du hast immer noch nicht verraten, worauf du eigentlich hinauswillst«, sagte Fritz Ulrich.

»Sie wollen, daß er stirbt«, behauptete Stephanie Guillermin mit Nachdruck. »So schnell und leise wie nur möglich. Sie appellieren sogar an die gesamte Kirche, dafür zu beten, daß dieses Ereignis als Gnadenakt Gottes eintritt. Warum? Weil sie, wenn er nicht stirbt, einen schwerbehinderten Papst am Hals haben, der in aller Form in den Ruhestand geschickt und ersetzt werden muß, damit das Leben der Kirche weitergehen kann.«

»Also bringen sie ihn um«, sagte Frank Colson leise. »Sie bringen ihn durch eine Verschwörung des barmherzigen Nichtstuns um.«

»Das ist nur eine Interpretation. Die Boulevardpresse wird zweifellos Schlagzeilen daraus machen ... Allerdings«, Steffi Guillermin hob warnend die Hand, »wird die Alternative in dem Bulletin klar ausgesprochen. Seine Heiligkeit übt sein fundamentales moralisches Recht aus, eine Verlängerung seines Lebens durch übereifrige und exzessive Intervention abzulehnen.«

»Vorausgesetzt«, Fritz Ulrich wedelte mahnend mit einem Finger unter ihrer Nase herum, »immer vorausgesetzt, daß der Text, den wir da haben, tatsächlich die wahren Wünsche des Papstes wiedergibt. Ihr werdet bemerkt haben, daß es noch eine andere Abweichung vom üblichen Brauch gibt. Es wird keinerlei relevantes Schriftstück angeführt – kein Brief, kein Testament, nicht einmal ein Zitat aus seiner Enzyklika zur Euthanasie.«

»Fritz hat recht«, sagte Frank Colson. »Das ist etwas, das wir ganz legitim vom Pressebüro fordern könnten.«

»Ich wette zehn Mäuse, daß sie keine Zeile rausrücken werden.« Das kam von der UPI-Korrespondentin, die gerade zu der Gesprächsrunde hinzugestoßen war. »Setzt irgendwer dagegen?«

Die anderen grinsten und lehnten die Wette ab. Dann brachte die Frau von UPI ihr Argument vor:

»Wenn sie uns kein Zitat liefern, steht es uns frei, Spekulationen anzustellen, nicht wahr? Wir haben einander widersprechende Stories: Ein Kabinett von besorgten Prälaten, die entweder ihren hinfälligen Pontifex bis zu seinem leisen Tod pflegen, oder – Frank Colsons Version – sich verschworen haben, ihn durch wohltätiges Däumchendrehen umzubringen.«

»So oder so«, sagte Stephanie Guillermin, »ergibt das Teil eins einer großartigen Story.«

»Und was, bitte, ist Teil zwei?« Fritz Ulrichs Ton war noch immer provokant. Steffi Guillermin, die Codeknackerin, gab ihm eine kryptische Antwort.

»Er beginnt mit meiner ersten Frage, Fritz. Wer hat das ausgekocht?«

»Und du weißt natürlich die Antwort?«

»Noch nicht; aber wie immer wirst du sie zuerst in *Le Monde* lesen! Dann kannst du sie bei unserem Nachdruckdienst kaufen. Entschuldigt micht jetzt. Ich muß nach Hause.«

»Meine allerherzlichsten Grüße an deine Lucetta«, lachte Fritz Ulrich. »Das ist mir noch eine überaus hübsche Frau.«

»Und du bist ein Schwein, Fritz!« Steffi Guillermin war schon aus der Tür, während er noch nach einer passenden Antwort suchte.

Unterdrückte Feindseligkeit herrschte auch bei dem spätabendlichen Kardinalstreffen, das der Staatssekretär einberufen hatte. Dies war keine formelle Zusammenkunft, sondern eine hastig zusammengetrommelte Versammlung jener Mitglieder der Kurie, die in Rom residierten und auf die Schnelle erreichbar gewesen waren.

Sie alle waren hochgestellte Männer, die fest im Fels der Autorität auf dem Vatikanshügel verankert waren. Ob sie alle ebenso fest auf dem Boden der Tugend verankert waren, mochte eher fraglich sein; aber sie verstanden die Macht des Protokolls, das delikate Gleichgewicht von Interessen und Einfluß, die ungeheuren Machtreserven, die dem Amt Petri innewohnten. Sie wußten, daß Macht dazu benutzt werden konnte, einen Mann zu ehren oder ihn am dünnsten Fädchen einer Definition aufzuknüpfen. Zumindest für den Augenblick wurde diese Macht durch den Kardinalstaatssekretär repräsentiert. Er kam rasch zum Thema der Sitzung.

»Ich höre, daß einige von Ihnen mit dem Bulletin über den Gesundheitszustand des Heiligen Vaters, das heute abend von der Pressestelle herausgegeben wurde, nicht recht glücklich sind. Nach der Apostolischen Verfassung vom 28. Juni 1988 untersteht das Pressebüro der Staatssekretarie. Daher muß ich die volle Verantwortung für seine Handlungen übernehmen. Der Text des Bulletins wurde gemeinschaftlich vom Kardinal Camerlengo, dem Arzt des Papstes und mir selbst aufgesetzt. Angehörige des Pressebüros hatten an seiner Abfassung keinen Anteil. Sie haben es lediglich über ihre normalen Kanäle verbreitet.«

»Dann lassen Sie mich mit allem gebührendem Respekt und im kleinen Kreis unter Kollegen meinen Einspruch anmelden. Das ist ein in aller Hast geschriebenes und schlecht durchdachtes Dokument, das meiner Ansicht nach ernsthafte negative Konsequenzen haben wird.«

Der Sprecher war Gottfried Kardinal Gruber, Präfekt der Kongregation für die Glaubenslehre und Wachhund der Orthodoxie in der Kirche. Seinem Protest folgte ein kurzes Schweigen; dann antwortete der Kardinalstaatssekretär mit betonter Zurückhaltung:

»Das Dokument wurde in aller Eile verfaßt, weil es in aller Eile gebraucht wurde, um auf die unerwartete Erkrankung des Papstes zu reagieren.«

»Unerwartet würde ich das wohl kaum nennen. Beim Gesundheitszustand des Heiligen Vaters in letzter Zeit würde ich eher akzeptieren, daß wir unvorbereitet waren. Ich möchte ergebenst bemerken, daß man uns hätte vorwarnen können.«

»Wir waren vorgewarnt, Gottfried, genau wie der Heilige Vater selbst. Aber er hatte in der Sache seinen eigenen Kopf. Wir konnten ihn nicht umstimmen.«

»Hat es denn irgend jemand im Ernst versucht?«

»Ich, zum Beispiel.« Luca Rossini war cool und gelassen. »Ich habe es viele Male in privaten Gesprächen versucht. Er wollte seine Meinung nicht ändern. Er betonte immer wieder, daß er gehen werde, wenn Gott ihn zu sich rief. Er wollte in seinem eigenen Bett sterben.«

»Haben Sie nie angeregt, daß er seine Wünsche in irgendeinem Dokument niederlegt?«

»Ich habe es mehrmals vorgeschlagen; aber Sie wissen ja besser als ich, Gottfried, wie schwer es war, ihn dazu zu bringen, daß er irgend etwas unterschreibt, bevor er dazu bereit war.«

Eine kleine Welle der Belustigung lief durch die Versammlung, und die Atmosphäre entspannte sich ein wenig. Gruber nickte widerwillig seine Zustimmung, fuhr aber mit seiner Beschwerde fort.

»Und trotzdem behaupte ich immer noch, daß man ihn sofort ins Krankenhaus hätte bringen sollen.«

»Entgegen seinen veröffentlichten Wünschen?«

»Er hat sie nicht veröffentlicht. Wir haben das.«

»Wollen Sie damit andeuten«, fragte der Kardinalstaatssekretär gefährlich ruhig, »daß unser Kollege Luca lügt oder der Rest von uns sich verschworen hat, um ein Dokument zu fälschen?«

»Nein, natürlich nicht! Aber denken Sie doch mal einen Moment nach. Es ist jetzt amtlich, daß wir um seinen Tod beten.«

»Ich glaube mich zu erinnern«, sagte der Staatssekretär, »daß das traditionelle Gebet für ernsthaft Kranke lautet, Gott möge ihnen ›eine rasche Genesung oder einen friedlichen Tod‹ schenken. Im Fall des Heiligen Vaters gibt es keine Hoffnung auf Genesung.«

»Aber das können wir nicht mit Sicherheit feststellen, es sei denn unter vollständigen klinischen Bedingungen.«

»Die er, allem Anschein nach, im voraus als inakzeptabel abgelehnt hat. Wir sind gewissermaßen seine einzigen Angehörigen, Gottfried; was sollen wir also Ihrer Ansicht nach tun?«

»Ich glaube, wir sollten die Wünsche des Heiligen Vaters übergehen und ihn auf der Stelle in umfassende klinische Behandlung geben.«

»Nur zu, tun Sie das«, sagte Luca Rossini mit müder Gleichgültigkeit. »Aber denken Sie dran, daß es mit seinen körperlichen Funktionen bergab geht. Also werden sie ihn im Krankenhaus zu ihrem eigenen Schutz als allererstes an ein Lebenserhaltungssystem anschließen, während sie die Tomographie durchführen. Und danach müssen Sie sich um einen

Hirntoten kümmern, falls die momentane Diagnose korrekt ist. Ist das Respekt vor dem Leben? Ist das ein moralischer Imperativ? Falls es das nicht ist, wird sich Gottfried hier freiwillig melden, um die Maschine abzuschalten und die Infusionsschläuche rauszuziehen, nehme ich an.«

»Ich glaube, das reicht«, sagte der Kardinalstaatssekretär. »Dies ist kein formelles Konsistorium. Es hat keinen kanonischen Status, also werde ich Sie auch nicht bitten, über die Angelegenheit abzustimmen. Ich glaube guten Gewissens, daß der Heilige Vater seinen Willen haben sollte. Er wird hier in seinem eigenen Haus bleiben ...«

»Wieviel Zeit«, stellte Gruber die entscheidende Frage, »wollen Sie ihm dann geben, bevor Sie beschließen, ihn wegen Amtsunfähigkeit abzusetzen und den Heiligen Stuhl für vakant zu erklären?«

»Ich habe Schwierigkeiten mit dem Wort ›absetzen‹.« Dieses Mal schaltete sich der Vorsitzende der Kongregation für Bischöfe ein. »Es scheint mir Machtbefugnisse vorauszusetzen, die wir möglicherweise gar nicht haben.«

»Das ist ein Problem, dem wir alle gegenüberstehen; in dieser Versammlung und außerhalb. Lassen Sie uns mal den dramatischen Zusammenbruch des Heiligen Vaters ignorieren und uns fragen, was wir tun würden, wenn Art und Umstände der Krankheit anders wären – wenn er an irgendeinem langwierigen Leiden sterben würde oder Altersschwachsinn hätte. Die Kirche würde das überstehen. Ihre Strukturen sind stark, über die Jahrhunderte erprobt, und der Heilige Geist ist mit ihr, wie es unser Herr Jesus Christus versprochen hat. Was den Rest betrifft, so sollten wir ruhig zugeben, daß wir nicht besonders gut dafür gerüstet sind, mit einem der bedeutendsten Phänomene unserer Zeit umzugehen – der Langlebigkeit und Altersproblemen wie der Alzheimerschen Krankheit. Falls ein Papst davon betroffen wäre, könnte es unmöglich sein – wäre es unmöglich –, seine explizite Zustimmung zu seinem Rücktritt einzuholen. Wir würden uns möglicherweise auf indirekte und periphere Beweise seines Willens, das für die Kirche Beste zu tun, verlassen müssen. Also arbeiten wir mit andächtiger Vorsicht. Wir warten und halten die Augen offen und besprechen uns mit unseren medizinischen Ratgebern – und miteinander! Trotz der Bedenken gewisser Kollegen sind wir von den Meinungen der Außenwelt unabhängig. Der Vatikan ist ein souveräner Staat. Unsere Herrschaft über die Seelen untersteht allein Gott. Wir sollten einander mit Güte und christlicher Nächstenliebe behandeln.«

Es war die längste Rede, die Luca Rossini ihn je hatte halten hören, und er war erstaunt über ihre Eloquenz und Kraft. Sie machte ihn aber auch argwöhnisch, weil sie andeutete, daß es nicht so einfach sein könnte, einen alternden Papst abzusetzen – nicht einmal einen inkompetenten. Er applaudierte kurz, und die anderen schlossen sich ihm an, was ein Lächeln auf die Lippen des Kardinalstaatssekretärs zauberte und Gruber widerwillig nicken ließ. Doch der alte Wachhund hatte noch immer etwas zu knurren.

»Ich stimme Baldassare zu, jedoch nur unter Vorbehalt. Die Kirche kann auch ohne ihren Papst funktionieren. Das wissen wir. Sie hat es in der Vergangenheit, und sie kann es wieder – aber nicht allzu lang, nicht in diesen unruhigen Zeiten! Was die öffentliche Meinung betrifft, so unterliegen wir ihr nicht; aber wir haben die Pflicht, sie zu formen, wo wir nur können, sie in Einklang mit den Lehren unseres Herrn zu bringen. Ich möchte vorschlagen, daß alle zukünftigen Bulletins über Gesundheitszustand und Behandlung des Pontifex einem Komitee von ausgewählten Mitgliedern der Kurie vorgelegt werden.«

Der Kardinalstaatssekretär setzte sich bolzengerade in seinem Stuhl auf. Seine Knöchel waren weiß gegen den dunklen Stoff seiner Soutane. Seine Stimme krächzte ein wenig vor Wut.

»Nein! Dazu bin ich nicht bereit. Wir haben es hier mit Fakten zu tun, nicht mit Ansichten zur Moraltheologie. Meine Autorität ist in der Apostolischen Verfassung von 1988 eindeutig definiert. Ich werde und kann sie nicht delegieren oder aufheben.«

»Wie immer Sie entscheiden, Eminenz.« Gruber verbeugte sich steif und nahm wieder Platz.

»Die Sitzung ist geschlossen«, sagte der Kardinalstaatssekretär. »Danke Ihnen allen, daß Sie gekommen sind.«

Er winkte Luca Rossini zu sich heran. Er hatte eine Bitte und einen Auftrag.

»Sie haben heute abend ein paar gute Dinge gesagt, Luca. Und jetzt sollten Sie wieder zum Schweigen zurückkehren, wenn ich das vorschlagen darf: keine Diskussionen, keine Kommentare. Sie verstehen, warum?«

»Absolut. Hier geht es um Probleme und Ansichten, die uns den ganzen Weg bis nach Konstanz im Jahr 1415 zurückwerfen könnten: Papstanhänger und die Konzilspartei im erbitterten Streit miteinander. Das ist eine uralte Geschichte, aber ein Teil des Staubs, den sie aufgewirbelt hat, liegt noch immer auf unserer Türschwelle.«

Der Kardinalstaatssekretär verzog ironisch den Mund. Er fischte in der Brusttasche seiner Soutane herum und zog einen versiegelten Umschlag heraus, den er Rossini hinhielt. »Ich möchte, daß Sie das lesen, wenn Sie gerade mal Zeit finden, und mir einen kurzen Kommentar dazu schicken.«

»Was ist das?«

»Der argentinische Botschafter beim Heiligen Stuhl tritt bald in den Ruhestand. Es ist ein Gefälligkeitsposten, wie Sie wissen. Die Regierung möchte möglichst frühzeitig jemand anderen ernennen. Das ist das Dossier über ihren Kandidaten. Sie möchten sicher sein, daß wir glücklich mit ihm sind.«

»Und was hat das mit mir zu tun?«

»Argentinien ist Ihre Heimat. Sie haben ein spezielles Verständnis für seine Menschen und seine Geschichte. Ihr Kommentar ist mir auf persönlicher Ebene wichtig.«

»Bitte! Lassen Sie mich da raus! Argentinien ist meine Heimat, natürlich, und ich besitze auch spezielle Kentnisse über dieses Land, aber mein Urteil ist getrübt, wie Sie wissen. Sie können in Ihrem eigenen Büro zwanzig bessere Bewertungen einholen. Ich flehe Sie an, entbinden Sie mich davon.«

»Und ich flehe Sie an, Luca, diese letzten Endes äußerst einfache Aufgabe zu akzeptieren. Es herrscht keine Eile. Wir werden nichts unternehmen, solange unser Problem mit Seiner Heiligkeit ungelöst ist. Legen Sie den Umschlag einfach auf Ihren Schreibtisch, und warten Sie, bis Sie in der Stimmung sind, sich damit zu befassen. Und nun lassen Sie uns zusehen, daß wir ins Bett kommen. Das war ein brutaler Tag für uns alle!«

Er drückte Rossini den Umschlag in die Hände und schloß sie darum, so daß er gezwungen war, ihn zu behalten; dann verließ er mit einem knappen Gutenachtgruß den Raum.

Für lange Sekunden stand Rossini da wie gelähmt und schaute ihm nach, und dann eilte auch er aus dem Konferenzzimmer. Sein Tag endete so, wie er begonnen hatte – als panische Flucht durch ein Ödland, in dem ringsum die Gespenster der Vergangenheit heulten.

Zwei

Es war schon nach Mitternacht, als Luca Rossini nach Hause in seine Wohnung in der *Via del Governo Vecchio* kam, einer schmalen Durchgangsstraße, die zu beiden Seiten von vom Alter gezeichneten Palästen gesäumt wurde, die aus dem fünfzehnten Jahrhundert stammten, aber inzwischen längst zu modernen Apartmenthäusern umgebaut worden waren. Früher war diese Straße der ›Papstweg‹ genannt worden, weil sie direkt von der Lateransbasilika zum Petersdom auf der anderen Seite des Tiber führte. Nun beherbergten die Erdgeschosse Werkstätten und kleine Läden, und die Apartments wurden von gutsituierten Römern mittleren Alters bewohnt, die die Stadt für ihre Luftverschmutzung verfluchten, sich aber kein Haus auf dem Land leisten konnten.

Rossinis Wohnung nahm den ganzen vierten Stock ein, zu dem man entweder über eine Steintreppe gelangte oder mit einem betagten Lift hochfuhr. Sein Haushalt bestand aus einem spanischen Ehepaar – sie Köchin und Haushälterin, er Kammerdiener und Faktotum –, das ihm ein scheidender Botschafter empfohlen hatte. Die beiden hatten ihre eigene Wohnung. Sie waren nüchterne, ruhige Leute, die in den kastilischen Manieren des diplomatischen Dienstes gedrillt waren und ihren schweigsamen Herrn beschützten, dessen Kommen und Gehen ebenso mysteriös war wie seine Vergangenheit. Sie wußten, daß er eine *Eminencia* vom Vatikan war. Sie wußten, daß er das Spanisch Argentiniens sprach, wohin seine Eltern nach dem Zweiten Weltkrieg von Neapel her ausgewandert waren. Sie wußten, daß er exotische Besucher beiderlei Geschlechts empfing – Chinesen, Inder, Ukrainer, Indonesier, Afrikaner.

Was den Haushalt betraf, war er kein anspruchsvoller Mann. Er sprach mit ihnen in ruhigem Ton und stets respektvoll. Seine einzige Forderung bestand darin, daß sie das wahrten, was er die Vertraulichkeit des Hauses nannte. Sie sollten außerhalb seiner Mauern nicht über das sprechen, was sie bei ihren täglichen Pflichten sahen oder hörten. Sie sollten nicht über seine Gäste tratschen. Rom stand unter ständiger Bedrohung durch Terroristengruppen aus mehr als einem Land. Von ihrer Diskretion konnten Leben abhängen, sein eigenes eingeschlossen. Ob sie das verstanden hätten? Sie hatten. Sie wahrten seine Vertraulichkeiten, und er bot ihnen innerhalb der Möglichkeiten, die sein Amt erlaubte, ein angenehmes Leben.

Als er in dieser Nacht hundemüde nach Hause kam, schliefen sie schon, aber neben seinem Lehnsessel im Wohnzimmer stand das Abendessen: eine Thermosflasche mit Kaffee, eine Karaffe Cognac, Sandwiches unter einer silbernen Haube. Bevor er zu essen begann, ging er ins Schlafzimmer und wechselte in Pyjama und Morgenmantel. Der Brief, den ihm der Kardinalstaatssekretär gegeben hatte, steckte noch immer in seiner Tasche. Er las ihn gar nicht erst, sondern nahm ihn mit ins Wohnzimmer und schloß ihn in seinem Sekretär ein. Der Inhalt war ihm bereits bekannt. Er war der Grund des Unbehagens, das ihn seit dem frühen Morgen geplagt hatte. Er schaltete den Computer ein und holte den Brief auf den Bildschirm, den er an diesem Morgen per E-Mail von Isabel bekommen hatte. Dann goß er sich Kaffee und Cognac ein und setzte sich hin, um erneut über den Text nachzusinnen.

Ihre Briefe kamen in großen und unregelmäßigen Abständen, gewöhnlich aus New York, wo ihr Mann einen hohen Posten bei den Vereinten Nationen bekleidete und sie selbst Studienleiterin am Hispanisch-Amerikanischen Institut war. Ganz egal, wie selten sie kamen, das Feuer und die Leidenschaft in ihnen ließen nie nach, und sie endeten stets mit einer Überraschung und einem Schmunzeln.

»Mein liebster Luca,
selbst nach all den Jahren fehlst Du mir. Auf den ersten Blick ist mein Leben ruhig, geordnet, erfüllt, wie es Deines auch zu sein scheint. Doch tief unter der Oberfläche begraben, fließt ein rotglühender Lavastrom, der unablässig nach einer Spalte oder einem Riß in der dicken Kruste des Alltäglichen sucht, um hervorzubrechen und mein Leben erneut zu überschwemmen.

Ein solcher Riß ist heute aufgetaucht. Raul hat mir erzählt, daß er für den Posten des Botschafters am Heiligen Stuhl empfohlen worden ist. Das ist eine Vorruhestandsstelle, wie Du weißt, eine Belohnung für diskrete Dienste in den turbulenten Zeiten vor und nach unserem katastrophal verlaufenen Falkland-Krieg gegen die Briten.

Für Raul repräsentiert es etwas weitaus Bedeutenderes, eine abschließende öffentliche Absolution für die Dinge, die er in seinem Leben als rückgratloser Karrierist getan oder unterlassen hat. Ich habe nicht vor, ihm diesen kleinen, sterilen Triumph zu mißgönnen. Er war Luisa ein guter Vater, und er hat nie versucht, mir die Freiheit zu verwehren, die ich gefordert habe, um die Wüstenstrecken unserer Ehe zu überstehen.

Ich konnte also schlecht widersprechen – obschon ich versucht habe, ihm davon abzuraten –, als er darauf bestand, in sein Dossier eine Schilderung der Rolle aufzunehmen, die er dabei gespielt hat, Dich außer Landes zu schaffen, als die Militärs Dich des Zeugnisses wegen, das Du gegen sie ablegen konntest, auf der Liste der ›Verschwundenen‹ sehen wollten. Du und ich kennen die wirklichen Fakten, aber wir haben – jeder auf seine Weise – zugestimmt, die Geschichte zumindest so weit umzuschreiben, daß unsere Leben erträglich wurden. Raul hatte gehofft, glaube ich, daß ich in irgendeiner Weise zu seinen Gunsten intervenieren würde. Ich habe ihm die Wahrheit gesagt (die nur halb wahr ist): daß Du aus meinem Leben verschwunden bist, seit Du das Haus meines Vaters verlassen hast, und ich auf jeden Fall keine Gefälligkeiten oder Empfehlungen von Dir erbitten könnte.

Und doch ist es genau das, was ich gerade tue, mein liebster Luca. Ich tue es für mich selbst, nicht für ihn. Falls Raul nach Rom entsandt wird, werden Luisa und ich mitkommen. Ich will, ich muß Dich ganz verzweifelt wiedersehen, und Du gestehst in Deinen Briefen, daß Du das gleiche Verlangen nach mir verspürst.

Mit der Liebe ist es wie mit dem Kummer: Man muß sich durcharbeiten. Wir waren nie in der Lage, das zu tun. Ich würde so gerne denken, daß wir es können, bevor die verborgenen Feuer erstickt werden und die Eiszeit der Gleichgültigkeit uns überwältigt. Also, wenn es Dir irgend möglich ist, sag oder schreib bitte das Wort, das uns offiziell und ohne Skandal nach Rom bringen könnte.

Ich muß lächeln, wenn ich mir vorstelle, was für eine hübsche romantische Komödie es ergeben würde, wenn ich, als die *Señora Embajadora*, Euer Eminenz in unserer Botschaft empfangen könnte. Was eine weitere Frage aufwirft: Wo und wie würden Eminenz mich empfangen?

In unverbrüchlicher Liebe
Isabel«

Die Zeichen auf dem Bildschirm begannen vor seinen Augen zu verschwimmen. Er löschte sie. Dann tippte er seine Antwort ein, denn er war nicht der Typ, der andere warten läßt.

»Liebste Isabel,
meine Antwort ist Ja. Ich werde zur rechten Zeit die rechten Worte sagen und schreiben. Ich muß Dir allerdings mitteilen, daß so schnell nichts passieren wird. Der Papst ist sehr krank und wird wahrscheinlich bald sterben. Bis sein Nachfolger gewählt ist, wird es keine diplomatischen Ernennungen geben. Die Komödie, die Du zwischen der Eminenz und der Lady zu inszenieren hoffst, wird daher leider verschoben werden müssen.

Wie recht Du damit hast, daß man sich sowohl durch die Liebe wie durch den Schmerz hindurcharbeiten muß! Du scheinst das weit erfolgreicher getan zu haben als ich. Ich dachte, ich könnte es schaffen, indem ich wie ein Surfer auf dem Adrenalinschub von Machtspielchen reite. Ich bin darin sehr gut geworden, wie Du weißt, aber die Disziplin ist streng, die Diät ist spartanisch, und nachts ist es einsam im meinem Bett.

Es gibt noch einen weiteren Preis, der täglich höher wird. Ich kann mich nicht mehr als Gläubigen bezeichnen. Die blanke Ironie, nicht wahr? Ich bin eine der Schlüsselfiguren der Kirche. Ich bin eine mächtige Figur in einem uralten Kult, dessen Rituale ich praktiziere, aber dessen Glauben ich nicht mehr akzeptiere. Einfache Leute knien nieder, um mir die Hand zu küssen. Für sie strahle ich noch immer Magie aus. Für mich selbst gibt es keine Magie mehr. Der innere Schrein ist leer und dunkel.

So seltsam es scheinen mag, steckt darin eine Art Befreiung. Es gibt niemanden, der mich zu etwas zwingen oder mir angst machen kann. Und dennoch ducke ich mich wie ein Kind vor den hartnäckigen Albträumen, die mich noch immer aus heiterem Himmel heimsuchen. Ich benutze Deinen Namen wie eine Zauberformel, um mich von ihnen zu befreien. Vielleicht wirst Du mir dabei helfen, sie für immer zu bannen, wenn Du kommst. Du fragst, wo und wie ich Dich empfangen werde. Ich habe genau den richtigen Ort dafür. Er ist klein und abgeschieden, und jeder Quadratmeter Boden, jede Pflanze und jedes Stück Obst gehört mir. Für mich war er wie die heilige Insel Kos, ein Ort der Heilung. Ich werde froh und dankbar sein, Dich in seinem Frieden willkommen heißen zu können.

Es ist schon spät. Der Papst liegt im Sterben. Ich habe einen langen Tag gehabt. Noch längere stehen bevor.

Gute Nacht, meine Liebe, meine Allerliebste.

Luca«

Er wartete lange Sekunden, bevor er sich entschloß, die Botschaft zu übermitteln. Er wußte, daß dies das unverblümteste Bekenntnis war, das er je abgelegt hatte, und daß es eine Katastrophe bedeuten würde, wenn es jemals an die Öffentlichkeit gelangte. Und dennoch war der Drang, es auszusprechen, überwältigend. Also tippte er, betrunken und von Streß und Müdigkeit benebelt bis zum Leichtsinn, den Sendebefehl ein und schickte es los.

Im päpstlichen Schlafgemach lag der Pontifex noch immer aschfahl und unbeweglich da. In seinen Nasenlöchern steckten Sauerstoffschläuche, im Arm ein intravenöser Tropf. Seine Augen waren leer und ausdruckslos. Zwei Barmherzige Schwestern hatten gerade die Nachtwache angetreten, und Doktor Mottola erteilte ihnen die letzten Instruktionen:

»... Sie haben beide schon früher mit dieser Art von Problem zu tun gehabt, also brauche ich Ihnen keine große Vorlesung zu halten. Im Moment wirkt sein Zustand stabil, obgleich es de facto mit ihm bergab geht. Alles, was wir tun, besteht darin, ihm Sauerstoff zu verabreichen und über den Tropf Flüssigkeit zuzuführen. Ich erwarte vor dem Morgen keinerlei bedeutsame Veränderung. Natürlich wird sich in der Lunge mehr und mehr schleimige Flüssigkeit ansammeln, weil er sie nicht freihusten kann. Außerdem wird es einen Überschuß an Kohlendioxid geben, was typischerweise zu Apnoe und Cheyne-Stokes-Atmung führen müßte. Falls das eintritt, rufen Sie mich an. Ich werde innerhalb von zehn Minuten hier sein. Geraten Sie nicht in Panik. Sie werden nichts sehen, was Sie nicht schon kennen. Selbst einem Papst gewährt die Sterblichkeit keinen Aufschub.«

»Was ist mit Konisation?« fragte die ältere der beiden Nonnen.

Der Arzt schenkte ihr einen kurzen, anerkennenden Blick. »Sie verstehen Ihr Geschäft, Schwester. Wenn sich Blutgerinnsel bilden, wird er rasch und unübersehbar ins Endstadium eintreten, weil der Druck der Blutungen innerhalb des Schädels das Gehirn komprimiert und an der Schädelbasis Hirnmasse aus der Knochenkapsel herausquetscht. Es gibt allerdings keine signifikanten Anzeichen, daß das unmittelbar bevorstehen würde. Meine Hoffnung ist, daß Sie eine ruhige Nacht haben werden. Schauen Sie einfach so ungefähr alle halbe Stunde nach ihm – und aktualisieren Sie unbedingt jedesmal das Krankenblatt. Dem Patienten wird das nicht viel nutzen; aber es hält unseren fachlichen Ruf sauber. Sprechen Sie ein Gebet für ihn – und für mich.«

»Das werden wir, Herr Doktor. Gute Nacht.«

Als er weg war, ließen sich die beiden Frauen im Vorraum nieder, von dem aus sie ihren Patienten gut im Auge behalten konnten. Sie waren, wie Mottola gesagt hatte, erfahrene Krankenschwestern, und sie hatten schon bei vielen Patienten Wache am Sterbebett gehalten. Dennoch waren sie fromme Frauen, und dieses Ereignis hatte etwas Numinoses an sich, das sie für den Rest ihres Lebens nicht mehr vergessen würden. Der Mann, der da peu à peu unter ihren Augen dahinstarb, war mit einer eindrucksvollen Reihe von Titeln ausgestattet: Bischof von Rom, Stellvertreter Christi, Nachfolger des Apostelfürsten, Oberhaupt der allgemeinen Kirche, Patriarch des Abendlandes, Primas von Italien, Erzbischof und Metropolit der Kirchenprovinz Rom, Souverän des Vatikanischen Stadtstaats.

Diese Titel waren aufgebläht von Jahrhunderten des Mythenwebens, verflochten mit der Geschichte ganzer Reiche, gestärkt durch die traditionelle Vormachtstellung Roms, geheiligt durch die Erinnerung an antikes Märtyrertum, gestützt durch gewaltige Bauwerke, über deren Türsturz der Satz »*Tu es Petrus* ... Du bist der Fels, auf dem das Reich Gottes erbaut ist« in den Stein gemeißelt stand. Und all das war jetzt auf ein einziges Bild von trostloser Ironie reduziert – einen alten Mann, der in einem kleinen Schlafzimmer im Sterben lag, bewacht von zwei Frauen, die im Vorraum ein gedämpftes Schwätzchen hielten.

Es klopfte diskret an der Tür, und Claudio Stagni, der Kammerdiener des Papstes, brachte ein Tablett mit Kaffee und Essen für die beiden Schwestern herein. Er war ein kleiner Mann, rosig und stets vergnügt – der Fama bei Hofe nach der einzige, der den Pontifex zum Lachen bringen und ihn von seinen Schrullen und Übellaunigkeiten abbringen konnte. Im kleinen, vertrauten Kreis wurde er Figaro genannt, weil er sich selbst mit Rossinis Melodie »*Figaro qua, Figaro la, Figaro su, Figaro giù!*« parodierte, wenn ihn seine Aufgaben auf Trab hielten. Als die Frauen ihm für die Gefälligkeit dankten und sich entschuldigten, daß er ihretwegen so spät noch aufbleiben mußte, grinste er und zuckte die Achseln.

»In diesem Beruf muß man ein Nachtmensch sein. Seine Heiligkeit arbeitet oft bis in die frühen Morgenstunden, und dann braucht er Kaffee und Sandwiches und will gelegentlich ein bißchen plaudern. Er probiert gerne seine Ideen an mir aus, weil er findet, vor seinem Kammerdiener brauche selbst ein Papst kein Held sein, aber wenn er's mir begreiflich machen würde, dann habe er eine gute Chance, daß es auch dem Rest der Kirche einleuchtet.«

»Wie ist er privat denn wirklich?« fragte ihn die jüngere der beiden Nonnen.

Claudio machte eine vielsagende Geste der Mißbilligung. »Wie er ist? Boh! Wie macht man aus einem Epos ein Sonett? Er war zu seiner Zeit ein großer Mann – und eine lange Zeit war es obendrein. Zu lang, mögen manche Leute sagen. Aber ihr könnt ihn nicht an dem messen, was ihr da drüben im Bett seht.«

»Würden Sie sagen, daß er ein Heiliger war?« Dieses Mal war es die ältere Nonne, die fragte.

»Ein Heiliger?« Der Kammerdiener machte eine kunstvolle Komödie daraus, über die Frage nachzudenken. »Meine liebe Schwester, ich bin mir nicht sicher, ob ich weiß, was ein Heiliger ist. In vielerlei Hinsicht ist er genauso menschlich wie Sie oder ich. Er kann sehr jähzornig werden – und das hat sich in den letzten Jahren nicht im geringsten gebessert. Er mag es nicht, wenn die Leute ihm widersprechen, aber er bewundert jeden, der bereit ist, sich ihm in einem Kampf mit harten Bandagen zu stellen. Er liebt Klatsch, was auch der Grund ist, warum er mich so gerne um sich hat; aber er hört allzu bereitwillig auf Leute, die ihm Nettigkeiten sagen, weil es hier oben einsam ist, wie Sie ja selber spüren können. Wenn er irgendwelche Fehler macht, dann sind es gewöhnlich bedeutsame mit weitreichenden Konsequenzen. Trotz alldem ist er ein großzügiger Mann. Er hört alle Seiten eines Falles an – natürlich vorausgesetzt, die Kurie läßt ihn, was nicht immer der Fall ist. Ist er ein Heiliger? Ich würde sagen, man muß etwas von einem Heiligen an sich haben, bloß um das Leben durchzuhalten, das er geführt hat. Er zischt um die Welt wie ein Tenor auf Gastspielreise, teilt sein Lächeln und seinen Segen aus, was den Leuten runtergeht wie Honig – und liest Reden vom Blatt ab, die von den örtlichen Machthabern geschrieben wurden und die Leute zum Gähnen bringen. Außerdem betet er viel. Er hat immer gesagt, wenn da nicht Gott wäre, auf den er sich verlassen kann, könnte er nicht überleben. Und Gott ist für ihn sehr real …« Er unterbrach sich und schenkte den Frauen ein kleines verschwörerisches Lächeln.

»Wissen Sie was, Schwestern, warum trinkt ihr beiden nicht in Ruhe euren Kaffee aus, und ich geh solange rein und sag ihm gute Nacht? Das würde ich gerne tun. Und ich glaube, ich sollte mal eben seinen Kleiderschrank aufräumen und frisches Nachtzeug rauslegen, für den Fall, daß ihr ihn noch vor dem Morgen frisch machen wollt. Außerdem wird es mir das Gefühl geben, nützlich zu sein. Es gibt herzlich wenig, was ich sonst für ihn tun könnte.«

Dann verließ er sie. Sie verloren ihn aus der Sicht, als er jenseits der Schlafzimmertür zur Seite ging, um an den Kleiderschrank des Papstes zu kommen. Ein paar Sekunden später erhaschten sie einen flüchtigen Blick, wie er ein paar Wäschestücke zusammenbündelte und einen kleinen Stapel sauberes Nachtzeug ans Fußende des Bettes legte. Dann tat er etwas Seltsames und Rührendes. Er nahm zwei weiße Taschentücher von dem Stapel frischer Wäsche und berührte damit die Stirn des stummen Pontifex. Dann brachte er sie mit nach draußen und überreichte den beiden Nonnen mit schuldbewußtem Grinsen je eines davon.

»Hier! Wir wissen allesamt, daß er die nie wieder brauchen wird. Ich bin mir sicher, daß er sich gerne bei Ihnen für das bedanken würde, was Sie für ihn tun. Wenn sie ihn eines Tages heiligsprechen, dann sind das wichtige Reliquien, nicht wahr? Und machen Sie sich keine Gewissensbisse, daß Sie sie angenommen haben. Ich bin sein Kammerdiener. Ich hab sie für ihn gekauft. Oder können Sie sich einen Papst vorstellen, der in der *Via Condotti* feinen Batist kaufen geht?«

Die beiden Frauen waren tief bewegt. Sie murmelten noch immer ihren Dank, als er ihnen zum Abschied zuwinkte und mit dem Wäschebündel in den Händen leise das Zimmer verließ. Sie wußten nicht – und wie hätten sie auch wissen können? –, daß Claudio Stagni sich gerade eine Pension verschafft hatte, die für den Rest seines Lebens ausreichen würde: drei schmale Bände der intimsten Tagebücher des Papstes, die er am Ende jeden Tages geschrieben und in einer Schublade seines Kleiderschranks versteckt aufbewahrt hatte.

Von ihrer Existenz wußte allein sein treuer Diener, Vertrauter und Hofnarr, der oft das Publikum für die brüsken Kommentare eines müden Mannes abgegeben hatte, während dieser sie zu Papier brachte. Wenn er starb, würden diese Aufzeichnungen sofort in die Obhut des Kardinals Camerlengo übergehen, der durchaus beschließen konnte, sie für ein oder zwei Jahrhunderte im Geheimarchiv zu begraben. Besser, weit besser, wenn Figaro, der fröhliche Ironiker, der leidgeprüfte Leibdiener sie der Welt präsentierte, ihren Inhalt in den rechten Zusammenhang stellte und zu gegebener Zeit seine eigene Biographie des Pontifex schrieb. Es gab von verschiedenen Seiten der Presse bereits lohnende Angebote für jegliches Material, das er über sein Leben als Kammerdiener des Papstes zu liefern bereit war; aber mit diesen Texten in seinem Besitz – da war sich Figaro ganz sicher – würde er sie verdoppeln und verdoppeln und noch einmal verdoppeln können und reich und glücklich werden bis ans Ende seiner Tage.

Der Albtraum des Luca, Kardinal Rossini blieb sich immer gleich. Es war, als wäre in seinem Kopf ein Stück alten Stummfilms zu einer Schleife geklebt, die so eingerichtet war, daß sie in den kältesten, dunkelsten Stunden vor der Morgendämmerung ablief. Die Handlung begann jedesmal mit der gleichen Einstellung: eine winzige Stadt am Fuß der Anden, nordwestlich von San Miguel de Tucumán.

Es gab eine Kirche und das Haus eines Priesters, beide an einem kleinen, von Kolonnaden gesäumten Marktplatz gelegen, wo Gemüse und Vieh, Keramik und handgewebte Stoffe gegen aus Buenos Aires importierte Waren getauscht wurden. Die einheimische Bevölkerung war ein für das Argentinien der siebziger Jahre typischer Cocktail: Kreolen, legale und illegale Einwanderer aus Chile und Uruguay, Mestizen und die Überreste örtlicher Inkastämme, die von der Politik des Spanischen Reichs zersplittert worden waren.

Die Karren der Händler – massive, schwerfällige Vehikel – waren rund um den Platz abgestellt, so daß diejenigen, die über den Kolonnaden wohnten, einen Logenplatz hatten, von dem aus sie die kleinen Dramen beobachten konnten, die sich unten auf dem Pflaster abspielten. Das war auch Rossinis Perspektive für den Film, der in seinem Kopf ablief. Er schaute sich dabei zu, wie er auf einer stummen Leinwand sich selbst darstellte.

Die Handlung begann damit, daß ein Militärlastwagen auf den Platz rollte. Die Leute erstarrten bei seinem Anblick. Eine Gruppe von Milizionären sprang heraus und stellte sich gegenüber dem Eingang zur Kirche in einer Reihe auf. Ihr Anführer war ein Sergeant, ein großer, ungeschlachter Bursche, der aussah wie ein Kraftmensch aus dem Zirkus. Er stieg aus dem Führerhaus des Lastwagens und stand lange Zeit bloß da; ein bedrohlicher Riese, der die Szenerie musterte und sich dabei mit einer Reitpeitsche gegen das Hosenbein schlug.

Dann begann er, gemächlich rund um den Platz zu gehen, während die kleine Schar von Männern, Frauen und Kindern sich stumm bei den Karren zusammendrängte. Als er seine Runde beendet hatte, gab er den wartenden Soldaten mit seiner Reitpeitsche ein Zeichen.

Vier Männer traten aus dem Glied, zwei auf jeder Längsseite des Platzes, gingen von Stand zu Stand und verlangten – mit stummer Gestik – die Ausweispapiere der Besitzer. Beim geringsten Verzug oder Zögern wurden die Tauschwaren zerschlagen oder auf dem Boden zertrampelt. Jeder, der protestierte, wurde unverzüglich mit der Faust oder dem Gewehrkolben niedergeschlagen. Kinder bekamen Kopfnüsse oder wurden mit Tritten verjagt.

Mitten in dieser Szene systematischer Einschüchterung kam Luca Rossini aus der Kirche gerannt. Er trug ein Hemd, weite Hosen und Sandalen. Das einzige Zeichen seines Priesteramts war ein kleines silbernes Kruzifix, das er um den Hals hatte. Selbst als Zeuge des Traums war er geschockt darüber, wie jung er aussah. Das Schreckliche war, daß er weder die Worte hörte, die er rief, noch seine heftigen Gesten des Protests zurückhalten konnte.

Er bemerkte jedoch, daß sein stummes Geschrei eine gewisse Wirkung hatte. Die Milizionäre erstarrten und schauten befehlsheischend zu ihrem Anführer. Der Sergeant hob die Hand, um zu signalisieren, daß sie eine Pause einlegen sollten, und baute sich dann gemächlich vor Rossini auf, der noch immer mit Gesten und stummen Mundbewegungen protestierte. Der

Sergeant schenkte ihm ein gütiges Lächeln und zog ihm zweimal die Reitpeitsche durchs Gesicht. Dann gab er den Soldaten erneut ein Zeichen, und Rossini wurde von einem Ansturm bewaffneter Männer überwältigt.

Sie fetzten ihm das Hemd vom Leib und zerrten ihm die Hose bis zu den Knöcheln hinunter, so daß sein Rücken und sein Gesäß entblößt waren. Sie drückten ihn mit gespreizten Armen und Beinen gegen das große hölzerne Rad eines der Händlerkarren und fesselten seine Handgelenke und Fußknöchel an den Radkranz und die Speichen. Er konnte jetzt nichts mehr sehen außer einem Stück Pflaster zwischen den Speichen, einem Haufen verschütteten Getreides und dem erschrockenen Gesicht eines Kindes, das sich unter dem Karren versteckt hatte.

Dann begann der Sergeant, ihn langsam und genüßlich mit der Reitpeitsche zu züchtigen. Zunächst versuchte Rossini, stumm zu bleiben; er biß sich auf die Lippen, aber schließlich entriß es ihm die ersten lautlosen Schreie, und während immer neue Schläge auf seinen Rücken und sein Gesäß niederprasselten, wandelten sich die Schreie allmählich zu bloßem Stöhnen und Ächzen. Die Menge auf dem Platz war totenstill. Die Zuschauer in den Fenstern waren wie betäubt vor Angst und Schrecken. Aus einem Vierteljahrhundert Abstand, in einer anderen Dimension von Raum und Zeit, schaute Luca, Kardinal Rossini der kaltblütigen Erniedrigung des jungen Mannes zu. Schließlich hörten die Schläge auf. Der Sergeant wischte Blut und Hautfetzen von seiner Reitpeitsche und trat dann zurück, um sein Werk zu begutachten. Er nickte, lächelte, drehte sich um und sagte etwas zu seinen Soldaten. Diesmal waren die Worte zu hören. Sie wurden in Lunfardo gesprochen, der Gossensprache der Slums von Buenos Aires, die Rossini in seiner Kindheit gelernt hatte.

»Na also, seht mal! Ich hab ihn für euch weichgeklopft. Nun ist er feucht und warm. Wer möchte mal 'nen Priester ficken?«

Die Leinwand wurde dunkel, und Luca, Kardinal Rossini kämpfte sich aus dem Albtraum heraus und fand sich in einer grauen römischen Morgendämmerung wieder.

Es gab noch ein paar andere, die in der Vatikanstadt an diesem Morgen schon früh auf den Beinen waren. Angehörige der *Sala Stampa* waren die ganze Nacht über aufgewesen und hatten Pressedienste aus Europa, Nord- und Südamerika und Südostasien verfolgt. Ihr Chef, Monsignore Domingo Angel-Novalis, saß schon um fünf Uhr an seinem Schreibtisch und faßte die Informationen für den Kardinalstaatssekretär zusammen.

Angel-Novalis stammte aus Aragon, war in Madrid zur Schule gegangen und hatte mit dem Geld seiner Familie schon früh eine erfolgreiche Karriere als internationaler Finanzmann begonnen. Er hatte reich geheiratet. Seine Frau, die sehr fromm war, hatte ihn ermuntert, der Laienorganisation von Opus Dei beizutreten. Als seine Frau und ihr kleiner Sohn ums Leben gekommen waren, hatte die Kameradschaft der Kongregation ihm geholfen, seinen Kummer zu ertragen. Ihre Prinzipienstrenge, ihre enggesponnene und elitäre Gemeinschaft waren genau das, was er brauchte. Ihre hermetische Philosophie erstickte jeglichen Zweifel, so wie der alte Schlachtruf der Kreuzritter sie für den Kampf gestählt hatte. »*Ut deus vult!*« – Wie Gott befiehlt! Nach einem Jahr bewarb er sich als Kandidat für das Priesteramt und wurde angenommen.

Er hätte in jedem Beruf einen Spitzenmann abgegeben. In diesem war er mit seiner Vorgeschichte – Ehe und erfolgreiche Karriere hinter sich, eine persönliche Schlacht gewonnen – absolut Gold wert. Er beendete sein Studium in Rom und wurde dort zum Priester geweiht. Man empfahl ihn der Aufmerksamkeit des Papstes. Seine Lebensgeschichte und sein offenkundiges Kommunikationstalent brachten ihm eine rasche Ernennung zum Direktor der *Sala Stampa* ein, wo eine gewisse kühle Ironie in bezug auf die Welt und ihr Treiben ihm

Respekt bescherte, wenn auch nicht unbedingt Zuneigung. Seine Notiz für den Staatssekretär war von dieser Ironie durchzogen:

»... Bis jetzt haben wir uns der Weltpresse gegenüber nicht allzu schlecht geschlagen. Das Timing unseres ersten Bulletins hat die meisten Chefredakteure auf dem falschen Fuß erwischt. Sie hatten kaum eine Chance, Hintergrundmaterial zusammenzustellen oder eine klare redaktionelle Richtung festzulegen. Wir dürfen jedoch sicher sein, daß derartiges Material in den nächsten Tagen auftauchen wird. Erste Anzeichen dafür finden sich in den folgenden Pressestimmen:

Daily Telegraph, London: Der Zusammenbruch des Papstes war kein unerwartetes Ereignis. Was tatsächlich unerwartet kam, war die Entscheidung, ihn in seinen Räumlichkeiten im Vatikan zu pflegen statt im Gemelli-Hospital, wo er sich üblicherweise hat behandeln lassen. Eine in Rom derzeit umlaufende Erklärung – die allerdings bis jetzt noch von keinerlei vatikanischer Quelle bestätigt wurde – besagt, daß der Pontifex so schwere Hirnschäden erlitten hat, daß eine Intervention nicht möglich oder wünschenswert wäre. Andererseits stellt in seinem gegenwärtigen Zustand jegliche medizinische Maßnahme – die Verabreichung von Sauerstoff, Infusionen – bereits einen massiven Akt der Intervention dar.

Le Monde, Paris: Die Botschaft des Bulletins ist klar genug. Seine Heiligkeit hatte zu einem früheren Zeitpunkt dem Wunsch Ausdruck verliehen, daß es keine unerwünschte Verlängerung seines Lebens geben solle. Irgend jemand im Vatikan ist eindeutig bereit, das zu bezeugen. Überhaupt nicht klar ist dagegen, ob der Pontifex im gleichen Zusammenhang den unmißverständlichen Wunsch geäußert hat, von seinem Amt entbunden zu werden, falls er nicht länger dazu fähig sein sollte, der Kirche zu dienen. Wenn er das nicht getan hat, stellen sich andere Fragen: Kann man diesen Wunsch einfach voraussetzen? Wer entscheidet die Angelegenheit, falls diese Annahme bestritten wird? Und wie und in welcher Form wird er abgesetzt, um den Weg für einen Nachfolger freizumachen? ...

New York Times: ... Den vatikanischen Ärzten und Würdenträgern der Kurie steht jetzt in einer Frage, die sie mit treffsicheren theologischen Thesen von sich zu weisen pflegen, wenn sie den gewöhnlichen Gläubigen betrifft, ein wahrer Seiltanz bevor. Es heißt, der Papst habe im voraus jegliche Verlängerung seines ohnehin bereits langen Lebens abgelehnt. Bislang ist dafür kein dokumentarischer Beweis vorgelegt worden. Der Papst selbst kann sich in keiner Weise mehr äußern. Er kann sein Amt ganz gewiß nicht ausüben. Wer entscheidet für ihn, sein Arzt oder ein Komitee der Kurie? Und nach welchen Kriterien werden sie urteilen – denen einer starren Prinzipien verhafteten Theologie oder denen einer liberalen? Beide sind in der heutigen Kirche im Schwange. Der Pontifex war ohne Zweifel ein Rigorist. Er dehnte die Grenzen der Unfehlbarkeit so weit, wie er konnte, ohne ein Schisma zu verursachen. Und nun? *Quis custodiet ipsos custodes?* Wer bewacht die Wächter an den Toren, und wie werden die Gläubigen ihr Verhalten beurteilen? ...

Mit größtem Respekt schlage ich Euer Eminenz vor, daß wir von diesem Augenblick an zum gewohnten Procedere zurückkehren. Die *Sala Stampa* entwirft die Bulletins, legt sie Ihnen zur Genehmigung vor und verbreitet sie über ihre üblichen Kanäle. Wir tappen schon jetzt durch ein Minenfeld, und dabei werden wir uns der Boulevardpresse und den Fernsehmoderatoren erst noch stellen müssen!

Ich bitte Sie dringlich um Anweisungen, Eminenz. Ich

würde das nächste Bulletin gern selbst entwerfen, sobald die Ärzte ihren morgendlichen Bericht erstattet haben.

D. Angel-Novalis«

Um sechs Uhr dreißig in der Frühe untersuchten Doktor Mottola und die beiden Spezialisten ihren Patienten. Sie hatten darum gebeten, mit ihm allein gelassen zu werden. Die Krankenschwestern waren einen Kaffee trinken gegangen, während der Kardinalstaatssekretär und eine Gruppe hochrangiger Prälaten zusammen mit dem Sekretär des Papstes und Domingo Angel-Novalis im Arbeitszimmer des Pontifex warteten.

»Also, meine Herren«, wandte sich Doktor Mottola an seine Kollegen. »Diagnose und Prognose. Wir müssen uns so deutlich ausdrücken, wie wir nur können. Die Herren im anderen Zimmer sitzen auf glühenden Kohlen. Sie brauchen uns, um die Hitze zu dämpfen. Sie haben Angel-Novalis zurück ins Spiel gebracht. Er wird das, was wir ihm erzählen, in die richtigen Worte fassen. Sie zuerst, Ernesto.«

Doktor Ernesto Cattaldo zuckte resigniert die Schultern.

»Was Sie sehen. Tiefes Koma, starrer Blick, völlig empfindungslos. Er kann nicht schlucken, seine Atmung ist flach und krampfhaft und steht kurzzeitig still, was häufiger werden wird. Er kann nicht husten, um Flüssigkeit aus seinen Lungen zu entfernen. Ich würde ihn als hoffnungslosen Fall einstufen.«

»Piero?«

Ghedda, der Kardiologe, faßte sich kürzer.

»Ich würde zustimmen, daß keine Aussicht auf Genesung mehr besteht, aber der körperliche Verfall verläuft allmählicher, als man gehofft hatte. Er könnte ohne weiteres noch ein paar Tage durchhalten. Ich würde vorschlagen, daß die *Sala Stampa* in ihrem Text ein bißchen Spielraum läßt. ›Das Leben des Heiligen Vaters geht sanft seinem Ende entgegen.‹ So in der Richtung.«

»Prognose also negativ. Wie wollen wir die Behandlung beschreiben?«

Doktor Ghedda zuckte die Achseln.

»Wir sagen ihnen die Wahrheit, aber nicht notwendigerweise die ganze Wahrheit. Wir verabreichen ihm Sauerstoff, was aber trotzdem nicht ausreicht, um die Kohlendioxid-Konzentration in seinem Blut auszubalancieren. Wir führen ihm genügend Flüssigkeit zu, damit er nicht innerlich verbrennt. Wir ernähren ihn in keiner Weise.«

»Da laufen wir über rohe Eier«, sagte Doktor Mottola zweifelnd.

»Nein, tun wir nicht«, entgegnete der Neurologe scharf. »Wir führen eine Behandlung durch, die der normalen Ethik entspricht. Wir haben uns um die Interessen unseres Patienten zu kümmern, nicht um die der Presse oder der römischen Kurie.«

»Ich glaube«, sagte Doktor Mottola einsichtig, »es ist eher eine Frage dessen, daß wir ihnen helfen, die rechten Worte zu finden, die sich sowohl mit den Umständen wie mit ihrem Gewissen vereinbaren lassen. Ich zähle darauf, daß Sie mich da drinnen unterstützen werden, meine Herren!«

»Alles, was die brauchen«, sagte Ghedda, »sind ein paar wohltönende Begriffe: ›eingeschränkte Intervention‹, ›gewissenhafte Bemühungen um das Wohlbefinden und die Würde eines Sterbenden‹. Die Herren da drin sind noch weniger geneigt, über ethische Prinzipien zu debattieren, als wir.«

»Sind wir dann also bereit?« Es war Doktor Mottola, der die Frage stellte.

»So bereit, wie wir nur je sein werden«, sagte Doktor Ghedda mit müder Resignation. »Die Christen vor die Löwen! Bringen wir's hinter uns!«

Es überraschte sie festzustellen, wie wenig von ihnen verlangt wurde. Das halbe Dutzend hoher Prälaten, das im Zimmer versammelt war, begrüßte sie in gedämpftem Ton. Der Kardinalstaatssekretär stellte Monsignore Angel-Novalis vor, der zu gegebener Zeit die Details ihrer Krankenberichte mit ihnen abklären werde, um sie in das morgendliche Bulletin für die Weltpresse einarbeiten zu können. Er bat Doktor Mottola, den Bericht in simplen, laienhaften Worten zu erstatten. Mottola war ein gewandter Mann und sehr routiniert im Umgang mit dem Protokoll. Er faßte knapp und präzise den Schluß zusammen, zu dem er mit Unterstützung seiner distinguierten Kollegen gelangt war. Dann wartete er. Domingo Angel-Novalis war selbst ein hochkarätiger Profi. Er war gut gelaunt und kam sofort zum Kern der Sache:

»Vielen Dank, meine Herren. Darf ich zusammenfassen, was Sie mir gerade mitgeteilt haben, um sicherzugehen, daß ich auch alles richtig mitbekommen habe? Zunächst einmal: Der Heilige Vater liegt im Sterben. Das Ende ist sehr bald zu erwarten. Sie verabreichen ihm Sauerstoff und Infusionen. Mit mehr kann sein Körper nicht fertigwerden, weil seine Funktionen zunehmend verfallen. Soweit korrekt?«

»Korrekt«, sagte Doktor Mottola.

»Und Ihre Kollegen stimmen dem zu?«

»Das tun sie.«

»Werden Sie sich bis zu seinem Hinscheiden weiterhin um den Pontifex kümmern?«

»Wenn der Kardinal Camerlengo das anordnet, selbstverständlich.«

»Dann habe ich eine Frage an Sie alle, meine Herren. Sie haben die Behandlung initiiert, die Sie gerade beschrieben haben. Setzen Sie sie in diesem Augenblick fort?«

»Ja.«

»Haben Sie irgendwelche Maßnahmen aus irgendeinem Grund eingestellt?«

»Nein.«

»Würden Sie irgendwelche therapeutischen Maßnahmen empfehlen, die momentan nicht angewendet werden?«

»Nein.«

»Haben Sie von den Medien irgendwelche Einladungen erhalten, diesen Fall zu erörtern?«

Die drei Ärzte sahen einander an. Doktor Mottola zögerte einen Moment, bevor er antwortete.

»Man hat mich gefragt, ja. Für meine Kollegen kann ich nicht sprechen.«

Cattaldo und Ghedda nickten, sagten aber nichts. Der sanfte Inquisitor fuhr fort.

»Ich bin mir sicher, meine Herren, daß ihre Reaktionen dem Respekt vor dem Verhältnis zwischen Patient und Arzt und dem Vertrauensverhältnis entsprochen haben, das zwischen Ihnen und allen Angehörigen des päpstlichen Haushalts besteht.«

»Das versteht sich von selbst«, sagte Doktor Mottola.

»Und deshalb frage ich mich«, warf Doktor Cattaldo verärgert ein, »warum es notwendig war, das überhaupt anzusprechen!«

»Bitte!« Angel-Novalis war auf der Stelle ganz Diplomat. »Bitte fühlen Sie sich nicht gekränkt. Ich mahne lediglich zur Vorsicht. Meine Kollegen und ich haben jeden Tag mit Presseleuten rund um die Welt zu tun. Sie sind Meister darin, noch aus den fragmentarischsten Sätzen eine Schlagzeile zu konstruieren. Ihre simpelste Antwort auf jegliche Fragen lautet, daß Sie über den Fall nicht sprechen können.«

»Das kann auch Probleme verursachen.«

»Ich möchte behaupten, daß wir besser dafür gerüstet sind, sie zu vermeiden und sie zu lösen, als Sie. Ich würde mir keine Sekunde lang anmaßen, mich in Ihr Fachgebiet einzumischen. Auf meinem eigenen Feld bin ich allerdings Experte. Ich bin mir beispielsweise sicher, daß die Medien Ihnen und Ihren Kollegen in den nächsten paar Tagen erkleckliche Summen offerieren werden, entweder für Statements in der Presse oder für Fernsehinterviews über die letzten Tage Seiner Heiligkeit. Wenn Sie ablehnen, was Sie zweifellos tun werden, könnte man Sie bitten, ein paar harmlos wirkende Fragen zu beantworten. Ich rate Ihnen, davon Abstand zu nehmen.«

Aus der Gruppe der versammelten Prälaten wurde leise Zustimmung gemurmelt. Dieser Mann war ganz nach ihrem Herzen. Er nahm kein Blatt vor den Mund, und er umging leichtfüßig alle Fußangeln und Stolpersteine. Angel-Novalis raffte seine Notizen zusammen und verließ den Raum. Der Kardinal Camerlengo hielt eine kleine Ansprache, um das Gesicht zu wahren.

»Bevor Sie gehen, meine Herren, möchte ich Ihnen im Namen des päpstlichen Haushalts und aller Angehöriger der Kurie meinen Dank für die Pflege aussprechen, die Sie dem Heiligen Vater angedeihen lassen. Wir wissen, daß Sie sich auch weiter um ihn bemühen werden – bis zu seinem Ende, das, so beten wir, vielleicht nicht mehr lange auf sich warten läßt.«

Er brachte sie zur Tür, schüttelte ihnen reihum die Hand und war binnen einer halben Minute zurück, um sich erneut der Versammlung zu stellen. Er sah aus wie jemand, dem gerade ein gewaltiger Stein vom Herzen gefallen ist.

»Also, liebe Brüder, werden wir unseren Vater verlieren. Ich denke, keiner von uns wird ihm die Befreiung von der Bürde seines Dienstes an der Kirche mißgönnen. Als Vorstand seines Haushalts fällt es mir zu, Vorbereitungen für sein Hinscheiden zu treffen und dann die Lenkung der Kirche zu übernehmen, solange der Heilige Stuhl leersteht. Es gibt eine Menge zu tun. Ich möchte um Ihre Erlaubnis bitten, sofort mit der Arbeit zu beginnen. *Placetne fratres?* Sind Sie einverstanden, meine Brüder?

»Placet.«

Die altehrwürdige Formel lief durch die kleine Versammlung wie eine Welle. Dem konnten sie alle zustimmen. Wie immer ihre Rivalitäten und Meinungsverschiedenheiten auch aussehen mochten, die Gemeinschaft der Gläubigen in Christo dauerte fort.

Luca Rossini hatte sich von dem frühmorgendlichen Treffen im Vatikan selbst dispensiert. Der Kardinalstaatssekretär hatte ihm zum Schweigen geraten. Es war nicht einfach, in einer Versammlung von Kurienkardinälen zu schweigen, die Wache am Sterbebett ihres obersten Hirten hielten, sich auf die Trauerfeierlichkeiten vorbereiteten, die auf sein Ableben folgen würden, darauf warteten, seinen Nachfolger zu wählen, und sich fragten, was geschehen würde, wenn sie – wie es der Brauch verlangte – ihre Ämter niederlegten und darauf warteten, daß der neue Pontifex sie neu verteilte.

Er hatte zu ihren Diskussionen über Protokoll und Procedere wenig beizutragen. Sie waren das innere Kabinett. Er hatte stets in den abgelegeneren Sümpfen patrouilliert, war ein Emissär zu den Vorposten der Christenheit gewesen. Wenn der Wind abrupt umsprang, würde er ihm schutzloser ausgesetzt sein als jeder andere seiner hochrangigen Kollegen. Er hatte im Heiligen Kollegium einflußreiche Gegner und wenige Fürsprecher, und es fehlte ihm an der Geduld, seine Feinde versöhnlich zu stimmen und sich jene gewogen zu halten, die auf seiner Seite waren.

Bald würde sein Gönner tot sein. Der Mann, der die Macht seines Amtes darauf verwendet hatte, einen angeschlagenen Körper und Geist zu erretten, würde sich für immer verabschieden. Luca Rossini würde dann allein sein. Sie nannten ihn Kardinal – einen Angelpunkt der Kirche, in dem sich die Tore zur Macht drehten. Möglicherweise würden diese Angeln bald ein Tor tragen, das ins Nirgendwo führte. Auch er würde das undurchsichtige Amt niederlegen müssen, das er innehatte, und einem neuen Bischof von Rom, einem neuen Nachfolger des Apostels Petrus Gefolgschaftstreue und Gehorsam schwören müssen. War er dazu bereit? Selbst wenn man alle Fragen der Moral oder Ethik beiseite ließ – war er bereit, die Rechte und Privilegien seines Amtes zu akzeptieren und sie ohne jedes Gefühl der Schuld oder Reue für seine eigenen Zwecke einzusetzen, wie auch immer sich diese Zwecke definieren ließen? Früher einmal hatte er geglaubt, die Definition sei einfach. Sein erster medizinischer Berater hatte sie ihm geliefert: »Sie werden Wiedergutmachung suchen, Gerechtigkeit, Vergeltung. Sie werden nie gänzlich entschädigt werden. Sie werden den Gottlosen Blutrache schwören – und den Gottesfürchtigen, die mit ihnen kollaboriert haben. Sie werden Rache fordern, weil sie Ihr gutes Recht ist ...«

Bei seiner ersten Audienz in Rom hatte der Papst, der sein Patron und Beschützer geworden war, ihm eine andere Definition offeriert:

»Sie sind vernarbt an Leib und Seele. Sie sind verbittert. Sie sind zornig. Wenn ich an Ihrer Stelle wäre, würde ich wohl dasselbe empfinden. Auf eine Art bin ich an Ihrer Stelle, weil ich einige der Prälaten ernannt habe, die durch ihr Schweigen oder ihr Einverständnis ermöglicht haben, daß diese Scheußlichkeiten geschehen sind. Weil sie stumm blieben, waren wir hier in Rom blind und taub. Ich schäme mich dafür. Ich schäme mich für die vielen Barbareien, die wir zu verzeihen scheinen, sei es aus sträflichem Unwissen, sei es aus jenem falschen Opportunismus heraus, der uns dazu verleitet, Pakte mit dem Bösen zu schließen. Also tragen Sie Ihre Narben mit Stolz. Bewahren Sie sich Ihre Wut, aber lernen Sie auch zu verzeihen! Sinnen Sie jeden Tag über die Worte unseres Erlösers auf dem Höhepunkt seiner Agonie nach ›*Vater, vergib ihnen, denn sie wissen nicht, was sie tun.*‹ Vergessen Sie aber auch nicht, daß das derselbe Mann war, der durch den Tempelbezirk schritt und mit einer Peitsche auf die Krämer und Geldwechsler einschlug, die das Haus Gottes entehrten … Sie werden die Welt oder sich selbst nicht über Nacht verändern können, aber Sie müssen es versuchen. Sie werden jeden Tag üben müssen – also werde ich Ihnen Arbeit geben, die Ihre Kraft vermehrt und Ihren Geist weiter öffnet …«

Er hatte den Ratschlag willig angenommen. Er hatte die Aufgaben, die man ihm zuteilte, mit Energie und Fingerspitzengefühl erledigt. Er hatte Beförderungen akzeptiert, wenn sie ihm angeboten wurden, weil sie Macht in seine Hände legten, obgleich sie keine Wunden heilen konnten. Er hatte rasch gelernt, die Macht mit Zurückhaltung einzusetzen, weil ihm nur zu bewußt war, wie man sie gegen ihn selbst mißbraucht hatte. Das letzte, was er wollte, war, seine eigenen Tyranneien zu schaffen.

Er achtete peinlich genau darauf, in Fällen, bei denen Anschuldigungen gegen einen Kleriker oder eine klerikale Institution erhoben wurden, das gesamte Beweismaterial abzuwägen.

Er räumte die größte Toleranz ein, die der gesunde Menschenverstand erlaubte, aber wenn der Fall erst einmal bewiesen war, ging er so schonungslos und präzise vor wie ein Chirurg, der einen bösartigen Tumor entfernt.

Es war diese drakonische Disziplin und die Heimlichkeit, in der man sie ihn ausüben ließ, die ihn den steilen Hang immer neuer Beförderungen emporgetragen hatte. Und es war dieselbe Disziplin, die ihm Tropfen für Tropfen den letzten lebenserhaltenden Rest von Leidenschaft ausgesaugt und ihn vertrocknet und leer zurückgelassen hatte wie einen verirrten Reisenden, der in einer Wüste im Kreis herumläuft.

Er hatte gesehen, wie das anderen geschah, die älter und weiser waren als er. Gefangen in ihrer Karriere, ohne Willen oder Neigung, daraus auszubrechen, lehnten sie jegliches Risiko ab und ergaben sich in Wort und Tat einem skeptischen Konformismus. In seinen frühen, zornigen Tagen hatte er sich über sie lustig gemacht. Nun sah er sich der gleichen Alternative gegenüber, die sich ihnen an irgendeinem Punkt ihres Lebens gestellt hatte: »Wenn du die Hitze nicht aushalten kannst, dann verschwinde aus der Küche. Wenn du immer noch die Mütze des Chefkochs tragen willst, dann geh vom Herd und weg, und gib dich damit zufrieden, die Löffel abzulecken, um zu kosten, was wirkliche Köche zubereitet haben ...« Jetzt sah er sich mit dem gleichen trostlosen Vorschlag konfrontiert: »Bleib in Unehre, bis die Maske, die du trägst, zu deinem eigentlichen Gesicht wird. Oder hör auf und werd ein Niemand im Nirgendwo.«

Der Gedanke brachte die Schrecken seines Albtraums zurück. Er schob sie gewaltsam von sich, klingelte nach seinem Morgenkaffee und schaltete dann den Computer ein, um seine über Nacht eingetroffene E-Mail abzurufen.

Er hatte Briefe aus Manila und Jakarta bekommen, aus Taiwan und Thailand, aus Schanghai und Bombay. Sie alle drehten sich um schwelende Probleme in den unbekannteren Regionen der Kirche, in die man ihn geschickt oder gerufen hatte, um Streitigkeiten zu schlichten oder einen konstruktiven Dialog in Gang zu bringen. Dort leistete er seine beste Arbeit. Seine Narben stellten einen Paß noch für die unfreundlichsten Territorien dar, selbst für die alten Männer in Beijing, die die Kulturrevolution überlebt hatten. Unter politischen Märtyrern herrschte eine seltsame Freimaurerei. Zwischen den Opfern der Folter und den Inquisitoren, die sie angewendet hatten, gab es stillschweigende, unauflösliche Bande.

Er spielte mit diesem Gedanken, während er sich mit seiner Korrespondenz beschäftigte. Er erinnerte sich daran, wie der Apostel Paulus sich in seinem Brief an die Epheser als *»Paulus, der Gefangene Jesu Christi ... ein Gefangener im Herrn«* beschrieben hatte. Für Luca Rossini hatte der Satz einen sauren Nachgeschmack. Anders als Paulus war ihm kein Eifer geblieben, bloß eine schale Überzeugung, daß es der schlichte Anstand von ihm forderte, die Arbeit zu Ende zu bringen, mit der man ihn beauftragt hatte.

Bevor er den Computer ausschaltete, klickte er aus reiner Gewohnheit noch einmal auf das Mail-Symbol in der rechten unteren Ecke des Bildschirms. Nur Sekunden später erschien Isabels Brief auf dem Monitor. Dem Header zufolge war er um 1 Uhr 43 Ortszeit abgeschickt worden. Er sah auf die Uhr. In Rom war es 8 Uhr 20. Machte rund sechs Stunden Zeitunterschied, wenn man die üblichen Verzögerungen bei der Übermittlung berücksichtigte – sie mußte in New York sein. Der Ton des Briefes war dringlich, nahezu gebieterisch:

> »Mein liebster Luca,
> wie Du siehst, ist es bei mir schon sehr spät, aber so kann ich zumindest allein und ungestört sein. Mein Mann ist für zwei Tage nach Washington gefahren. Ich habe ihn jedoch angerufen, um ihm die Nachricht mitzuteilen, daß Du bereit bist, seine Ernennung zu empfehlen, wenn die Zeit dafür reif ist. Er war natürlich sehr erfreut und hat mich gebeten, Dir seinen Dank zu übermitteln. Er wird Dir zu gegebener Zeit persönlich schreiben, aber vorsichtig, wie er nun einmal ist, hat er das Gefühl, daß jegliche

Korrespondenz zum gegenwärtigen Zeitpunkt inopportun wäre.

Ich dagegen hielt es für einen geeigneten Moment, seine Zustimmung dafür einzuholen, daß Luisa und ich auf der Stelle nach Rom kommen und dort lange genug bleiben, um bei den argentinischen Diplomaten während der Beisetzungsfeierlichkeiten für den Papst und der Wahl eines neuen inoffizielle Familienpräsenz zu zeigen. Ich habe Raul klargemacht, daß das außerdem für Luisa eine nützliche Einführung in die Kreise der ausländischen Diplomaten bedeuten würde. Er fand, daß auch das eine hervorragende Idee sei. Da er sich in New York schon seit langem eine Geliebte hält, wird es ihm an häuslichem Komfort weiter nicht mangeln.

Warum ich das tue? Ich bin die Tochter meines Vaters. Du weißt, wie wenig mir an Pomp und Zeremonien liegt.

Ich komme, um Dich zu sehen, Luca. Ich bin ganz verzweifelt vor Sorge, seit ich Deinen Brief gelesen habe. Ich habe Dich in jeder nur denkbaren Stimmung erlebt. Ich habe Dich in den Armen gehalten, während Du geweint hast wie ein Kind. Ich habe Dich mörderisch wütend gesehen. Ich, Deine Isabel, habe Dich in Nächten, an die ich mich mein Leben lang erinnern werde, gelehrt, diese Wut in Leidenschaft zu verwandeln und sie auf meinen Körper zu verwenden. Ich habe Dein Herz wieder der Liebe geöffnet. Ich kann es nicht ertragen, es erneut unter dieser eisigen Ruhe begraben zu sehen, mit der Du Dich der Welt gegenüber gibst.

Die Ruhe wird nicht anhalten. Sie kann es nicht. Entweder wird der Luca, den ich kenne, verdorren und an der Kälte sterben, oder er wird ausbrechen wie die Vulkane Islands und sich selbst in Stücke sprengen. Also, ob Dir das paßt oder nicht, komme ich. Morgen früh muß ich die letzten Arrangements treffen. Ich muß schnellstens nach Rom, bevor Du ins Konklave gehst, um einen Papst zu wählen. Was, wenn sie Dich bestimmen und Du nie mehr

Deinem Luxusgefängnis entkommst? Ein Albtraum, stimmt's?

Schreib mir nicht mehr. Ich setze mich mit Dir in Verbindung, sobald wir ankommen. Eine spezielle Bitte: Reserviere einen kleinen Teil Deiner Aufmerksamkeit für meine Tochter. Sie ist eine gutaussehende junge Frau und interessiert sich sehr für diesen wichtigen Mann, den ihre Mutter und ihr Großvater vor der brutalen Miliz gerettet haben. – Erwarte uns sehr bald.

In unverbrüchlicher Liebe

Isabel«

Er lehnte sich im Stuhl zurück, trank langsam seinen Kaffee und sann über den Text auf dem Monitor nach. Er lächelte und schüttelte tadelnd den Kopf darüber, daß er sich selbst etwas vorgemacht hatte. Dies war der Besuch, von dem er so oft geträumt hatte, und nun hatte er ihn, wenn auch unbewußt, selbst in die Wege geleitet.

Nichts in Isabels Erinnerungen an ihn war übertrieben, sowenig wie in seinen an sie. Sie war zu offen und geradeheraus, um die Halbwahrheiten zu tolerieren, die er als zölibatärer Kleriker in hoher Position benutzte, um in der Gesellschaft leichter zurechtzukommen. Alles, was sie für ihn getan zu haben beanspruchte, entsprach der Wahrheit.

Und selbst das war noch nicht alles. Sogar die letzte Version der Geschichte, die ihm Carlos Menéndez, Isabels Vater, erzählt hatte, wies Lücken auf:

»Wie Sie wissen, leite ich für *Petroleo Occidental* eine große Bohroperation am Fuß des Gebirges. Unser Basislager liegt in den Bergen, aber ich halte mir eine Wohnung über den Kolonnaden am Marktplatz. Gelegentlich kommt mich Isabel aus Buenos Aires eine Weile besuchen. Sie ist seit etwas mehr als einem Jahr mit Raul verheiratet, aber die Flitterwochen sind längst vorbei. Er ist schon immer ehrgeizig gewesen, schon immer ein Snob. Isabel verachtet ihn für seine speichelleckerische Verteidigung der Militärs, die ja weiß Gott ein ziemlich schäbiger Verein sind. Ich war selbst Soldat, Major bei den Pionieren. Dann habe ich den Dienst quittiert, um zu *Petroleo Occidental* zu gehen. Trotzdem bin ich nach wie vor Reserveoffizier und halte immer eine Uniform griffbereit. Das ist ganz nützlich, wenn sie die Schläger losschicken, um die Leute auf dem Land einzuschüchtern. Zufällig waren Isabel und ich beide in der Wohnung, als die Miliz in die Stadt einfiel. Wir sahen, wie Sie festgebunden wurden. Wir sahen, wie die Auspeitschung begann.«

»Und Sie haben es geschehen lassen?«

»Wir haben es zum Teil geschehen lassen. Ich kannte diesen Sergeanten, das war ein übles, sadistisches Schwein. Er wäre durchaus fähig gewesen, seine Leute in die Menge auf dem Platz feuern zu lassen. Ich gab Isabel mein Gewehr und wies sie an, ihn im Visier zu behalten, während ich in meine Uniform stieg und mir eine Pistole umschnallte. Ich wußte, daß Sie eine Auspeitschung überleben würden, aber niemand überlebt eine Kugel in den Kopf.«

»Aber um Himmels willen, Carlos, diese Auspeitschung hat sich lang hingezogen.«

»Lang oder kurz, bis ich zum Einschreiten gerüstet war, war sie vorbei, und der Sergeant forderte die Jungs auf, Sie zu sodomisieren.«

»So weit kann ich mich nicht erinnern. Ich bin ohnmächtig geworden.«

»Hat Ihnen Isabel denn nicht den Rest der Geschichte erzählt?«

»Sie hat sie mir in kleinen Dosen eingeflößt wie Medizin. Sie sagte, Sie würden mir die komplette Version später erzählen.«

»Ich erzähl sie Ihnen jetzt ... Die Soldaten zögerten. Der Sergeant lachte und sagte, er werde ihnen zeigen, wie das gemacht wird. Er fing an, sich die Hose aufzuknöpfen. Ich rannte die Treppe hinunter. Als ich auf den Platz kam, sah ich ihn den Soldaten seinen Penis präsentieren. Just als er sich umdrehte, um Sie zu vergewaltigen, feuerte Isabel und schoß ihm den Hinterkopf weg. Die Soldaten standen noch immer herum, als hätten sie vor Schreck allesamt Plattfüße bekommen, als ich zweimal in die Luft schoß und sie anbrüllte, Haltung anzunehmen. Als sie die Uniform sahen, gehorchten sie. Ich befahl ihnen, die Leiche des Sergeanten auf den Lastwagen zu werfen und schnellstens zu ihrer Kaserne zurückzufahren.

Sobald sie weg waren, habe ich Sie losgeschnitten. Die Leute aus der Stadt halfen mir, Sie hoch in die Wohnung zu tragen. Isabel verband Ihre Wunden so gut es eben ging. Dann rief ich den militärischen Befehlshaber in San Miguel de Tucumán an. Ich sagte ihm, er habe gewaltige Probleme; Probleme mit der Junta und Probleme mit der Kirche, die von der Junta umworben wurde wie eine jungfräuliche Braut. Ich habe die Soldaten zu ihm zurückgeschickt, zusammen mit einer Leiche, die es zu begraben galt. Ich sagte ihm, er solle sie rasch und tief begraben. Danach führte ich noch zwei Telephonate; das eine mit unserem Basiscamp, daß sie einen Hubschrauber mit unserem Lagerarzt schicken sollten, das andere mit einem Freund, der eine große *estancia* nördlich von Cordoba besitzt. Dort haben wir Sie hingeflogen; Isabel blieb bei Ihnen.

Ich selbst fuhr zurück nach San Miguel und dann weiter nach Buenos Aires, um die Angelegenheit mit der Junta zu regeln und den Kardinal-Erzbischof und den Apostolischen Nuntius auf meine Seite zu bringen. Meine Firma unterstützte mich, aber bei Gott! – das waren die härtesten sechs Wochen meines Lebens. Isabels Mann erwies sich als nutzlos. Am Ende schlossen wir einen Handel: Ich würde Sie nach Buenos Aires fliegen und dem Apostolischen Nuntius übergeben, der Sie wiederum unverzüglich nach Rom ausfliegen lassen würde. Ich würde zurück an meine Arbeit gehen. Isabel würde zu ihrem Ehemann zurückkehren. Keine Publicity, keine Kommentare; Fall abgeschlossen. Möchten Sie sonst noch was wissen, ehe Sie Argentinien verlassen?«

»Isabel und ich – wie stehen Sie dazu?«

»Sie hat Ihnen gutgetan. Und Sie haben auf eine seltsame Art ihr gutgetan. Ich war glücklich zu sehen, daß ihr beiden soviel Freude aneinander hattet. Sie sind weit mehr wert als dieser Clown, den sie geheiratet hat.«

»Warum hat sie ihn geheiratet?«

»Er war ein tolles Angebot: alte Familie, gute Bildung, gute Manieren, reich, alle Mädchen waren hinter ihm her; also mußte Isabel ihn unbedingt haben. Na schön, sie hat ihn gekriegt. Einen Hohlkopf, der klappert wie ein vertrockneter Kürbis, aber immer noch wirkt, als sei er eine der frischen Früchte in der Schale.«

»Warum verläßt sie ihn nicht?«

»Daran hat sie mehr als einmal gedacht. Jetzt kann sie's nicht – jedenfalls eine Zeitlang.«

»Warum nicht?«

»Benutzen Sie doch mal ihr Hirn, Mann! Sie haben ja keine Ahnung, was es uns kostet, uns aus diesem Schlamassel rauszumauscheln. Isabel muß sich bedeckt halten. Ihr Mann hat in der Junta nichts zu melden, aber sein Vater schon, und der würde einen üblen Feind abgeben ... Was einen sehr guten Grund darstellt, warum ich möchte, daß Sie aus dem Land und ihrem Leben verschwinden.«

»Gibt es noch andere Gründe?«

»Einige.«

»Dann lassen Sie mich hören!«

»Sie sind Priester. Mit Ihnen hat sie keine Zukunft.«

»Von dem Priester ist nicht mehr viel übrig.«

»Von dem Mann könnte auch einiges abhanden gekommen sein. Es braucht lange Zeit, sich von der Erfahrung der Folter und der damit verbundenen Erniedrigung zu erholen. Deswegen ist sie ja auch ein derart mächtiges Instrument. Es ist noch zu früh, um zu sagen, wie Sie damit fertigwerden. Wenn Sie's ganz unverblümt hören wollen, bitteschön: Ich möchte nicht, daß Isabel für einen emotionalen Krüppel die Krankenschwester spielt. Einer davon ist für eine Frau mehr als genug.«

»Was geschieht jetzt mit ihr?«

»Überhaupt nichts geschieht. Sie ist meine Tochter. Sie wird ihr Leben nach ihrem eigenen Gusto gestalten. Ihre Familie stammt doch aus Italien, oder?«

»Ja, aber warum fragen Sie das?«

»Weil Sie dann verstehen werden, was ich meine, wenn ich Ihnen sage, daß Isabel jetzt eine gemachte Frau ist. Ich hoffe, daß Sie eines Tages ein gemachter Mann sein werden.«

»Heißt das, ich muß jemanden töten?«

»Jemanden, etwas. Sie werden's schon wissen, wenn es soweit ist ...«

Und nun schien es, daß die Zeit sehr nah war, jene Zeit, von der gute Christen täglich beteten, daß sie nicht kommen solle: *»Und führe uns nicht in Versuchung, sondern erlöse uns von dem Übel.«* Luca, Kardinal Rossini konnte nicht beten. Das Geschenk des Glaubens war ihm abhanden gekommen. Er konnte, allein in seiner Wüste, lediglich den Tag des Gerichts erwarten.

Drei

Mit einem Mal war der Kardinal Camerlengo ein überaus beschäftigter Mann. Der Pontifex war jetzt offiziell zum Sterbenden erklärt worden, und unter diesem Blickwinkel wurde auch für ihn gebetet. Die Kurie hatte entschieden, daß es nicht gegen die Schicklichkeit verstieß – ja in der Tat notwendig und angemessen war –, eine Reihe von Zeremonien vorzubereiten, die ihn aus der Welt hinausgeleiten sollten, und gleichzeitig eine andere zur Wahl und Inthronisation eines Nachfolgers.

In den beiden Fällen ging das kanonische Recht von unterschiedlichen Voraussetzungen aus. Der Papst war noch am Leben, weshalb seine Wünsche und Intentionen weiterhin Gültigkeit hatten, soweit sie bekannt waren oder sich erraten ließen. Er wurde in seinem eigenen Heim betreut, diskret und würdevoll; aber jetzt waren die Einbalsamierer vorgewarnt, sich bereit zu halten, damit sie so rasch wie möglich kommen konnten, wenn er starb. Die drei Särge – aus Zypressenholz, Blei und Eiche – waren bereits in Arbeit. Der Zeremonienmeister legte die Abfolge der Ereignisse fest, die während seiner Aufbahrung, seiner Totenmesse und seiner Beisetzung in der Krypta des Petersdoms stattfinden sollten.

Der Staatsrat der Vatikanstadt bereitete schon die neuen Münzen und die neuen Briefmarken vor, die verwendet werden würden, solange der Heilige Stuhl vakant war. Die Sicherheitskräfte machten sich auf den gewaltigen Ansturm weltlicher und geistlicher Würdenträger gefaßt, die an den Beisetzungsfeierlichkeiten teilnehmen würden.

Die vatikanische Bürokratie bewegte sich oft langsam und schwerfällig auf knarzenden Rädern, aber in Angelegenheiten, bei denen es sich um Leben, Tod und das Image in der Öffentlichkeit drehte, funktionierte sie erstaunlich glatt. Ihre spektakulärsten Leistungen erbrachte sie, wenn es um Zeremonien ging, was auf lange Sicht außerdem dazu führte, daß noch die rüstigsten Päpste rasch alterten und starben.

Zu dieser späten Vormittagsstunde war der Camerlengo allerdings nicht mit dem Zeremoniell befaßt, sondern sprach mit Monsignore Victor Kovacs, dem Privatsekretär des Pontifex.

»Sie wissen, was passiert, wenn Seine Heiligkeit stirbt, Victor?«

»Mehr oder weniger, Eminenz. Sie müssen sich von seinem Ableben überzeugen, zusammen mit dem Arzt den Totenschein unterschreiben, die Einbalsamierer rufen und den Leichnam ihren Händen übergeben.«

»All das, und noch ein bißchen mehr. Ich muß seine persönlichen Siegel zerbrechen und alles an mich nehmen, was sich in seinen Gemächern befindet, bis hin zur Unterwäsche. Was ich jetzt von Ihnen brauche, ist eine Besichtigungstour. Ich muß wissen, wo alles liegt: sein Testament, seine private und offizielle Korrespondenz, seine Tagebücher. Nachdem der Leichnam weggebracht ist, werden die Räumlichkeiten verschlossen und versiegelt. Es würde mir eine ganze Menge helfen, wenn Sie so rasch wie möglich eine Inventarliste zusammenstellen könnten.«

»Damit habe ich bereits begonnen, Eminenz. Gestatten Sie, daß ich Sie herumführe, damit Sie selber sehen können, wie alles arrangiert ist. Wie Sie wissen, war – verzeihen Sie mir, ist! – Seine Heiligkeit nicht gerade der systematischste Mensch. Ich mußte ihn anflehen, nicht einfach die Akten durchzuwühlen, sondern mich darum zu bitten herauszusuchen, was er wollte, und es später wieder an seinen Platz zurückzulegen. Er sagte mir immer, ich sei pingelig wie eine alte Frau. Und doch wird er mir fehlen, wie ich gestehen muß ... Fangen wir mit den Schreibtischschubladen an und machen uns dann an die Aktenschränke.«

»Hat Seine Heiligkeit irgendeine Art von Geheimversteck?«

»Hinter diesem Bild da ist ein Wandsafe.«

»Wer hat die Kombination?«

»Nur Seine Heiligkeit und ich.«

»Sie sollten sie mir auch geben.«

»Selbstverständlich.«

»Und wenn Sie mir bitte demonstrieren würden, wie man den Safe auf- und zumacht.«

Monsignore Kovacs schrieb die Kombination auf ein Kärtchen und gab es dem Camerlengo. Dann zeigte er ihm, wie die gerahmte Sepiaskizze von Raffael mit Scharnieren an der Wand befestigt war. Als er sie wegklappte, kam der Wandtresor zum Vorschein. Der Sekretär öffnete den Safe, verschloß ihn sofort wieder und bat den Camerlengo, die Prozedur zu wiederholen. Als ihm das gelungen war, schwang der Camerlengo das Bild zurück auf seinen Platz. Keiner der beiden hatte versucht, irgend etwas aus dem Safe zu nehmen. Das entsprach dem Protokoll. Der Pontifex lebte noch, war nach wie vor in Amt und Würden. Der Camerlengo und der Sekretär beendeten ihren Rundgang. Dann fragte der Kämmerer:

»Gibt es irgend etwas von Bedeutung in seinem Schlafzimmer?«

»Nicht, daß ich wüßte. Er hat auf dem einen Nachttisch immer eine Bibel und ein Brevier liegen, auf dem anderen das Buch, das er gerade liest. Bei verschiedenen Gelegenheiten, wenn er krank war, ließ er sich von mir Dokumente bringen, die er benötigte. Ich habe stets dafür gesorgt, daß Figaro – nochmals Entschuldigung! – Claudio Stagni sie ins Büro zurückbrachte. Er müßte natürlich wissen, was sonst noch im Schlafzimmer ist.«

Der Camerlengo ließ ein leises Lachen vernehmen. »Claudio Stagni weiß alles – aber erzählt nie auch nur die Hälfte davon. Trotzdem, er ist ein amüsanter Bursche. Ich werde jetzt mit ihm sprechen.«

»Das ist seltsam, Eminenz.«

»Was ist seltsam, Victor?«

»Seine Heiligkeit hat seine Privatsphäre immer ziemlich eifersüchtig gehütet. Stagni war der einzige, der sie mit ihm geteilt hat. Nun liegt er einfach so da, und ständig kommen und gehen Leute. Er hätte das gehaßt, wenn er es gewußt hätte. Er ist total abhängig von anderen Leuten; wie ein neugeborenes Kind, nur daß er keinerlei Leben mehr vor sich hat. Darf ich Ihnen eine Frage stellen, Eminenz?«

»Natürlich, Victor. Was bewegt Sie denn?«

»Als ich heute in aller Frühe meine Messe las, habe ich Gott dabei insgeheim gebeten, den Heiligen Vater aus diesem Leben zu entlassen – das für ihn kein Leben mehr ist. Als ich das Credo rezitierte, hat mich ein Satz getroffen wie ein Schlag: *descendit ad inferos* – niedergefahren zur Hölle. Ich fragte mich, ob das bloß ein archaischer Ausdruck war, der die mysteriöse Zeit zwischen dem Tod unseres Herrn und Seiner Auferstehung beschrieb, oder ob er sich vielleicht auch auf das beziehen könnte, was dem Pontifex zugestoßen ist. Ist er in irgendeiner anderen Sphäre oder auf irgendeiner anderen Seinsebene? Weilt er noch wirklich unter uns? Selbst Sie und ich benehmen uns so, als habe er uns längst verlassen.«

Der Kummer des Mannes war so real, daß er den Camerlengo zu rarer Freundlichkeit rührte.

»Ich sag's Ihnen ganz ehrlich, Victor: Ich weiß es nicht. Wenn Sie meinen Kollegen Gruber fragten, würde der Ihnen zweifellos eine geschliffene metaphysische Vorlesung über das Thema halten, aber was mich betrifft, so bekenne ich meine Ignoranz, und ich bin's zufrieden, auch ignorant zu bleiben. Für mich ist der Akt des Glaubens ein Akt des Akzeptierens, daß wir im Geheimnis leben und sterben. Hoffnung ist die Zuversicht, daß uns das Mysterium eines Tages so weit enthüllt werden wird, wie es Gott gefällt. Und christliche Nächstenliebe ist die Gabe, Liebe zu geben und freudig zu empfangen. Ich weiß, Sie sind deprimiert; aber seien Sie versichert, daß Sie Seiner Heiligkeit gut gedient haben. Er hat das mir und anderen Angehörigen der Kurie gegenüber viele Male bestätigt. Er konnte schwierig sein, ich weiß, aber er hat Sie gerngehabt.«

»Es tut gut, das zu hören. Danke.«

»Und jetzt gehe ich mit unserem Freund Figaro reden. Ich werde das Schlafzimmer inspizieren und ein Gebet für unseren Patienten sprechen. Sie haben Arbeit genug. Ich will Sie nicht länger behelligen.«

In Gegenwart des sterbenden Papstes und des neugierigen Camerlengo lieferte Claudio Stagni eine eindrucksvoll gedämpfte Vorstellung. Er kniete mit dem Kardinal und den Pflegeschwestern neben dem Bett und respondierte mit gefühlsseliger Grabesstimme auf die Verse des *De Profundis: »Aus der Tiefe rufe ich, Herr, zu dir. Herr, höre meine Stimme, laß deine Ohren merken auf die Stimme meines Flehens ...«* Nach dem Gebet hatte er den Kardinal durchs Zimmer geführt, jeden Schrank und jede Schublade geöffnet, gezeigt, was darin war, und – wie es bereits der Sekretär getan hatte – darauf hingewiesen, daß der Papst es einem besonders in seinen späteren Jahren schwergemacht hatte, Ordnung zu halten. Er wühlte in Papieren, er brachte Dinge durcheinander, er legte Sachen weg und vergaß, wo er sie hingetan hatte.

»Wenn es je einen Menschen auf der Welt gab, der einen Kammerdiener gebraucht hat, dann Seine Heiligkeit. Monsignore Kovacs und ich haben ein kleines Arrangement getroffen. Im Schlafzimmer durften keine Dokumente liegenbleiben. Seine Heiligkeit fühlte sich wohl ein bißchen gegängelt. Er hat deswegen manchmal gemurrt, aber in Wirklichkeit war er froh darüber. Geheimverstecke? Seltsam, daß Sie danach fragen, Eminenz. Hier, ich zeig' Ihnen was. Diese Kommodenschublade hat ein Geheimfach. Wie Sie sehen, steht es offen und ist leer. Es liegt ein Schlüssel drin, aber in all den Jahren, die ich ihm gedient habe, habe ich nie gesehen, daß Seine Heiligkeit ihn benutzt hätte.«

»Und das ist alles, was Sie mir zeigen können?«

»Alles, Eminenz. Aber ich muß ein kleines Geständnis machen.«

»Nämlich?«

»Gestern abend habe ich aus einem Impuls heraus jeder der beiden Schwestern, die Nachtwache hatten, eines der Taschentücher geschenkt, die ich erst vor ein paar Tagen für Seine Heiligkeit gekauft habe. Sie waren so tief bewegt, daß ich richtig froh war, es getan zu haben. Danach habe ich dann angefangen, mir zu überlegen ...«

Der Camerlengo war damit überhaupt nicht glücklich. Seine Erwiderung kam scharf und zornig.

»Das war ein dummer und leichtsinniger Akt, Claudio. Haargenau das, was ich verhindern soll – unautorisierter Handel mit Reliquien und Souvenirs, nachdem der Pontifex gestorben ist. Sie waren lange genug hier, um es besser zu wissen.«

»Das ist mir hinterher auch klargeworden, Eminenz. Es war einfach so ein Impuls. Wenn Sie möchten, werd ich die beiden Schwestern bitten, die Taschentücher zurückzugeben.«

»Nein, nein! Das würde den Fehler nur noch verschlimmern. Aber so etwas darf nicht wieder vorkommen, verstehen Sie! Das könnte sich leicht zu einem Skandal auswachsen – oder, schlimmer noch, zu einer Absurdität! Leute, die auf dem Flohmarkt an der Porta Portese die päpstliche Unterwäsche verhökern! Benutzen Sie doch mal Ihr Hirn, Mann!«

»Es tut mir wirklich leid, Eminenz.«

»Dann wollen wir nicht mehr drüber reden. Ich bin hier fertig. Sie können gehen.«

»Danke, Eminenz.«

Der Kammerdiener schlich mit hängenden Schultern aus dem Zimmer wie ein reuiger Schuljunge. Sobald er außerhalb der päpstlichen Gemächer war, verfiel er in ein kleines Freudentänzchen zum Rhythmus seiner Erkennungsmelodie *»Figaro qua, Figaro la, Figaro su, Figaro giù ...«*

Steffi Guillermin war Spätaufsteherin. Sie liebte es, mit Lucetta im Bett zu sitzen und in aller Ruhe Kaffee zu trinken, während sie die Morgenzeitungen las und schaute, ob es auf einem der diversen Eurovisions-Kanäle schlagzeilenträchtige Nachrichten gab. An diesem Morgen provozierte das Bulletin des Vatikans einen überraschten Aufschrei und eine widerwillige Verbeugung vor Angel-Novalis.

»Der Typ verdient den ersten Preis. Er ist gerissen wie der Teufel und sieht ebenso gut aus. Er hat die meisten Tretminen entschärft, die in der Euthanasie-Debatte versteckt sind, und seinen eigenen konservativen Theologen von Opus Dei den Saft abgedreht. Er setzt sich gar nicht erst mit ihnen auseinander. Sie können sich nicht mit ihm anlegen, aber trotzdem hinterläßt er tiefen Eindruck mit einer Frage, die ungestellt bleibt: ›Was würden Sie tun, wenn das Ihren eigenen Vater oder Ihre eigene Mutter getroffen hätte ...?‹«

»Also ist es ein Beispiel cleverer PR. Was hat es sonst noch zu bedeuten?«

»Möglicherweise nichts; aber überleg mal folgendes: Seine Heiligkeit hat seine Hierarchie und das Heilige Kollegium mit Leuten vollgepackt, die nach seinen Kriterien fest auf der konservativen Seite stehen. Mit anderen Worten: Er hat, soweit ihm das nur möglich war, sicherzustellen versucht, daß seine Kirchenpolitik nach seinem Tode fortgesetzt wird. Er ist immer ein Zentralist und ein Interventionist gewesen, aber beides beginnt allmählich, nach hinten loszugehen. Also existiert eine Interessengruppe, die den alten Mann so lang am Leben erhalten möchte, wie es nur geht.«

»Aber warum?«

»Je länger sich die Wahl hinauszögern läßt, desto besser ist die Chance, daß sie ihren Stimmenblock konsolidieren können. Es ist kein Geheimnis, daß Angehörige des Heiligen Kollegiums in letzter Zeit viel gereist sind – Besuche bei Kollegen in aller Welt. In den alten Zeiten war das nicht möglich. Heute ist es einfach – und viel sicherer, als zu korrespondieren.«

»Aber nun, willst du sagen, wird er bei sich zu Hause gepflegt, und den Konservativen könnte sein rasches Ende einen Strich durch die Rechnung machen?«

»Genau das meine ich, aber ich habe immer geglaubt, daß er zu smart ist, um sich selbst vom Tod in die Quere kommen zu lassen. Ich denke mir, daß er Notizen, Dossiers, freundliche und unfreundliche Anmerkungen zu jeglichem potentiellen Nachfolger aufbewahrt haben muß.«

»Falls derartige Aufzeichnungen existieren«, zweifelte Lucetta, »wo sind sie dann jetzt?«

»Wahrscheinlich nicht im Vatikan.«

»Wieso meinst du das?«

»Gesunder Menschenverstand. Seine Heiligkeit weiß, daß das alles in die Hände des Kardinal Camerlengo übergehen wird, wenn er stirbt. Ich schätze, daß er dagegen seine Vorkehrungen getroffen haben dürfte, indem er die Dokumente jemandem zur Aufbewahrung übergeben hat.«

»Wem denn zum Beispiel?«

»Ich weiß nicht.« Steffi grübelte einen Moment darüber nach und rief dann aus: »Mein Gott, bin ich blöd, daß ich da nicht schon früher dran gedacht habe!«

»Woran gedacht?«

»Vor drei Tagen haben mir meine Leute in Paris berichtet, daß sich ein New Yorker Agent mit ihnen in Verbindung gesetzt hatte, der andeutete, daß ein vom Papst geschriebenes Dokument nach dessen Tod auf den Markt kommen könnte. Sie waren gefragt worden, ob sie daran interessiert seien, die französischen Abdruckrechte zu erwerben.«

»Und waren sie interessiert?«

»Wie könnten sie es nicht sein?«

»Wen hat man sonst noch kontaktiert?«

»In Deutschland muß es der *Spiegel* sein – was erklären würde, warum Fritz Ulrich gestern so widerlich zu mir war. Vielleicht war das auch der Grund dafür, daß Frank Colson mir derart unter die Arme gesprungen ist. Der *Daily Telegraph* wäre bei einem solchen Deal normalerweise nicht der erste Ansprechpartner. Die *Sunday-Times*-Gruppe wäre als Meistbietender wahrscheinlicher.«

»Also, was machst du jetzt als nächstes?«

»Rumschnüffeln. Schauen, ob es irgendwo nach Geld riecht oder Gerüchte gibt. Wenn die Dokumente erst mal vorgelegt sind, werden meine Leute von mir erwarten, daß ich Herkunft und Echtheit überprüfe, bevor sie Kohle rausrücken. Aber bis dahin wird die Story schon nicht mehr exklusiv sein.«

»Wie willst du anfangen? Du kannst ja schlecht in der Vatikanstadt rumlaufen und einen Prälaten nach dem anderen fragen, ob er was von einem Schleichhandel mit Dokumenten weiß.«

»Ich bezweifle sowieso, daß Rom ein guter Platz zum Anfangen wäre. Wer auch immer diese Ware anbietet, dürfte versuchen, sein Geld weit weg von Italien zu verdienen – und es weit weg davon zu halten.«

»Das deutet immer noch darauf hin, daß die ursprüngliche Quelle der Dokumente im Vatikan sitzt – jemand aus der engeren Umgebung des Papstes, der leichten Zugang hat.«

»Mit anderen Worten ein Zivilist, der einfacher rauskommt als ein Kleriker.«

»Aber wie könntest du das beweisen?«

»Warum sollten wir denn irgendwas beweisen wollen? Alles, was wir wissen müssen, ist, ob die Dokumente, die man uns anbietet, echt sind, wie auch immer sie aussehen mögen. Alles andere würde bloß peinlich.«

»Warum sollte es peinlich werden?«

»Weil unser primäres Interesse der Story gilt, meine Liebste. Solange die Herkunft stimmt, wird es niemanden kümmern, wie das Zeug in meine Hände gelangt ist. Darüber sollen sich andere Leute den Kopf zerbrechen.«

Luca Rossini war gebeten worden, mit dem Staatssekretär in dessen privaten Gemächern im Apostolischen Palast zu Mittag zu essen. Er wußte aus langer Erfahrung, daß es ein spartanisches Mahl werden würde: Suppe, Pasta, Käse, eine kleine Karaffe dünner Rotwein und starker schwarzer Kaffee, um jeden Gedanken an Schlaf während der römischen Siestazeit zu verbannen. Kardinal Salvatore Pascarelli – Turi für seine wenigen engen Freunde – war groß und dünn wie ein Heurechen, und er verabscheute übergewichtige Kleriker, weil sie, wie er mit einem gewissen sardonischen Witz sagte, die Kirche in Verruf brachten. Er war ein fleißiger und scharfsinniger Mann, der in der Sekretarie geschult und ausgebildet worden war und eine eindrucksvolle Karriere gemacht hatte – vom Attaché Zweiter Klasse über den Attaché Erster Klasse zum Persönlichen Referenten, Berater, Bürochef für allgemeine Angelegenheiten und stellvertretenden Staatssekretär, bis man ihm schließlich einen Kardinalshut und den Titel des Premierministers der römischen Kurie verliehen hatte.

Er trug seinen Rang mit Gelassenheit, doch die Bürden seines Amtes lasteten schwer auf seinen knochigen Schultern. Er behauptete mit einiger Berechtigung, daß die einzig mögliche Art, mit den politischen Interessen einer Milliarde bekennender Gläubiger auf einem überaus wirren Planeten umzugehen, darin bestand, daß man sie sich als gewaltiges Mosaik vorstellte, bei dem die lockeren Steinchen an ihrem Platz gehalten werden mußten, egal, wie klein oder unwichtig sie erscheinen mochten. Wenn sich allzu viele auf einmal lösten, konnte das ganze Bild auseinanderfallen. Diese Einstellung ließ ihn oft anspruchsvoll erscheinen, aber sein Sinn für Geschichte, dafür, wie die Vergangenheit sich bei allem Wandel in die Zukunft hinein fortsetzte, war ausgeprägt und mitunter prophetisch. Also hielt es Luca Rossini für klug, seinen Kommentar zu dem Botschafterkandidaten noch vor dem Mittagessen zu schreiben und abzuliefern. Der Kardinalstaatssekretär bat ihn, ihm das Papier vorzulesen. Er entschuldigte sich mit einem entwaffnenden Lächeln für diese Exzentrizität.

»In meiner Jugend hat man mir beigebracht, daß man einen guten Text daran erkennt, daß die Satzmelodie stimmt. In Wirklichkeit mag ich einfach Ihren Akzent, Luca. Bitte tragen Sie's mir vor.«

»Sie sind der Gastgeber, Turi! Sie bestimmen, was gespielt wird. Es ist ein sehr kurzer Text. Ich nehme an, Sie wollten nicht gleich ein ganzes Essay.«

»Natürlich nicht. Fahren Sie fort.«

»Aktennotiz über den von der argentinischen Regierung zur Ernennung zum Botschafter beim Heiligen Stuhl vorgeschlagenen Raul Jaime Ortega ... Ich habe den Vorschlag gelesen. Ich habe den Kandidaten nie persönlich kennengelernt, obgleich ich einiges über seinen Hintergrund weiß. Wie ich sehe, behauptet er, eine wichtige Rolle dabei gespielt zu haben, daß ich während des Regimes der Militärjunta Argentinien unbehelligt verlassen konnte. Meine damaligen Informationen besagten, daß sein Einfluß minimal war. Die wirkliche Macht wurde von seinem Vater, General Jaime Alfonso Ortega, ausgeübt, der in der Junta ein wichtiger Mann war. Andererseits hat Raul Ortegas Gattin Isabel mich nach meiner Auspeitschung gesund gepflegt und an einem geheimen Ort versteckt, während ihr Vater über mein freies Geleit aus dem Land verhandelte. Angesichts dessen, wie eifrig Raul Ortega darum bemüht ist, zum Abschluß seiner Karriere an den Vatikan versetzt zu werden, ist es möglicherweise verständlich, daß er seine eigene Rolle übertreibt. Ich bin mir sicher, daß er zumindest einen kompetenten Botschafter abgeben würde, und auf jeden Fall einen dekorativen. Kurzum, ich gebe *nihil obstat* zu Protokoll – keine fundamentalen Einwände. Ich rate jedoch, von ihm nicht allzuviel zu erwarten; er wird dem Heiligen Stuhl weder sonderlich nützen noch schaden.«

Der Kardinalstaatssekretär lehnte sich in seinem Stuhl zurück und lachte.

»Wunderschön vorgetragen, Luca! Wunderschön formuliert! Ein eleganter Befehl für eine blutleere Hinrichtung!«

»Ist das nicht genau, was Sie erwartet hatten?«

»Sagen wir mal, ich war neugierig, was Sie sagen würden – wenn man die speziellen Umstände betrachtet.«

»Machen Sie keine Spielchen mit mir, Turi!« fuhr Luca Rossini ihn an. »Dafür kennen wir beide uns zu lang!«

»Das ist kein Spielchen, Luca, nur der Auftakt zu unserem Tischgespräch. Als Sie vor all den Jahren mit dem Apostolischen Nuntius nach Rom kamen, wurden Sie von einigen Gerüchten begleitet. Der Nuntius hat sie in seinem Bericht abgetan, aber darauf hingewiesen, daß die Junta sie zweifellos gegen Sie verwenden würde, falls Sie versuchten, öffentlich gegen das Regime Stellung zu beziehen.«

»Die Junta ist seit langer Zeit entmachtet. Also ist die Drohung irrelevant.«

»Wahr.«

»Aber diese Gerüchte stehen weiterhin in Ihren Akten.«

»Nur der Ordnung halber.«

»Was besagen sie?«

»Daß im Verlauf ihrer Rettung ein Sergeant erschossen wurde und Sie eine Liebesaffäre mit Ortegas Frau hatten, während Sie sich in einem Geheimversteck erholten.«

»Die Liebesaffäre wurde als Gerücht in die Welt gesetzt. Rein zufällig entsprach es der Wahrheit. Ich habe das Seiner Heiligkeit eröffnet, als er mich in Rom zum ersten Mal empfing. Ich habe niemals etwas anderes behauptet oder mich für das, was geschehen ist, zu entschuldigen versucht. Andererseits habe ich mich auch nie verpflichtet gefühlt, es überall herumzuerzählen. Das hätte Isabel in noch größere Gefahr gebracht. Sie hat einen Mann getötet, um mich zu retten. Sie hat mir eine Liebe geschenkt, die meine Männlichkeit wiederhergestellt hat.«

»Waren Sie nie versucht, in Argentinien zu bleiben und die Affäre fortzusetzen?«

»Natürlich, aber das hätte sie und ihren Vater in Lebensgefahr gebracht. Mein Exil war der Preis für ihre Sicherheit.«

»Haben Sie sie geliebt, Luca?«

»Das hab ich. Ich tue es noch immer.«

»Und sie liebt Sie auch?«

»Ja. Wir schreiben uns nach wie vor. Das heilt die Wunden nicht, aber es läßt sie leichter ertragen. Warum sprechen Sie das alles mit einem Mal an, Turi? Die ganze Angelegenheit war seit über zwanzig Jahren tot und begraben!«

»Weil ich mich gefragt habe, wie Sie auf Ortegas Ernennung zum Botschafter reagieren würden, falls er beabsichtigt – was offenbar der Fall ist –, seine Frau und seine Tochter mitzubringen.«

»Genaugenommen kommen seine Frau und seine Tochter in allernächster Zukunft für einen privaten Besuch nach Rom, Turi.«

»Das ist mir neu!« Der Kardinalstaatssekretär war ehrlich überrascht. »Wann haben Sie das denn erfahren?«

»Erst heute früh. In meiner E-Mail war eine Nachricht von Isabel. Ich hoffe, Ihre Leute können den beiden im Petersdom und auf der Piazza ein paar gute Plätze im Diplomatenblock reservieren.«

»Selbstverständlich. Ich nehme an, Sie werden sie während ihres Besuchs treffen?«

»Isabel will sich mit mir in Verbindung setzen, wenn sie in Rom ankommt.«

Der Kardinalstaatssekretär erlaubte sich ein träges Lächeln der Zustimmung. Er sagte freundlich:

»Ich hoffe, es wird eine angenehme Erfahrung für Sie beide. Sie sind mit einer ganz besonderen Gabe ausgestattet, Luca, der Gabe, in der Einsamkeit des Herzens zu überleben. Ich habe mich oft gefragt, wie Sie bei allem, was Sie tun, so kühn sein können – selbst dem Heiligen Vater gegenüber. Sie verbergen nichts. Sie stellen sich jeder Frage, so wie Sie es gerade getan haben. Wir alle werden diese Gabe sehr bald brauchen ... Und nun lassen Sie uns essen. Es gibt wichtige Dinge zu diskutieren, und wir müssen uns ernähren.«

Das frugale Mahl war rasch vorbei. Der Wein war so dünn wie nur je, aber sie saßen lange Zeit beim Kaffee. Der Kardinalstaatssekretär eröffnete Luca Rossini sein Herz wie nie zuvor:

»Unser Mann liegt im Sterben, Luca – der Mann, der uns beiden den roten Hut verliehen und mich auf diesen Posten befördert hat. Die Weltpresse sitzt über ihn zu Gericht. Vor dem Konklave und in seinem Verlauf werden Sie und ich unsere eigenen Urteile abgeben müssen.«

»Und wie wird Ihres lauten, Turi?«

»Wir müssen viele Praktiken abschaffen, die wir allzulang verziehen haben, und viele Prinzipien, die unser Herr und Meister aufgestellt hat.«

»Und Sie durchgesetzt haben.«

»Durchgesetzt, erzwungen, oder jedenfalls nicht heftig genug dagegen protestiert. Und doch werde ich mich wie ein Verräter an seinem Andenken fühlen.«

»Werfen Sie sich nicht allzuviel vor, Turi. Wir sind das, wozu man uns erzogen hat – gehorsam im Herzen, im Geist und im Willen.«

»Ich bin nicht in der Stimmung für faule Witze, Luca!«

»Ich mache keine Witze. Da sei Gott davor! Auch ich habe um unseren Pontifex geweint. Er hat mir Güte geschenkt, als ich sie brauchte, und Würde, als ich keine mehr hatte. Ich habe mit ihm gekämpft, manchmal erbitterter, als Sie sich vorstellen können, weil ich hinter ihm die Schemen alter Tyranneien sah, und vor ihm den Schatten neuer ...«

»Aber Sie haben mit ihm gekämpft. Ich nicht.«

»Sie waren stets ein guter Offizier, Turi. Aber zur Meuterei waren sie nicht in der Lage. Ich habe viele Male kurz davor gestanden.«

»Wo stehen Sie jetzt, Luca?«

Luca Rossini runzelte die Stirn, während er seine Antwort zu fomulieren versuchte.

»Ich trage nach wie vor Uniform. Ich halte mich strikt an die Regeln. Ich beziehe mein Gehalt. Ich mache meine Arbeit so gut, wie ich nur kann. Nur meine Beweggründe haben sich geändert.«

»Inwiefern?«

»Das ist eine Frage, über die wir ein andermal reden sollten. Nun erzählen Sie schon, was haben Sie auf dem Herzen, Turi?«

Der Kardinalstaatssekretär schwieg einen Moment. Er schien seine Gedanken zu sammeln, Formulierungen durchzugehen, hin und her zu überlegen, ob er sich Luca Rossini anvertrauen sollte oder nicht. Schließlich begann er zu sprechen, zunächst stockend, dann leidenschaftlich und wortgewandt.

»Sie brauchen mir keine Liste der Übel vorzulesen, mit denen die Kirche behaftet ist. Wir haben uns der Realität der menschlichen Erfahrung verschlossen, wir haben uns geweigert, dem Volk Gottes zuzuhören, Männern und Frauen guten Willens. Sie haben um das Brot des Lebens gebettelt, und wir gaben ihnen Steine. Also haben sie sich abgewandt – Männer, Frauen und auch Kinder. Wir, die Diener am Wort des Herrn, sind irrelevant für sie geworden. In letzter Zeit habe ich immer wieder den gleichen Albtraum gehabt: Seine Heiligkeit steht im vollen päpstlichen Ornat auf den Zinnen einer Burgruine, ein versprengter Kreuzfahrer, der in einer menschenleeren Wüste zum Sammeln ruft...«

»Und wenn er runterfällt«, lieferte Rossini den Refrain, »dann begraben wir ihn und wenden uns ab, um einen neuen Kandidaten zu suchen, den wir kreuzigen können. Wenn der dann ausgeblutet ist, lassen wir auch ihn am Kreuz hängen, während die Krähen ihm die Augen aushacken.«

»Das ist erst der Anfang des ganzen Wahnsinns!« In Pascarellis Stimme lag jetzt Feuer. »Wir sind Menschen des zwanzigsten Jahrhunderts. Wir sollten inzwischen weiß Gott über die Probleme und Gefahren des Alterungsprozesses Bescheid wissen. Selbst für einen Papst gibt es keine Versicherung gegen geistigen Verfall oder irgendein anderes Altersleiden. Und doch wählen wir unseren Kandidaten auf Lebenszeit, knien in ewiger Treue vor ihm nieder, schreiben ihm ein unfehlbares Urteilsvermögen zu und verwenden jede nur mögliche theologische Spitzfindigkeit darauf, ihm den Nimbus des nahezu Göttlichen zu verleihen ... Stellvertreter Christi! An diesem Titel hatte ich schon immer schwer zu schlucken, obgleich ich nie den Mut fand, ihn in Frage zu stellen. War denn Alexander VI. etwa ein Stellvertreter Christi, oder Julius II. oder Sergius III., der seine beiden Vorgänger ermordete? Wir können uns die Vergangenheit nicht vorwerfen, aber wir sind dafür verantwortlich, wenn sie sich wiederholt. Sie haben recht, mein lieber Luca, daß wir uns einen Kandidaten für die Kreuzigung wählen. Wir fangen in der Tat damit an, daß wir ihn auf einen hohen Berg locken und ihm buchstäblich auf einen einzigen Blick alle Reiche der Welt zeigen. Den kleinen Trick kann ich in meinem eigenen Büro mit einer Weltkarte und ein paar Blinklämpchen nachmachen! Dann nutzen wir seinen Kreuzfahrer-Ehrgeiz aus. Das Wort ist das Schwert des Geistes. Dank schneller Reisemöglichkeiten und verzögerungsloser Kommunikation kann das Wort Gottes jederzeit und überall präsent gemacht werden, verkündet vom und verkörpert im Pontifex selbst. Das ist starker Tobak, Luca: all diese Gesichter, die zu einem aufblicken, all diese ausgestreckten Hände! Die Bedürftigkeit, die sie ausdrücken, ist für einen guten Mann weitaus verführerischer als all das Gold und der Glanz und die Verworfenheit von Avignon oder des Roms der Renaissance. Also stimmt er mit dem gebührenden Ernst und der geziemenden Demut zu, wenn wir ihn fragen ›Nimmst du die Wahl an?‹ Dann macht er sich daran, wie es Paulus getan hat, die Welt voller Leidenschaft, Eifer und Selbstgewißheit zu verändern.« Er unterbrach sich abrupt. »Sie können die Geschichte zu Ende erzählen, Luca. Ich brauche noch einen Kaffee ...«

Luca Rossini nahm den Faden mit lächelnder Ironie auf.

»Er lernt auf die mühselige Art, daß Jetlag und Reisemüdigkeit das Urteilsvermögen beeinträchtigen, daß diejenigen, die er in Rom zurückläßt, um das Haus zu hüten, ihre eigenen Ambitionen haben, nämlich im Reich Gottes ihre eigenen Fürstentümer zu schaffen. Er lernt, was jeder Politiker und jede schöne Frau lernen muß: daß es eine Gefahr bedeutet, sich allzuoft zu zeigen, daß das Image sich abnutzt, daß mit der Zeit die nobelsten Sätze wie Klischees klingen und das herzlichste Willkommen schal wird, weil es Geld kostet, den Gast und sein Gefolge zu beherbergen und zu ernähren.«

»Und da ist noch etwas, Luca«, setzte der Kardinalstaatssekretär den Vortrag fort. »All das lernt er nicht auf einen Schlag. Die Erfahrungen kommen als eine Reihe gedämpfter Schocks, wie die Erschütterungen in einer Erdbebenzone. Die Erschütterungen verstören. Sie erzeugen ein Gefühl der Einsamkeit, das wiederum eine Abhängigkeit von der tröstlichen Gegenwart der Berater in einem inneren Kabinett entstehen läßt. Also wird der große Reisende zum Einsiedler, der sich an Gewißheiten in seiner eigenen Seele klammert, einer kleinen Kamarilla von engen Freunden vertraut und die Sprache des einfachen Volks verlernt, aus dem er gekommen ist. Wir haben eine Chance, das zu ändern, Luca – eine einzige Chance.«

»Definieren Sie mir die, Turi.«

»Suchen wir uns einen Papst, der sich bereit erklärt, ein neues Großes Konzil einzuberufen, ins kanonische Recht eine zwingende Altersgrenze aufzunehmen, zu der ein Papst in Pension gehen muß, so wie sie für uns auch gilt, und im voraus sein Einverständnis bekundet, abgesetzt zu werden, falls er geistig nicht mehr in der Lage sein sollte, sein Amt auszuüben.«

»Dann lassen Sie mich eines fragen, Turi: Angenommen, Sie werden gewählt – würden Sie derartige Dinge tun? Wissen Sie, die Sache hat einen Haken. Wenn man erst mal im Amt ist und mit all der absoluten Macht ausgestattet, wer erinnert einen dann an seine Versprechen? Wer zwingt einen, sie einzulösen? Sie müssen die Antwort kennen, Turi. Sie sind ein Spitzenkandidat.«

»Ich bin überhaupt kein Kandidat. Ich werde das Wahlkollegium dementsprechend informieren.«

»Warum, Turi? Warum erzählen Sie mir das?«

»Zur ersten Frage: Ich bin ein guter Diplomat, weil ich

endlos mit den Möglichkeiten jonglieren kann. Ich arbeite zurückgezogen, nicht in der Öffentlichkeit. Ich habe keine Erfahrung als Seelsorger und eigentlich auch nicht den Wunsch, sie zu erwerben. Warum ich Ihnen das erzähle? Ich denke, es besteht zumindest eine Außenseiterchance, daß Sie gewählt werden.«

»Ich?« Luca Rossini war geschockt und ließ mit einem Mal seine skeptische Ironie fallen. »Das ist doch Wahnsinn, Turi! Ich war hier stets ein Exot. Einige unserer Kollegen pflegten zu sagen, ich stünde ›unter Naturschutz‹. Ich war der Pseudoheld, der junge Märtyrer, der wundersam errettet worden war, um in der Kirche große Dinge zu vollbringen! Ich sag Ihnen was, Turi, ich war einer der bedeutsameren Fehler Seiner Heiligkeit! Ich bin nicht, was Sie denken. Ich bin nicht einmal ...«

Dann schrillte gedämpft ein Telephon. Der Kardinalstaatssekretär hob die Hand, um Luca Rossini Schweigen zu gebieten. Er kramte in der Tasche seiner Soutane herum und zog sein Handy heraus.

»Pascarelli.« Er hörte ein paar Sekunden lang schweigend zu, dankte dem Anrufer und schaltete den Apparat ab. Dann wandte er sich Rossini zu.

»Seine Heiligkeit ist gerade gestorben.«

»Gott schenke ihm Frieden«, sagte Rossini, der Ungläubige.

»Amen«, sagte der Kardinalstaatssekretär. »Nun ist der Heilige Stuhl vakant, und wir alle haben eine Menge zu tun.«

Claudio Stagni hatte seinem Herrn einen allerletzten Dienst zu erweisen. Er legte die Gewänder heraus, in die der Leichnam des Pontifex für die Aufbahrung und die Beisetzung gehüllt werden würde. Dann begab er sich zum Camerlengo.

»Ich bin fertig, Eminenz. Brauchen Sie noch irgend etwas von mir?«

»Danke, Claudio. Nichts.«

»Wird es nach der Wahl hier noch Arbeit für mich geben?«

»Ich bin sicher, daß sich etwas finden wird, allerdings nicht in Ihrer gegenwärtigen Stellung. Ein neuer Papst wird seine eigenen häuslichen Arrangements treffen wollen. Sie sind doch im pensionsfähigen Alter, oder?«

»Bin ich. Außerdem habe ich noch ein paar Monate Urlaub gut.«

»Ich würde vorschlagen, daß Sie einen Teil davon jetzt nehmen.«

»Danke, Eminenz. Ich muß nachdenken, was ich mit meinem Leben anfangen soll.«

»Selbstverständlich. Wir sind Ihnen auf jeden Fall dankbar für Ihre langen und treuen Dienste.«

»Es war mir stets eine Ehre und ein Vergnügen, Seiner Heiligkeit zu dienen. Er war ein großer Mann.«

»Ein großer Mann«, sagte der Camerlengo geistesabwesend. »War sonst noch was, Claudio?«

»Nur eine Sache, Eminenz. Ich hoffe, es wirkt nicht respektlos, wenn ich am Begräbnis nicht teilnehme. Ich glaube, ich könnte die Menschenmenge und die langen Zeremonien nicht ertragen. Mein Leben mit Seiner Heiligkeit war eine sehr private Angelegenheit.«

»Sie sind Junggeselle, wenn ich das recht sehe.«

»Das stimmt. Seine Heiligkeit hat manchmal gesagt, wir seien einfach zwei alte Hagestolze, die in einem Haus wohnen, das viel zu groß für sie ist.«

»So kann man's auch ausdrücken.« Der Ton des Camerlengo war trocken. »Schöne Ferien.«

»Danke, Eminenz.«

Seine Eminenz war bereits über seine Checklisten gebeugt. Figaro dienerte sich aus dem Zimmer und ging gemächlich hinunter zum Büro des Zahlmeisters, um alles Geld abzuholen, das ihm noch zustand, und sein schriftliches Pensionsgesuch einzureichen. Sobald er außerhalb der Vatikanstadt war, winkte er ein Taxi heran und ließ sich zu seiner Wohnung in Trastevere bringen, wo er sein Gepäck abholte – eine Reisetasche und eine lädierte Aktenmappe. Von Trastevere fuhr er weiter zum Flughafen Fiumicino, wo er den 18-Uhr-Flug nach Zürich nahm.

Direkt nach seiner Ankunft in Zürich mietete er eine Suite im Hotel Savoy. Der Preis ließ ihn nach Luft schnappen, aber dann erinnerte er sich, was ihn hierhergebracht hatte, und war gleich wieder bester Laune. Er schloß seine Aktenmappe im Zimmersafe ein und rief das Mädchen an der Rezeption an, um ihr mitzuteilen, er sei im Grillroom zu finden. Dann ging er nach unten und bestellte sich ein Abendessen, um das ihn selbst ein genußfreudiger Kardinal beneidet hätte. Er saß beim Kaffee und einem hervorragenden Cognac, als der Kellner ihm das Telephon an den Tisch brachte. Eine Frauenstimme fragte auf italienisch:

»Spreche ich mit Claudio Stagni?«

»Ja.«

»Hier ist Barbara Busoni aus New York. Wir sind unten in der Hotelhalle. Können wir raufkommen?«

»Die Rezeption schickt Ihnen jemand, der Sie zu meiner Suite bringt.«

»Wir sind zu dritt.«

»So viele?«

»Ein Handschriftensachverständiger, ein Anwalt und ich.«

»Gut. Ich mag ordentliche Arbeit. Ich bin selber ein sehr ordentlicher Mensch. Wir sehen uns dann in ein paar Minuten.«

Er rief nach der Rechnung, unterschrieb sie schwungvoll, trank den letzten Tropfen Cognac aus und schlenderte gutgelaunt zum Fahrstuhl, um sich seinen Inquisitoren zu stellen, die er über Nacht zu generösen Zahlmeistern zu machen hoffte.

Die Frau war jünger und attraktiver, als er erwartet hatte – honigfarbene Haut, dunkle Augen, Florentiner Akzent und rostrotes Haar, das zu einer Pagenfrisur geschnitten war. Sie stellte sich und ihre Begleiter in ziemlich förmlichem Ton vor.

»Mr. Stagni, ich bin Barbara Busoni. Wir haben ein paarmal miteinander telefoniert. Ich bearbeite in unserer Agentur die aktuellen Projekte. Wenn wir zusammenkommen, werde ich Ihre Lektorin sein. Dieser Herr hier ist Maury Rosenheim, unser Hausjurist, und das ist Sergei Malenkov, ein anerkannter Handschriftensachverständiger. Das, meine Herren, ist Claudio Stagni, ehemals Kammerdiener Seiner Heiligkeit.«

»Ehemals oder gegenwärtig?«

»Ehemals, Mr. Rosenheim. Seine Heiligkeit ist heute morgen gestorben.«

»Das wußte ich nicht. Ich habe acht Stunden im Flugzeug gesessen, die meiste Zeit davon geschlafen. Ich nehme an, Sie haben Ihre Stellung bereits aufgegeben.«

»Ganz und gar nicht. Ich bin in den Ferien. Der Kardinal Camerlengo – das ist der päpstliche Kämmerer – hat vorgeschlagen, daß ich einen Teil meines angesammelten Urlaubs nehme, bevor ich mir überlege, ob ich mir im Vatikan eine andere Stelle suche.«

Der Anwalt runzelte verwirrt die Stirn.

»So hat man mir das aber nicht erzählt, Barbara. Ich weiß, ich bin müde, aber ...«

»Warum hältst du nicht einfach den Mund und hörst zu, Maury? Wir sind noch längst nicht bei den Dokumenten. Wie ich die Sache verstehe, bietet uns Mr. Stagni intime persönliche Memoiren seiner Jahre als Kammerdiener des Papstes an, zusammen mit den Exklusivrechten an bestimmten Privatpapieren des Pontifex, die rechtmäßig in seinen Besitz gelangt sind. Mr. Stagni hat sich im Prinzip damit einverstanden erklärt, daß er seine Memoiren unter meiner Aufsicht diktiert und ich sie schon während der Arbeit lektoriere, damit sie marktreif sind, bevor das Konklave beginnt. Der Preis, über den wir gesprochen haben, betrug anderthalb Millionen US-Dollar für die Weltrechte in allen Medien, zahlbar je zur Hälfte bei Beginn der Arbeit und nach ihrem Abschluß. Sehen Sie das auch so, Mr. Stagni?«

»So hatte ich es gesehen und als Ausgangspunkt unserer Verhandlungen akzeptiert. Inzwischen haben sich die Umstände geändert.«

»In welcher Hinsicht, Mr. Stagni?«

»Es ist mir sehr viel mehr Material – intimes und exklusives Material in der Handschrift des Papstes – zugänglich gemacht worden. Es ist so beschaffen, daß ich denke, es sollte als erstes veröffentlicht werden, noch vor meinen Memoiren, weil dann beide Projekte erheblich an Wert gewinnen würden.«

»Sie meinen, Sie versuchen den Preis hochzutreiben, Mr. Stagni?«

»Einerseits ja. Andererseits biete ich Ihnen aber auch ein weitaus wertvolleres Produkt an.«

»Könnten wir es sehen, bitte?« Barbara Busoni klang jetzt gereizt. »Sie müssen zugeben, daß das einigermaßen überraschend kommt.«

»Figaro war schon immer für Überraschungen gut, nicht wahr?«

»Figaro?«

»Das war der Spitzname, den sie mir in Rom verliehen haben. Ich war der Kammerdiener des Papstes, sein Barbier, sein Garderobier und was noch alles – aber ich war auch einer der wenigen Menschen, die ihn wirklich zum Lachen bringen konnten. Hier, ich zeig Ihnen, worüber wir reden.« Er öffnete seine abgeschabte Aktenmappe und zog ein ledergebundenes Meßbuch heraus. Er schlug es bei einem Vorsatzblatt auf und übergab es Malenkov, dem Handschriftensachverständigen.

»Ich nehme an, daß Sie ein paar Schriftproben des verstorbenen Papstes studiert haben, Sir, andernfalls wären Sie ja wohl nicht hier?«

»Das ist richtig.«

»Und da dies eine freundschaftliche Diskussion ist und keine Gerichtsverhandlung, akzeptiere ich Sie als Sachverständigen. Also, wenn Sie jetzt die Güte hätten, die Widmung in diesem Missale zu untersuchen. Für den Fall, daß Sie kein Italienisch verstehen, übersetze ich sie Ihnen:

›Für meinen treuen Diener Claudio Stagni,
meinen Figaro, der mir in einigen sehr dunklen Stunden die Gabe des Lachens wiedergeschenkt hat.
Anläßlich seines fünfzigsten Geburtstags.‹

Und danach kommt seine Unterschrift. Sie haben keine Probleme, die Handschrift und die Signatur zu identifizieren?«

»Überhaupt keine.«

»Nun schauen Sie sich das hier an. Es ist, wie Sie sehen, ein kurzer Brief des Papstes, geschrieben auf einem seiner Notizblöcke. Ich lese Ihnen wieder den Text vor:

›Mein lieber Figaro,
vor fünfeinhalb Jahrhunderten hat einer meiner Vorgänger, Papst Pius XI., Enea Silvio Piccolomini, seinem Sekretär, der sie später aus Angst vor einem Skandal unterdrückte, seine Memoiren diktiert. Ich habe Dir diese Seiten nicht diktiert, aber Du warst in den späten Stunden vieler Nächte dabei, als ich sie verfaßt habe. In alter Zeit wäre ich vielleicht in der Lage gewesen, einen treuen Gefolgsmann wie Dich reich zu beschenken. Bald werde ich sterben, wie es sich für einen Papst gehört – ohne jeden Besitz. Diese Bände sind mein Vermächtnis an Dich. Bete gelegentlich für mich.‹

Sie werden wiederum die Unterschrift erkennen. Ich frage Sie nochmals: Ist die Handschrift echt?«

Diesmal brauchte der Sachverständige ein wenig länger, um die Schrift zu prüfen. Er benutzte eine Lupe und nahm sich Zeit mit den Details der Kalligraphie. Schließlich wandte er sich zu der kleinen Versammlung um.

»Überhaupt kein Zweifel. Sie ist echt.«

»Und was bedeutet das für uns?« Maury Rosenheim stellte die Frage.

»Es bedeutet folgendes.« Figaro zog ein Paar weiße Handschuhe an, wickelte drei Bücher aus ihren schützenden Seidenpapierhüllen, breitete das Papier auf dem Tisch aus und legte die Bände mit ehrfurchtsvoller Geste darauf. Dann hielt er die entscheidende Ansprache des Abends.

»Meine Dame, meine Herren, ich bin mir sicher, daß Sie nicht enttäuscht sein werden. Miss Busoni, Sie können die Texte lesen und ihren verlegerischen Wert einschätzen. Ihr Sachverständiger hat bereits bestätigt, daß die Handschrift echt ist. Und Sie, Mr. Rosenheim, haben ein eindeutiges Herkunftszeugnis gesehen. Und nun eine sehr simple Frage: Möchten Sie mit dem Verhandeln beginnen?«

»Was schlagen Sie denn vor, wo wir anfangen sollen?« Maury Rosenheim preschte wie immer als erster vor.

»Wir fangen bei fünf Millionen US-Dollar an«, sagte Figaro gelassen. »Das sichert Ihnen das Recht, das Objekt sämtlichen Medien anzubieten, und dann reden wir über Gewinnbeteiligungen und Nebenrechte.«

Maury Rosenheim starrte ihn zutiefst verwundert an.

»Nebenrechte? Woher, zum Teufel, wissen Sie denn was von Nebenrechten?«

»Ich bin eben ein heller Kopf.« Figaro schenkte ihm sein fröhlichstes Lächeln. »Falls Sie sich jetzt das Manuskript anschauen oder sich beraten möchten, nehmen Sie das Schlafzimmer; wenn Sie New York anrufen wollen, steht es Ihnen frei, das Telephon oder das Fax zu benutzen. Nur ein kleines Detail noch, Freunde. Versuchen Sie bitte keine Teppichhändlerspielchen mit mir abzuziehen. Dieses Angebot läuft morgen Abend Punkt elf Uhr Züricher Zeit ab. Das ist Geschäftsschluß in New York – und denken Sie dran, es geht um Bargeld gegen Dokumente, morgen in Zürich.«

Als sich die Schlafzimmertür hinter seinen drei Gästen schloß, stieß Figaro einen langen, lautlosen Seufzer der Erleichterung aus. Er hatte umgerechnet zweitausend Dollar in den besten Fälscher investiert, der für Geld zu haben war – einen alten Falschmünzer, der auf Lipari zehn Jahre hinter Gittern gesessen und dann mit seiner verheirateten Tochter und seinem Schwiegersohn nur zwei Gassen von ihm entfernt gewohnt hatte. Figaro hatte den Text aufgesetzt und die notwendigen Schriftproben des Papstes geliefert. Der alte Fälscher hatte ihm garantiert, daß seine Arbeit jedem Sachverständigen auf der Welt gewachsen sei. Er hatte ausdrücklich betont, daß ihn nicht mangelndes Können ins Zuchthaus gebracht habe, sondern eine eifersüchtige Frau, die ihn im Bett ihrer Schwester erwischt und an die *carabinieri* verpfiffen hatte. Gegen den Tod hatte unglücklicherweise auch er keine Garantie. Zwei Wochen, nachdem er sein Werk abgeliefert hatte, war er einem Herzanfall erlegen.

Figaro war fest entschlossen, von dem Vorfall zu profitieren, so weit es nur irgend ging. Sobald das Geld auf der Bank war, würde er sich auf einigen Umwegen nach Brasilien davonmachen.

Vier

Nach seinem Tode und seiner Einbalsamierung lag der Körper des Pontifex zwei Tage lang in der Capella Sanctum Sanctorum der Petersbasilika aufgebahrt. Rund um ihn brannten hohe Kerzen. Offiziere der Ehrengarde hielten Wacht, während Tausende von Gläubigen und Ungläubigen – Römer und Fremde gleichermaßen – in einer gemessenen Prozession an seinem offenen Sarg vorbeizogen.

Er war ins volle päpstliche Ornat gekleidet, mit einem Schleier über dem Gesicht, einem Rosenkranz in der Hand und seinem aufgeschlagenen Brevier auf der Brust, dessen seidenes Lesebändchen das Tagesgebet markierte. Mit in den Sarg gepackt waren Kopien der Medaillen, die er hatte prägen lassen, und ein kleiner Lederbeutel, der einen Satz seiner Münzen enthielt. Sie, so die Überlegung, würden es leichter machen, ihn zu identifizieren, wenn er nach all den Turbulenzen eines weiteren Jahrtausends exhumiert und umbestattet werden würde. Die Römer, skeptische Leute mit einer langen Geschichte, hatten eine andere Erklärung: »*Der Papst ist auch nur ein Mensch. Er muß den Fährmann bezahlen wie wir alle.*«

Am dritten Tag setzten sie ihn in der Krypta bei. Die Weltpresse berichtete über die Trauerfeierlichkeiten und das Begräbnis mit angemessenem Ernst. Die ersten Leitartikel waren in volltönender, getragener Prosa gehalten. Die ersten Fotos betonten die Erhabenheit der Architektur, die Pracht der Rituale, das Weltumspannende der Kirche und die Unterschiedlichkeit derer, die ihr angehörten – der Einen Heiligen und Apostolischen Katholischen Kirche. Die Fernsehsender ergingen sich in ehrfürchtiger Rhetorik und opulenten Bildern der vertrauten und nicht so vertrauten Wahrzeichen.

Dann begannen die *Novemdiales*, die neun Tage der Messen, Gebete und öffentlichen Predigten, die von bedeutenden Prälaten in den größeren Kirchen der Stadt gehalten wurden. Diese Predigten waren keine frommen Nachreden auf einen teuren Verblichenen. Sie waren dazu gedacht, den Bedürfnissen der Gläubigen öffentlichen Ausdruck zu verleihen; als Signale, die das Wahlkollegium an seine Pflicht gemahnen sollten, einen guten Hirten für die Römer und die Kirche als Ganzes zu finden.

Zugleich wechselte die Weltpresse die Tonart. Keine blumige Prosa mehr; politische Spitzen statt frommer Platitüden. Die Wahl eines neuen Papstes war ein bedeutsamer Akt, dessen Konsequenzen – im Guten wie im Bösen über Ländergrenzen und die Barrieren von Rasse, Bekenntnis und Tradition hinausreichen würden. Die Welt steckte in der Krise, die Kirche war in Unordnung geraten. Die Berichterstattung der Medien spiegelte all ihre verworrenen Probleme wider. Es war jedoch die *New York Times*, die die Bombe platzen ließ:

> »... der verstorbene Pontifex war ein hartnäckiger und mutiger Mann, der es als seine Hirtenpflicht ansah, allzu menschlichen Lehm zu einem Christus-ähnlichen Bildnis zu formen. Allerdings schien es oft, als versuche er eine Gemeinschaft zu schaffen, die so gleichförmig und passiv war wie die tönerne Armee aus dem chinesischen Kaisergrab. Er entfremdete die Frauen der Kirche. Er brachte seine kühnsten Denker zum Schweigen oder schüchterte sie ein. Er war stets ein Zentralist und ein Interventionist. Die Vorstellung, seine Macht mit anderen zu teilen, war ihm so abgrundtief fremd wie die Idee eines Priesteramts für Frauen. Es kam nie ganz unerwartet, wenn er Männer

mit ähnlichen Ansichten auf vakante Bischofsposten berief und anderen den Kardinalshut verlieh. Er hoffte eindeutig, daß das Kardinalskollegium einen Papst wählen würde, der seine eigene Politik fortsetzte.

Nun, unmittelbar nach seinem Tod, gibt es eine neue Überraschung. Sie ließe sich interpretieren – und zweifellos werden viele das tun – als postumer Versuch, in den Wahlprozeß selbst einzugreifen.

In unserer Wochenendausgabe werden wir, zeitgleich mit anderen bedeutenden Zeitungen rund um den Globus, ein außergewöhnliches Dokument veröffentlichen. Es besteht aus privaten Tagebüchern, die der verstorbene Pontifex jeden Abend führte. Er bewahrte sie an einem geheimen Ort in seinem Ankleidezimmer auf und übergab sie schließlich als persönliches Vermächtnis seinem langjährigen Kammerdiener Claudio Stagni, der dem Papst oft Gesellschaft leistete, wenn er bis in die frühen Morgenstunden arbeitete.

Die Echtheit des Dokuments ist von zwei Handschriftenexperten – einem in Europa und einem in den Vereinigten Staaten – eindeutig bestätigt worden. Der Weg, den es genommen hat, ist simpel und direkt: vom Pontifex zu Stagni. Der rechtliche Anspruch steht außer Frage; Stagni besitzt einen in den letzten Lebenstagen Seiner Heiligkeit geschriebenen Brief, in dem dieser ihm die Dokumente vermacht. Alle Beweise werden in unserer Veröffentlichung vorgelegt werden.

Die Tagebücher enthalten aufschlußreiche Anmerkungen zur Politik des Vatikans und höchst lebendige Porträts kirchlicher Würdenträger aus aller Welt, einschließlich jener, die derzeit in Rom versammelt sind, um einen neuen Papst zu wählen. Wir werden das Material in voller Länge abdrucken, ausgenommen einige wenige Passagen, die nach juristischer Auffassung als verleumderisch betrachtet werden könnten …«

Doch das war noch nicht alles; außerdem wurde Hintertreppenklatsch von Claudio Stagni selbst versprochen, der unter dem Titel »Die kleine Welt des Figaro und seines Papas« erscheinen sollte. Die Auswirkung dieser Ankündigung (und einer Welle ähnlicher in anderen Städten der Welt) zwang den Kardinal Camerlengo, im Apostolischen Palast eine Krisensitzung von Kardinälen einzuberufen. Sie fühlten sich gekränkt. Ihm selbst war die Angelegenheit zutiefst peinlich, besonders als der Kardinal-Erzbischof von New York ein Andruckexemplar des ärgerlichen Materials auf den Tisch legte und Kopien davon verteilte, die am Nachmittag in der Villa Stritch gemacht worden waren, wo Seine Eminenz residierte. In seinem brüsken militärischen Ton – er war der oberste Feldgeistliche der U. S. Armed Forces – wandte er sich an die Versammlung:

»Das wurde mir heute morgen vom römischen Büro der *New York Times* übermittelt. Sie benahmen sich ziemlich höflich, sagten, sie hätten nichts zu verbergen. Behaupteten, ihr Anspruch darauf sei nicht anzufechten, und nach dem, was ich gelesen habe, sind die Dokumente echt. Was wir alle wissen möchten, ist, wie das eigentlich passieren konnte. Und zweitens: Haben wir in diesem fortgeschrittenen Stadium noch irgendeine Hoffnung, die Veröffentlichung mit juristischen Mitteln zu verhindern?«

»Nicht die geringste, fürchte ich.« Der Camerlengo klang bedauernd, aber gefaßt. »Ich habe die Sache mit Monsignore Angel-Novalis und unseren juristischen Beratern durchgesprochen, Laien wie Klerikern. So wie es aussieht, hat Claudio Stagni die uneingeschränkten Rechte an den Dokumenten, die der Papst selbst als Vermächtnis bezeichnet hat. Die Käufer und die Literaturagenten, die das Material in alle Welt vertreiben, haben offensichtlich ihre eigenen Untersuchungen angestellt. Unser Ratschlag lautete, daß es für eine gerichtliche Verfügung keinerlei Basis gibt.«

»Aber wie konnte Seine Heiligkeit bloß etwas derart Törichtes anstellen? Sie haben ihn öfter gesehen als jeder andere von uns, Baldassare. War er denn noch richtig im Kopf?«

»Daran hege ich keinen Zweifel – nicht den geringsten.«

»Gibt es irgendeine Möglichkeit, daß dieser Stagni unangemessenen Einfluß auf ihn hatte?«

Der Camerlengo schenkte ihnen ein dünnes, humorloses Lächeln.

»Sie wissen – wir alle wissen – wie schwer es für jeden einzelnen von uns war, den verblichenen Pontifex in den letzten Jahren überhaupt zu beeinflussen.«

»Wo ist Stagni jetzt?«

»Er macht Ferien.«

»Für die wir aufkommen.«

»Natürlich. Er hatte eine ziemliche Menge Urlaub angesammelt, und er hat ein Anrecht darauf, daß wir den bezahlen. Außerdem steht ihm eine Pension zu, für die er und wir über lange Zeit Beiträge geleistet haben.«

»Werden wir die etwa auch noch zahlen?«

»Solange es keinerlei Beweis gibt, daß er sich kriminell verhalten hat, sind wir dazu verpflichtet.«

»Suchen wir denn nach derartigen Beweisen?«

»Wir haben keine Ahnung, wo wir anfangen sollten. Überlegen Sie doch mal einen Moment. Bevor Seine Heiligkeit verstarb, habe ich in Begleitung seines Sekretärs gründlich sein Arbeitszimmer inspiziert und zusammen mit dem Kammerdiener das Schlafgemach und den Ankleideraum. Es gab keinerlei Hinweis auf irgendeines dieser Dokumente.«

»Haben Sie das Geheimfach gesehen?«

»Man hat's mir gezeigt. Es war leer.«

»Und der Kammerdiener hat die Dokumente überhaupt nicht erwähnt?«

»Nein.«

»Erscheint das nicht zumindest im Rückblick verdächtig?«

»Nicht verdächtig genug, um deswegen vor Gericht zu gehen; weder damals noch heute. Schlimmstenfalls ließe sich sein Schweigen als ein Akt aufgeklärten Eigennutzes charakterisieren.«

»Oder als Reaktion auf die Wünsche des Papstes selbst.«

Der Einwurf kam von Luca Rossini, der nun mit dem Text in der Hand aufstand. Mit einem Mal herrschte schockiertes Schweigen, bis der Kardinal-Erzbischof ihn in scharfem Ton fragte: »Ist es das, was unser hochangesehener Kollege glaubt?«

»Es ist das, was diese hochangesehene Zeitung andeutet«, sagte Rossini gelassen. »Zunächst weist sie, durchaus zutreffend, darauf hin, daß der verstorbene Pontifex in der Hoffnung, das Kollegium werde jemanden wählen, der seine gegenwärtige Politik fortsetzt, ganz bestimmte Leute ins Kardinalskollegium berufen hat. Dann fährt sie fort wie folgt: ›Nun, unmittelbar nach seinem Tod, gibt es eine neue Überraschung. Sie ließe sich interpretieren – und zweifellos werden viele das tun – als postumer Versuch, in den Wahlprozeß selbst einzugreifen.‹«

Der Camerlengo brach das nachfolgende Schweigen zuerst. »Und glauben Sie das auch, Luca?«

»Ich glaube, daß viele Leser und viele Kommentatoren dieser Interpretation folgen werden.«

»Was sagen Sie denn selbst zu diesem unglücklichen Zwischenfall? Sie standen Seiner Heiligkeit ja schließlich sehr nah.«

»Ich stand ihm nah genug, um zu wissen, daß er in den letzten Jahren manchmal übereilt in seinem Urteil sein konnte und daß er gelegentlich glaubte, er könne oder solle dem zukünftigen Lauf der Geschichte vorausgreifen. Das ist jedoch bloß eine persönliche Meinung. Sie gibt uns keine Handhabe, gegen Claudio Stagni juristisch vorzugehen oder auch nur seinen guten Ruf in Frage zu stellen.«

»Sie meinen, wir sollten überhaupt nichts unternehmen?« Der Erzbischof von New York war empört. »Der Mann ist ein Dieb!«

»Können wir das beweisen?«

»Noch nicht. Aber wir müssen ihn diskreditieren.«

»Das könnte damit enden, daß wir uns selber diskreditieren. Denken wir doch mal ein bißchen nach. Die einflußreichsten

Tageszeitungen der Welt werden die Echtheit dessen verteidigen, was sie gekauft haben. Die meisten von uns hier im Raum erkennen in dem Text zumindest Anklänge an Bemerkungen wieder, die der Papst von Zeit zu Zeit in der Öffentlichkeit oder im vertrauten Kreis gemacht hat. Also würden wir ziemlich dumm aussehen, wenn wir versuchten, die Dokumente als solche anzuzweifeln.

Stagnis Besitzanspruch ist eine weitere Sache, die man nicht so einfach abtun kann. Er hat ein Autograph, einen eigenhändigen Brief des Papstes, in dem ihm die Tagebücher vermacht werden. Zwei Handschriftensachverständige haben ihn für echt erklärt. Bis wir vor Gericht irgendwelche Gegenbeweise vorlegen könnten, hätten wir schon Millionen ausgegeben, möchte ich mal behaupten. Und wir würden unserem frischgebackenen Pontifex einen Sack voller Prozesse in die Hand drücken, die einem Dutzend unterschiedlicher Gerichtsbarkeiten unterstehen. Nicht gerade ein guter Beginn für eine neue Regierungszeit!«

Rossini setzte sich wieder. Es folgte ein langes Schweigen, während der Camerlengo sich im ganzen Raum umsah und auf einen weiteren Einwand wartete. Schließlich erhob sich der Kardinalstaatssekretär:

»Unser Kollege Luca hat recht. Prima facie sind die Dokumente echt. Unser einziger berechtigter Einspruch – schwer zu erheben und teuer aufrechtzuerhalten – betrifft die Gültigkeit des Besitzanspruchs. Sind sie ein legales Vermächtnis des Papstes an seinen Kammerdiener? Die Schenkungsurkunde weist die gleiche Handschrift auf wie die Tagebücher, welche die meisten von uns hier auf den allerersten Blick als die des Pontifex akzeptieren würden. Was machen wir also? Gehen wir voll in die Offensive, oder erheben wir jeden nur denkbaren rechtlichen Einwand und hoffen drauf, daß die Angelegenheit verpuffen wird wie eine Feuerwerksrakete, sobald die Wahlprozeduren beginnen?«

»Irgendwelche weiteren Kommentare?« fragte der Camerlengo.

»Nur einer«, sagte der Mann aus Paris. »Ich verabscheue die

Vorstellung, daß dieser kleine *salaud* sich in Rio die Sonne auf den Pelz brennen läßt und von seinem Judaslohn lebt wie ein Fürst! Vielleicht holt er sich ja die Pest.«

»Das würde ich niemandem wünschen«, sagte der Mann aus Rio. »Meine Stadt ist eines der Pestlöcher dieser Welt.«

»Nicht halb so schlimm wie meine«, sagte der Mann aus Kinshasa.

Der Camerlengo rief die Versammlung zur Ordnung.

»Seine Eminenz, der Kardinalstaatssekretär, hat einen Antrag eingebracht: Wir stellen die Authentizität der Dokumente in keiner Weise in Frage. Aber wir geben bekannt, daß wir Nachforschungen anstellen, was die Rechtmäßigkeit der Besitzverhältnisse betrifft.«

»Mit allem Respekt«, sagte Luca Rossini, »möchte ich einen kleinen Zusatz vorschlagen. Nämlich, daß Monsignore Angel-Novalis ermächtigt wird, die Ermittlungen zu leiten und jedweden möglichen Kommentar dazu an die Presse weiterzugeben. Der Rest von uns wird wichtigere Dinge zu tun haben.«

»Zusatz akzeptiert«, sagte der Kardinalstaatssekretär.

»Ich unterstütze den erweiterten Antrag«, sagte der Erzbischof von New York.

»Placetne fratres?« stellte der Camerlengo die rituelle Frage. Alle Hände gingen in die Höhe. Alle Stimmen murmelten Einverständnis.

Der Erzbischof von New York hob mit den anderen die Hand, aber da er ein reizbarer Mensch war, richtete er einen letzten, verärgerten Protest an seinen Nebenmann Gottfried Gruber.

»Ich vermag mir die Beziehung zwischen diesem kleinen Widerling Stagni und dem Heiligen Vater immer noch nicht vorzustellen.«

»Ich schon«, sagte Gottfried Gruber bedrückt. »Der Heilige Vater wurde zu einer derart öffentlichen Figur, daß er keinen Ort mehr hatte, wo er lachen oder weinen konnte, außer in seinen eigenen Gemächern. Selbst uns gegenüber, seinen Kollegen, war er meistens mißtrauisch und reserviert. Sein Kammerdiener war der einzige Mensch, bei dem er entspannen konnte, mit dem sich Witze oder die neuesten Klatschgeschichten teilen ließen. Das wußten wir doch alle. Und einige von uns waren eifersüchtig darauf.«

»Glauben Sie wirklich, daß er Stagni seine Tagebücher geschenkt hat?«

»Ich bin mir sicher, daß er über einige Einträge mit ihm gesprochen hat, während er sie schrieb.«

»Das hatte ich kommen sehen. Ich weiß, wie es sich anfühlt, am Ende eines harten Tages allein zu sein und außer Gott niemanden zum Gesprächspartner zu haben. Er ist ein guter Zuhörer, aber er schweigt sich aus. Manchmal fällt es schwer zu glauben, daß er überhaupt da ist.«

»Genau mein Punkt«, sagte Gruber. »Niemand hat härter als ich daran gearbeitet, den Glauben rein zu erhalten und die Position des Pontifex als höchste Autorität in allen Glaubensfragen zu verteidigen, aber in letzter Zeit habe ich mich zu fragen begonnen ...«

Er unterbrach sich mitten im Satz. Der Erzbischof hakte scharf nach:

»Was zu fragen? Nun sagen Sie schon, Mann! Wir sind hier schließlich alle Brüder.«

»Ich habe mich zu fragen begonnen, ob ich nicht mitgeholfen habe, das Rezept für eine Revolution zu kreieren.«

»Es gibt nur eine Möglichkeit, diese Frage zu beantworten, Gottfried.«

»So sagen Sie schon, bitte!«

»Fragen Sie sich einmal, was Sie täten, wenn wir Sie unversehens auf den Thron Petri setzen würden!«

Die Idee kam von Steffi Guillermin an der Bar des Clubs der Auslandspresse. Fritz Ulrich unterstützte sie lautstark. Der Vorschlag wurde einstimmig angenommen. Monsignore Angel-Novalis sollte eingeladen werden, am nächsten Tag beim Mittagessen vor den Mitgliedern des Clubs zu sprechen und anschließend Fragen zu beantworten. Steffi machte den Anruf und bekam eine Zusage. Als sie den Hörer auflegte und triumphierend den Daumen in die Luft reckte, wurden Jubelrufe laut.

»Er will es machen. Er muß es bloß noch mit der Sekretarie abklären, aber da erwartet er keinerlei Probleme.«

»Die wären ja auch bescheuert, wenn sie ablehnen würden«, sagte Ulrich. »Das ist die beste Chance, die sie kriegen können, auf unsere Veröffentlichung der Tagebücher zu reagieren.«

»Es könnte auch Angel-Novalis' letzte Stunde im Rampenlicht werden – und die Leute von Opus Dei müssen sich darüber Gedanken machen, wie sich ihre Rolle unter einem neuen Pontifikat ändern wird.«

»Angel-Novalis wird sich diesmal nicht so bedeckt halten müssen«, erinnerte sie Colson. »Er kann uns seine Antworten sozusagen mit doppeltem Abstand geben, damit wir zwischen den Zeilen lesen können.«

»Vorausgesetzt, wir stellen die richtigen Fragen«, sagte Steffi Guillermin, »und vertun keine Zeit damit, uns zu wiederholen.«

»Dann möchte ich eins vorschlagen. Warum tragen wir unsere Fragen nicht zusammen und lassen sie von einem einzigen Inquisitor stellen, der sich nicht ablenken läßt und sie rasch durchgehen kann. Unser Gast ist sehr flink auf den Füßen, wie wir alle wissen.«

»Ich nominiere Steffi.« Ulrich grinste sie an. »Die Idee ist von ihr, und flink zu Fuß ist sie auch. Ich hab noch nie einen Mann gekannt, der sie hätte erwischen können.«

Steffi ignorierte die Stichelei und wies den Vorschlag zurück.

»Die Fragen sollten auf englisch gestellt werden, das unser Gast fließend beherrscht. Das erleichtert sowohl die Berichterstattung über die Antworten wie das Zusammenstellen der Fragen.«

»Wer entscheidet über den endgültigen Fragenkatalog?« erkundigte sich Colson.

»Die Redaktionsleiter derjenigen Zeitungen, die die Rechte gekauft haben – und die Fernsehsender, die finanziell daran beteiligt sind. Hat irgend jemand damit Probleme?«

»Ich nicht«, sagte der Mann von der *New York Times*.

»Wir auch nicht«, sagte der Vertreter der Londoner *Times*.

Stefanie Guillermin hatte das letzte Wort.

»Alle Fragen müssen bis heute abend um sechs beim Barmann abgegeben werden. Es kostet uns einen Vormittag Arbeit, sie in die richtige Reihenfolge zu bringen und uns die beste Chance zu verschaffen, daß wir zu einer hochkarätigen Story kommen. Ich ernenne Frank zum Fragensteller. Sein Englisch verstehe sogar ich. Und noch was – wir sind mehr an dem interessiert, was gesagt wird, als an tollen Bildern. Wir werden feste Standplätze für Fernsehteams und Fotografen vergeben. Wir können nicht zulassen, daß während der Ansprache oder der Fragestunde wie wild in der Gegend rumgeblitzt wird. Und Leute, die für Nachdruckrechte bezahlt haben, gehen vor. Verstanden?«

Und ob sie das verstanden. In Rom verstand jedermann alles, selbst bevor es ausgesprochen war, also nahm sich niemand je die Zeit, irgend jemandem zuzuhören. Aber Steffi Guillermin hatte lange genug in der Stadt gelebt, um sich mit dem *arrangiarsi* auszukennen, der Kunst, sich zu arrangieren. Also versammelte sie ihr eigenes Grüppchen von Verschwörern, um eine Sitzordnung festzulegen und die Fragen gemeinsam mit Frank Colson ins Englische zu übertragen.

Um fünf Uhr nachmittags rief Angel-Novalis an. Er habe die Erlaubnis bekommen, seine Tischrede zu halten. Es gebe jedoch gewisse Bedingungen. Steffi Guillermin war sofort in Kampfstellung.

»Was für Bedingungen, Monsignore?«

»Erstens: Sie müssen in Ihren Berichten anmerken, daß ich als Privatmann spreche und nicht als Repräsentant des Vatikans.«

»Das heißt, die Wahrheit ein bißchen dehnen, oder?«

»Es ist Ausdruck einer kanonischen Tatsache. Der Stuhl Petri ist vakant. Alle Anordnungen des letzten Pontifex bleiben in Kraft, bis ein neuer Papst gewählt ist. Ich kann seine Politik nicht kommentieren oder Prophezeiungen über die zukünftige abgeben. Ich kann jedoch meine privaten Ansichten äußern, vorausgesetzt, sie werden als solche bezeichnet.«

»Es ist Ihnen klar, daß das, was wir losschicken, von Redakteuren in unseren Heimatredaktionen geändert oder zusammengekürzt werden könnte?«

»Selbstverständlich. Ich bin sozusagen ...«

»Bestrebt, mir den Rücken freizuhalten«, sagte Steffi Guillermin. »Dafür haben wir Verständnis, Monsignore. Wie lautet die nächste Bedingung?«

»Ich werde mich über ganz bestimmte Personen, deren Namen in den Tagebüchern erwähnt werden, nicht äußern. Für Sie und mich besteht nach wie vor das Risiko einer Verleumdungsklage.«

»Aber Sie werden vor ganz allgemeinen Fragen zu ›bestimmten Personen‹ nicht zurückweichen?«

»Ich behalte mir stets das Recht vor, einen Kommentar zu verweigern.«

»Damit können wir leben. War sonst noch was?«

»Das Thema meiner Ansprache wird ›Vergangenheit und Zukunft in einer Kirche von Bestand‹ sein.«

»Das hört sich nicht gerade nach mittäglicher Comedy-Show an«, sagte Steffi Guillermin, »aber ich bin mir sicher, Sie werden das ganz prima machen. Es mag Ihnen schwerfallen, das zu glauben, aber Sie werden unter Freunden sein.«

»Das habe ich nie bezweifelt, Mademoiselle! Dann bis morgen.«

Steffi legte auf und gab einen kleinen freudigen Juchzer von sich. Dieser Mann war ein kluger Kopf – manchmal klüger, als ihm guttat, aber er hatte genügend Selbstvertrauen, um eine erstklassige Vorstellung zu garantieren. Es würde ein klassisches Gerichtsdrama werden mit einem sehr von sich eingenommenem Angeklagten und einem sehr gewieften Ankläger. Gegenstand der Verhandlung wären fünfundzwanzig Jahre zentralistischer Kirchenpolitik und eine Vision – wenn denn eine solche existierte – einer historisch bedeutsamen neuen Epoche; beides interpretiert anhand der geheimen Tagebücher eines Toten.

Als Luca Rossini abends um sieben nach Hause kam, war eine Nachricht von Isabel in seiner E-Mail.

»Luisa und ich verlassen New York heute abend um 18 Uhr 30. Wir landen morgen früh um 8 Uhr 50 in Rom und werden von einem Attaché der argentinischen Botschaft abgeholt. Raul hat für uns eine Suite im Grand Hotel reserviert. Er besteht darauf, daß wir uns ›im angemessenen Stil präsentieren‹. Nach dem langen Nachtflug werden wir beide Ruhe und eine kleine Schönheitsbehandlung brauchen, bevor wir unsere ganz spezielle Eminenz treffen! Wir erwarten Dich um acht Uhr zum Abendessen in unserer Suite. Bitte hinterlaß im Hotel eine Nachricht, um zu bestätigen, daß Du kommen wirst – selbst wenn Attila vor den Toren Roms steht.

Alles Liebe

Isabel.«

Trotz all der Phantasien, die er gehegt hatte, nahm ihm die Wucht der Nachricht den Atem. Nach einem Vierteljahrhundert der Trennung und des seelischen Exils würden sie zusammen im selben Zimmer sein. Sie würden einander Auge in Auge, Mund an Mund, Körper an Körper gegenüberstehen – und all die verlorene Zeit würde vergessen sein.

Dann erfaßte ihn jähe Panik. Und noch eine Phantasie. Das Treffen würde eine Zeugin haben, eine junge Frau Mitte Zwanzig, die Tochter von Raul und Isabel und Enkelin dieses unerschrockenen alten Abenteurers Carlos Menéndez, der die Junta und die Kirche drangsaliert hatte, ihn unbehelligt aus dem Land und in Sicherheit zu schicken. Menéndez' grimmige Warnung klang noch immer in seinem Geiste nach: »Es braucht lange, sich von der Erfahrung der Folter zu erholen. Es ist noch zu früh, um zu sehen, wie Sie damit zurechtkommen werden. Ich hoffe, Sie werden eines Tages ein gemachter Mann sein.«

Wie würde der alte Carlos heute über ihn urteilen – wo immer er sein mochte? Er war vor zehn Jahren ums Leben gekommen, als sein Hubschrauber in einem abgelegenen Andental abgestürzt war. Luca Rossini fragte sich auch, wie die junge Frau auf ihn reagieren würde. Und am allermeisten fragte er sich, wie er auf Isabel wirken würde, die ihn vor so vielen Jahren gepflegt hatte, bis aus einem obszön gedemütigten Opfer wieder das Ebenbild eines Menschen geworden war.

Er ging ins Schlafzimmer und betrachtete sich lange Zeit in dem Spiegel auf seiner Wäschekommode. Er sah einen hageren Fünfzigjährigen mit der olivfarbenen Haut eines Mannes, der vom Mittelmeer stammt, eisengrauem Haar und einem normalerweise grimmig verkniffenen Mund, über den ein rares Lächeln zucken konnte, wenn die Funken in seinen dunklen Augen aufblitzten. Er war hochgewachsen für einen Südländer und hatte sich gelegentlich gefragt, dem Blut welches Korsaren oder Wikingers auf Raubzug er seine Körpergröße und seinen ausgreifenden Gang verdankte.

Mit einem Mal mußte er über das Bild im Spiegel und die Bestandsaufnahme seiner physischen Vorzüge, die er anstellte, als würde er ein Tier bewerten, lauthals loslachen. Das war sie, die Wurzel seiner Ängste: daß Isabel, die einzige Frau, die er je geliebt hatte, ihn lächerlich finden könnte.

Was ihn wiederum auf eine neue Reihe von Fragen brachte. Wie würden sie einander begrüßen – mit einem Händedruck oder einem Kuß, und welche Art von Kuß würde in Gegenwart ihrer Tochter angemessen sein? Isabel hatte ihm in all ihren Briefen keinerlei Signal gegeben, und doch mußte auch sie sich den Moment ihres Wiedersehens ausgemalt haben. Wann immer sie ihre Tochter erwähnte, geschah es mit Stolz und Zuneigung – und einer echten Befriedigung, daß die Beziehung zwischen dem Mädchen und seinem Vater so gut war. »Sie betet ihn an, weil er ihr nichts abschlagen kann. Sie ist sein Paradepferdchen, das er mit großem Vergnügen vorführt, und er achtet sehr genau darauf, wem von seinen Freunden – ob männlich oder weiblich – er sie vorstellt. Sie für ihr Teil hat ein großzügiges und fröhliches Wesen, und wir sind gute Gefährten geworden.«

Und noch eine Frage – närrischer als jede andere: Was sollte er zu dieser Dinnerparty unter sechs Augen anziehen? Er hatte mehrere Alternativen: die bestickte scharlachrote Soutane mit scharlachroter Schärpe – ein äußerst förmliches Gewand, das in der Halle des Grand Hotel unweigerlich Aufsehen erregen würde; einen gewöhnlichen schwarzen Priesteranzug mit römischem Kollar, dazu lediglich den Bischofsring als Zeichen seines Ranges; den Geschäftsanzug mit Schlips und Kragen, den er trug, wenn es auf Reisen ratsam war, religiöse Neutralität zu demonstrieren. Er schloß diese Option auf der Stelle aus. Sie würde zu viele Erklärungen verlangen. Er versprach sich jedoch, daß er sein Räuberzivil tragen würde, wenn er Isabel hinaus zu seinem Refugium in den Hügeln fuhr, und sie, bitte lieber Gott, einwilligen würde, alleine zu kommen.

In seine Überlegungen stahl sich ein Hauch von Verärgerung. Warum hatte Isabel ihr erstes Zusammentreffen gerade so arrangiert? Hatte sie bereits eine Art Linie in den Sand gezogen? Fürchtete sie sich vor einem plötzlichen Aufwallen der Leidenschaft, sei es bei ihm oder bei ihr? Er war wütend auf sich selbst, daß er diesen Gedanken überhaupt in Betracht zog. Sie schuldete ihm nichts. Er war der Schuldner. Sie hatte das Recht, die Zahlungsbedingungen festzulegen. Ganz abgesehen davon waren ihre Briefe der eigentliche Beweis ihrer Gefühle für ihn – und er mußte zugeben, daß sie weit offener waren als seine Briefe an sie. Also schob er den Gedanken von sich und wechselte mit seinem Spiegelbild ein selbstironisches Grinsen.

Trotzdem war er nervös und ruhelos. Er wollte den Abend

nicht alleine verbringen. Er sagte seinen Hausangestellten, daß er auswärts essen würde. Dann wählte er die Nummer eines gewissen Monsignore Piers Paul Hallett, der in der Vatikanischen Bibliothek als Paläograph arbeitete. Mit ihm verband ihn eine ungewöhnliche Freundschaft, die aus einer zufälligen Begegnung in der Bibliothek unmittelbar nach Rossinis Ankunft in Rom erwachsen war. Kurz nachdem sie einander vorgestellt worden waren, hatte Hallett in trägem Ton gefragt: »Sagen Sie mal, mein lieber Junge, Sie kennen sich nicht zufällig ein bißchen mit der Zeitrechnung der Inka aus, oder?«

Hallett besaß eine spitze Zunge, eine Begabung für trockene Gelehrsamkeit und eine sehr englische Verachtung für die Exzesse der Kirchenpolitik. Hatte er Zeit, mit ihm zu Abend zu essen? Allemal, solange die Prominenz bezahlte. Wäre er mit der *Antica Pesa* einverstanden? Aber selbstverständlich. Das Lokal war wunderbar diskret, und es würde noch komfortabler sein, wenn sie beide Zivilkleidung tragen könnten.

»Ich will meinen eminenten Gastgeber ja nicht beleidigen, aber Rom leidet im Moment unter einer Seuche von Prälaten. All dieses Rot und Purpur! Es ist, als wären die Masern ausgebrochen!«

Der Name *Antica Pesa* bedeutete soviel wie »Alte Stadtwaage«; früher war hier die Fracht der Fuhrleute gewogen und mit Maut belegt worden, ehe sie weiter den Janiculums-Hügel hochfuhren. Das Restaurant befand sich in einem betagten Mietshaus, dessen Vordertüren auf das Kopfsteinpflaster der *Via Garibaldi* hinausgingen, während sich nach hinten ein kleiner eingefriedeter Garten anschloß, in dem es sich im Sommer angenehm essen ließ.

An diesem Abend lag ein eisiger Hauch in der Nachtluft, und so ließen sich Rossini und sein Gast im Schein eines Olivenholzfeuers nieder, das in einem Kamin brannte, der groß genug war, um einen Ochsen darin zu rösten. Sie einigten sich auf das Menü: *spaghetti alla poverella* und *vitello arrosto*, dazu eine Karaffe Rotwein und eine Flasche Mineralwasser. Dann – sie rechneten damit, daß das Personal sich Zeit lassen würde –

begannen sie mit der gemächlichen Konversation alter Freunde. Wie immer stellte Hallett die einleitenden Fragen.

»Nun erzählen Sie mal, mein bedeutender Freund, was ist eigentlich dran an dieser Geschichte mit den Tagebüchern? Sind sie echt? Wurden sie gestohlen? Warum protestiert der Vatikan nicht öffentlich gegen ihre Publikation?«

Rossini zuckte die Achseln und ratterte die Antworten herunter:

»Sie sind echt, ja. Ihre Herkunft scheint simpel. Der Heilige Vater hat sie Stagni als persönliches Vermächtnis geschenkt. Es gibt einen handschriftlichen Brief, der das beweist.«

»Der Mann muß senil gewesen sein!«

»Er ist tot und begraben, mein Freund. Lassen Sie ihn in Frieden ruhen.«

»Was wissen Sie über diesen Kammerdiener?«

»Nicht viel. Er gehörte schon fest zum Haushalt, als ich nach Rom kam. Wir haben uns gegrüßt, mehr auch nicht, aber wie jedermann sonst habe ich ihn einfach für selbstverständlich hingenommen. Sie sind schon länger hier als ich; was wissen *Sie* denn?«

»Ich arbeite in der Bibliothek, die ein ganzes Stück vom päpstlichen Schlafgemach entfernt liegt, aber ich gehe jeden Morgen im Nymphaeum auf der anderen Seite des Gartens Kaffee trinken. Stagni war da oft.«

»Wie war er denn so?«

»Eine angenehme Klatschbase. Die Leute mochten ihn. Sie nannten ihn Figaro; aber das wissen Sie natürlich.«

»Ja, das weiß ich.«

»Was Sie vermutlich nicht wissen, ist, daß er schon seit langem davon gesprochen hatte, ein Buch zu schreiben, wenn er in den Ruhestand ging. Offensichtlich war irgendein italienischer Verlag an ihn herangetreten, aber er hatte größere Ambitionen. Er hat Informationsbröckchen über Agenten, Verlage und die Medien in unterschiedlichen Ländern aufgepickt wie eine Dohle. Ich schenkte ihm eine alte Ausgabe des *Jahrbuchs für Autoren und Künstler* und regte an, er solle sich eine vergleichbare Publikation für Amerika besorgen. Er hat sich überschwenglich bedankt.«

»Und als er die Kontakte erst einmal geknüpft hatte«, überlegte Rossini, »muß man ihn ermutigt haben, seine Pläne weiter zu fassen.«

»Genau. Und nun noch eine Geschichte am Rande. Diesmal bin ich unmittelbar beteiligt.«

»Sie? Wie um Gottes willen ...«

»Geduld, teure Eminenz! Geduld! In meinem Fachgebiet gibt es gelegentlich das Problem der Fälscherei. Es ist ein uraltes Gewerbe; die Leute fälschen seit vielen Jahrhunderten Kunstwerke und Dokumente. Wir als Kirche haben da schon auch unser gehöriges Scherflein dazu beigetragen! Wie auch immer, eines Morgens kam die Frage in der Kaffeepause aufs Tapet. Stagni war dabei. Er behauptete, einen alten Mann zu kennen, der auf Lipari im Zuchthaus gewesen war, weil er Ausweispapiere, Banknoten und sogar – man glaubt es kaum – getürkte Adelspatente fabriziert hatte. Mit denen wurde unmittelbar nach dem Krieg ein ziemlich schwunghafter Handel getrieben.«

»Erinnern Sie sich noch, wie dieser Mann hieß?«

»Das tue ich tatsächlich. Ich ließ mir von Stagni seine Adresse geben und konsultierte ihn wegen eines umstrittenen Dokuments. Sein Name war Aldo Carrese. Er ist inzwischen tot.«

»Wann ist er gestorben?«

»Vor ein paar Monaten.«

»Hat Stagni sich seiner bedient?«

»Ich halte das für möglich.«

»Warum sollte Stagni Ihnen seinen Namen geben?«

»Er konnte sich schlecht weigern. Ich sagte Ihnen ja, daß er eine Klatschbase war. Er hatte sich selbst in die Bredouille geredet.«

»Nicht, daß uns das jetzt viel helfen würde. Der Mann ist tot. Die Tagebücher werden bereits publiziert. Stagni ist auf freiem Fuß und reich dazu.«

»Was eine Schande ist!«

»Trotzdem können wir vielleicht noch einiges retten. Angel-Novalis hält eine Ansprache vor dem Presseclub. Ich werde morgen früh mit ihm reden. Ich muß gestehen, daß mir das alles ziemlich schnurz ist. Die ganze Sache ist doch nur ein Strohfeuer.«

»Soll das ein Witz sein?«

»Ganz und gar nicht. Wir haben gerade mit den neuntägigen Gedenkgottesdiensten begonnen – Blick zurück, Blick nach vorn. Die Presse wird sich so lange um die Tagebücher reißen wie die Raubtiere bei der Fütterung, bis wir im Konklave eingeschlossen sind. Danach wird die Angelegenheit tot und begraben sein – nichts als eine historische Fußnote.«

»Das berührt einen Nerv!« Hallett wirkte mit einem Mal bedrückt. Er verfiel in Schweigen. Rossini versuchte, ihn zum Weiterreden zu bewegen.

»Irgendwas haben Sie auf dem Herzen, Piers. Wir sind doch Freunde. Erzählen Sie's mir.«

»Ich dachte gerade darüber nach«, begann Hallett zögernd, »daß ich mich mein ganzes Leben lang mit Fußnoten beschäftigt habe.«

»Ich dachte, Sie sind glücklich mit Ihrer Arbeit.«

»War ich auch, bis vor kurzem.«

»Ist irgendwas passiert, wodurch sich das geändert hat?«

»Eigentlich ist überhaupt nichts passiert. Ich bin einfach momentan nicht so gut drauf – Langeweile, Überdruß, alles ist eitel, alles Fleisch ist Gras, so die Ecke.«

»Sie brauchen wahrscheinlich Urlaub – oder eine andere Arbeit.«

»Vermutlich eher letzteres. Es ist der Job selber, der mir an die Nieren geht. Ich habe ihn immer geliebt – aber zur Zeit reizt er mich nicht mehr.«

»Erzählen Sie weiter.«

»Die Sache ist einfach genug. Ich bin Paläograph. Ich beschäftige mich mit antiken Dokumenten und Inschriften. Das ist eines der trockensten Gebiete der Wissenschaft – und auch eins der einsamsten. Alles bezieht sich auf die Vergangenheit.

Die Wegweiser zeigen alle auf Sackgassen, die zu zerfallenden Tempeln und vergessenen Göttern führen. Mein eigenes Selbst ist ein überaus staubiger Ort geworden. Deswegen war ich auch so erfreut, als Sie heute abend anriefen und mich zum Essen einluden.«

Bevor Rossini noch antworten konnte, stellte der Kellner die hochaufgetürmten Teller voller Pasta vor sie hin und betete seine Litanei herunter.

»Käse, die Herren? Pfeffer? Guten Appetit!«

»Den habe ich«, sagte Luca Rossini. »Aber ich könnte einen Segen gebrauchen.«

Hallett schlug das Kreuz über den Tellern und sprach die rituelle Formel:

»Segne uns, o Herr, und das Mahl, das wir in Freundschaft miteinander teilen.«

»Amen«, sagte Luca Rossini. »Ich bin für Ihre Gesellschaft ebenfalls dankbar, Piers.«

Sie aßen sich wacker durch die Berge von Pasta, doch nach der Hälfte der Portion gab sich Rossini geschlagen. Er nahm den Faden von Hallett wieder auf:

»Ich verstehe gut, was Sie da über die Einsamkeit des spezialisierten Gelehrten sagen, Piers. Über die Hethiter und die alten Illyrer läßt sich schlecht am Frühstückstisch plaudern.«

Hallett legte klirrend seine Gabel weg und schaute zu Rossini auf. In seinen Augen loderte Zorn.

»Der Frühstückstisch ist das, was mir fehlt, Luca! Ich verdorre in meiner zölibatären Einsamkeit. Nächstes Jahr werde ich fünfzig, und was habe ich mir selbst oder irgend jemand sonst als Verdienst schon vorzuweisen? Ich bin kein Priester; ich bin ein Pedant. Mehr noch, Luca, ich habe mein Leben vergeudet!«

»Wer ist denn das Mädchen, Piers?« Es war nur ein halber Witz, eine Fliege, die ausgeworfen wurde, um eine allzu schwierige Beichte zu erhaschen. Hallett schluckte den Köder.

»Es ist kein Mädchen, Luca. Es ist ein Mann.«

Rossini zögerte den Bruchteil einer Sekunde und fragte dann in bewußt neutralem Ton:

»Möchten Sie mir den Rest der Geschichte erzählen?«

»Er ist Priester wie ich. Er hat die letzten sechs Monate drüben im Geheimarchiv gearbeitet. Er ist Engländer, wie ich auch, was der Geschichte eine gewisse zusätzliche Pikanterie verleiht. Erinnern Sie sich an den alten Peyrefitte und den jungen französischen Kleriker, der ihm Material aus dem Archiv lieferte, damit er es in seine Geschichten einbauen konnte? Peyrefitte wurde reich und berühmt durch diesen Roman, der *Die Schlüssel von St. Peter* hieß, wenn ich mich recht erinnere. Der Kleriker kam als Figur in seinen Werken zu Ruhm.«

»Ich hab das Buch nie gelesen«, sagte Luca Rossini, »aber ich kann verstehen, wie Sie sich fühlen.«

»Ich frage mich, ob Sie das wirklich können. Es ist das erste Mal, daß ich verliebt bin, Luca, und Gott helfe mir, es ist ein *coup de foudre*! Ich weiß nicht, wie ich damit umgehen soll. Ich weiß nicht, was ich sagen oder tun soll. Bis jetzt blieben all meine Phantasien und meine kleinen Lüste stets sicher unter meiner Soutane verborgen. Ich hatte eine Arbeit, die mir Spaß machte. Ich betete darum, vom Teufel der Wollust verschont zu bleiben, wie man es mich gelehrt hatte. Ich hielt mich an die Regeln. Jetzt macht das ganze Spiel für mich keinen Sinn mehr. Ich bin zu verwundbar. Die Kirche ist mir gegenüber zu verwundbar.«

»Und Ihr Freund im Archiv?«

»Wir treffen uns, wir reden miteinander, wir genießen die Gesellschaft des anderen. Im Moment ist das alles – aber so wird es nicht weitergehen.«

»Was will *er* denn tun?«

»Ich weiß es nicht. Bis jetzt hatte er noch nicht das Bedürfnis, sich eindeutig zu erklären. Ich bin mir auch nicht sicher, ob ich schon soweit bin. Ich weiß nur, daß das hier der falsche Ort für mich ist.«

»Ich bin sicher, daß wir eine andere Stelle in einer angenehmeren Umgebung für Sie finden könnten.«

»Sie wissen, daß das nicht die Antwort ist.«

»Ich weiß es, mein Freund – besser als die meisten. Wir tragen unsere eigenen Teufel auf unseren Rücken, weil sie oft die einzige Gesellschaft sind, die wir ertragen können. Wir sind einfach Freunde, die eine schwierige Situation miteinander durchsprechen, und trotzdem bin ich mir nicht sicher, was ich Ihnen raten soll.«

Der Kellner kam zurück, um die Pastateller abzuräumen, den Kalbsbraten zu tranchieren und eine zweite Karaffe Wein zu offerieren.

»Schaffen wir die?« fragte Rossini.

»Ich brauche sie«, sagte Hallett. »Vielleicht finden wir am Boden der Flasche ja Weisheit.«

»Es wäre besser, denke ich, wenn diese Weisheit von ihren Kindern gerechtfertigt werden würde.« Er sagte es lachend und prostete Hallett dann zu. »Ich fühle mich geehrt, daß Sie sich mir anvertraut haben. Ich weiß, wie gefährlich es ist, allein zu sein, wenn eine Krise zuschlägt.«

»Das glaube ich Ihnen gern«, sagte Hallett. »Wovor ich die größte Angst habe, ist, daß mein Bedürfnis so übermächtig werden könnte, daß ich mich zum Sklaven mache, mich einem Liebhaber gegenüber total erniedrige.«

»Insbesondere dem jungen Mann aus dem Archiv?«

»Gewissermaßen schon. Er ist wie ein junger Gott, in der Blüte seiner Jugend. Und was bin ich? Ein alternder Kleriker, den der zweite Frühling plagt. Kein schönes Bild, oder?«

»Es ist ein trauriges Bild, mein Freund. Mein Herz weint für Sie.«

»Ich wünschte, ich könnte weinen. Ich kann es nicht. Ich schäme mich einfach so schrecklich für mein eigenes Bedürfnis. Haben Sie Sehnsüchte, Luca?«

»Die habe ich. Nicht die gleichen wie Sie, aber – ja, ich habe sie.«

»Wie kommen Sie damit zurecht?«

»Nicht sehr gut.« Rossini lächelte. Hallett ließ nicht locker.

»*Diese Art ist nicht auszutreiben, es sei denn durch Gebet und Fasten.* Ist es das, worauf Sie hinauswollen?«

»Meinen Erfahrungen entspricht das nicht.« In der Erwiderung lag ein scharfer Unterton, und Hallett entschuldigte sich.

»Tut mir leid. Ich bin zu weit gegangen. Ich sollte Ihnen vielleicht sagen, daß ich daran gedacht habe, die Priesterschaft zu verlassen. Das hieße, eine Bürde weniger zu tragen, eine Angst weniger mit mir herumschleppen zu müssen. Sie wissen, wie verletzlich wir heutzutage angesichts von Skandalen und Verleumdungen sind.«

»Das weiß ich sehr gut. Als Kirche müssen wir erst noch lernen, mit unserer eigenen Menschlichkeit zu Rande zu kommen. Wenn Sie aufhören würden, wären Sie dann in der Lage, sich beruflich über Wasser zu halten?«

»Ohne jeden Zweifel – selbst mit dem Handicap meines Alters. Auf meinem engbegrenzten Gebiet bin ich einer der Besten in der ganzen Welt.«

»Dann sollten Sie das in aller Ruhe als mögliche Entscheidung bedenken. Es gibt ein Verfahren, das Sie durchlaufen müssen, wenn Sie eine formelle Lossprechungsurkunde mit allen Siegeln am richtigen Fleck haben möchten. Ich würde versuchen, das für Sie abzukürzen, wenn irgend möglich; aber weiß Gott, wo ich unter einem neuen Papst landen werde. Sie müssen noch keine Entscheidung treffen. Sie wollen ja schließlich keine Krisensituation mit Ihrem Freund.«

»Es ist unwahrscheinlich, daß er eine heraufbeschwört. Ich schon eher.«

Rossini schwieg einen Moment und spielte mit einem neuen Gedanken; dann trug er ihn Hallett abrupt vor:

»Als erstes müssen Sie Dampf ablassen.«

»Was schlagen Sie vor?«

»Ich dachte an Klausur.«

Hallett starrte ihn überrascht und verärgert an.

»Nun hören Sie mal, Luca! Doch nicht ausgerechnet von Ihnen! Kalte Duschen und ein härenes Hemd – und ein bißchen Einzelhaft!«

»Ganz und gar nicht! Als Konklavist bin ich berechtigt, einen minimalen Stab von Helfern mitzubringen. Ich dachte eigentlich an jemanden aus meinem Büro, aber Sie können den Job haben, wenn Sie möchten.« Seine Augen funkelten, und sein Mund entspannte sich zu einem jungenhaften Grinsen. »Zumindest wird Sie das von der Straße fernhalten und Sie in die Gesellschaft von Leuten bringen, die älter und gesetzter sind als Sie.«

»Das ist außergewöhnlich nett von Ihnen. Sie haben recht, es könnte dem System einen heilsamen Schock versetzen; aber was passiert danach?«

Rossini, der noch immer lächelte, ging auf die Herausforderung nicht ein.

»Eins nach dem andern, Piers. Jeder Tag beschert etwas Neues. Das ist alles, was uns geschenkt wird; das ist alles, was wir ertragen können. Wir beschwören den Heiligen Geist, uns im Konklave zu leiten. Vielleicht spricht er ja zu Ihnen.«

»Rechnen Sie damit, daß Er – oder sollte das Sie heißen – zu Ihnen spricht, Luca? Ihnen erzählt, welchen Namen Sie auf Ihre Stimmkarte schreiben sollen?«

»Im Augenblick«, sagte Luca Rossini heiter, »haben der Heilige Geist und ich den Kontakt zueinander verloren. Sie brauchen mir wegen des Konklaves noch nicht zu antworten. Denken Sie einfach mal einen Tag oder so drüber nach. Und jetzt seien Sie ein netter Mensch und schenken mir noch ein bißchen Wein nach!«

Fünf

Früh am nächsten Morgen wurde Monsignore Angel-Novalis zu einer Konferenz mit dem Camerlengo, dem Kardinalstaatssekretär, Rossini und drei anderen Kardinälen bestellt. Sie hatten sich für eine der Komiteesitzungen der Kurie versammelt, die jeden Tag stattfinden würden, bis das Konklave begann. Rossini umriß Angel-Novalis seinen Vorschlag:

»Sie haben eingewilligt, heute als Privatmann vor dem Presseclub zu sprechen. Als ebendiesen Privatmann bitten wir Sie um einen Dienst, aber wir befehlen ihn nicht. Wenn Sie zustimmen, werden Sie sich im hohen Klerus wenige Freunde und einige Feinde machen. Sie werden Gefahr laufen, daß man Ihnen Schwierigkeiten macht und Sie möglicherweise mit hohem finanziellem Risiko verklagt. Wir haben Ihrem Vorgesetzten diese Risiken erläutert und ihm versichert, daß wir dafür geradestehen werden. Allerdings werden Sie das nicht enthüllen können, weder jetzt noch später. Wenn die Sache schiefgeht, könnte das Ihrer offiziellen Karriere innerhalb der Kirche durchaus einigen Schaden zufügen. Sind Sie dazu bereit?«

»Ich bin kein Karrierist, Eminenz. Die Verfügungsgewalt über meine Talente – wie immer sie aussehen – liegt schon seit langer Zeit gänzlich bei meinen Vorgesetzten.«

»Großartig. Für diese Rolle brauchen wir einen sehr guten Schauspieler.«

»Ich bin ein passabler Schauspieler, Eminenz, aber ich bin ein schlechter Lügner.«

»Niemand verlangt von Ihnen, daß Sie lügen. Sie werden unserem Publikum eine Hypothese vortragen müssen. Wir möchten, daß Sie sie mit so viel persönlicher Überzeugung vortragen, wie es nur geht.«

»Ist es eine akzeptable Hypothese?«

»Das glauben wir schon.«

»Aber Sie können sie nicht beweisen?«

»Im Moment nicht.«

»Ich soll also herausfinden, wie sie bei den Medien ankommt?«

»Ja.«

»Können Sie mir sagen, was Sie damit erreichen wollen?«

»Wir möchten der Presse einen Knochen vorwerfen – einen großen Knochen –, an dem sie zu nagen hat, bis das Konklave beginnt. Danach wird diese unglückliche Affäre in der Versenkung verschwinden.«

»Und ich soll der Knochen sein?«

»Genau. Was halten Sie davon?«

»Ich bin bereit, Sie anzuhören. Wie Sie sagten, meine Herren, bin ich in dieser Angelegenheit Privatmann.«

»Der bald eine äußerst öffentliche Figur sein könnte.« Rossini erwiderte sein Lächeln. »Hier unser Vorschlag ...«

Angel-Novalis hörte ihm schweigend zu, bis er geendet hatte. Dann lächelte er dünn.

»Vor einem Gericht wäre Ihr Beweismaterial wertlos, Eminenz. Das wissen Sie.«

»Wir bitten Sie nicht, Beweise vorzulegen, wir möchten lediglich, daß Sie öffentlich eine private Meinung äußern.«

»Das ist pure Kasuistik, Eminenz.«

»Ich weiß das. Sie wissen das. Die Presse weiß es nicht – und unser Freund Figaro wird annehmen, daß wir weit mehr wissen, als Sie sagen. Und am allerwichtigsten: Sie werden in die ganze Affäre ein nützliches Element des Zweifels eingebracht haben. Werden Sie das tun?«

»Das werde ich«, sagte Angel-Novalis. »Ich werde versuchen, mich totalen Gehorsams zu befleißigen – des Geistes, des Herzens und des Willens. Wenn Sie mich jetzt bitte entschuldigen würden, meine Herren.«

»Sie dürfen gehen, Monsignore. Wir danken Ihnen für Ihre Kooperation.«

»*De nada, Eminencia.* In Spanien machen wir feine Degen und feine Unterschiede. Wenn Sie erlauben, meine Herren!«

Er dienerte sich aus der Versammlung. Sobald er draußen war, wandte der Camerlengo sich an Rossini:

»Und nun, mein lieber Luca, haben wir auch für Sie einen Auftrag.«

»Worin besteht er?«

»Unser eminenter Kollege Aquino möchte sich heute nachmittag mit Ihnen treffen. Er hat das Gefühl, daß es zwischen Ihnen beiden Dinge gibt, die geklärt werden müssen. Wir sind der gleichen Meinung.«

»Hat Aquino diese Angelegenheiten irgendwie definiert?«

»Hat er«, sagte der Camerlengo. »Und wir wären Ihnen dankbar, wenn Sie uns die Peinlichkeit ersparen würden, sie wiederholen zu müssen.«

»Haben Sie auch an die Peinlichkeit für mich gedacht?«

»Das haben wir, Luca. Wir glauben, daß Sie ein genügend großer Mann sind, um sie zu ertragen.«

»In wessen Interesse?«

»Im Interesse der Kirche. Noch ein Skandal zu diesem Zeitpunkt und am Vorabend des Konklave wäre überaus peinlich.«

»Wir brauchen mehr als Peinlichkeit! Wir müssen beschämt werden!« In Rossinis Ton lag Zorn. »Wir haben zu viele Skandale vertuscht. Dieser ist inzwischen ans Licht gekommen. Er hat einen festen Platz in den Zeitungen. Wir müssen offen und öffentlich darauf reagieren. Ich werde mich an keinerlei Verschwörung des Schweigens beteiligen.«

Erneut herrschte sekundenlange Stille, bis der Kardinalstaatssekretär selbst eingriff:

»Aus ebendiesem Grund halten wir Ihr Treffen mit Aquino für wichtig, Luca. Sie können mit ihm auf einer anderen Ebene diskutieren als wir. Möglicherweise finden Sie sogar irgendein Argument des Mitgefühls, das ihn ermutigen könnte, sich seinen Anklägern zu stellen. Vielleicht stoßen Sie zu dem wahren Menschen unter all dem Lack durch.«

»Falls es einen solchen Menschen gibt«, sagte Luca Rossini.

»Das müssen Sie eben glauben«, sagte der Kardinalstaatssekretär. »Würden Sie sich bitte mit ihm treffen?«

»Auf wessen Terrain, seinem oder meinem?«

»Meinem«, sagte der Kardinalstaatssekretär. »14 Uhr 30 in Konferenzraum A.«

»Ich werde dasein, aber verstehen Sie bitte, daß ich nicht garantieren kann, was dabei herauskommt.«

»Das ist uns klar. Danke, Luca ... Wenn wir uns nun dem Rest der Tagesordnung zuwenden könnten.«

Als er am Rednerpult des Clubs der Auslandspresse einem Publikum von Medienleuten und einer Batterie von Fernsehkameras gegenüberstand, wirkte Angel-Novalis wie ein mittelalterlicher Hidalgo, der jeden, der des Weges kommt, herausfordert, sich mit ihm zu messen. Als er zu sprechen begann, war sein Ton jedoch schlicht, beinahe bescheiden:

»Liebe Kollegen, ich spreche heute zu Ihnen als Privatmann, der genau wie Sie in einem historisch höchst bedeutsamen Moment in der Geschichte dieser uralten Stadt gefangen ist. Ich habe Ihnen nie zuvor meine Beweggründe und persönlichen Ansichten dargelegt. Für einen Amtsträger des Vatikans hätte sich das nicht gehört, wie ich fand. Als Privatmann kann ich ganz offen mit Ihnen sein. Sie wissen, daß ich Mitglied der Priesterlichen Gesellschaft vom Heiligen Kreuz bin, die Ihnen besser unter dem Namen Opus Dei bekannt ist. Viele Leute lehnen uns ab. Sie halten uns für elitäre, rigoristische, altmodische Asketen, die im verborgenen gefährliche Intrigen spinnen.

Ich bin nicht hier, um unseren Ruf oder unsere Praxis des religiösen Lebens zu verteidigen. Ich erkläre ganz einfach, daß die Gesellschaft mir geholfen hat, mich und mein Leben wieder in den Griff zu bekommen, als meine Welt in Trümmern lag, nachdem meine Frau und meine Kinder umgekommen waren und ich weder den Wunsch noch den Willen hatte, weiterzuleben. Ich erzähle Ihnen das nicht, um Sie zum Beitritt zu überreden. Für die meisten von Ihnen wären wir wohl kaum das richtige – und die meisten von Ihnen würden sich bei uns gar nicht wohlfühlen! Und doch gibt es größere Gemeinschaften, uneingeschränktere Umarmungen und weitere Felder, auf denen wir alle uns ganz behaglich treffen können, so wie das heute geschieht.

Der Bischof von Rom ist tot. Bald wird an seiner Stelle ein anderer gewählt werden, denn die Kirche dauert fort und ist beständig in Christi. In den Gedenkgottesdiensten beten wir für die Verstorbenen: ›*Richte nicht über Deinen Diener, o Herr!*‹ Hier und heute tun wir genau das – wir urteilen über einen Toten, der nicht länger für sich selbst sprechen kann. Andererseits ist es Ihr Beruf, Nachrichten zu verbreiten und sie zu kommentieren. Dagegen habe ich nicht das geringste einzuwenden, vorausgesetzt, Sie berichten wahrheitsgemäß und fällen ein kluges Urteil.

Das bringt mich mit einem großen Schritt zum Thema meines kleinen Vortrags: Vergangenheit und Zukunft in einer Kirche von Bestand. Der verstorbene Pontifex repräsentiert die unmittelbare Vergangenheit – ein beachtliches Stück dieses Jahrhunderts. Der Mann, der an seine Stelle tritt, wird für die Zukunft gewählt, aber er ist auch zum Hüter der Vergangenheit bestimmt: jenes Korpus von Lehre, Tradition und geoffenbarter Wahrheit, den wir den Schatz des Glaubens nennen. Bitte haben Sie ein wenig Geduld mit mir, während wir dieses Konzept gemeinsam betrachten.«

Sie waren allesamt Profis. Sie erkannten einen guten Showman, wenn sie einen sahen. Sie schenkten ihm ihre volle Aufmerksamkeit. Sie wußten, daß er sie umwarb, sie geschickt und emsig bei Laune hielt, sie noch vor der Fragestunde zu entwaffnen versuchte. Außerdem machte er in seiner privaten Rolle weit mehr Konzessionen, als er es in seiner öffentlichen je getan hätte.

»Die Kirche hat ihr ganz eigenes enormes Beharrungsvermögen, ihre eigene gletscherhafte Unbeweglichkeit …

Sie ist, anders als die Wahrheit, kein nahtloses Gewand, aber sie ist fast ebenso schwer aufzudröseln und umzustricken …

Die Last des Amtes wird dem Pontifex um die Schultern gelegt wie ein bleiernes Meßgewand … Und es dauert nicht allzu lange, bis er realisiert, daß sie ihn eines Tages erdrücken wird …

Er weiß auch, daß seine eigenen Unzulänglichkeiten ihn zerstören können – so wie Petrus wußte, daß er auf die Spötteleien einer jungen Dienerin hin dreimal seinen Herrn verraten hatte, und Paulus wußte, daß er schweigend dabeigestanden und die Mäntel derer gehalten hatte, die Stephanus zu Tode steinigten. Es war meine persönliche Aufgabe, den verstorbenen Pontifex der Welt mit soviel Wahrhaftigkeit und mit sowenig Makeln behaftet wie nur möglich über die Medien zu präsentieren. Jetzt, in den Tagebüchern, präsentiert er sich selbst als Jedermann in Schlafanzug und Pantoffeln. Das ist nicht immer ein erbaulicher Anblick. Ich möchte eine persönliche Bitte an Sie richten: Bemitleiden Sie ihn, bevor Sie ihn verurteilen!«

Es war dieser letzte Satz, der ihm rauschenden Beifall einbrachte: das simple Zugeben menschlicher Schwächen – und das unausgesprochene Eingeständnis, daß es notwendig werden würde, um den Papst und seine Amtszeit Legenden zu spinnen. Er bot außerdem Frank Colson einen Ausgangspunkt für seine Rolle als Inquisitor.

»Sie würden also zustimmen, Monsignore, daß Ihre wichtigste Aufgabe bei der *Sala Stampa* darin besteht, den Papst zu schützen?«

»Unsere wichtigste Aufgabe ist, offizielle Informationen zu übermitteln, und das so klar wie möglich. Sie offiziell zu interpretieren, ist Sache anderer, wie etwa der Kongregationen und der Bischöfe.«

»Wie war Ihnen – als Privatmann – zumute, als Sie von der Publikation der päpstlichen Tagebücher erfuhren?«

»Betrübt, wütend.«

»Wütend worüber?«

»Den ungeheuerlichen Vertrauensbruch.«

»Aber der Pontifex muß sich dieser Möglichkeit doch bewußt gewesen sein, als er seinem Kammerdiener eine formelle Schenkungsurkunde ausstellte?«

»Seine Intentionen sind mir nicht bekannt.«

»In seinem Brief gibt es eine interessante Passage. Ich zitiere: ›In alter Zeit wäre ich vielleicht in der Lage gewesen, einen treuen Gefolgsmann wie Dich reich zu beschenken ... Diese Bände sind mein Vermächtnis an Dich.‹ Deuten diese Formulierungen nicht darauf hin, daß dem Papst klar war, daß sein getreuer Diener das Geschenk zu Geld machen könnte?«

»Zu Interpretationen bin ich nicht befugt, Mr. Colson. Ich muß die Frage ablehnen.«

»Dann lassen Sie's mich anders formulieren. Sind Sie, als Privatmann, mit der Schenkungsurkunde vollkommen glücklich?«

»Als Privatmann nein. Ich habe da gewisse Vorbehalte.«

»Könnten Sie das näher ausführen?«

»Im Moment nicht. Später vielleicht.«

»Hat irgendeine vatikanische Stelle rechtliche Schritte unternommen, um das Dokument anzufechten?«

»Man hat mich über keinerlei derartige Aktionen informiert.«

»Halten Sie es für wahrscheinlich?«

»Ich wage es zu bezweifeln. Der Stuhl Petri ist vakant. Der Camerlengo ist lediglich ein Hausverwalter.«

»Angesichts Ihrer Zweifel – würden Sie eine derartige Aktion oder Ermittlungen in dieser Richtung empfehlen?«

»Man wird mich nicht nach meiner Meinung fragen, Mr.

Colson. Beim normalen Gang der Dinge könnte ich bald arbeitslos sein.«

Das weckte Gelächter und entspannte die Situation im Raum ein wenig. Frank Colson trank einen Schluck Wasser, ordnete seine Notizen und schaute auf den Zettel, der ihm kurz vorher gereicht worden war. Er stammte von Steffi Guillermin und lautete: »Er ist mit sich zufrieden. Rück vor. Mach ihn nieder.« Colson setzte sich für die nächste Attacke auf seinen Zeugen in Positur wie ein Staatsanwalt.

»Es ist unverkennbar, Monsignore, daß der Vatikan – wie auch immer Ihre privaten Ansichten lauten mögen – nicht bereit scheint, die Echtheit der Tagebücher oder die Gültigkeit des Vermächtnisses an Claudio Stagni anzufechten.«

»Es wäre exakter zu sagen, daß der Vatikan bis jetzt keine offiziellen Zweifel angemeldet hat.«

»Also bietet sich ein anderes Szenario an. Die Schenkung des Manuskriptes war gültig. Sie wurde von einem Papst getätigt, der im Vollbesitz seiner Kräfte war – und sich vollkommen bewußt, wozu es benutzt werden könnte.«

»Das ist pure Spekulation.«

»Aber Sie würden mir zustimmen, daß es zumindest eine berechtigte Hypothese darstellt?«

»Eine unwahrscheinliche, aber zulässig ist sie, ja.«

»Wenn man den Gedanken ein wenig ausweitet, ist es dann nicht ebenso zulässig, anzunehmen, daß gewisse Mitglieder der Kurie, enge Berater, dem Pontifex diesen Schachzug vorgeschlagen und ihn dazu ermuntert haben?«

»Dieser Sprung ist mir zu groß, Mr. Colson. Ich habe den Pontifex lediglich in Angelegenheiten beraten, welche die Medien betrafen.«

»Aber die Angelegenheit war doch sicher von höchster Bedeutung für die Medien? Das ist doch das einzige Thema unserer heutigen Diskussion.«

»Ich kann nur sagen, daß man mich in dieser Angelegenheit zu keiner Zeit konsultiert hat.«

»Aber Sie würden einräumen, daß derartige Gespräche mit

den vertrautesten und einflußreichsten Beratern des Pontifex geführt worden sein könnten?«

»Das ist eine Möglichkeit. Mehr kann ich dazu nicht sagen.«

»Die Alternative ist ziemlich erschreckend, nicht wahr?«

»Welche Alternative, Mr. Colson?«

»Daß der Heilige Vater, ein mit enormer Verantwortung betrauter Mann, eine unerhörte Dummheit begangen hat, indem er ein überaus vertrauliches Dokument in die Hände seines Kammerdieners gegeben hat.«

»Es könnte andere Erklärungen geben.«

»Welche zum Beispiel, Monsignore?«

»Diebstahl.«

»Was uns und unsere Arbeitgeber zu Hehlern machen würde?«

»Möglicherweise. So etwas ist schon öfter vorgekommen.«

»Noch eine Alternative?«

»Fälschung der Herkunftsdokumente. Auch das wäre nicht neu.«

»Beide Alternativen führen zu einem höchst unbehaglichen Schluß, nicht wahr?«

»Schildern Sie mir Ihren Schluß, Mr. Colson.«

»Daß der Heilige Vater in seinem engsten persönlichen Umfeld einen Mann beschäftigte und jeden Tag seine intimsten persönlichen Gedanken mit ihm teilte, der sein Vertrauen mißbraucht, seine Privatsphäre verletzt und eine Serie von kriminellen Akten organisiert oder begangen hat, um sich selbst zu bereichern.«

»Genau. Und falls Ihr Schluß richtig ist, Mr. Colson, dann sind Sie, Ihre Kollegen und Ihre Verlage oder Sender allesamt Komplizen.«

»Und das gesunde Urteilsvermögen eines Papstes, dem die Sorge um die Seelen aller Gläubigen oblag, ist böse kompromittiert.«

»Auch das ist in der Geschichte schon viele Male passiert, Mr. Colson. Wir sind eine Kirche von Suchenden, keine perfekte Gesellschaft.«

Colson überließ ihm den Punkt. Er hatte selbst schon genug davon eingeheimst und begann, in einer anderen Richtung weiterzufragen.

»Schauen wir uns jetzt mal einige der wichtigsten Tagebucheintragungen an. Sie haben mehr oder weniger zugegeben, daß es ein echtes Dokument ist; bald wird es ein öffentliches sein. Es stellt einen einzigartigen Einblick in den Geist eines Mannes dar, zu dessen Titeln unter anderem ›Stellvertreter Christi‹ und ›Oberhaupt der Allgemeinen Kirche‹ gehören.«

»Er ist außerdem – zumindest in diesem Dokument – ein Privatmann, der ganz privaten Gedanken Ausdruck verleiht.« Angel-Novalis ging jetzt zum Angriff über. »Er hat die öffentliche Rolle abgelegt und spricht mit sich selbst und mit Gott.«

»Es sei denn, was Sie ja als Möglichkeit eingeräumt haben, er versucht seine öffentliche Rolle durch dieses Vermächtnis über das Grab hinaus fortzusetzen.«

»Seine Rolle endet mit seinem Tod, Mr. Colson. Sein Nachfolger ist daran nicht gebunden.«

»Aber das Wahlkollegium könnte beeinflußt werden.«

»Wodurch beeinflußt?«

»Ehrgeiz vielleicht. Der Druck ihrer Standesgenossen, Parteigängerschaften. Es ist kein Geheimnis, daß es im Heiligen Kollegium Fraktionen gibt. Ich zitiere aus den Tagebüchern: ›Ich bin nicht blind gegenüber den Ambitionen gewisser Kardinäle oder ihrer Fähigkeit zur Intrige.‹«

Angel-Novalis hob eine Hand, um ihm Einhalt zu gebieten.

»Ich denke, wir sollten hier Schluß machen, Mr. Colson. Ich bin nicht bereit, einen Kommentar über die Geheimpapiere eines Toten abzugeben. Das überlasse ich den Historikern. Ich denke, ich habe Ihnen und Ihren Kollegen einen vernünftigen Gegenwert für Ihr Essensgeld geboten.«

»Das haben Sie in der Tat.«

»Dürfte ich Sie dann bitten, sich mit einer kleinen Gefälligkeit zu revanchieren?«

»Selbstverständlich.«

»Danke. Ich habe ein kurzes förmliches Statement, von dem

ich möchte, daß Sie es wörtlich wiedergeben. Würden Sie sich verpflichten, das zu tun?«

»Mit Vergnügen.«

»Dies ist eine persönliche Erklärung: Ich bestätige, daß die privaten Tagebücher des Papstes als echt anerkannt werden. Es gibt jedoch einige Indizien dafür, daß sie kurz vor seinem Tode aus seinem Ankleidezimmer gestohlen wurden, während er im Koma lag. Die Überschreibungsurkunde des Pontifex ist eine Fälschung, die von einem gewissen Aldo Carrese angefertigt wurde, einem ehemaligen Zuchthäusler, der vor zwei Monaten starb. Ich gebe diese Erklärung als öffentliche Einladung an Claudio Stagni ab, zu diesen Vorwürfen Stellung zu nehmen oder mich wegen Verleumdung zu verklagen. Ich bin mir bewußt, daß ich damit meine Befugnisse überschreite und riskiere, mir Tadel einzuhandeln. Nichtsdestoweniger habe ich eine persönliche Pflicht, den Ruf eines Mannes zu schützen, den ich bewundert und respektiert habe. Was Sie oder Ihre Chefredakteure unter diesen Umständen zu unternehmen gedenken, liegt ganz bei Ihnen. Ich danke Ihnen, meine Damen und Herren, und wünsche Ihnen noch einen guten Tag.«

Als er vom Rednerpult wegtrat, brach um ihn stürmischer, von Steffi Guillermin angeführter Applaus los. Er hatte jedes einzelne Händeklatschen verdient. Er hatte ihnen Schlagzeilen genug für eine ganze Woche geliefert. Es war ihnen auch klar, wie vage auch immer, daß er seine Karriere aufs Spiel gesetzt hatte. Der Vatikan hatte ein gutes Gedächtnis und wenig Geduld mit ungebärdigen Priestern.

Während Angel-Novalis im Club der Auslandspresse seinen Manegentriumph auskostete, wartete der Mann, der ihn für ihn arrangiert hatte, im Konferenzraum A der Staatssekretarie. Sein Besucher, Kardinal Matteo Aquino, hatte angerufen, um ihm mitzuteilen, er sei bei einem Treffen aufgehalten worden und werde zwanzig Minuten später kommen.

Als ehemaliger Diplomat – er war Nuntius in Buenos Aires und in Washington gewesen – hätte Aquino es besser wissen sollen. Andererseits, überlegte Rossini, hatte dieser Mann es noch nie besser gewußt. Er war schon immer arrogant gewesen, stolz auf seine soldatischen Vorfahren und sein Geschick als Tennisspieler und Fechter, und ein Diplomat, der, um seine eigenen Worte zu gebrauchen, ›besondere Qualifikationen für den Umgang mit Militärregimes‹ besaß.

Er war fünfundsiebzig Jahre alt. Er hatte dem verstorbenen Papst bereits sein Rücktrittsgesuch unterbreitet, aber er war noch immer berechtigt, im Konklave seine Stimme abzugeben, und kam – zumindest theoretisch – nach wie vor als Kandidat in Frage. Nach einer langen Amtszeit bestand jedes Mal die Chance, daß das Wahlkollegium sich für einen Papst mit geringer Lebenserwartung entscheiden würde.

Nun war Aquino, dieser überaus soldatische Geselle, mit einem Mal selbst unter Beschuß. Diejenigen, die ihn bedrohten, waren die »Mütter von der Plaza de Mayo«, eine Gruppe von Frauen, welche die Diktatur in Argentinien publik gemacht und letztendlich zerstört hatten. Sie waren die Mütter, Witwen, Schwestern und Freundinnen jener Tausende, die man unter dem Regime, dessen Opfer Rossini selbst geworden war, hatte »verschwinden« lassen.

Sie waren mit im Verlauf von zwanzig Jahren zusammengetragenem Beweismaterial nach Rom gekommen, das sich auf Aquinos angebliche Komplizenschaft während der Schreckensherrschaft bei Verrat, bei Entführungen, Folterungen und Hinrichtungen bezog – die Regierung bezifferte sie auf neuntausend, aber die Mütter von der Plaza de Mayo erklärten, es seien nahezu dreißigtausend gewesen. Zweck ihres Besuches in Rom war es, den Papst darum zu ersuchen, Aquinos diplomatische Immunität als Bürger des Vatikanstaats aufzuheben und es so zu ermöglichen, daß er nach den Gesetzen der Republik Italien unter Anklage gestellt werden konnte. Viele der Terroropfer waren italienische Einwanderer gewesen, und einige, so schien es, hatten lediglich eine Aufenthaltserlaubnis besessen und waren italienische Staatsbürger geblieben. Nun, da der Papst tot war, hatten die Frauen angekündigt, daß sie warten und ihre förmliche Petition dem nächsten Pontifex überreichen wollten.

Ihr Beweismaterial war Rossini in groben Zügen vertraut. Die Akten der Staatssekretarie standen ihm ebenfalls offen – ein schmaler Ordner, den er aus einer großen Reihe ausgewählt hatte, lag vor ihm auf dem Tisch. Für kurze Zeit war Aquino in seinem eigenen Leben eine vertraute Gestalt gewesen: verschwiegen und zurückhaltend, ein widerwilliger Bote, der ein unappetitliches Paket voller beschädigter Güter von Argentinien nach Rom beförderte. Während Rossini in der Gunst des Papstes aufstieg, hatten sie sich nur selten getroffen, und die Grüße, die sie bei förmlichen Anlässen miteinander wechselten, waren knapp und eisig. Jetzt kam Aquino als Bittsteller zu Rossini, um dessen öffentlichen Beistand gegen die weißverschleierten Furien von der Plaza de Mayo zu erflehen. Für Rossini war er eine Figur aus den Albtraumjahren, und sein Schatten würde über dem Treffen mit Isabel am selben Abend liegen.

Es wurde an die Tür geklopft, und auf Rossinis zustimmenden Ruf hin geleitete ein junger Priester Aquino ins Zimmer. Rossini stand auf, um ihn zu begrüßen. Er verbeugte sich, gab ihm aber nicht die Hand. Aquino verbeugte sich ebenfalls und äußerte eine schroffe Entschuldigung. Rossini bedeutete ihm, Platz zu nehmen. Der Kardinal saß stocksteif und ohne zu lächeln da, bis Rossini ihm sein Stichwort lieferte.

»Sie haben darum ersucht, mich zu treffen, Eminenz.«

»Ja. Ich bin, wie Sie wissen, in einer schwierigen Situation.«

»Was ist das für eine schwierige Situation?«

»Diese Frauen, die Mütter von der Plaza de Mayo. Sie sind hierhergekommen, um eine Kampagne gegen mich zu inszenieren. Sie wollen mich vor ein römisches Zivilgericht bringen. Sie möchten, daß meine Immunität als Bürger des Vatikanischen Stadtstaats aufgehoben wird. Sie haben angekündigt, daß sie in Rom warten wollen, bis ein neuer Papst gewählt ist. Alles sehr peinlich, sehr quälend.«

»Ich denke, das muß es wohl sein«, sagte Rossini milde. »Was diese Frauen mit ihren Söhnen, Brüdern und Ehemännern durchleiden mußten, war natürlich auch sehr quälend.«

»Das weiß ich.«

»Selbstverständlich, Sie mußten es wissen – es war ihr Job. Obschon Sie dieses Wissen bei verschiedenen Gelegenheiten öffentlich abgestritten haben.«

»Das war ein notwendiger diplomatischer Schachzug.«

»Ich habe Ihre Berichte gesehen.« Rossinis Ton war noch immer mild. Er tippte auf die Akte, die vor ihm auf dem Tisch lag. »Sie gehören zu einer überaus schmerzlichen Periode meines Lebens – mit der umzugehen mir selbst heute noch schwerfällt. Aus diesem Grund hat man mir andere Aufgaben in anderen Bereichen übetragen. Ich bin für die Traumata von vor zwanzig Jahren noch immer zu verwundbar. Trotzdem bin ich zur Vorbereitung auf unser heutiges Treffen einige der entscheidenden Dokumente noch einmal durchgegangen. Ich sehe, daß Ihre Anmerkungen alle klug waren, sorgsam ausgewogen noch bei den kontroversesten Themen.«

»Danke. Das ist die Pflicht eines Diplomaten – nie zu übertreiben oder überzubetonen. Er muß zu den wahren Wurzeln der Ereignisse vordringen.«

»Selbst wenn Männer und Frauen mit elektrischen Viehstacheln gefoltert und in der Marineschule in Latrineneimern erstickt werden? Selbst wenn sie ausgepeitscht und mit Besenstielen sodomisiert, kastriert und geblendet und dann über dem Meer aus dem Flugzeug geworfen werden?«

»Ich habe gegen diese Dinge unablässig protestiert.«

»Bei wem? Und wie öffentlich?«

»Alles, was ich wußte, wurde der Staatssekretarie berichtet.«

»Aber Sie haben weiterhin Tennis mit den Leuten gespielt, die diese Scheußlichkeiten befahlen. Sie suchten noch immer – wie nannten Sie das?« Er schlug den Aktendeckel auf und legte den Finger auf eine Zeile. »Ah, richtig, ›fundierten theologischen Rat zu den moralischen Grenzen der Folter, die notwendig sein kann, um Feinden des Staates – und in vielen Fällen auch der Kirche – Informationen zu entlocken.‹ Sie bekamen Ihren Rat, und Sie haben ihn beim Tennis mit den Generälen weitergegeben: ›Es dürfen extreme Maßnahmen angewandt werden, vorausgesetzt, sie überschreiten nicht die Grenzen des menschlich Zumutbaren, führen nicht zum Tode, hinterlassen keine Verkrüpplung und dauern insgesamt nicht länger als achtundvierzig Stunden.‹ Wer hat denn diesen Mist für Sie geschrieben?«

»Er wurde von einem achtbaren Moraltheologen verfaßt.«

»Achtbar! Allmächtiger Gott!«

»Um den Männern in der Armee, die durch höheren Befehl gezwungen waren, brutale Taten zu begehen, einen gewissen geistlichen Trost zu spenden.«

»Und wie gedachten Sie, die Familien der Toten und Verschwundenen zu trösten?«

»Ich bin nicht hergekommen, um mich beleidigen zu lassen!«

»Das sind keine Beleidigungen. Das ist die Wahrheit. Warum sind Sie hergekommen? Was haben Sie von mir erwartet? Schweigen? Daß ich diese ganze schmutzige Geschichte beschönige?«

»Ist es Ihnen noch nie in den Sinn gekommen«, Aquino hatte sich noch immer unter Kontrolle, »daß ich Verständnis und Hilfe suchen könnte?«

»Wenn es das ist, was Sie wollen, dann reden Sie mit den Frauen. Erflehen Sie ihr Verständnis. Beichten Sie ihnen, bitten Sie sie um Verzeihung. Sie werden zuhören, das verspreche ich Ihnen! Sie haben Tag für Tag gewartet, weißverschleierte, stumme Anklägerinnen vor dem Präsidentenpalast. Ihre verschwundenen Angehörigen werden für immer stumm sein.«

»Sie wissen, daß ich ihnen nicht gegenübertreten kann.«

»Warum nicht?«

»Sie würden mich in Stücke reißen.«

»Das hängt ganz davon ab, wie Sie sich ihnen präsentieren, nicht wahr?«

»Das auch.« Ein kleines humorloses Lächeln zuckte um Aquinos Mundwinkel. »Wie hatten Sie sich das denn so gedacht? In Sack und Asche, mit dem Büßerstrick um den Hals?«

»Fällt Ihnen denn was anderes dazu ein?«

»Ich hatte gehofft, daß Sie vielleicht für mich und mit mir sprechen würden, da ja auch Sie ein Opfer waren.«

Rossini stieß einen unterdrückten Fluch aus:

»Ja, Herrgott noch mal! Was für ein Mensch sind Sie denn eigentlich?«

»Einer, dem sein Überleben wichtig ist«, sagte Aquino ruhig. »Ich brauche Ihre Hilfe, um diese – diese Infamie zu überleben!«

»Welche Infamie?«

»Diese Vorwürfe, konspiriert und kollaboriert zu haben.«

»Der beste Weg zu überleben ist, auf die Vorwürfe zu antworten!« Wider besseren Willen wurde Rossini in die Diskussion hineingezogen. »Sehen Sie mal! Unser verstorbener Kollege Bernardin in Chicago wurde von einem ehemaligen Seminaristen bezichtigt, ihn sexuell mißbraucht zu haben. Er hat sich nicht hinter der Kirche oder seinem hohen Amt versteckt, er hat den Kläger herausgefordert, mit ihm vor Gericht zu gehen. Der Vorwurf wurde zurückgezogen. Bernardin traf sich mit dem Mann und behandelte ihn mit Mitgefühl und Güte. Unglücklicherweise ist Bernardin nicht mehr am Leben, aber er starb in Ehren, und die Leute segnen sein Andenken.«

»Jedermann segnet einen guten Hirten! Niemand segnet Diplomaten! Sie haben gesehen, was die italienische Presse inzwischen gemacht hat. Stellen Sie sich mal vor, was sie mit einem richtigen Gerichtsverhör alles anstellen würden! Es ist unmöglich!«

»Wieso unmöglich?«

»Ich bin nicht bereit, mich vor Gericht stellen zu lassen wie einen Kriminellen. Ich habe vielen Familien der Opfer geholfen. Und jetzt verfolgen diese Frauen mich mit unbewiesenen Behauptungen.«

»Dann verklagen Sie sie. Lassen Sie das Beweismaterial auf

den Tisch legen und untersuchen. Wenn es falsch ist, werden Sie rehabilitiert sein. Wenn es stimmt – dann möge Gott Ihrer Seele gnädig sein.«

»Sie spielen ein grausames Spiel, Rossini. Ich bin zu Ihnen gekommen, weil ich auf Ihre Hilfe als Kollege und als Christ gehofft hatte. Denken Sie dran, daß Sie mir noch was schuldig sind. Ich habe Sie aus Argentinien herausgeholt.«

»Das weiß ich. Tausende andere hatten weniger Glück. Aber ich spiele kein Spiel. Ich versuche, Ihre Situation einzuschätzen und zu entscheiden, wie und unter welchen Bedingungen ich Ihnen helfen kann.«

»Bedingungen?«

»Selbstverständlich. Sie sind Diplomat. Bedingungen, Klauseln, Kuhhandel – das ist doch Ihr elementares Handwerkszeug.«

»Also schön, lassen Sie uns Tacheles reden. Was werden Sie unternehmen, um mir zu helfen?«

»Zunächst werde ich mich mit der Delegation der Frauen in Verbindung setzen. Ich verpflichte mich dazu, ein vertrauliches Zusammentreffen mit Ihnen zu arrangieren. Ich werde sie auffordern, Ihnen in meiner Gegenwart eine Zusammenfassung ihres Beweismaterials vorzulegen. Ich werde sie, wenn ich kann, überreden, Ihre Erwiderung anzuhören und über eine gütliche Einigung zumindest zu diskutieren.«

»Und wenn eine gütliche Einigung für beide Seiten unbefriedigend sein sollte?«

»Werden Sie anbieten, auf Ihre Immunität zu verzichten und freiwillig vor Gericht zu erscheinen. Falls Sie das tun, werde ich mit Angel-Novalis zusammen daran arbeiten, die bestmögliche Interpretation Ihrer Situation durch die Weltpresse sicherzustellen.«

»Sie verlangen zuviel, Rossini. Sie bieten zuwenig.«

»Es ist das Beste, was ich tun kann.«

Aquino starrte ihn aus kalten, feindseligen Augen an und stand dann auf.

»Für Raul Ortega haben Sie mehr getan. Sie haben ihn als

Botschafter am Heiligen Stuhl empfohlen, damit Sie Ihre eigene Geliebte nach Rom holen konnten.«

Als Rossini nicht antwortete, fügte er ein verächtliches kleines Postskriptum hinzu:

»Sie scheinen etwas vergessen zu haben. Ich brauche die Erlaubnis vom Pontifex, bevor ich in irgendeiner Angelegenheit vor Gericht gehe. Also kann ich nichts unternehmen, bis der neue Papst gewählt ist. Ihnen dagegen steht es frei, informell in meinem Interesse zu intervenieren. Falls Sie also Ihr Hilfsangebot noch einmal revidieren möchten, rufen Sie mich bitte an. Vor dem Konklave bleibt nicht mehr viel Zeit. Und danach werden wir, wie man heutzutage so sagt, in einem gänzlich anderen Film sein.«

Das war der Moment, in dem Rossini ein Licht aufging. Er atmete lang und überrascht aus und schüttelte dann vollkommen ungläubig den Kopf.

»Natürlich, Sie haben recht. Wie dumm von mir, das nicht zu sehen! Sie sind gar nicht auf eine Rehabilitation aus. Alles, was Sie möchten, ist eine Gnadenfrist – ein Waffenstillstand!«

»Genau. Und Sie sind der beste Mann in Rom, um ihn auszuhandeln!«

»Angenommen – nur mal angenommen –, Sie würden zum Papst gewählt, was dann?«

»Dann sind wir, wie ich schon sagte, in einem gänzlich anderen Film. Der Pontifex ist Oberhaupt eines souveränen Staates. Er ist außerdem das Oberhaupt einer Milliarde Gläubiger. Er braucht sich vor keinem Gerichtshof auf der ganzen Welt zu verantworten. *Plenitudo potestatis*. Die Fülle der Macht. Das ist ein altes Konzept, aber es hat während dieser Amtszeit wieder an Bedeutung gewonnen. Im Wahlkollegium hat es eine Menge Anhänger. Denken Sie drüber nach, Rossini. Aber warten Sie nicht zu lange damit. Die Zeit wird knapp.«

Er drehte sich abrupt um, ging aus dem Raum und schloß die Tür.

Zehn Minuten später erstattete ein wütender Rossini dem Kardinalstaatssekretär seinen Bericht.

»Es war ein Fehler, Turi. Ich hätte mich mit dem Treffen niemals einverstanden erklären sollen. Ich kann diesen Kerl nicht ertragen!«

»Spielt keine Rolle.« Der Staatssekretär zuckte gleichgültig die Achseln. »Er hat um die Zusammenkunft gebeten. Wir haben sie arrangiert. Sie haben dran teilgenommen. *Basta!*«

»Glauben Sie, daß er gewählt werden könnte – bei seinem Sündenregister?«

»Die Frage ist ungehörig, aber ich werde sie trotzdem beantworten. Solange er nicht irgendwelcher Missetaten wegen verurteilt ist, hat er eine weiße Weste. Er verfügt über eine kleine Fraktion einflußreicher Anhänger in der Kurie. Ja, er könnte gewählt werden, wenn auch nur als Verlegenheitskandidat. Dafür gibt es historische Präzedenzfälle. Aber fragen Sie mich nicht, wie die Wettchancen stehen.«

»Noch eine Frage, Turi. Woher wußte Aquino, daß ich Ihnen eine Empfehlung für Raul Ortegas Ernennung gegeben hatte?«

»Keine Ahnung. Von mir hat er das nicht gehört. De facto habe ich mit niemandem darüber gesprochen. Ich habe sie niemandem gezeigt. Sie ist noch immer bei meinen privaten Unterlagen eingeschlossen. Andererseits wußte er ja wohl, wen die Argentinier vorgeschlagen haben, und da dürfte es ihm leichtgefallen sein zu erraten, daß ich mich an Sie wenden würde.«

»Er hat also immer noch enge Verbindungen nach Argentinien?«

»Nach Argentinien, nach Washington, wo immer er gedient hat. Einem Diplomaten gereicht das zur Ehre.«

»In seiner Bemerkung über Isabel war eine Drohung verborgen.«

»Und Sie wären gut beraten, das nicht zu vergessen, Luca, nun, da Señora Ortega in der Stadt ist. Ich sollte Ihnen sagen, daß Aquino von ihrer Ankunft weiß.«

»Woher, zum Teufel, hat er das schon wieder?«

»Auch von der Botschaft. Er ist wegen der Mütter von der Plaza de Mayo in ständigem Kontakt mit ihnen. Er hat mir gegenüber außerdem angedeutet, daß es eine Verbindung zwischen dieser Gruppe und Señora Ortegas plötzlicher Ankunft geben könnte. Gibt es da eine Verbindung?«

»Ich weiß es nicht. Ich werde Isabel garantiert danach fragen. Wir essen heute miteinander zu Abend, zusammen mit ihrer Tochter.«

»Sie werden bestimmt einen erfreulichen Abend haben.«

»Danke.«

»Ich wünsche Ihnen nichts als Gutes, Luca. Das wissen Sie doch.«

»Das weiß ich.«

»Also, kommen Sie zur Ruhe, bevor Sie mit ihr zusammentreffen. Befreien Sie sich von Ihrem Zorn. Genießen Sie das Wiedersehen.«

»Ich danke Ihnen, Turi.«

»Und jetzt habe ich noch eine weitere Aufgabe für Sie. Ich möchte, daß Sie morgen an einem Treffen mit einem halben Dutzend betagter Mitglieder des Kardinalskollegiums teilnehmen, die ihres Alters wegen nicht mehr selbst wählen können. Sie möchten Ihnen und anderen stimmberechtigten Mitgliedern ihre Ansichten vermitteln.«

»Davon würde ich gerne befreit werden, Turi. Ich habe mir den morgigen Tag für private Angelegenheiten freigehalten.«

Der Kardinalstaatssekretär wirkte verärgert. »Wichtigere als den Dienst, den Sie uns hier schulden – zu diesem Zeitpunkt?« erkundigte er sich schroff.

»Ich glaube, das sind sie, ja.« Auf einmal war er ein ganz anderer Mann, offen und leidenschaftlich. »Hören Sie mir zu, Turi, versuchen Sie zu verstehen! Was unsere älteren Kollegen wollen, ist das, was Paul VI. ihnen verweigert hat – eine Stimme im Konklave, zumindest ein Mitspracherecht auf Lebenszeit. Ich kann das verstehen. Ich glaube, es ist ihr gutes Recht. Aber was mich angeht, stellt sich eine vollkommen andere Frage, Turi. Ich stecke in einer Krise, einer verzweifelten Dunkelheit. Mein Treffen mit Aquino hat mich noch tiefer hineingestoßen. Ich bin mir nicht sicher, ob ich überhaupt am Konklave teilnehmen sollte. Ich bin versucht, meinen Abschied zu nehmen, bevor es beginnt.«

»Warum, Luca? Warum?«

»Weil ich mir nicht sicher bin, ob ich mich noch gläubig nennen darf. Mit einem Mal ist mir alles abhanden gekommen. Der Gott, an den ich einmal geglaubt habe, ist mir fremd geworden. Die Kirche, in der ich mein Leben verbracht habe – in der ich, wie Sie, ein hohes und ehrenvolles Amt bekleide –, ist mir eine Stadt voller Fremder. Ich drücke mich vielleicht nicht besonders klar aus, aber ich hoffe, Sie verstehen, warum ich ein kleines bißchen Ruhe brauche. Ich bin, was ich am Anfang war – ein leerer Mann, ein hohler Mann mit einem Kopf voll klaren, arktischen Lichts und einem Klumpen Eis, wo sein Herz sein sollte.«

»Beides exzellente Voraussetzungen für einen Konklavisten!« Der Kardinalstaatssekretär lehnte sich in seinem Sessel zurück und spielte mit einem Brieföffner. »Ein klarer Kopf und ein kühles Herz. Ich werde Sie nicht durch Mitgefühl erniedrigen. Falls Sie sich entschließen sollten, Ihren Abschied zu nehmen, werde ich das bedauern, aber ich bitte Sie inständig, Ihre Entscheidung bis nach dem Konklave aufzuschieben. Das Urteil eines Ungläubigen, abgegeben ohne Furcht und frei von Gefälligkeiten, könnte sich als hilfreich für uns alle erweisen.«

»Wie würde sich das mit Ihrem eigenen Gewissen vertragen, Turi?«

»Problemlos. Ich betrachte das, was Sie mir erzählt haben, als vertrauliche Beichte. Ich akzeptiere Ihre gegenwärtige Stimmung in keiner Weise als endgültig. Die dunkle Nacht der Seele ist im spirituellen Leben ein vertrautes Phänomen – für manche stellt sie sogar eine notwendige Zwischenstation auf dem Weg zur Heiligkeit dar. Solange Sie dem Glauben nicht formell abschwören, betrachte ich Sie nach wie vor als Bruder in Christo, als Kollegen in der Regierung der Kirche. Beantwortet das Ihre Frage?«

»Zumindest teilweise. Ich danke Ihnen.«

»Dürfte ich dann vorschlagen, daß Sie Ihr Urteil über unseren Kollegen Aquino aufschieben? Er hat Gewissensprobleme, genau wie Sie. Wir sollten uns nicht anmaßen, darüber entscheiden zu wollen.«

Rossini neigte respektvoll den Kopf. Dann grinste er.

»Sie haben recht, Turi. Tut mir leid. Also, könnte ich bitte morgen einen Tag frei haben?«

»Aber sicher doch. Wir haben Ihre Mobilfunk-Nummer. Wir werden versuchen, Sie in Frieden zu lassen. Und, Luca ...«

»Ja?«

»Seien Sie vorsichtig. Aquino und seine Freunde sind eine mächtige Gruppe. Einige unfreundliche Leute nennen sie die ›Emilianische Mafia‹.«

»Was können Sie einem Mann antun, der nichts zu verlieren hat?«

»Sie können Sie Ihrer Macht berauben, innerhalb der Kirche das eine oder andere Gute zu bewirken, die trotz Ihrer persönlichen Probleme größer ist, als Sie wissen. Ich wünschen Ihnen einen schönen Abend.«

Sechs

An diesem Nachmittag verabschiedete er sich vorzeitig aus seinem Büro. Er verspürte noch immer schwärzesten Zorn; er brauchte frische Luft und das Gedränge achtloser Menschen um sich. Er beschloß, zu Fuß nach Hause zu gehen, über die Engelsbrücke und durch die alten Straßen hinter Lungotevere Tor di Roma, wo die Bankiers einer anderen Epoche ihrem Gewerbe nachgegangen waren.

Während er so dahinschritt, begann sich die Wolke von seiner Seele zu heben, und er verspürte ein wachsendes Gefühl der Befreiung. Die Wahrheit war nun heraus. Sein Geständnis dem Staatssekretär gegenüber war ein notwendiger Akt der Reinigung gewesen. Der Sekretär hatte es als guter Diplomat, der er nun einmal war, zur Kenntnis genommen und ihn gebeten, die endgültige Entscheidung aufzuschieben. Er hatte sogar eine angemessene Portion Kasuistik beigesteuert, um Rossinis Gesicht und sein eigenes gutes Gewissen zu retten. Darin lag eine Güte und christliche Nächstenliebe, die Rossini umso höher schätzte, weil es Leuten wie Aquino gänzlich daran mangelte.

Rossini fragte sich nicht zum ersten Mal, warum so viele Prälaten, die in ihrer Jugend gute, liberale Menschen gewesen waren, sich zu Tyrannen wandelten, wenn sie in hohe Ämter befördert wurden. Es war, als fühlten sie sich mit einem Mal gedrängt, die gesamte menschliche Ordnung der Dinge umzustoßen und sie durch ein theologisches Artefakt zu ersetzen, statt ihr einen neuen Schuß Nächstenliebe einzuflößen.

In der Mitte der Brücke blieb er stehen, lehnte sich über die steinerne Balustrade und starrte hinunter auf die schlammigen Fluten des Tiber. Er erinnerte sich an ein anderes Geständnis, das er viele Jahre zuvor abgelegt hatte, bei seinem ersten Gespräch mit dem verstorbenen Papst. Der alte Mann hatte ihm hart zugesetzt, ihn mal von dieser Seite angestupst, mal von jener, wie ein Hirtenhund, der ein verirrtes Lamm mit System in den Pferch treibt:

»Wie denken Sie über den Mann, der Sie ausgepeitscht hat?«

»Er war eine Bestie in Menschengestalt und ein Sadist. Ich bin froh, daß er tot ist.«

»Haben Sie ihm vergeben?«

»Diese Gnade ist mir noch nicht zuteil geworden, Eure Heiligkeit. Ich verabscheue alles, wofür er in meinem Land steht – die Greueltaten, die jeden Tag von Hochstehenden und Niedrigstehenden gleichermaßen geplant und begangen werden. Ich hasse – ja, ich hasse das Schweigen und die klammheimliche Komplizenschaft derer, die sich selbst Priester und Bischöfe nennen. Ich frage mich, wie Sie über all das denken, Eure Heiligkeit, weil Sie sich so selten dazu äußern.«

»Sie vergessen sich, junger Mann.«

»Ich habe meine Jugend verloren, als sie mich ans Rad banden.«

»Und Ihre Unschuld, mein Sohn? Wann haben Sie die verloren?«

»Wie viele meiner Amtsbrüder habe ich sie im Schweigen unserer Bischöfe und im Schweigen Roms verloren. Es gab Folter und Mord, Euer Heiligkeit – alles unter dem Deckmantel des Schweigens begangen. Wir verstanden das nicht. Ich verstehe es immer noch nicht. Das ist noch so eine Sache, die zu vergeben mir schwerfällt. Es war eine

Frau, die meinen Peiniger tötete. Es hat wochenlange Verhandlungen gebraucht, um den Emissär Eurer Heiligkeit zum Eingreifen zu bewegen.«

»In der Zwischenzeit hatten Sie ein ehebrecherisches Verhältnis mit ebendieser Frau begonnen, mit Señora Ortega.«

»Einer Frau, an die ich mich mit Liebe und Dankbarkeit erinnere.«

»Sie sehen darin nichts Sündiges?«

»Meine Sünden sind meine Sache, Eure Heiligkeit. Ich war ein zerbrochener Mann. Isabel hat mich wieder zusammengesetzt, Stück für Stück. Sie hat ihr Leben dafür riskiert.«

»Sie ist jetzt aus Ihrem Leben verschwunden?«

»Nein. Das wird sie niemals sein. Ich gedenke ihrer jeden Tag in meiner Messe.«

»Sie sind also nach wie vor gläubig? Sie sind immer noch Priester.«

»Ich praktiziere mein Priestertum in der Öffentlichkeit. Ich bete um Licht in der Dunkelheit. Ich ringe den ganzen Tag und jeden Tag mit meinen Zweifeln an dieser, unserer Kirche.«

»Sie sind ein sehr schwieriger junger Mann.«

»Ich habe schwierige Zeiten überlebt, Eure Heiligkeit. Andere hatten weniger Glück.«

»Andere haben Angst vor mir. Sie sitzen da wie ein junger Luzifer und widersetzen sich mir.«

»Ich widersetze mich Ihnen nicht, Eure Heiligkeit; aber ich habe auch keine Angst vor Ihnen. Ich finde Sie leichter zu verstehen als viele von denen, die mit Ihrer Autorität sprechen. Ich weiß, Sie versuchen, freundlich zu mir zu sein, aber ...«

»Sie machen es mir nicht leicht, mein Sohn!«

»Bitte, Eure Heiligkeit! Versuchen Sie doch zu verstehen. Sie sitzen hier als unangefochtener Monarch in Ihrem eigenen Königreich, getragen von der Loyalität der Gläubigen rund um die Welt. Ich komme gerade von einem Schlachtfeld, wo Ihre Priester und Ihre Leute, Männer und Frauen, im blutgetränkten Staub liegen. Für sie geht es ums blanke Überleben. Die Politik der Regierung besteht in totaler Unterdrückung – *wehe den Besiegten*. Die Worte der Schrift, die am lautesten widerhallen, sind: ›*Mein Gott, warum hast Du mich verlassen*?‹« Es war eine Frau, die mir an Gottes Statt geantwortet hat, Eure Heiligkeit. Ich habe sie zurückgelassen, noch immer in Gefahr. Ich bin beschämt über das Schweigen derjenigen, die vorgeben, Verteidiger des Glaubens zu sein, aber weder Stimme noch Hand erheben, um ihre Herde zu beschützen … Ich bitte um Verzeihung, Eure Heiligkeit. Ich bin noch immer erzürnt. Ich bin zu weit gegangen. Wenn ich mich jetzt bitte entfernen dürfte.«

»Noch nicht, Luca! Ertragen wir einander noch eine Weile länger. Ich möchte mit Ihnen über Ihre Zukunft reden.«

Das Gespräch, das an diesem Tag begonnen hatte, weitete sich über die Jahre aus, in denen der Pontifex ihn auf höhere Ämter vorbereitete und ihn allmählich in sein persönliches Vertrauen zog. Ihre Beziehung war ein Paradox, das die Klatschmäuler im Vatikan mit immer neuen Widersprüchen verzierten. Während Seine Heiligkeit sich wie einst sein Namensvetter Paulus spektakulären Weltreisen widmete, wurde Rossini der Obhut der Staatssekretarie unterstellt und mit ergänzenden Studien am Biblicum, der Gregorianischen Universität und bei Propaganda Fide zugeschüttet. Es war eine harte Therapie, die ihm keine Zeit zum Grübeln ließ, wenn sie auch nie ganz ausreichte, sein Leben soweit zu ordnen, daß er sich frei für eine neue Berufung entscheiden konnte.

Langsam zunächst und dann rascher begannen die Veränderungen. Nun wurde Rossini der Reisende, und der Pontifex widmete einen größeren Teil seiner Zeit der Lehre und innerkirchlichen Disziplin. Er schenkte den rigoristischen Theologen und gestrengen Zuchtmeistern in der Kurie größeres Vertrauen und stärkeren Glauben. Zur gleichen Zeit wandte er sich Rossini zu, damit der ihm private Interpretationen einer Welt lieferte, die für ihn mit den Jahren immer unzugänglicher und immer weniger einladend wurde.

Es war nur natürlich, daß das Kritik und Eifersüchteleien wach werden ließ, die Rossini geflissentlich ignorierte. Er hatte kein Talent zur Klüngelei, keinen Geschmack an Kabalen und Konspirationen. Davon hatte er mehr als genug in seinem eigenen Land gesehen. Falls er einsam war, so gab er es nie zu. Er ging stets seinen eigenen, riskanten Weg zwischen dem Allmächtigen, dem Nachfolger Petri und all den Thronen, Herrschaftsbereichen und Fürstentümern der Kirche des zwanzigsten Jahrhunderts.

Die Reden und Schriften des Pontifex wurden von den allerkonservativsten Theologen aufgesetzt, und sie waren sich einig in dem Bemühen, ihre obrigkeitliche Autorität auszuweiten und jegliche Debatte über ihre Schlußfolgerungen zu ersticken. In ihrem richterlichen Ton lag wenig Mitgefühl. Sie entfremdeten die Menschen, statt die widersprüchlichen Strömungen der Kirche zu vereinen. Dissidenten innerhalb des Klerus wurden barsch unterdrückt, ihre abweichenden Meinungen in der Laienschaft ignoriert, so daß sie sich im Wissen, für die Autoritäten irrelevant zu sein, deren Einflußbereich entzogen.

Rossini andererseits nahm bei seinem Patron kein Blatt vor den Mund. Er stand wie ein Fels in der Brandung des päpstlichen Zorns und gab nur nach, wenn er gezwungen war, sich einem direkten Befehl zu beugen. Sein Argument war stets das gleiche:

»Ich weiß, daß Sie der Gute Hirte sein möchten, und wenn Sie Ihr Volk besuchen, dann lieben die Menschen Sie; aber wenn Sie schreiben, sind Sie wie ein Richter, der ein Urteil verkündet. Man kann beinahe das Siegel aufs

Pergament knallen hören: ›Da! Das ist die Wahrheit, rein und unverfälscht. Sollen sie's schlucken oder dran ersticken!‹ So funktioniert das Leben nicht, Eure Heiligkeit. So sind die Menschen nicht gemacht. Das Beste, was sie zustande bringen, ist von Perfektion weit entfernt, und man muß sie bei der Hand nehmen und ihnen gut zureden, um sie wenigstens so weit zu bringen.«

»Wollen Sie damit etwa sagen, daß ich die Wahrheit verwässern soll?«

»Ich bitte Eure Heiligkeit zu bedenken, wie unser Herr sie gelehrt hat: durch Geschichten und Gleichnisse, die in den Köpfen und Herzen der Menschen Wurzeln geschlagen haben und langsam gewachsen sind. Er hat nur auf die Heuchler und die allzu Selbstgerechten Unheil herabbeschworen.«

»Maßen Sie sich nun auch noch an, den Papst zu belehren?«

»Ich bin ein Sohn des Hauses, Eure Heiligkeit. Ich beanspruche mein Recht, darin gehört zu werden – und das ist noch eine Warnung, die ich immer wiederholen muß. Die Töchter des Hauses sind ebenfalls zu lang ignoriert worden. Sie halten unsere Welt zusammen, und doch haben sie in der Gemeinschaft der Gläubigen nur wenige Stimmen und überhaupt kein Stimmrecht. Wir sind arm ohne ihre Gegenwart.«

»Das ist ein altes Gebiet, Luca. Ich werde es nicht noch einmal mit Ihnen durchgehen.«

»Es ist ein Gebiet, das Ihnen nicht gehört, Eure Heiligkeit, obgleich Sie es gegenwärtig zu kontrollieren beanspruchen.«

»Und Sie weichen keinen Schritt zurück, nicht wahr, Luca?«

»Das kleine Fleckchen, auf dem ich stehe, wurde mit Blut erkauft. Ich werde es nicht einmal für Sie aufgeben.«

Nach solchen Wortwechseln hatte er viele Male damit gerechnet, auf irgendeinen Außenposten an den Rändern der Christenheit verbannt zu werden. Viele seiner Kollegen wären ihn gerne losgewesen. Seine Aufträge in aller Welt hielten ihn weit genug und oft genug von Rom fern, daß die Kurie seine Existenz tolerieren konnte. Und doch begrüßte der Pontifex ihn wie einen heimgekehrten verlorenen Sohn, wann immer er zurückkam, und verbrachte viel Zeit mit ihm – Zeit, die andere mit einigem Recht als ihnen zustehend beanspruchten. Ein paar Tage vor seinem endgültigen Zusammenbruch hatte er ein ergreifendes Geständnis abgelegt:

»Sie waren mir ein guter Sohn, Luca, obgleich Sie mich oft wütend gemacht haben. Ich bin ein sturer alter Mann. Von dort, wo ich auf dem Vatikanshügel sitze, kann ich angeblich die ganze Welt und alle Pläne Gottes für sie sehen, klar und deutlich wie in einem Bilderbuch. Und doch haben Sie, mein eigenwilliger Luca, mir Dinge gezeigt, die ich mir nie hätte träumen lassen. Sie haben mir das Antlitz Gottes gezeigt, selbst in den Tempeln der Fremden.«

»Ich bin mir nicht sicher, was Sie damit meinen, Eure Heiligkeit.«

»Sie selbst haben mich darauf hingewiesen: Auf der heiligen Insel Delos, wohin Besucher aus dem gesamten Mittelmeerraum kamen, um an den Delischen Spielen teilzunehmen, wurden Schreine erbaut, in denen jedes Volk seine eigenen Götter in Frieden anbeten konnte. Daran habe ich oft gedacht, wenn ich über den Text des heiligen Paulus über den Unbekannten Gott meditiert habe. Je älter ich werde, Luca, desto mehr bereue ich all die Zeit und den glühenden Eifer, die ich auf den Versuch verwendet habe, eine konformistische Kirche zu schaffen. Ich habe die liberalen Stimmen unterdrückt und die fragenden auch. Ich habe Blinde zur Macht erhoben und Taube dazu berufen, sich um die Bitten und Gesuche der Menschen zu kümmern. Am Ende bin ich, wie Sie oft gewarnt haben, gescheitert. Die Leute waren es satt, ausgescholten und in einem noch immer unfertigen Universum mit absoluten Wahrheiten erdrückt zu werden. Also haben sie die Diskussion ganz einfach aufgegeben und sich von der Familie getrennt. Sie zogen sich zu dem Gott zurück, der noch immer bei ihnen wohnt – der, wie sie instinktiv wissen, noch immer sogar in den Tempeln der Fremden wohnt. Zu meiner Zeit werden sie nicht mehr zurückkehren, Luca! Ich werde für vieles geradestehen müssen, wenn ich vor das Jüngste Gericht trete.«

»Wir beten jeden Tag, daß uns unsere Verfehlungen vergeben werden mögen, Eure Heiligkeit. Wir müssen glauben, daß unser Ende eine Heimkehr sein wird – keine Sitzung mit den Folterknechten!«

»Glauben Sie das wirklich, Luca?«

»Wenn ich das nicht täte, Eure Heiligkeit, dann wäre es mir, denke ich, unmöglich, das Chaos dieser beschissenen Welt oder die Gegenwart des Monsters zu ertragen, das sie geschaffen hat, wer immer es sein mag.«

»Bis zu diesem Augenblick habe ich nie verstanden, warum Sie so zornig auf mich waren. Vergeben Sie mir, mein Sohn – und beten Sie für mich.«

Rossini erinnerte sich noch immer an die eisige Stille, die sich zwischen ihnen herabgesenkt hatte, und die öde Traurigkeit des allerletzten Geheimnisses, das sie miteinander geteilt hatten.

Er warf einen abschließenden Blick auf die grauen Fluten, die um die Fundamente der Brücke strudelten, und setzte dann seinen Heimweg fort. Die Bedeutung der gestohlenen Tagebücher war ihm jetzt klarer. Sie waren die Kopfkissenbücher eines betrübten und einsamen alten Mannes, dessen Zeit ablief, dessen zutiefst voneinander entfremdete Familie über den ganzen Planeten verteilt war und dessen Bistum bald einem anderen zugesprochen werden würde.

Einen Häuserblock von seiner Wohnung entfernt, gönnte Rossini sich einen bescheidenen römischen Luxus, einen Besuch beim Friseur, um sich die Haare schneiden, sich rasieren und sich maniküren zu lassen. Es war ein kleines sinnliches Vergnügen und eine große Konzession an seine eigene männliche Eitelkeit. Nach all den Jahren konnte, wollte er sich Isabel nicht auch nur ein bißchen ungepflegt präsentieren. Es gab noch andere Gründe. Er hatte immer noch Zeit totzuschlagen, und er war nervös wie eine Katze auf dem heißen Dach. Die Klatschgeschichten Darios, des Friseurs, würden eine willkommene Ablenkung bieten. Sie wurden stets in einem gemächlich schleppenden Ton vorgetragen. Sie behandelten das Flußufer und die Hintergassen, die Prominenz und die Halbwelt der Stadt, vom Quirinalshügel bis zum Vatikan, und die letzte Mordserie auf der *Via Salaria*. Als die Sitzung vorbei war, fühlte sich Rossini total benommen, und der Kopf schwirrte ihm vor römischen Banalitäten. Als er schließlich zu Hause war, nahm er ein Bad, zog Straßenkleidung an und fuhr dann mit dem Taxi zum Grand Hotel.

Er betrat gerade das Foyer, als er von einer jungen Frau aufgehalten wurde, deren Aussehen ihm vage vertraut war.

»Entschuldigen Sie, Eminenz, aber sind Sie nicht Kardinal Rossini?«

»Der bin ich.«

»Ich bin Steffi Guillermin, die römische Korrespondentin von *Le Monde*. Ich habe gerade einen Ihrer Kollegen interviewt, Kardinal Molyneux aus Montreal. Ich habe Sie nach dem Foto in meinen Unterlagen erkannt.«

»Ich bin geschmeichelt, Mademoiselle. Im Augenblick ist die Stadt voll von Leuten wie mir.«

»Na ja, wie alle Journalisten bin ich Opportunistin. Ich würde gern ein Interview mit Ihnen vereinbaren.«

»Ein andermal vielleicht.«

»Wie kann ich Sie erreichen?«

»Rufen Sie die Staatssekretarie an. Die werden Sie mit meinem Büro verbinden.«

»Ich hätte gerne eine Stunde Zeit, falls das möglich ist.«

»Mein Büro wird Sie wissen lassen, wieviel Zeit mir zur Verfügung steht.«

»Danke, Eminenz.«

»Wenn Sie mich jetzt entschuldigen würden, Mademoiselle.«

Sie beobachtete ihn, als er mit raschen Schritten zur Rezeption ging. Sie sah den Empfangschef das Telephon abnehmen, kurz sprechen und dann Rossini zum Fahrstuhl dirigieren. Als die Tür sich hinter ihm schloß, nahm Steffi Guillermin seinen Platz an der Theke ein und schob einen Fünfzigtausend-Lire-Schein unter das Gästebuch. Sie hatte hier im Lauf der Zeit eine Menge gute Stories aufgetrieben und sich die Einheimischen gewogen erhalten. Sie erzählten ihr, daß der bedeutende Mann in Suite Nummer 38 im dritten Stock mit einer argentinischen Dame diniere, Señora Isabel Ortega.

Bevor er an der Tür ihrer Suite klingelte, erlebte er einen Moment der Panik. Es dauerte eine ganze Weile, ehe Isabel ihm öffnete und ihn in den Salon zog. Im nächsten Moment hielt er sie in seinen Armen, und die Zeit stand still, während sie einander umfingen und sich küßten und sich aneinander klammerten und leise weinten vor wortloser Verwunderung. Die Zeit setzte sich wieder in Bewegung, als er sie auf Armeslänge von sich hielt und schlicht sagte:

»Ich hatte ganz vergessen, wie schön du bist.«

»Und du, mein Luca, du bist so würdevoll geworden!«

Erst dann dachte er daran, sich zu erkundigen:

»Wo ist Luisa?«

»In ihrem Schlafzimmer. Ich ruf sie, wenn wir soweit sind.«

»Ich hatte mich die ganze Zeit gefragt, wie es sein würde, wenn wir uns von Angesicht zu Angesicht wiedertreffen.«

»Ich wußte genau, wie es sein würde.« Sie küßte ihn erneut

und wischte ein wenig verschmierten Lippenstift von seinem Mund. »Luisa wird sich auf einen Drink zu uns gesellen, und dann führt ein äußerst vorzeigbarer junger Mann aus der Botschaft sie zum Abendessen aus.«

»Ich war gespannt, wie du das arrangieren würdest.«

»Habe ich dich jemals enttäuscht?«

»Nein. Ich hatte Angst, ich könnte dich enttäuschen.«

»Schenk dir einen Drink ein, Luca. Ich rufe Luisa. Sie hat ihr eigenes Zimmer ein Stück den Korridor hinunter. Sie braucht ihre Privatsphäre so sehr, wie ich die meine.«

Als sie ihn verließ, ging er hinüber zur Bar, goß sich einen Brandy mit Soda ein und brachte einen stummen Toast auf die dunkeläugige, leidenschaftliche Schönheit aus, mit der die Jahre so sanft umgegangen waren; sie hatten das rabenschwarze Haar mit Grau bestäubt, aber ihr das Feuer in den Augen und die Lachfältchen um die Lippen gelassen. Daß ihre Begegnung nach so vielen Jahren sich derart einfach gestaltete, hatte etwas von einem Wunder an sich, obgleich Isabel ihre Listen und Ränke unbekümmert eingestanden hatte. Für ihn selbst war sie wie der Aufgang eines neuen Mondes; zumindest für diesen Abend waren alle Ängste zur Ruhe gebettet, alle Mysterien beiseite geschoben; der morgige Tag konnte für sich selber sorgen. Er erlebte eine zweite Überraschung, als Isabel mit ihrer Tochter zurückkam. Luisa Ortega war ein erstaunliches Ebenbild der jungen Isabel, die er zum ersten Mal gesehen hatte, als er in ihrem Schlafzimmer aufwachte, nachdem er auf dem Marktplatz ausgepeitscht worden war. Er sah von einer zur anderen und suchte nach Worten.

»Ich kann's einfach nicht glauben, Sie ähneln so sehr Ihrer Mutter. Ich bin glücklich, Sie kennenzulernen, Luisa.«

Er streckte ihr die Hand entgegen. Sie machte einen Hofknicks und schickte sich an, sie nach alter Sitte zu küssen.

»Es ist mir eine Ehre, Eminenz.«

Er lehnte die Geste ab und zog sie lächelnd auf die Füße.

»Heute abend bin ich keine Eminenz, junge Dame. Ich bin Luca, der alte Freund Ihrer Mutter.«

»Ich hoffe, daß Sie auch meiner werden.«

»Wie könnten wir nicht Freunde sein!«

»Wie soll ich Sie also nennen?«

»Falls Ihre Mutter nichts dagegen einzuwenden hat, warum nicht einfach Luca?«

»Aber nur im privaten Kreis«, sagte Isabel. »In Gesellschaft ist er grundsätzlich die *Eminencia.*«

»Mutter! Du kannst so spießig sein!«

»Dein Vater ist da manchmal noch schlimmer, wie du weißt. Dürfte ich ein Glas Weißwein haben, Luca?«

»Und für mich einen Campari Soda, bitte.«

Rossini goß die Drinks ein und reichte sie weiter. Dann brachte er einen Trinkspruch aus:

»Auf die allzulang abwesenden Freunde meines Herzens!«

Sie stießen miteinander an und tranken. Luisa forderte ihn lächelnd heraus:

»Irgendwann möchte ich Ihre Version hören, wie Sie und meine Mutter sich kennengelernt haben, Luca. Jeder scheint da seine eigene Version zu haben. Ich bin wirklich ganz schön verwirrt.«

»Das ist eine lange Geschichte – heben wir sie uns für ein andermal auf. Ihr junger Mann wird jeden Moment hier sein. Nebenbei, wer ist er?«

»Ich habe ihn noch nicht kennengelernt. Sein Name ist Miguel Alamino. Mutter hat ihn dazu überredet, mich aus dem Weg zu schaffen, solange Sie hier sind. Sein Vater ist Erster Sekretär an der argentinischen Botschaft – ein Freund von Papa.«

»Wo werden Sie essen?«

»In einem Lokal namens *Piccolo Mondo*. Kennen Sie es?«

»Ja. Ich kann's mir nicht leisten, dort allzuoft hinzugehen, aber es wird Ihnen gefallen.«

»Ich dachte, alle Kardinäle wären reich. Werden sie nicht Kirchenfürsten genannt?«

Sie fing nun allmählich an, ihn zu necken, und ihm machte es Spaß, auf das Spielchen einzugehen.

»Heutzutage sind nur sehr wenige Kardinäle reich. Und was

die Fürsten angeht, so ist das ein altmodisches Konzept – aber einige von ihnen klammern sich noch immer daran.«

»Sie auch?«

»Sehe ich vielleicht wie ein Fürst aus, Luisa?«

»Mutter findet, daß Sie das tun.«

»Und was meinen Sie?«

»Ich hebe mir mein Urteil auf, bis ich Sie besser kenne. Einstweilen bin ich beeindruckt.«

»Und ich auch. Sie sind eine sehr schöne junge Frau. Ihre Mutter und ihr Vater müssen sehr stolz auf Sie sein.«

»Mein Vater ist sehr stolz. Mutter versucht immerzu, eine Gelehrte und eine Dame aus mir zu machen. Aber ich möchte Malerin werden. Ich studiere in New York an der Kunstakademie, und Mutter ist nur deshalb beruhigt, weil ich außerdem als Restauratorin am Metropolitan Museum of Modern Art arbeite. Sie möchte, daß ich unabhängig bin.«

»Sie war stets selbst eine unabhängige Frau.«

»Meinen Sie, ich könnte mir mal ansehen, wie die Restauratoren im Vatikanischen Museum arbeiten?«

»Ich bin sicher, daß ich das arrangieren kann, und außerdem sollten Sie auch nach Florenz fahren.«

Das Telephon klingelte. Luisa nahm ab und meldete sich. Einen Moment später verkündete sie:

»Mein Date wartet im Foyer. Bleib bitte nicht auf, um auf mich zu warten, Mutter. Und Sie, Luca, halten Sie sie nicht zu lange wach. In letzter Zeit geht es ihr nicht so gut, und der Flug über den Atlantik hat ihr auch nicht gerade gutgetan.«

Sie küßte ihre Mutter und überraschte Rossini mit einer flüchtigen Umarmung und einer schmeichelhaften Bitte.

»Ich hoffe, Sie finden auch für mich ein bißchen Zeit, solange wir in Rom sind.«

»Mit Vergnügen. Vor dem Konklave habe ich vielleicht nicht mehr soviel freie Zeit, aber danach ganz bestimmt.«

»Gut! Ich werde Sie beim Wort nehmen. Und jetzt drücken Sie mir die Daumen. Ich hasse Verabredungen mit Unbekannten, aber irgendwo muß ein Mädchen in einer großen

Stadt eben anfangen. Und denkt dran, ich tue das für euch beide.«

Als sich die Tür hinter ihr schloß, lachte Isabel.

»Na bitte! Du hast gerade eine weitere Eroberung gemacht. Ich freue mich sehr. Ich hatte nicht die geringste Vorstellung, wie es zwischen euch laufen würde. Gieß mir bitte noch ein Glas ein, und dann laß uns ein Weilchen entspannen. Ich habe veranlaßt, daß das Essen um neun serviert wird, und ein einfaches Menü gewählt, damit nicht fortwährend Kellner durch die Gegend springen.«

»Ich bin so glücklich, daß du hier bist.« Er gab ihr den Wein und setzte sich ihr gegenüber an einen niedrigen Couchtisch. »Ich bin verlegen wie ein Schuljunge. Ich weiß nicht, wo oder wie ich anfangen soll.«

»Erinnerst du dich an das Spiel, das wir immer gespielt haben, als du krank warst: Vergangenheit, Gegenwart oder Zukunft?«

»Ich erinnere mich sehr gut daran. Laß uns als erstes die Vergangenheit aus dem Weg räumen.«

Der Satz schien sie zu irritieren. Ihr Lächeln verblaßte, und sie schüttelte den Kopf.

»Das ist nicht ganz so einfach, wie du glaubst, mein Schatz.«

»Verzeih mir. Das war ungeschickt formuliert.«

»Es sei dir verziehen; wir sind beide lange gereist, und Ozeane haben uns voneinander getrennt. Wir müssen uns um eine Unmenge Gepäck kümmern – und das meiste davon gehört mir!«

»Also schön, kümmern wir uns drum. Deine Ehe scheint gehalten zu haben.«

»Für das, was sie war, und wann und wo, hat sie sehr gut gehalten. Sie hat uns alle durch ein paar gefährliche Zeiten gebracht. Ich war eine impulsive, gierige junge Frau, die all die schönen Dinge im Leben haben wollte, sobald sie sie sah. Raul war ein schwacher, gutaussehender Mann mit bescheidenen Talenten, einem beachtlichen Familienvermögen und einem einflußreichen Vater, der clever genug war, seine Generalskollegen, das Desaster des Falkland-Krieges und sogar das Nachspiel der Greueltaten zu überleben. In Argentinien blieben wir zusammen, weil wir gemeinsam sicher waren. Bis wir in die Vereinigten Staaten versetzt wurden, hatte Raul genug von seinem Vater gelernt, um ihn zu einer nützlichen Nebenfigur unter den Bürokraten zu machen. Ich brachte ihm genug bei, um einen Diplomatenhaushalt zu führen und Luisa eine kultivierte Erziehung zu bieten. Es ist mir außerdem gelungen, auf dem Gebiet der amerikanisch-hispanischen Studien meine eigene Karriere zu machen und die Freundschaften aufrechtzuerhalten, die mich – wie soll ich sagen – emotional stabil erhalten haben. Es war eine Vernunftehe, die irgendwie funktioniert hat. Mein Vater war bei all dem eine große Hilfe. Er war ein altmodischer Zyniker, der mich lehrte, von menschlichen Beziehungen niemals zuviel zu erwarten. Du, mein Schatz, warst die einzige Schwäche, die er billigte, und als er deinen Stern in Rom aufgehen sah, betrachtete er das als Kompliment für sein eigenes gutes Urteilsvermögen. Er war es, der mir mit Luisa geholfen hat, während Raul in New York und Washington und Paris allem hinterherlief, was Röcke trug.«

»Sie ist eine schöne und beeindruckende junge Frau. Du mußt sehr stolz auf sie sein.«

»Das bin ich. Und jetzt erzähl mir von dir. Deine Briefe waren Meilensteine in meinem Leben, und doch sagten sie mir nichts, was ich nicht schon gewußt hätte – daß du mich geliebt hast, daß ich dich geliebt habe. Vergiß nicht, daß wir erst anfingen, miteinander zu korrespondieren, als ich mit Raul nach New York zog. In den üblen Zeiten war es in Argentinien gefährlich, Briefe zu schreiben.«

»Und selbst als die guten Zeiten kamen, fand ich nie die rechten Worte.« Er schenkte ihr ein kleines verlegenes Lächeln. »Sie bringen einem in der Staatssekretarie nicht bei, wie man Liebeslyrik schreibt. Andererseits werden meine Aktennotizen wegen ihrer Knappheit und Präzision höchlichst gelobt!«

»Und trotzdem, ich habe all deine Briefe aufbewahrt.«

»Ist das weise?«

»Wann wäre ich je weise gewesen, Luca?«

»Dann gestehe ich, daß ich deine auch aufgehoben habe.«

»Und jetzt erzähl mir, wie das war, als du zum ersten Mal nach Rom kamst.«

»Das war ein anderer Luca Rossini, der mit den Striemen auf dem Rücken und dem gallenbitteren Geschmack im Mund. Ich war ein guter Priester gewesen – ein schlichter, aber ein guter. Ich dachte, ich hätte den Ruf vernommen und sei ihm gefolgt. Meine Leute lagen mir am Herzen – ich versuchte, sie zu beschützen, aber ich bin gescheitert. Hinterher, als mir klarwurde, wie abgrundtief wir alle verraten worden waren, war ich wütend genug, um jemanden umzubringen. Es gab Momente, in denen ich ein wenig verrückt war, glaube ich.«

»Ich erinnere mich an diese Momente. Ich habe dich durch ein paar sehr schlimme hindurchgebracht.«

»Du hast mehr getan als das. Du hast einen anderen Luca am Leben erhalten, den schlichteren, der noch immer ein hauchfeines Gespinst von Träumen im Kopf hatte. Du hast ihm deinen Stempel aufgedrückt: deinen Stil, deine Berührungen, dein Parfüm, das nach Zitrusblüten roch. Als dieser Luca von dir getrennt und nach Rom gebracht wurde, war er zerbrechlich, machtlos, verunsichert wie ein verwundetes Tier in einem Dschungel voller exotischer Bestien. Der andere Luca hatte damals die Kontrolle. Er begann eine Vendetta gegen alle, die er in die Konspirationen der Unterdrückung verwickelt sah – und von denen gibt es in der Kirche noch immer viel zu viele. Für den offenen Krieg war er noch nicht gerüstet, also kämpfte er mit allen bürokratischen Tricks, die ihm nur einfielen. Weil er immer noch ein wenig verrückt war, und weil er nicht gänzlich verstand, was mit ihm geschah, überlebte er. Er wurde vom Papst selbst unter die Fittiche genommen. Weil er diese Schirmherrschaft nicht suchte und sich weigerte, dafür Kompromisse einzugehen, wurde er respektiert – und gelegentlich gefürchtet.«

»Und der andere Luca, jener, der meinen Stempel trägt?«

»Am Anfang war er wie ein bleiches Gespenst, das sich von verblassenden Erinnerungen nährt: Erinnerungen an das Bett einer Geliebten, an lang verstorbene Eltern, an nachbarschaftliche Loyalitäten, an frühe Gewißheiten. Manchmal sah ich diesen Luca, wenn ich in den Spiegel schaute, und dann trauerte ich um ihn und gierte nach der Liebe, die ich verloren hatte.«

»Aber mit Luca dem Rächer hatte ich nie zu tun?«

»O doch, das hattest du! Du warst die Isabel, die ihn gelehrt hatte, niemals im Kampf eine Kugel oder im Streit ein Wort zu verschwenden. Du lehrtest ihn, den Kopf zu neigen und leise ›Wie es Euer Eminenz gefällt‹ zu sagen! Du lehrtest ihn die Usancen der Macht. Du schenktest ihm die Gabe des Schweigens. Du überzeugtest ihn, daß er niemals seinen Frieden von den Entscheidungen anderer abhängig machen sollte.«

»Gab es keine anderen Frauen in deinem Leben, Luca?«

»Weder vor noch nach dir. Das einzige, was ich bedaure, ist, daß ich nicht kühn genug war, dich zu entführen und mich den Guerilleros anzuschließen.« Er grinste und spreizte in einer ironischen Geste resginiert die Hände. »Nur gut, daß ich es nicht versucht habe. Ich hätte es zweifellos vergeigt, und wir wären beide schon lange tot.«

»Heute könntest du das wahrscheinlich besser.«

Es war eine provokante Frage, und er zog es vor, ihr auszuweichen.

»Da reden wir morgen drüber.«

»Was passiert denn morgen?«

»Ich mache einen Tagesausflug mit dir, an meinen allerprivatesten Ort.«

»Den, den du in deinem Brief erwähnt hast?«

»Genau den. Zieh dir am besten etwas Legeres an. Du nimmst von hier aus ein Taxi zu meiner Wohnung, und dann fahre ich dich raus aufs Land, und wir verbringen den Tag damit, in meinem Garten rumzuwerkeln. Wir trinken Wein, ich koche dir ein Mittagessen, und kein Mensch auf der ganzen Welt wird wissen, wo wir sind. Ich bringe dich zurück, bevor es mit dem Verkehr zu übel wird. Wie hört sich das an?«

»Es klingt wundervoll; aber was ist mit Luisa?«

»Gib mir zwei Minuten, und ich hab sie den Tag über beschäftigt und glücklich obendrein.« Er nahm das Telephon ab und wählte Piers Halletts Privatnummer.

»Piers? Luca Rossini.«

»Mein eminenter Freund. Ich habe ein paarmal versucht, Sie anzurufen, aber Sie waren nicht zu Hause. Ich wollte mich für das Abendessen bedanken, und ich wollte mich für Ihre Einladung bedanken, im Konklave für Sie zu schuften. Ich nehme sie mit Vergnügen an und erwarte Ihre Instruktionen.«

»Gut! Und jetzt möchte ich, daß Sie etwas ganz Besonderes für mich tun.«

»Was immer Sie möchten, mein Freund.«

»Rufen Sie morgen früh als allererstes im Grand Hotel an. Lassen Sie sich Señorita Luisa Ortega geben. Sagen Sie ihr, Sie seien von mir dazu ernannt worden, sie durchs Vatikanische Museum zu führen, und ganz speziell durch die Werkstätten der Restauratoren. Danach laden Sie sie in ein nettes Lokal in Trastevere zum Mittagessen ein, mieten eine Droschke und liefern sie zu gegebener Zeit wieder im Hotel ab.«

»Was hoffentlich alles auf Ihr Spesenkonto geht.«

»Selbstverständlich. Falls Sie gerade klamm sind, rufen Sie mein Büro an, fragen nach Roderigo und lassen sich auf meine Verantwortung hin einen Barvorschuß geben.«

»Bitte! Das war bloß ein Witz. Ich habe im Moment Geld genug – der Kunstkenner, über den wir neulich gesprochen haben, hat endlich einen Scheck geschickt. Was schlagen Sie vor, wann ich die Dame anrufen soll?«

»Nicht später als acht Uhr, und dann treffen Sie ihre eigenen Arrangements, um sie abzuholen. Wenn sie einen Freund mitbringen möchte, dann kümmern Sie sich auch um den. Falls sie einen Rückzieher macht, versuchen Sie, nicht allzu verletzt zu wirken.«

»Wo werden Sie sein?«

»Auf dem Land, mit ihrer Mutter!«

»Genießen Sie's, Eminenz, genießen Sie's. Wer weiß, mit welchen Plagen wir nach dem Konklave geschlagen werden. Ciao!«

Rossini legte den Hörer auf und wandte sich wieder Isabel zu.

»Na also. Alles geregelt.«

»Und wer ist Piers?«

»Piers Hallett, niemand Geringeres als ein Monsignore – ein englischer Gelehrter, der in der Vatikanischen Bibliothek arbeitet und für deine Luisa einen höchst amüsanten und instruktiven Fremdenführer abgeben wird, das kann ich dir versprechen. Bevor ich gehe, werde ich eine kurze erklärende Notiz verfassen, die der Nachtportier ihr nachher noch geben soll, wenn sie ihren Zimmerschlüssel abholt. Falls sie andere Pläne hat, wie etwa, sich unsterblich in Miguel Wie-hieß-er-noch-gleich zu verlieben, dann kann sie ihn ja mitnehmen oder Hallett absagen. Macht keinerlei Unterschied.«

»Mir scheint«, neckte Isabel ihn sanft, »daß du auch recht gründlich über diesen Besuch nachgedacht hast.«

»Das mußte ich. Der Staatssekretär hatte mich für ein Treffen mit einer Gruppe betagter Kardinäle vorgesehen, die nicht mehr wahlberechtigt sind, aber den Konklavisten ihre Ansichten darlegen möchten.«

»Und welche Entschuldigung hast du ihm gegenüber vorgebracht?«

»Die Wahrheit. Er weiß, daß du in der Stadt bist. Er weiß, daß ich unbedingt Zeit mit dir verbringen möchte. Er hat mir für morgen einen freien Tag bewilligt.«

Isabel runzelte die Stirn und schüttelte den Kopf.

»Wenn das bedeutet, was ich glaube, dann ist es in Rom ein offenes Geheimnis, wie es mit dir und mir steht.«

»Das war es schon seit vielen Jahren, mein Schatz. Die ganze Zeit seit meiner Rückkehr, genaugenommen. Ich wurde, wie du dich erinnerst, vom Apostolischen Nuntius zurückgebracht, dem jetzigen Kardinal Aquino. Er hat eng mit der Junta zusammengearbeitet. Und er hat dafür gesorgt, daß nichts Verdächtiges an mir unbemerkt blieb, daß jede Vermutung zum allgemein bekannten Faktum aufgeblasen wurde. Ich wurde vom Papst selbst dazu befragt.«

»Und du hast ihm von uns erzählt?«

»Nein! Er hat es mir erzählt.«

»Und was hast du gesagt?«

»Daß du mir das Leben gerettet hast; daß wir Liebende waren; und daß ich dich jeden Tag meines Lebens lieben würde.«

»Also hat er dich zum hochrangigen Mann gemacht, damit du deine Teufel auf einem Berggipfel austreiben konntest.«

»Ganz im Gegenteil, glaube ich. Er hat mich dazu benutzt, seine eigenen Teufel auszutreiben.«

»Weißt du, was das alles für mich heißt, Luca?«

»Was?«

»Du und ich sind immer noch Bauern in diesem Spiel.«

»Würdest du mir eine einzige Frage beantworten?«

»Wenn ich kann.«

»Mein Kollege Aquino hat mich damit konfrontiert. Er hat angedeutet, du stündest in irgendeiner Verbindung mit den Müttern von der Plaza de Mayo, die zur Zeit hier in Rom sind und versuchen, ihn vor Gericht zu bringen.«

»Und was hast du ihm gesagt?«

»Ich habe ihm gesagt, ich würde dich danach fragen.«

»Dann sag ihm, wenn du ihn wiedersiehst«, in ihren dunklen Augen stand Verärgerung, »sag ihm, er soll sich zum Teufel scheren!«

»Mit dem allergrößten Vergnügen, Señora.«

Es klingelte an der Tür. Rossini stand auf und öffnete. Ein Kellner und ein Kellermeister kamen mit einem Servierwagen herein, um den Tisch zu decken und den Wein einzuschenken. Isabel ging ins Schlafzimmer, während Rossini im Salon wartete und mit dem Kellermeister über das Essen, die Talente des Kochs, der es zubereitet hatte, und die Vorzüge des Weines aus einer sehr noblen Lage in der Nähe von Montepulciano plauderte.

Als sie schließlich allein am Tisch saßen, auf dem die Speisen in ihren Warmhaltegefäßen vor sich hin köchelten und der Wein rubinrot in den Kelchen leuchtete, hatte sich Isabel wieder beruhigt, und Rossini bemühte sich eifrig, sie abzulenken.

»Der Wein, den du morgen trinken wirst, ist erheblich kratziger als dieser, aber er paßt gut zu meiner Hausmannskost.«

»Bist du ein guter Koch, Luca?«

»In Grenzen. Suppen, Pasta, Salate, Paella, Ragouts, Steaks vom Holzkohlengrill; solche Sachen eben.«

»Hast du oft Gäste in deinem Landhaus?«

»Du wirst meine erste Besucherin sein, seit ich es gebaut habe.«

Sie warf ihm einen seltsamen, fragenden Blick zu und lächelte unsicher.

»Soll ich mich nun geehrt fühlen oder Angst haben?«

»Ich hoffe, du wirst dich willkommen und behaglich fühlen. Du mußt eines verstehen, mein Schatz. Es ist meine Einsiedlerklause, mein Fuchsbau, in dem ich mich vor den Kriegen dieser Welt verstecke. Niemand kommt dort hin, außer einem Bauern aus der Umgebung und seiner Frau, die das Haus für mich in Ordnung halten.«

»So wie du das sagst, könnte ich in ein Heiligtum eindringen.«

»Nein. Du warst immer dort. Ich habe all die Jahre ohne dich gelebt, aber ich habe dich schlafend wie wachend an mir getragen wie meine eigene Haut.«

»Ich wußte gar nicht, daß mein Luca ein Poet ist.« Sie sagte es leichthin, als befürchtete sie, den Worten zuviel Gewicht zu verleihen. Er antwortete auf die gleiche entspannte Art.

»Nicht wirklich. Die Lieder, die ich für dich singe, sind alle ausgeborgt, aber im Garten meiner Einsiedelei klingen sie süß.«

»Ich bin stolz, daß du mich so sehr liebst, Luca. Und ich

bin in meiner Liebe zu dir glücklicher, als ich es ausdrücken könnte. Ich glaube, es ist deine Einsamkeit, die mir angst macht.«

»Das sollte sie nicht, glaub mir. Mein äußeres Leben ist geschäftig und abwechslungsreich. In meinem geheimen Leben habe ich auch schlimme Zeiten erfahren, aber seit ich wußte, daß du kommen würdest, habe ich einen seltsam friedlichen Ort erreicht. Die Luft ist kalt, aber es weht kein Wind, und das Meer ist spiegelglatt im Mondlicht. Ich glaube, es ist ein Geschenk, das mir verliehen wurde, damit es mir leichter fällt, über meine Zukunft nachzudenken und eine Entscheidung zu treffen.«

»Was für eine Entscheidung, Luca?«

»In der Kirche zu bleiben oder sie zu verlassen.«

»Luca! Das meinst du doch nicht im Ernst.« In ihrer Stimme schwang ein Unterton der Panik mit, und sie legte klirrend die Gabel weg. »Das ist für einen Mann wie dich eine ungeheuerliche Entscheidung. Ich bete zu Gott, daß ich daran keinen Anteil habe!«

»Du hast Anteil an allem, was ich bin, an allem, was ich tue. Das ist etwas, das wir beide wissen und dem keiner von uns entkommen kann. Aber diese Erfahrung ist eine ganz persönliche Sache. Ich muß mir darüber klarwerden, ob ich hier und jetzt oder nächste Woche oder nächsten Monat noch wahrhaft gläubig bin. Ich fühle mich merkwürdig gelassen angesichts dessen, was am Ende ein verheerender Verlust sein könnte. Piers Hallett sagt, die Engländer hätten ein Sprichwort: ›Dem geschorenen Lamm schenkt Gott einen milden Wind.‹ Ich kann darum nicht einmal beten. Ich warte einfach.«

»Ich werde für dich beten, mein Schatz.«

»Du bist noch immer gläubig, trotz alledem?«

»Gerade wegen alldem, vermutlich. Ich kämpfe wie ein alter Konquistador und hacke mir den Weg zu dem frei, was immer ich gerade will; aber da ist stets die Kirche, die hinter mir aufräumt. Du bist anders. Du schluckst all die Galle und wartest ...«

»Wie du es mich gelehrt hast.«

»Oder wie du meine Lektionen verstanden hast. Wer weiß? Auf jeden Fall gibt es ein paar Dinge, die ich dir erzählen muß. Ich hatte nicht vor, das heute abend zu tun – aber warum sie auf morgen verschieben? Ich möchte mich in deinem Refugium wohlfühlen.«

»Du kannst mir alles erzählen, was du möchtest – und dir damit Zeit lassen, soviel du willst.«

»Eben das ist das Problem. Wir haben nicht allzuviel Zeit. Du gehst ins Konklave. Ich kann nicht unbeschränkt in Rom bleiben. Und ja, ich habe Arbeit für die Mütter von der Plaza de Mayo zu erledigen. Es gibt Indizien, daß die meisten Akten über die ›Verschwundenen‹ nach Spanien ausgelagert wurden, damit sie zukünftigen Ermittlern nicht in die Hände fallen konnten. Einige wurden jedoch von freundlichen Zeitgenossen kopiert und in die Schweiz geschickt. Während du im Konklave bist, fliege ich mit zwei der Frauen nach Lugano, um ihre Echtheit zu überprüfen. Da ich in den schlimmen Zeiten eine geschützte Person war, ist das eine Möglichkeit, meine Schulden abzuzahlen, denke ich. Da ist noch etwas, aber das kann warten.« Sie wechselte abrupt das Thema. »Laß mich den zweiten Gang servieren. Wir sollten das Essen nicht verkommen lassen.«

»Es schmeckt sehr gut«, paßte sich Rossini ihrer veränderten Stimmung an. »Du wirst eine großartige *Embajadora* abgeben.«

»Jetzt mal ganz ehrlich, Luca. Glaubst du, Raul hat eine Chance, ernannt zu werden? Wird der Vatikan seine Nominierung akzeptieren?«

»Das ist eine Entscheidung, die der nächste Papst treffen muß.«

»Was hast du über Raul gesagt?«

»Ich habe mit Einschränkungen zugestimmt. Er könne keinen großen Schaden anrichten, aber wir sollten auch nicht allzuviel von ihm erwarten.«

»Du warst nicht versucht, das Bild zu schönen – für mich?«

»Ein wenig versucht schon, aber auch zynisch genug, um zu wissen, daß derartige Kriegslisten nie sehr lang funktionieren.«

Sie stellte seinen Teller vor ihn hin und nahm wieder am Tisch Platz. Eine Weile aßen sie schweigend, und dann sagte Isabel:

»Selbst wenn Raul den Posten bekommt, sollte ich nicht mit ihm kommen.«

»Aber du hast in deinem Brief gesagt …«

»Ich habe ihn geschrieben, während ich auf den Bericht des Spezialisten über die Computertomographie wartete, die er für mich angeordnet hatte. Ich habe Knochenkrebs, Luca, einen schweren Schub. Sie wollen, daß ich ins Krankenhaus gehe, um mich therapieren zu lassen, wenn ich zurückkomme. Aber sie haben mich gewarnt, die Prognose sei negativ.«

Einen Moment lang starrte er sie sprachlos vor Schreck an, und dann waren die einzigen Worte, die er finden konnte, absolut banal.

»O Gott! Das tut mir so leid.«

»Braucht es nicht, Luca. Wie du habe ich einen besonderen Ort erreicht, und deine Liebe ist dort auch.«

Sein Kummer drohte ihn zu ersticken. Isabel reichte über den Tisch und hielt seine Hände in ihren gefangen, bis seine Emotionen abklangen und er sich stummen Tränen überließ. Schließlich fragte er:

»Weiß dein Mann Bescheid?«

»Ja. Er stellt sich gerade auf seine Art auf den Gedanken ein. Er wird mit allem großzügig sein, persönliche Anteilnahme ausgenommen. Er wird sich sein Leben passend zurechtschneidern, wie er das immer tut.«

»Und Luisa?«

»Sie kennt noch nicht die ganze Wahrheit. Sie glaubt, ich gehe ins Krankenhaus, um weitere Tests machen zu lassen. Ich habe versucht, ihr das Schlimmste zu ersparen, damit sie ihren Urlaub genießen kann.«

»Gibt es irgendeine Möglichkeit, wie ich helfen kann? Ich fühle mich dir gegenüber so nutzlos.«

»Das mußt du nicht! Auf eine seltsame Art haben wir einander vervollständigt. Und es gibt möglicherweise etwas, das du für Luisa tun kannst.«

»Alles, was in meiner Macht steht. Das weißt du.«

»Ja, aber darüber reden wir nach dem Essen. Jetzt möchte ich, daß du diese Mahlzeit beendest, die ich so sorgsam für uns ausgewählt habe. Über Luisa werden wir beim Kaffee sprechen. Also, im Moment genug von meinen Angelegenheiten. Erzähl mir lieber vom Konklave und was deiner Meinung nach dort passieren wird.«

Einmal mehr beugte er sich ihren Wünschen, obwohl ihm der Gedanke an sie und an sich selbst das Herz brach, und sprach darüber, was geschehen würde, wenn die Kardinäle zusammenkamen, um einen neuen Pontifex zu wählen.

Es war beinahe halb elf, als der Kellner den Servierwagen hinausrollte, und sie allein waren. Isabel wirkte mit einem Mal erschöpft. Rossini sagte ihr, er werde in fünfzehn Minuten gehen. Sie wollte davon nichts hören.

»Bitte, Luca. Ich kenne diesen Blick von dir. Du verschließt dich mir gegenüber.«

»Nicht dir gegenüber, mein Schatz! Das darfst du nie glauben. Ich habe mein Leben so lange hinter einer Fassade geführt, daß ich mich schon nicht mehr ausdrücken kann wie ein normaler Mensch. Ich bin mir nie sicher, wann meine Berührungen zudringlich werden könnten, statt Trost zu spenden. Aber, bitte glaub mir, ich bin dir gegenüber nicht verschlossen und war es auch nie.«

»Aber du mußt mich ausreden lassen. Ich hab dir noch ein paar andere Dinge zu erzählen.«

»Ich höre dir zu.«

Sie setzte ihre Tasse ab, faltete die Hände im Schoß, holte tief Luft, um sich zu beruhigen, und sagte dann:

»Luisa ist dein Kind, Luca.«

Dies war der Moment, in dem sie sah, was die Jahre spartanischer Disziplin aus ihm gemacht hatten. In seinen Augen blitzte ein winziges Fünkchen der Überraschung auf, aber seine hageren Züge waren zu der Raubvogelmaske erstarrt. Als er sprach, klang seine Stimme so weich wie raschelnde Seide.

»Na sowas! Das ist ein Geschenk, mit dem ich nicht gerechnet hatte!«

»Ist es wirklich ein Geschenk, Luca? Manche Männer in deiner Position würden es als Danaergeschenk empfinden.«

Er starrte sie lange Sekunden schweigend an, und dann erklärte er im selben gedämpften Ton, was er meinte.

»Ich glaube, ich hab dir das noch nie erzählt, aber meine schwersten Momente als junger Priester waren, wenn ich am Taufbecken ein Baby in den Armen hielt und wußte, daß ich für immer dem Recht entsagt hatte, Vater zu werden. Ich sage die Wahrheit, du hast mir ein Geschenk gemacht. Mein Problem ist, daß ich sehr ungeschickt damit umgehe. Weiß Luisa, daß ich ihr Vater bin?«

»Nein.«

»Weiß es Raul?«

»Nein.«

»Also, laß es uns erst einmal dabei bewenden. Heute abend besuche ich dich, ein Geliebter aus alten Tagen, gewiß, aber ein beständiger, erinnere mich an glückliche Zeiten, feiere die Bande, die uns zusammengehalten haben. Mit einem Mal machst du einen Kasten auf, und diese gewaltigen Geheimnisse springen heraus. Du hast eine tödliche Krankheit. Ich habe ein Kind, das eine erwachsene Frau ist.«

»Ich habe lange mit mir gerungen, ehe ich mich entschieden habe, es dir zu erzählen.«

»Danke, daß du mir vertraut hast«, sagte Luca Rossini. »Und doch hätte ich nie gedacht, daß ich mich je so arm an Worten oder an Möglichkeiten finden könnte. Ich bin nicht mein eigener Herr. Was kann ich dir bieten außer einer hilflosen Liebe? Was kann ich Luisa bieten? Sie wird mir nicht dafür danken, daß ich in ihr Leben eindringe, so wenig wie dir dafür, daß du seine Fundamente erschüttert hast. Oder sehe ich das gänzlich falsch?«

»Ich habe mich jahrelang gefragt, ob ich es ihr sagen sollte. Aber ich habe dein Recht und ihres respektiert, in Unwissenheit zu leben.«

»Und jetzt denkst du anders darüber?«

»Das passiert, wenn sie einem sein Todesurteil verkünden. Mein Mut ließ mich im Stich. Ich konnte das Geheimnis nicht länger alleine tragen. Deswegen richte ich die Frage jetzt an dich. Sollte Luisa davon erfahren?«

»Ich weiß nicht«, sagte Luca Rossini. »Ich weiß es wirklich nicht. Einer Sache bin ich mir allerdings sicher: Wenn sie es erfahren soll, dann sollten du und ich es ihr gemeinsam sagen.«

Plötzlich lachte er: ein trockenes, humorloses, selbstironisches Kichern. Dann streckte er eine Hand aus, um ihre Wange zu berühren und sagte:

»Also, warum fängst du nicht ganz von vorne an und erklärst mir diese altmodische Oper, von der du mir all die Jahre nichts erzählt hast?«

»Ich glaube, ein Drink würde helfen.«

»Gieß mir bitte auch einen ein; aber nur Mineralwasser. Für diese Vorstellung muß ich sehr nüchtern sein. Und setz dich bitte mir gegenüber, damit ich deine Augen sehen kann.«

»Warum? Glaubst du mir nicht?«

»O doch, ich glaube dir, aber ich möchte in deinem Gesicht lesen können, während du es mir erzählst. Verstehst du denn nicht? Du hast mir gerade ein Kind der Liebe geschenkt. Das ist eine seltsame Erfahrung. In den alten Zeiten, als Prälaten noch ziemlich umfangreiche Familien in die Welt setzten und sie mit einem reichen Einkommen ausstatteten oder Adelsheiraten für sie arrangierten, wäre das einfacher gewesen.«

Seine angespannten Züge lösten sich zu einem Grinsen. Isabel warf ihm ein unsicheres Lächeln zu.

»Luisa ist ziemlich gut versorgt – aus dem Nachlaß meines

Vaters. Sie wird außerdem von Raul erben. Was ich nicht riskieren möchte, ist, daß Raul sie in eine Vernunftheirat verschachert.«

»Und was, wenn er es versuchen würde? Luca kommt in voller Rüstung angesprengt wie Julius II. und ruft ›Laßt ab! Laßt ab! Gebt die Maid heraus!‹? Isabel, du erzählst dir selber Märchen! Bitte gib mir mein Glas und setz dich.«

Sie kauerte sich in den großen Lehnsessel, ihm gegenüber, wie er es verlangt hatte. Sie verschluckte sich ein wenig an ihrem ersten Mundvoll Brandy, tupfte sich die Lippen mit einer Papierserviette ab und begann dann zögernd mit ihrer Geschichte:

»Du hast wahrscheinlich einiges von dem vergessen, aber ich erinnere mich an jeden Tag und sogar an jede Stunde. Als Papa nach Buenos Aires fuhr und um dein Leben feilschte – und meines auch –, wurden wir zusammen auf der *estancia* seines Freundes in der Nähe von Cordoba zurückgelassen. Wir wohnten im Gästehaus, und im Interesse aller hielten wir uns von den Landarbeitern fern. Die ersten zehn Tage warst du sehr krank. Du hattest auch starke Schmerzen wegen der Peitschenwunden und der Infektion. Erst in der vierten Woche, direkt nachdem meine Periode zu Ende war, fingen wir an, miteinander zu schlafen. Du kannst dir's selber ausrechnen; unsere Flitterwochen dauerten noch ein paar Wochen länger. Ich dachte, ich wäre vorsichtig, aber ich war nicht vorsichtig genug. Am Ende wurdest du bei Nacht und Nebel weggeschafft, um mit dem Nuntius nach Rom zu fliegen. Mich hat Papa der Vereinbarung entsprechend zurück in meine Wohnung in Buenos Aires gebracht. Glücklicherweise – jedenfalls empfand ich das so – war Raul auf Dienstreise in Chile und Peru. Ich war schon fast fünf Wochen zu Hause, bevor er zurückkehrte. Inzwischen hatte meine Periode ausgesetzt. Als Raul zurückkam, gab ich meine übliche Vorstellung als liebende Gattin, bis sie ihm, wie üblich, zu langweilig wurde. Dann hatte ich ein weiteres Mal keine Periode; danach ging ich zu einer Ärztin – nicht irgendeiner Ärztin, sondern einer, die mir Tante Amelia empfohlen hatte, die Schwester meines Vaters – einer zähen alten Dame, die sich mit der argentinischen Männergesellschaft auskannte. Als meine Schwangerschaft festgestellt wurde – und vergiß nicht, Luca, du warst Tausende von Kilometern weit weg am weichen Busen von Mutter Kirche! –, gab mir Tante Amelia weisen Rat. ›Denk an deine Zukunft, Isabel! Dein Vater hat mir alles erzählt, was passiert ist. Du hast einen Milizionär erschossen und mit einem Priester geschlafen. Wenn dein Mann – oder die Familie deines Mannes – jemals unangenehm werden sollte, wärst du bis zum Hals in Schwierigkeiten. Was du garantiert nicht willst, ist, daß dein Baby sechs Wochen zu früh kommt, und du das dann erklären mußt. Also, denk lieber voraus. Wir suchen dir einen guten Arzt in New York und eine gute medizinische Begründung, ihn aufzusuchen. Dann machst du einen Termin für einen Kaiserschnitt in seiner Klinik – einen Termin, der zu den Fakten paßt und die Fiktion schafft, mit der sich leben läßt. Dem Baby wird der Kaiserschnitt nichts schaden, und dir wird er eine Menge Ärger ersparen.‹

Tja, und genauso hab ich es mit Papas und Tante Amelias Hilfe dann auch gemacht. Selbst Raul fand die Idee großartig. Er konnte seine Liste von New Yorker Kontakten ausbauen und in ein paar alten Revieren auf die Pirsch gehen. Als Luisa schließlich kam, schön und gesund, war er entzückt. Sein Vater und seine Mutter überschütteten sie mit Geschenken und Zuwendung. Das Märchen war komplett …«

»Aber nicht für dich?«

»Nein. Ich war vollkommen durcheinander. Während all der Feiern lebte ich eine Lüge. Ich führte Raul hinters Licht. Ich machte mich über seine aufrichtige Freude lustig. Wenn die Wahrheit jemals herausgekommen wäre, hätte sie eine entsetzliche Schande für ihn bedeutet. Andererseits war es dein Kind, das ich auf die Welt gebracht hatte. Ich war darüber glücklich, aber das Glück wurde sauer, weil ich es mit niemandem teilen konnte. Eine Weile verfiel ich in tiefe Depressionen; aber ich erholte mich und begann auch wieder, das Licht am Horizont zu sehen.«

»Und Raul hat nie auch nur eine Frage über meine Zeit mit dir gestellt?«

»Keine einzige, niemals. Ich bezweifle, daß er einen Dorfpriester auch nur als Rivalen empfinden könnte. Abgesehen davon waren alle Papiere in Ordnung, meine Krankengeschichte auch. Was sollte ihn also auf schlechte Gedanken bringen?«

»Also frage ich noch einmal.« Luca Rossini war mit einem Mal ein anderer Mann, ein herrischer Inquisitor. »Warum mußtest du mich nach all den Jahren mit der Sache konfrontieren?«

»Weil ich wollte, daß du Bescheid weißt! Ich wollte sie mit dir teilen, dir zeigen, was wir miteinander in diesem Bauernbett in Cordoba gezeugt haben. Es ging mir nicht darum, daß du sie offiziell als deine Tochter anerkennst. Das tut es immer noch nicht, aber ja, ja, ja, ich wollte, daß du es weißt. Ich hoffte, du könntest in dem Geheimnis ein Stückchen Glück finden – wahrscheinlich das letzte, das wir miteinander werden teilen können.«

»Das kann ich verstehen.« Rossinis Ton war von sorgsamer Neutralität. »Soweit betrifft das dich und mich. Was hast du für Luisa geplant?«

»Ich hatte gehofft – weiß der Himmel, warum ich es hoffte –, daß du auch für sie ein Geschenk sein könntest. Als ich euch heute abend zusammen gesehen und gehört habe, wußte ich, daß ihr einander guttun würdet.«

»Das ist eine reine Vermutung – ein Glücksspiel. Du hast kein Recht, es mit dem Leben deiner Tochter zu wagen.«

»Sie ist auch deine Tochter, Luca. Oder glaubst du nicht, was ich dir erzählt habe?«

»O doch! Ich glaube, daß Luisa meine Tochter ist – doch sie ist es nur in biologischer Hinsicht; von der Erziehung her ist sie deine und Rauls. Es ist ein höchst labiles Gleichgewicht. Wenn man die Dinge nach der falschen Seite neigt, wer weiß, welchen Schaden das anrichten könnte? Ich muß über all das nachdenken. Wir werden morgen noch mal drüber reden.«

»Möchtest du noch immer mit mir zu deiner Einsiedelei fahren?«

»Das möchte ich.«

Er stand auf und streckte die Hände aus. Er zog sie an sich und drückte sie an seine Brust. Seine Lippen streiften ihr Haar.

»Ich liebe dich. Nichts kann das ändern. Ich werde dich bis zum Ende aller Tage lieben. Aber ich bin auch betrübt, weil du leidest und es nichts gibt, was ich dagegen tun kann – außer Beten, und darin bin ich in letzter Zeit nicht sehr gut. Dann ist da Luisa. Ich bin auch ihretwegen betrübt, auf eine andere Art. Aber da war ein Funken zwischen uns, nicht wahr?«

»Den gab es.«

»Dann laß uns das Glücksspiel noch ein bißchen weiter treiben.«

»Was meinst du damit?« Sie machte sich los, damit sie ihm ins Gesicht sehen konnte. Er lächelte wieder.

»Ich dachte an morgen. Im Augenblick gibt es wenige Gnadengeschenke in meinem Leben, aber mein Häuschen auf dem Land ist eines davon. Ich wollte es unbedingt mit dir teilen. Nun ...«

Er unterbrach sich und zögerte mit dem nächsten Satz.

»Nun was, Luca?«

»Nun ist Luca Rossini, Kardinal Presbyter, sehr zu seiner eigenen Überraschung Familienvater. Ich schlage vor, daß wir unsere Tochter einladen, uns bei unserem kleinen Picknick zu begleiten.«

»Du meinst, du wirst es ihr sagen?« In Isabels Stimme lag ein alarmierter Unterton.

»Ich habe nicht die geringste Ahnung – außer, daß ich sie mit in die Küche nehmen werde, um zusammen mit ihr das Mittagessen vorzubereiten, während du dich im Garten sonnst. Wir werden reden und einfach mal sehen, wohin das Gespräch uns führt. Was hältst du davon?«

»Was soll ich sagen? Die Gnade deines Gartens könnte uns alle berühren.«

»Gut! Und jetzt rufe ich besser Piers Hallett an und mache

die Verabredung, sie auszuführen, rückgängig. Er wird ziemlich enttäuscht sein.«

»Hast du dir schon überlegt, was wir machen, wenn Luisa nicht mitkommen will?«

»Dann soll es eben so sein. Laß sie tun, was sie möchte. Es wird andere Zeiten und Jahre geben.«

»Verlaß dich nicht darauf, mein Schatz«, sagte Isabel düster. »Denk dran, ich warte schon auf mein Stichwort für den letzten Akt dieser Oper.«

Ihr Abschied an diesem Abend war von beiderseitigem Kummer überschattet. Die Leidenschaft ihres langerwarteten Wiedersehens war ausgebrannt wie ein Feuerwerk, das sich in einem blendenden Gefunkel von Emotionen versprüht. Jetzt klammerten sie sich in einer dunklen Landschaft unter einem mondlosen Himmel aneinander, in der ihnen nichts geblieben war als der elementarste physische Trost: die Berührung von Händen und flüchtige animalische Wärme und das Nachwehen der Träume von ehedem. Es war Isabel, welche die Worte fand, die gesagt werden mußten:

»Ich weiß, was du denkst, Luca, mein Schatz. Wir sollten die Tür abschließen und die Welt aussperren und bis zum Morgen miteinander schlafen. Aber das können wir nicht, und selbst wenn wir könnten, würden wir aufwachen und uns lächerlich vorkommen, wenn die Sonne aufgeht.«

»Du warst für mich das Schönste auf der Welt. Du wirst es immer sein.«

»Geh jetzt bitte, Luca.«

»Du hast meine Adresse, meine Telephonnummer.«

»Alles. Wir treffen dich dann um zehn. Gute Nacht, mein Schatz!«

Er brauchte mehr als eine Stunde, um durch eine Stadt nach Hause zu gehen, die langsam in den Schlaf sank, aber noch immer von Verkehrslärm und nächtlichen Geräuschen erfüllt war, noch immer nach dem Smog stank, der über dem Tiber lag und sich wie eine tödliche Schlange durch die Ameisenhaufen wand, die die antiken Hügel bedeckten.

Bei all seiner eisernen Selbstkontrolle war er noch immer schockiert. Isabel war der Fels, auf dem seine ramponierte Männlichkeit wieder aufgebaut worden war. Nun bröckelte dieser Fels wie eine Sandburg in der heraufziehenden Flut. Es blieb ihm nichts anderes übrig, als hilflos zuzusehen, während das Fundament seines fragilen Innenlebens weggeschwemmt wurde. Luisa bedeutete eine andere Art von Kummer: eine Tochter, zu der er sich nicht bekennen konnte, deren Kindheit er nie geteilt hatte, deren Zukunft er durchaus in Gefahr bringen mochte. Der Schmerz stieg wieder in ihm auf: Schmerz über die Illusionen, die er selbst genährt hatte und die nun um seine Füße verstreut lagen wie die Blütenblätter eines verdorrten Rosenstraußes.

Er ging rasch, aber achtlos, mit gesenktem Kopf und hochgezogenen Schultern; er schlug die ungefähre Richtung zu seiner Wohnung ein, aber es war ihm vollkommen egal, wann er dort ankommen würde. Liebespärchen, die sich in Toreinfahrten umarmten, ignorierten ihn. Ein Betrunkener rempelte ihn an. Ein Motorradfahrer mit einem Mädchen auf dem Soziussitz donnerte mit einem wortreichen römischen Fluch an ihm vorbei. Eine bleiche Madonna mit einer blakenden Öllampe davor, die in einem kleinen Glasschrein gefangen war, schaute ihn aus leeren Gipsaugen an.

Ihr Anblick erweckte Kindheitserinnerungen an einen neapolitanischen Haushalt in den Slums von Buenos Aires, wo ein Bild der Schmerzensreichen Mutter über dem Ehebett hing und ein Erstkommunionskärtchen über sein eigenes gepinnt war, das die sagenhafte jungfräuliche Märtyrerin Philomena zeigte, nach der seine Mutter benannt war.

Die Jahre hatten ihn der Mythographie der Kirche gegenüber immer skeptischer werden lassen und ihm doch immer bewußter gemacht, welches Potential sie besaß und wie tief das menschliche Bedürfnis nach Mysterien und Mirakeln war, das sie am Leben erhielt. Die Ironie daran war, daß er einen neuen Mythos übernommen hatte, noch während er eine ganze Reihe von anderen zurückwies: den Mythos der idealen Geliebten, die in den Schrein der Erinnerung eingeschlossen, mit heroischer Tugend ausgestattet und immun gegen die Risiken der Sterblichkeit war. Dies war ein Geschöpf, das er ohne Schuldgefühle erträumen, ohne Reue begehren konnte, denn es war seinem Zugriff entzogen wie die Madonna an der Straßenecke hinter ihrer staubigen Glasscheibe.

Er war natürlich tausendmal gewarnt worden. Seine ersten geistlichen Lehrer hatten ihm geraten, sich vor allen Bindungen an vergängliche Dinge und vergängliche Menschen zu hüten. Sie hatten vergeblich versucht, seine Emotionen auszubrennen – und die Kur hatte vorgehalten, bis eine peitschenbewehrte Bestie in Menschengestalt ihm die Haut vom Rücken gefetzt und das rohe Fleisch freigelegt hatte.

Heute abend war er etwas anderem ausgesetzt gewesen: dem Schmerz der Geliebten, die nun auf den Tod krank war und der er weder Heilung noch Trost bieten konnte, nicht einmal Gesellschaft, die über ein paar kurze Stunden hinausging. Selbst wenn er die Kirche verließ und den langen Weg nach nirgendwo einschlug, um seine eigene unsichere Identität zu wahren, was hatte er Isabel zu bieten? Sie war stärker als er. Die Liebe, die sie gab, und die Liebe, die sie empfing, trugen keine Preisschilder. Sie hatte wie eine Wölfin akzeptiert, an ihrem eigenen Ort, in ihrer eigenen Haut zu leben und zu sterben.

Und wohin brachte das Luca Rossini? In der Liebe konnte er, wollte er nicht mehr fordern, als ihm geschenkt worden war. Er war mit dem obsessiven Zug in seinem eigenen Wesen vertraut. Sein Gefühl für das Lächerliche, seine Weigerung, die persönliche Würde zu kompromittieren, für die er nach seinem Empfinden mit Blut bezahlt hatte, hatten ihn vor Torheiten bewahrt, wenn auch nicht vor Fragen, wie es denn hätte werden können.

Zumindest eines hatte der Abend für ihn bewirkt. Er hatte Isabel von der Frage seines Verhältnisses als getaufter Gläubiger zur Kirche selbst abgekoppelt. Die Frage war nun radikal und simpel. War er noch gläubig? Wenn ja, dann mußte er seine Zustimmung erneuern und in jenem Amt dienen, zu dem er berufen war. Wenn nein, dann mußte er sich mit Würde zurückziehen, ohne andere zu belästigen. Er konnte sich nicht als schäbigen Renegaten sehen, der im Vorhof des Tempels seinen Protest herausposaunt, aber er konnte auch nicht die Güte und Nachsicht der Gläubigen oder ihr Mitleid über seinen Verlust erflehen.

Bis er seine verwirrten Gedanken mühsam in diese elementare Ordnung gebracht hatte, war er wieder zu Hause. An den Lift war mit Tesafilm die Notiz *Fuori Servizio* geklebt, was bedeutete, daß er sich die lange Steintreppe bis zu seiner Wohnung hochquälen mußte. Dann, weil Gewohnheit und Ritual die letzte fragile Rüstung gegen Furcht und Kummer darstellten, schlug er sein Brevier auf und las die Komplet des Tages:

»Herr, höre mein Gebet und laß mein Schreien zu dir kommen ... Denn meine Tage sind vergangen wie ein Rauch, und ich bin wie die Eule in der Einöde, wie das Käuzchen in den Trümmern.«

Sieben

Es war Rossinis Gewohnheit, seine frühmorgendliche Messe in der Kapelle eines kleinen Konvents zu lesen, das ein paar Blocks von seiner Wohnung entfernt lag. Das Kloster gehörte einer Gemeinschaft von Frauen, die sich die ›Schwestern der Erlösung‹ nannten. Sie widmeten sich mildtätigen Werken, von denen eines in dem Konvent selbst angesiedelt war: ein Übergangsheim für Frauen, die im Gefängnis gesessen hatten oder auf Bewährung entlassen worden waren.

Die Gemeinschaft war klein; Geld war knapp. Also zogen nach traditioneller italienischer Art jeden Tag zwei Nonnen als professionelle Bettelschwestern los, die bei den Mietern und Ladenbesitzern aus der Umgebung um Almosen baten. Es war eine undankbare Aufgabe. Die Gemeinschaft kam in die Jahre, und nur wenige junge Frauen mochten ihr dienen, aber die Schwestern schafften es, sich einen trockenen römischen Humor zu bewahren, der zum oft anarchischen Witz ihrer Knastvögel paßte.

Rossini hatte sie zum ersten Mal an einem seiner schlechten Tage getroffen, als er gerade, in Zivilkleidung, zu seiner Klause fahren wollte. Er gab ihnen eine Spende und kam dann ins Gespräch mit ihnen. Als Kind einer neapolitanischen Einwandererfamilie, das selbst in den Slums großgeworden war, hatte er einen traditionellen Respekt vor Bettlern und einen tiefverwurzelten Haß auf die Gleichgültigen, die Bettelei verachteten, sie aber als gesellschaftliche Notwendigkeit hinnahmen.

Im Lauf seines Dialogs mit den Schwestern enthüllte er seine Identität und bot einen regelmäßigen Barzuschuß und seine gelegentlichen Dienste als Zelebrant der Gemeinschaft an. Er sollte diesen Impuls später viele Male bereuen, als er sich mehr und mehr in die Position des Beichtvaters, Ratgebers und Freundes in der Not für die Gemeinschaft und jene, die sie beschützte, hineingezogen fand. Er war nüchtern genug, um das System als das zu sehen, was es war: altmodische kirchliche Barmherzigkeit, nicht der geringste Ersatz für eine überfällige, aber unmögliche Reform des italienischen Sozialsystems.

So wurden die Frauen im Konvent für ihn eine kleine private Gemeinde, in der er amtieren konnte wie Jahre zuvor in seinem Kirchspiel im argentinischen Hochland. Die Nonnen vertrauten ihm. Die anderen Frauen waren am Anfang sehr vorsichtig. Er verstand, daß sie schwerlich anders reagieren konnten. Sie kannten das rauhe Leben rund um die Lagerfeuer auf dem *Annulare*, wo die Lastwagenfahrer für eine schnelle Nummer auf einer schmierigen Decke Station machten. Sie hatten die Brutalität von Zuhältern und die Schikanen der Polizei und des Gefängnispersonals erdulden müssen.

Irgendwann begannen die älteren jedoch die Botschaft zu verbreiten, daß diesem Mann zu trauen sei. Er hielt keine Vorträge. Er verstand die Sprache und die Fakten des Lebens auf ihrer Seite der Straße. Er wußte, wie es einem mit der Polizei ergehen konnte. Sie wußten, daß seine Geschenke ihnen allen das Leben ein wenig erleichterten. Es war auch nichts Verstohlenes oder Verdruckstes an ihm. Er sprach sanft und freundlich, aber er kannte den Unterschied zwischen *merda* und *maccaroni*; und man wußte, daß er es einem auf den Kopf zusagen würde, wenn man versuchte, Spielchen mit ihm zu treiben. Er ließ diskret durchblicken, daß er in seinem eigenen Land selbst Schwierigkeiten mit der Polizei gehabt hatte und er ihre Zurückhaltung verstand. Es gab keinen Zwang, seine Messen zu besuchen, und zuerst stellten sich nur ein paar Frauen ein, aber dann immer mehr, so daß die Kapelle gewöhnlich voll war, wenn sie wußten, daß er kommen würde.

An diesem Morgen ging er nur widerwillig aus dem Haus, aber er wollte sie nicht enttäuschen. Die Nonnen waren ein ganz spezieller Schlag, ein aussterbender, aber noch immer tapferer Stamm. Die Frauen in ihrer Obhut waren, wie er selbst, die Außenseiter, die Verbannten, die Ausgestoßenen, die *avanze di galera*; Produkte eines Gefängnissystems, in das einige von ihnen fast unweigerlich zurückkehren würden. Sie waren es, an die er sein ergreifendes privates Ersuchen richtete.

»Meine Freundinnen, ich muß euch um einen Gefallen bitten. Eine sehr teure und enge Bekannte von mir hat gerade erfahren, daß sie unheilbar an Krebs erkrankt ist. Vor vielen Jahren hat diese Frau ihr Leben riskiert, um das meine zu retten. Ich bitte euch, heute früh für sie zu beten. Ich widme ihr diese Messe, nicht um eine Wunderheilung zu erflehen, aber damit ihr Mut und eine rasche Befreiung vom Schmerz geschenkt werde. Ich wünschte, ich wüßte, warum ausgerechnet sie von allen Menschen auf der Welt so vom Schicksal geschlagen werden sollte, aber das ist das Mysterium, dem wir alle gegenüberstehen, nicht wahr? Als ich heute früh hierherkam, fragte ich mich immer wieder: Warum sie? Warum nicht ich an ihrer Stelle? Ich fühle mich wie ein Blinder, wie jemand, der in einer plötzlichen Dunkelheit herumtastet. Dann mache ich mir bewußt, daß unser Herr und Erlöser mit der gleichen Dunkelheit geschlagen wurde, unmittelbar bevor er starb: Betet auch für mich. Ihr alle seid meine Schwestern. Betet für mich.« Seine Stimme brach. Er blieb einen Moment stehen, um sich wieder in den Griff zu bekommen. Dann trat er an den Altar und begann mit der Messe.

Als sie vorbei war, blieb er gerade lange genug, um einen Kaffee zu trinken und Höflichkeiten mit der Mutter Oberin auszutauschen. Dann, als er gerade das Gebäude verließ, hielt ihn eine der Frauen, eine stämmige Veteranin des Straßenstrichs, auf und drückte ihm ein kleines Medaillon mit der Jungfrau Maria an einem dünnen Silberkettchen in die Hand.

»Hier, geben Sie das Ihrer Freundin!« sagte sie. »Es hat mich auf der Straße vor einer Menge Ärger bewahrt. Vielleicht tut es ja auch etwas für sie.« Dann war sie weg und klapperte in ihren Holzpantinen den gefliesten Korridor hinunter. Rossini, der sich erneut tief bewegt fühlte, steckte das Geschenk in seine Brusttasche und eilte aus dem Haus.

Zurück in seiner Wohnung, schaute er auf dem Bildschirm nach, ob E-Mail gekommen war. Es gab drei Nachrichten. Die beiden ersten waren von seinem eigenen Büro. Das von Steffi Guillermin von *Le Monde* erbetene Interview war für zehn Uhr am folgenden Morgen in der *Sala Stampa* angesetzt. Monsignore Angel-Novalis war bereit, daran teilzunehmen und die Konversation festzuhalten, falls Seine Eminenz es wünschte. Ein paar Sekunden Nachdenken überzeugten Rossini, daß das eine weise Rückversicherung war. Die nächste Botschaft kam vom Kardinalstaatssekretär: »Ich habe Ihr Treffen mit den nichtwählenden Kardinälen auf elf Uhr dreißig verschoben. Das verschafft Ihnen eine halbstündige Pause nach Ihrer Zusammenkunft mit der Presse. Angel-Novalis könnte vielleicht ein bißchen Unterstützung brauchen, und Sie dürfen von der Presse wohl ein paar harte Worte zu den Tagebüchern des Pontifex erwarten. Sie sind verärgert über die Vorstellung, daß sie möglicherweise mit Diebesgut gehandelt haben. Also bauen sie eine Verteidungslinie auf. Unser Kollege Aquino hat mir seine Version Ihres Gesprächs berichtet. Als ich ihm sagte, Sie würden mit der Presse reden, fragte er, entschieden sanftmütiger als gewohnt, ob ich ein weiteres kurzes Gespräch mit Ihnen arrangieren könne. ›Kürzer und freundlicher‹, um seine Formulierung zu verwenden. Ich schlage vor, Sie rufen ihn an. Sie wären wahrscheinlich in der Lage, die Angelegenheit mit mehr Eleganz und Höflichkeit zu bereinigen. Ich wünsche Ihnen einen schönen Tag auf dem Land.«

Rossini schaute auf die Uhr. Er hatte noch eine Stunde und zwanzig Minuten, bevor Isabel kam – mit oder ohne Luisa. Er nahm das Telephon ab und wählte Aquinos Nummer. Als Seine Eminenz antwortete, gab sich Rossini betont verbindlich.

»Ich habe eine Nachricht vom Kardinalstaatssekretär. Er hat mich gebeten, sich mit Ihnen in Verbindung zu setzen.«

»Das war sehr freundlich von ihm. Gut, daß Sie so rasch antworten. Ich habe mir Sorgen gemacht. Ich hatte das Gefühl, daß unser Gespräch aus dem Ruder gelaufen ist. Zweifellos mein Fehler. Wenn möglich, möchte ich das wiedergutmachen, sozusagen den Schaden reparieren.«

»Wir waren beide zurück auf alten Schlachtfeldern«, sagte Rossini ruhig. »Da besteht immer die Gefahr, daß man auf eine Mine tritt. Was möchten Sie, daß ich tue?«

»Ich würde gerne Ihr Angebot annehmen, bei den Frauen zu intervenieren. Ich würde gerne wissen, ob irgendeine Schlichtung möglich ist. Ich wäre absolut einverstanden, Angel-Novalis sich um die Presse kümmern zu lassen. Allerdings ...«

Für einen Moment schwiegen sie beide. Rossini versuchte, ihn zum Weiterreden zu bewegen.

»Ich höre.«

»Allerdings fand ich, finde ich noch immer, daß die Bedingung, die Sie gestellt haben – daß ich anbieten solle, vor Gericht zu erscheinen –, zuviel verlangt ist, und außerdem ist das nach kanonischem Recht unmöglich.«

»Darüber habe ich auch nachgedacht«, sagte Rossini milde. »Das war eine Kondition, die zu stellen ich kein Recht hatte; aber soweit es mich betrifft, gibt es nach wie vor eine Bedingung.«

»Die worin besteht?«

»Offene Reaktion, offene Diskussion. Es gibt schon Zorn und Verärgerung genug. Ich möchte nicht, daß Ihre – oder meine – dem noch hinzugefügt wird.«

»Wie gehen wir mit vertraulichen Angelegenheiten um?«

»Überhaupt nicht. Wenn Sie die Antworten haben, dann äußern Sie sie frei und offen. Wenn Sie sie nicht haben, dann sagen Sie das. Wenn ein wirkliches Hindernis existiert, irgend etwas offenzulegen, dann geben Sie zumindest das Hindernis zu. Aber da ist eine Sache, die Sie wissen sollten. Zusätzlich zu dem Beweismaterial, das die Frauen zusammengetragen haben, gibt es Dokumente, die der Geheimhaltung wegen nach Spanien ausgelagert wurden. Einige davon sind als Kopie in der Schweiz deponiert worden. Die Frauen werden sie in Augenschein nehmen, während wir im Konklave sind.«

»Sind Sie sich da sicher?«

»Ja – obgleich ich die Dokumente selbst nicht kenne.«

»Aber die Quelle Ihrer Information ...?«

»Ist über jeden Zweifel erhaben.«

»Darüber werde ich noch ein wenig nachdenken müssen. Es gibt da gewisse Komplikationen, von denen jegliche Beteiligung von Geistlichen an den Transaktionen nicht die geringste darstellt. Ich bin sicher, Sie verstehen, was ich meine.«

»Nicht gänzlich«, sagte Rossini, »aber es wäre mir lieber, Angel-Novalis, der uns beiden einen Dienst erweisen wird, nicht in Verlegenheit zu bringen.«

»Ich werde darauf achten. Sie können davon ausgehen, daß ich Sie sehr bald zurückrufe, und danke für Ihre Freundlichkeit, Rossini.«

»Es ist gut, daß wir einander jetzt besser verstehen.«

»Sehr gut, wirklich sehr gut. Danke.«

Als er den Hörer auflegte, lächelte Rossini. Aquinos Worte waren durchaus freundlich gewesen, aber während er sie aussprach, hatte es sich angehört, als lutsche er an einer ziemlich sauren Zitrone. Er schaute auf die Uhr. Es war noch immer Zeit für einen Anruf bei Turi in der Staatssekretarie, um ihn über das Gespräch mit Aquino zu unterrichten. Seine Reaktion war herzlich.

»Danke, Luca, ich weiß das sehr zu schätzen. Je weniger Reibungspunke wir in diesem Stadium haben, desto besser. Nebenbei, wo haben Sie Ihre Information über die Dokumente in Spanien und der Schweiz her?«

»Von Señora Ortega. Sie fährt in die Schweiz, um beim Beglaubigen der Schriftstücke, die dort aufbewahrt werden, mitzuhelfen. Für sie ist das eine Gewissensfrage. Das bleibt aber unter uns, Turi.«

»Selbstverständlich. Sie hatten einen schönen Abend, nehme ich an?«

»Schön, aber traurig. Isabel wird nicht mehr lang unter uns weilen, fürchte ich. Sie sagt, sie sei sehr krank – und die Prognose sieht nicht gut aus.«

»Das tut mir sehr leid, Luca – für Sie beide. Ich werde eine Messe für sie lesen.«

»Danke.«

»Den heutigen Tag verbringen Sie auf dem Land?«

»Ja, und ihre Tochter kommt mit. Sie ist ein hübsches Mädchen, das Ebenbild ihrer Mutter.«

»Morgen werden Sie arbeiten?«

»Wie versprochen, Turi. Ich treffe mich um halb zwölf mit den Senioren des Kollegiums, vorher habe ich noch einen Interviewtermin mit einer Frau von *Le Monde*. Angel-Novalis wird dabeisein, um meine Hand zu halten.«

»Seien Sie gewarnt, Luca. Sie selbst werden in den Tagebüchern des Papstes erwähnt. Der betreffende Teil wird bald veröffentlicht werden. Man wird sie möglicherweise darauf ansprechen.«

»Ich frage mich, ob diese Guillermin das Thema morgen anschneiden wird.«

»Wer weiß? Wenn sie es tut, werden Sie das beste daraus machen müssen.«

»Da habe ich keine allzugroßen Bedenken, Turi. Ich wünsche der Kirche sowenig einen Skandal wie Sie, aber was mich selbst betrifft, so bin ich ein nackter Mann. Man kann mir nichts nehmen, das ich sonderlich vermissen würde.«

»Freut mich, das zu hören. Wir haben wunderschönes Wetter. Genießen Sie Ihren Tag, mein Freund.« Doch als er den Hörer auflegte, war der Kardinalstaatssekretär nachdenklich. Er beschäftigte sich jeden Tag mit Krisen irgendwo auf der Welt. Männer und Frauen wurden zu Märtyrern gemacht, während er selbst Geschäfte mit ihren Henkern aushandelte, um die verbliebenen Gläubigen zu schützen. Er war ein Mann des disziplinierten Appetits und der nüchternen Entscheidungen, aber er hegte auch eine tiefe Freundschaft für Luca Rossini. Er wußte sehr gut, daß es nicht der althergebrachte Glaube war, was ihn bei Verstand und stabil erhalten hatte. Es war der private und höchst mächtige Kultus einer personifizierten Lieben Frau Von Der Immerwährenden Hilfe, repräsentiert von Isabel Ortega. Er mochte lieber nicht darüber spekulieren, was mit Rossini geschehen könnte, wenn sie ihm genommen wurde und er als Anbeter vor einem leeren Schrein zurückblieb, in einer Einöde voller abgelegter Überzeugungen.

Der Fahrstuhl war noch immer außer Betrieb. Es wurde versprochen, daß er bis zum Mittag repariert sein werde; ob das nun den heutigen Mittag bedeutete oder den irgendeines fernen Tages, blieb stets eine Frage für sich. Also beschloß Rossini, Isabel den langen, mühsamen Weg die Treppe hoch zu ersparen. Er wartete auf der Straße neben seinem Wagen, einem zwölf Jahre alten Mercedes, den er einem amerikanischen Kollegen billig abgekauft hatte, der in die Vereinigten Staaten zurückversetzt worden war. Er war liebevoll gepflegt worden – und nun stand er massiv und glänzend auf dem Kopfsteinpflaster vor dem Hauseingang, während Rossini dagegen gelehnt wartete wie irgendein römischer Autofahrer, der auf der Hut ist vor jugendlichen Herumtreibern, die ihn mit einer Münze zerkratzen oder den Kühlerstern abbrechen könnten. Er schätzte diese Momente vollständiger Anonymität, wenn er von seiner Vergangenheit losgesprochen war, losgelöst von seinem gegenwärtigen Stand und für keines von beiden verantwortlich zu machen.

Isabel verspätete sich. Aber das Arrangement war eindeutig gewesen. Sie wollten sich um zehn Uhr treffen. Jetzt war es halb elf. Römische Termine waren eine flexible Sache, aber Rossini war irritiert, weil es ihm im Schatten des kommenden Verlusts, der über ihnen hing wie eine Gewitterwolke, auf jede der paar Stunden ankam, die sie miteinander verbringen konnten. Er rief über sein Handy das Hotel an. Aus dem Zimmer der Señora kam keine Antwort. Dem Portier zufolge war sie gerade mit ihrer Tochter in einem Taxi weggefahren.

Ob der Signore eine Nachricht hinterlassen wollte? Nein, danke.

Es dauerte weitere zehn Minuten bis das Taxi mit quietschenden Bremsen hielt und die beiden Frauen aufs Pflaster entließ. Beide entschuldigten sich wortreich, redeten durcheinander und gegeneinander: Luisa war erst spät nach Hause gekommen und hatte verschlafen; Raul hatte aus New York angerufen, was ein langes Gespräch sowohl mit Isabel wie mit Luisa bedeutete; dann hatte sich Miguel gemeldet, um für diesen Abend eine weitere Verabredung auszumachen, von der Luisa nicht sicher war, ob sie ihr gelegen kam; und schließlich, als sie gerade ins Taxi steigen wollten, war Isabel für ein langes Telephongespräch mit der Frau zurückgerufen worden, mit der sie in die Schweiz fahren würde.

»Und damit, mein lieber Luca, endet unsere Litanei von Entschuldigungen. Es tut uns leid! Und jetzt erteil uns bitte die Absolution und schaff uns hier schnellstmöglich weg!«

»Küssen Sie die Frau, um Gottes willen«, befahl Luisa. »Sie ist total überdreht. Das ist nicht gut für sie – oder für mich!«

Rossini tat, wie geheißen. Er küßte Isabel und legte ihr eine beruhigende Hand auf die Schulter, als sie ins Auto stieg.

»Und jetzt dürfen Sie mich küssen, Luca.«

»Luisa, bitte!«

»Warum denn nicht, Mama? Er ist doch in Zivil, oder?«

Rossini lehnte sich in den Fond, gab ihr ein hastiges Küßchen auf die Wange, setzte sich hinters Lenkrad und fuhr los.

»Mein Häuschen ist in einem Tal der Sabinischen Hügel ein paar Kilometer südlich von Tivoli versteckt. Wenn ihr möchtet, können wir über Tivoli fahren – ihr könnt euch Hadrians Villa und die Villa d'Este ansehen, und dann geht es weiter zum Mittagessen bei mir. Ich sollte euch allerdings warnen; das ist eine beliebte Tour, also wird es von Bustouristen nur so wimmeln.«

»Wenn's dir nichts ausmacht, Luca, würde ich lieber einen ruhigen Tag mit dir verbringen.«

»Ich bin ganz entschieden für den ruhigen Tag«, beeilte sich Luisa, ihre Mutter zu unterstützen. »Ich hatte einen sehr langen Abend. Miguel war nett und aufmerksam, aber er hat es alles strikt nach Schema F gemacht – Abendessen, ein Nachtclub, dann die gesamte Rom-bei-Nacht-Szene mit allem Drum und Dran!«

»Das wäre also geregelt. Kein Tourismus. Wir nehmen die Nebenstraße zu meinem Haus. Wir werden im Dorf anhalten, um fürs Essen einzukaufen – das Sie, Luisa, mir kochen helfen werden, während Ihre Mutter sich ausruht. Einverstanden?«

»Einverstanden.«

»Wir werden beide helfen«, sagte Isabel bestimmt. »Noch bin ich keine Invalidin! Was hast du eigentlich mit dir angefangen, nachdem du mich gestern abend verlassen hattest?«

»Ich denke, man könnte es meine eigene Version von Rom-bei-Nacht nennen. Ich bin zu Fuß nach Hause gegangen. Ich habe mich ein paarmal verlaufen, weil ich über eine Menge Sachen nachzudenken hatte. Ich erinnere mich, wie ich aufblickte und durch ein erleuchtetes Fenster eine wunderschöne Freskodecke sah. Ich wäre beinahe überfahren worden, während ich sie anstarrte. Als ich nach Hause kam, habe ich den Rest meines Breviers gelesen und bin ins Bett gegangen. Ich mußte heute früh aufstehen, um für eine Gemeinschaft von Nonnen die Messe zu lesen und ein paar Telephonate zu führen. Also, hier bin ich! Ein für heute freier Mann, der morgen einen vollen Terminkalender hat!«

Wie er da in legerer Kleidung hinter dem Steuer seines eigenen Wagens saß, war Rossini ein anderer Mensch – ein wenig der neapolitanische Gassenlümmel von einst. Er fuhr mit Geschick und Schwung. Er reagierte mit Enthusiasmus auf Gehupe und persönliche Beleidigungen. Als Fremdenführer war er nicht sonderlich erhellend, als Kommentator der Rennfahrertaktiken römischer Autofahrer war er wortgewandt, witzig und hatte einige theatralische Beschimpfungen auf *lunfardo* parat. Die beiden Frauen mußten im einen Moment lachen, im nächsten schnappten sie nach Luft und waren zutiefst dankbar, als sie von der *Via Tiburtina* abbogen und sich über eine Reihe ländlicher Nebenstraßen auf Rossinis Einsiedlerklause zuschlängelten. Sie hielten in einem kleinen Dorf, um Lebensmittel zu kaufen, und als sie ihm zusah, wie er ganz ungezwungen mit dem Ladenbesitzer plauderte, wurde Isabel von einer Flut der Erinnerungen an einen anderen Rossini überwältigt, den jugendlichen Pfarrer eines anderen Dorfes, das irgendwo im Hügelland am Fuß der Anden versteckt lag.

Schließlich schloß Rossini das schwere Tor auf und fuhr in sein Königreich. Er half den Frauen aus dem Wagen und ließ sie stehen, während er zurückging, um das Tor zu schließen. Als er sich wieder zu ihnen gesellte, legte ihm Isabel lächelnd eine Hand auf den Arm und sagte:

»Ich erinnere mich, daß du mir in einem deiner Briefe erzählt hast, du wolltest *un huerto abigarrado* haben, einen scheckigen Garten. Jetzt sehe ich, was du gemeint hast.«

»Ihr seid beide willkommen. Mein Haus ist euer Haus.«

Drinnen war es kühl, aber im Kamin war mit Anmachholz und Scheiten ein Feuer angelegt. Er hielt ein Streichholz daran und schaltete den CD-Player ein. Die Flammen züngelten hoch, und die Haffner-Symphonie erfüllte den Raum, während er den beiden Frauen seinen kleinen Zufluchtsort vorführte.

»Die meisten Änderungen hab ich selbst gemacht.« Sein Stolz auf seine Arbeit war entwaffnend. »Ihr könnt sehen, wo ich angefangen habe – und wie die Arbeit besser geworden ist, während ich dazulernte. Ich habe gern Werkzeug in der Hand.«

»Haben Sie es selbst entworfen?« Luisa probierte bereits die Wasserhähne aus, machte Schubladen und Schränke auf, sah sich kritisch Bestecke und Geschirr an.

»Ja. Bei den Klempnerarbeiten hat mir jemand aus dem Dorf ein bißchen geholfen, aber der Rest ist mein Werk. Schaut ihr beide euch nur weiter um, ich bringe inzwischen den Karton mit den Lebensmitteln rein.«

Als er zur Tür hinausging, sahen die beiden Frauen sich an. Luisa schüttelte ungläubig den Kopf.

»Er ist mit so wenig so glücklich.«

»Sind wir glücklicher, weil wir soviel mehr haben?« fuhr Isabel sie scharf an.

»Mutter, bitte! Du bist schon den ganzen Morgen so bissig.«

»Tut mir leid. Ich hatte eine schlaflose Nacht. Du hast eine Tour durch Rom gemacht. Ich habe eine Rundreise durch meine Vergangenheit unternommen und mir meine Zukunft angeschaut. Keine schöne Landschaft.«

»Luca hat auch seine Vergangenheit, mit der er zurechtkommen muß, und du bist ein Teil davon. Nein! Dreh dich bitte nicht weg! Normalerweise ist sein Gesicht angespannt und verschlossen. Wenn er dich anschaut, verwandelt es sich vollständig. Es ist mir ganz und gar unklar, wo er in deine Zukunft passen würde, aber ich hoffe, daß ich einmal einen Mann finden werde, der mich so ansieht.«

»Ich hatte ihn gefunden, und dann habe ich ihn verloren.«

»Du hast ihn nie verloren, Mutter.«

In diesem Moment kam Rossini herein und setzte den Karton mit Gemüse auf dem Tisch ab.

»Laßt das erst mal stehen und kommt mit raus, damit ich euch den Garten zeigen kann. Wenn wir zurückkommen, wird es im Haus wärmer sein.«

Im Gehen hielten sie einander bei den Händen, ein Familientrio, das sich zusammen wohlfühlte und doch getrennt war, weil jeden von ihnen seine ganz private Frage beschäftigte. Luisa erkundigte sich:

»Fühlen Sie sich hier nie eingesperrt? Niemand kann hereinschauen, aber Sie können auch nicht über Ihren eigenen Zaun sehen.«

»Genau so mag ich es, aber Sie müssen verstehen, daß ich den größten Teil meines Lebens damit zubringe, Leute zu treffen und immer in Diskussionen oder Verhandlungen mit ihnen verwickelt bin. Dann komme ich so leer zurück wie ein Tonkrug. Hier werde ich wieder aufgefüllt.«

»Aber fühlen Sie sich denn nie einsam?«

»Das Leben im Zölibat ist eine einsame Straße, Luisa.«

»Aber Mutter hat nie im Zölibat gelebt, und sie ist auch einsam gewesen, obwohl sie höchst ungern darüber redet.«

»Ich rede auch nicht darüber«, sagte Rossini freundlich zu ihr. »Auf die eine oder andere Weise müssen wir alle mit der essentiellen Einsamkeit fertigwerden, ein Mensch zu sein, ob wir nun zölibatär leben oder verheiratet sind.«

»Aber wenn man ein guter Mensch ist, füllt einem dann nicht Gott seine Einsamkeit?«

»Er füllt sie, glaube ich, mit einer göttlichen Unzufriedenheit.«

Isabel griff den Satz mit einer Intensität auf, der Luisa und Luca erstaunte.

»Es ist die Unzufriedenheit, die uns am Leben erhält. Wenn das letzte Verlangen gestillt ist, dann haben wir schon den Fluß überquert.«

»Dann habt du und Luca noch einen langen Weg vor euch.«

»Was bedeuten soll?«

»Mutter, ich bitte dich. Ein Blinder kann sehen, daß ihr beide euch liebt. Ich bin glücklich darüber – aber ich verstehe nicht, warum ihr es euch so schwergemacht habt.«

Dieses Mal war es Rossini, der sie zurechtwies.

»Sie trampeln da auf privatem Gelände herum, junge Dame!«

Luisa mochte sich nicht zum Schweigen bringen lassen. »Sie haben gesagt, daß dieses Haus auch mein Haus sei. Wenn es also Gelände gibt, das ich nicht betreten darf, dann weisen Sie mich drauf hin. Ich kenne nicht die ganze Geschichte von Ihnen und meiner Mutter, weil niemand der Meinung war, daß ich ein Recht hätte, sie zu erfahren. Aber ich bin mit euch beiden in diesem Garten. Das bedarf doch einiger Erklärungen, oder? Es ist kein Geheimnis, daß Mutter und Vater getrennte Leben führen und auch Mutter von Zeit zu Zeit Liebhaber hatte.«

»Luisa, bitte!« Isabel war wütend. »Jetzt gehst du wirklich zu weit.«

»Laß sie ausreden«, sagte Rossini ruhig. »Sie hat recht. Ich habe ihr die Freiheit des Hauses gegeben. Bitte sagen Sie, was immer Sie möchten, Luisa.«

»Ich mache Mutter und Vater ja keine Vorwürfe. Ich habe von beiden Liebe und Zuwendung erfahren – von jedem seine eigene Art Liebe, seine eigene Art Zuneigung. Also kann ich mich nicht beschweren, Mutter. Aber auch Luca war ein Teil meines Lebens – eine Legende, eine mysteriöse Gestalt, über die Großvater Menéndez gelegentlich gesprochen hat. Erst gestern ist er real geworden. Und jetzt könnt ihr mich nicht länger ausschließen, keiner von euch beiden.«

Isabel war kurz davor, erneut zu intervenieren. Rossini schnitt ihr mit einer Geste das Wort ab.

»Wißt ihr was? Laßt uns das Mittagessen alle zusammen vorbereiten. Und bei der Arbeit können wir dann miteinander sprechen. Falls Sie Fragen haben, werde ich versuchen, sie zu beantworten. Ihre Mutter kann reden oder schweigen, ganz wie sie möchte. Hört sich das fair an?«

»Ja, es ist fair – vorausgesetzt, ihr behandelt mich nicht wie ein kleines Kind.«

Er bugsierte sie zurück ins Haus, sprach im Gehen, blieb einmal stehen, um reife Birnen von dem mit Früchten beladenen Baum zu pflücken.

»Eines müssen Sie sich von vornherein klarmachen. Manches von dem, was Sie hören werden, ist geschehen, bevor Sie geboren wurden. Einiges davon hat sich abgespielt, als Sie ein sehr kleines Mädchen waren und Argentinien und seine Menschen bitterlich und brutal entzweit waren. Egal, auf welcher Seite man stand, es herrschte Feindseligkeit und Leid. Ihnen blieb davon eine Menge erspart, also versuchen Sie, niemanden allzu streng zu verurteilen. Und noch etwas, bevor wir anfangen. Ich liebe Ihre Mutter wirklich. Ich werde sie bis zum Ende meiner Tage lieben. Sie liebt mich auch. Wir haben über viele Jahre miteinander korrespondiert. Aber unter den Zeitumständen waren wir eine tödliche Bedrohung füreinander. In gewisser Weise sind wir das immer noch...« Er wandte sich Isabel zu und fragte: »Darf ich es ihr zeigen?«

»Wenn du das ertragen kannst, dann kann ich es auch.«

Unter Luisas Augen knöpfte Rossini sein Hemd auf und zog das Unterhemd aus. Als er bis zur Hüfte nackt war, drehte Isabel ihn herum, so daß Luisa die Narben und schlecht verheilten Striemen sehen konnte, die sich kreuz und quer über seinen Rücken zogen. Sie schnappte zutiefst erschrocken nach Luft. Isabel sagte ruhig:

»Das ist der Punkt, wo die Geschichte für uns beide beginnt. Raul war unterwegs in Chile und Peru. Ich war zu Besuch bei Großvater Menéndez. Von unserer Wohnung aus konnte man den Dorfplatz und die Kirche sehen, deren Pfarrer Luca war.«

Nach dieser ersten brutalen Enthüllung schien der Rest der Geschichte ganz von selbst ihren Rhythmus zu finden, als mal der eine, mal die andere den Faden der Erzählung aufnahm, während Luisa schweigend mit ihnen am Küchentisch arbeitete und keine Fragen stellte, kein Urteil abgab, bis der Bericht mit Rossinis Rückkehr nach Rom und Isabels Rückkehr zu Raul sein Ende fand.

»So, jetzt wissen Sie's«, sagte Rossini.

»Ich danke euch beiden, daß ihr es mir erzählt habt.« Luisas Stimme klang gedämpft. »Könnten wir jetzt essen? Ich bin sehr hungrig.«

Rossini schenkte Wein ein, während die Frauen die Pasta servierten. Dann bat er Gott, das Essen und die Anwesenden zu segnen. Nach den ersten Bissen hob Isabel ihr Glas.

»Kompliment an den Küchenchef!«

»Und der Küchenchef dankt seinen Gehilfinnen!«

»Diese Gehilfin hat unter einem gewissen Streß gearbeitet«, tadelte Luisa die beiden freundlich. »Das war ja hochdramatisch, was ihr mir da geboten habt.«

Isabel legte ihr eine Hand auf die Wange.

»Tut mir leid, daß du so lange darauf warten mußtest. Luca hat mir erzählt, auf diesem Haus ruhe ein Segen.«

»Und heute ist es von Liebe erfüllt«, sagte Rossini.

»Und was war da vorher, Luca?«

»Ein wenig Glaube, ein wenig Hoffnung – an Liebe nur eine

Erinnerung. Aber dies ist unsere *agape*, das Mahl, bei dem wir gemeinsam die Liebe feiern.«

»Und was wird morgen?« Luisas Frage hing zwischen ihnen wie ein Tropfen klaren Wassers, der kurz davor ist, in einen dunklen Teich zu fallen. Isabel saß stumm da und schlug die Augen nieder. Es blieb Rossini überlassen, eine Antwort zu geben.

»Unter Diplomaten gibt es ein altes Sprichwort – behandel die schwierigen Fragen zwischen der Birne und dem Käse. Warum machen wir das nicht auch so? Laßt uns das Essen und den Augenblick genießen und hinterher miteinander reden.«

»Versprechen Sie, daß Sie mich nicht hinhalten werden?«

Er sah Isabel an. Sie nickte. Er antwortete Luisa:

»Wir versprechen es; alle beide.«

Dann stand er auf, um die ersten Teller vom Tisch abzuräumen, aber Luisa drückte ihn zurück auf seinen Stuhl.

»Überlassen Sie die mir. Mutter und ich servieren das Essen. Sie kümmern sich um den Wein und versuchen auszusehen wie ein Kirchenfürst!«

Es wurde eine vergnügte und geschwätzige Stunde, bis das Obst und der Käse auf den Tisch kamen und der Kaffee servierbereit war. Ihr Gespräch verebbte, als Rossini eine kleine Zeremonie daraus machte, eine Birne aufzuschneiden und die »erste Kostprobe der Früchte meines Gartens« zu offerieren. Als sie das Angebot gutgeheißen hatten, wandte er sich an Isabel:

»Also, mein Schatz, wir haben ein Versprechen einzulösen. Laß uns über die Zukunft reden.«

»Noch nicht.« Luisa stoppte ihn mit einer Geste. »Wir sind mit der Vergangenheit noch nicht durch.«

»Ich dachte, das wären wir«, sagte Isabel. »Als Luca nach Rom kam, nahm ich mein Leben mit deinem Vater wieder auf.

Luca und ich haben uns geschrieben, aber gestern abend war unser erstes Treffen in …«

»In fünfundzwanzig Jahren«, sagte Luisa. »Das weiß ich; aber während wir geredet haben, habe ich ein paar simple Berechnungen angestellt. Ich weiß, wann ich geboren wurde, wo man mich getauft hat. Ich weiß, daß du in New York einen Kaiserschnitt hattest. Also frage ich mich, ob irgendeine Möglichkeit besteht, daß ich Lucas Kind sein könnte.«

»Du wurdest geboren, registriert und getauft als Luisa Amelia Isabel Ortega.«

»Das beantwortet meine Frage nicht, Mutter.«

»Warum stellst du sie jetzt?«

»Weil es das erste Mal ist, daß ich dich und Luca zusammen erlebt habe – und das erste Mal, daß ich zwei Leute mittleren Alters so fürchterlich verliebt gesehen habe, daß es mir das Herz bricht.«

»Ich glaube, du solltest es ihr erzählen«, sagte Luca Rossini. »Erzähl ihr genau das, was du gestern abend mir erzählt hast. Ich gehe ein bißchen im Garten arbeiten. Ruf mich, wenn du mich brauchst.«

Dann verließ er sie, zog sein Hemd aus und begann, die Gemüsebeete zu harken. Er versuchte, seine wirbelnden Gedanken auf den Rhythmus der Hackenschläge abzubremsen, während er die trockene Kruste des Bodens aufbrach. Es war das primitivste und wirksamste Heilmittel, das er kannte, gegen die manischen Konflikte von Ideen und Argumenten, von bedeutenden und banalen Angelegenheiten, von Interessen und Vorurteilen und Behauptungen und Gegenbehauptungen, die ihn jeden Tag beschäftigten.

Welche Auseinandersetzung oder welche Diskussion Isabel und Luisa drinnen auch führen mochten, sie würde auf ihn überschwappen, doch das weitere Geschick der beiden lag letztlich außerhalb seiner Kontrolle. Die Frage seiner Anerkennung Luisas als uneheliche Tochter war nebensächlich, bereits geregelt. Ob auch sie ihn anerkennen würde, war eine andere Sache, die weit über das simple Bekenntnis von Zuneigung hinausging. Bald würde ihre Mutter aus ihrem Leben verschwunden sein – doch dieses Verschwinden konnte ein langer, schmerzvoller und zerstörerischer Prozeß werden. Was konnte er Isabel bieten, um ihr das Sterben zu erleichtern, was Luisa, um ihren Verlust wettzumachen?

Seine Gedanken brachten ihn auf Umwegen zu einer Frage, über die er viele Male mit dem Pontifex debattiert und mit seinen Kollegen aus der Kurie diskutiert hatte: die grundsätzlichen Probleme eines der Disziplin der römischen Kirche unterworfenen zölibatären Klerus. Jede Altersstufe im Leben eines zölibatären Geistlichen brachte ihre eigenen Konflikte mit sich. In der Ausbildungszeit wurden ihre sexuellen Instinkte unterdrückt, ihre Fähigkeit, Zuneigung zu bekunden, ihre Sprache von aller Leidenschaft gereinigt, so daß es immer einen gelinden Schock auslöste, wenn sie ihr – falls das überhaupt jemals geschah – in den Werken der großen Mystiker wiederbegegneten. In den mittleren Jahren des geistlichen Lebens hielten sie Freundschaften oder geteilter Ehrgeiz halbwegs aufrecht; aber in den späteren Jahren verwandelten Krankheit oder Überdruß oder schlichte Einsamkeit die Landschaft ihres Lebens in ein Bild grauer Verzweiflung. Und sie hatten schon viel zu lange das simple Geschick zum geselligen Umgang mit Frauen oder anderen Männern verloren. Was Rossini oft wütend machte, war die Heuchelei, die sich auf allen Ebenen durch die Debatte zog; und auch das war eine sehr römische Kunst: noch dem unüberzeugendsten Argument die Farbe der Tugend zu verleihen, so wie die Antiquitätenfälscher ihre Bronzen und Marmorstatuen in Misthaufen und Senkgruben künstlich alterten.

Diese immer wieder durchgekaute Diskussion brachte ihn zum Ende seiner Bohnenspaliere, und er kratzte gerade seine Hacke ab, als Isabel Hand in Hand mit Luisa aus dem Haus trat. Staubig und schwitzend wartete er, daß sie näher kamen.

Isabel blieb ein paar Schritte entfernt stehen, Luisa gerade außerhalb seiner Reichweite. Er lehnte sich auf den Hackenstiel und wartete.

Mit einem Mal sah sie klein und verletzlich aus, ein verirrtes

Kind allein an einem leeren Strand. Und doch konnte er keine Worte finden, um sie zu trösten oder etwas zu erklären. Ihr erster Satz brachte ihn völlig aus dem Gleichgewicht.

»Was sollen wir von alldem halten, Luca?«

»Ich weiß es nicht, Luisa. Ich kann dir nur sagen, was *ich* davon halte.«

»Dann erzähl's mir bitte!«

»Ich bin froh, daß die Wahrheit endlich heraus ist. Ich war bestürzt, daß ich so lange unwissend gehalten wurde. Es betrübt mich, an die Jahre zu denken, die für mich verloren sind. Das ist reiner Egoismus, ich weiß. Ich bin froh, daß du deine Mutter und mich zusammen gesehen hast. Ich glaube, du verstehst die Liebe, die uns all die Jahre verbunden hat. Und ich hoffe, du verstehst, daß du wahrhaftig ein Kind der Liebe bist und daß du mich ein wenig Liebe auf dich verwenden lassen wirst. Ich gestehe, daß ich nicht weiß, wie, aber ich weiß, daß die Liebe da ist und darauf wartet, verwendet zu werden. Wie fühlst du dich?«

Es wurde ihm mit einem Mal bewußt, daß sie sich seit ein paar Sekunden ganz selbstverständlich duzten wie ... Nun, wie Vater und Tochter eben, dachte er ein wenig belustigt.

»Verwirrt, aber nicht unglücklich. Ich fühle mich, als wäre ich ein zweites Mal geboren worden, und all die festen Punkte in meinem Leben haben sich plötzlich verändert.«

»Zum Besseren oder zum Schlechteren?«

»Wenn Mutter von uns geht – und ich weiß, wie krank sie ist! –, dann wird das zum Schlechteren sein. Aber jetzt, wo ich euch beide zusammen gesehen habe, weiß ich, wie wichtig eure Liebe in ihrem Leben gewesen ist. Das läßt mir immer noch genügend Puzzles übrig, die ich lösen muß.«

»Zum Beispiel?«

»Wie ich mit zwei Vätern in meinem Leben zurechtkommen soll. Mit Raul wird sich nichts ändern. Es kann sich nichts ändern. Es *darf* sich nichts ändern. Wie kann ich mit einem derart großen Geheimnis leben, denn ich weiß, daß ich das müssen werde? Wie kann ich dich besser kennenlernen, denn das möchte ich ja auch? Dann ist da das Problem, wie ich mich dir gegenüber fühlen soll.«

»Wie möchtest du dich denn fühlen?«

»Unbefangen – sogar ein bißchen geliebt, aber um meiner selbst willen, nicht meiner Mutter wegen. Ich möchte, daß du mich in den Arm nimmst und mich küßt und mir sagst, daß ich in deinem Leben genauso willkommen bin wie Mutter.«

Er richtete sich auf, warf die Hacke weg und streckte die Arme nach ihr aus. Sie kam mit einem großen Schritt zu ihm, und er drückte sie an sich und murmelte wieder und wieder:

»Willkommen, meine Tochter, willkommen.«

Dann gesellte sich Isabel zu ihnen, und sie umarmten sich stumm, bis Luisa selbst das spinnwebfeine Gewebe zerriß, das sie miteinander verband. Sie sagte heiter:

»Mutter hatte recht. Schau uns an! Drei Grazien in einem Garten. Du brauchst eine Dusche, Luca, und danach sollten wir zur Feier des Tages alle miteinander einen trinken, finde ich.«

»Na ja, schließlich beschäftigen wir uns ja auch mit agrarischen Angelegenheiten«, sagte Isabel.

»Und was, bitte, sind agrarische Angelegenheiten?« fragte Rossini.

»Meine Tante Amelia hat mir den Ausdruck beigebracht. Sie lernte ihn von den Briten, die sich in Argentinien eine goldene Nase verdient haben. ›Agrarische Angelegenheiten‹ steht für alles, was mit Sex und Fortpflanzung zu tun hat, ob ehelich oder nicht.«

»Ich habe Tante Amelia nie kennengelernt«, sagte Luisa. »Aber sie hat eindeutig eine wichtige Rolle in meinem Leben gespielt. Ich glaube, ich hätte sie gemocht.«

Der Rest des Nachmittags hätte sich eigentlich als angenehmer Epilog zu dem Drama der Enthüllungen gestalten sollen. Statt dessen wurde Rossini Zeuge, wie zwischen Mutter und Tochter unvermittelt ein Streit ausbrach, ausgelöst durch eine scheinbar beiläufige Bemerkung Luisas.

»Wo du jetzt mein Leben so fein säuberlich auf die Reihe gebracht hast, Mutter, sollten wir mal über deins reden.«

»Da gibt es nichts zu bereden. Sobald wir zurück nach New York kommen, lasse ich eine weitere Reihe Tests machen. Wie es danach weitergeht, hängt von den Ergebnissen ab. So einfach ist das. Immer eines nach dem anderen.«

»So einfach ist das nicht, und das weißt du auch. Vater hat mir erzählt, wie ernsthaft krank du bist.«

»Dann hätte er das nicht tun sollen! Es ist schließlich mein Leben.«

»Und er ist dein Mann, und ich bin deine Tochter, und nun kommt auch noch Luca ins Spiel.«

»Mein Leben gehört nach wie vor mir. Ich werde meine eigenen Entscheidungen darüber treffen, solange ich kann.«

»Und wenn du es nicht mehr kannst?«

»Dann kann dein Vater das für den Rest der verbleibenden Zeit übernehmen. Ich werde nicht zulassen, daß du dein Leben damit vertust, eine Todgeweihte zu pflegen. Raul kann sich jegliche Fürsorge, die ich brauchen könnte, gut leisten.«

»Das weiß ich, Mutter. Vater ist ja kein Monster. Er ist nett und großzügig, aber was Frauen angeht, ist er ein Schwachkopf.«

»Das reicht!«

»Nein, Mutter, es reicht nicht! Was ich möchte, ist, daß du allem, was auf dich zukommt, ruhig und gefaßt entgegensiehst ...«

»Das kann ich nicht, wenn mir jeder zu erzählen versucht, wie ich das einrichten soll, was von meinem Leben noch übrig ist. Laß mir Zeit, darüber nachzudenken. Ich brauche meine Ruhe. Ich brauche meinen Freiraum. Versuch du ihr das zu erklären, Luca!«

Das war der Moment, in dem ihm das Medaillon wieder einfiel, das die Frau ihm am Morgen nach der Messe geschenkt hatte. Er nahm seine Jacke vom Bett und holte den kleinen, in

Seidenpapier eingewickelten Anhänger aus der Tasche. Er brachte das Päckchen zurück zum Tisch und legte es vor Isabel hin.

»Was ist das?«

»Laß mich erzählen, bevor du es auswickelst. Heute morgen las ich meine Messe in einem Konvent, wo die Schwestern ein Übergangsheim für Frauen betreiben, die gerade aus dem Gefängnis entlassen worden sind. Sie haben alle ein schweres Leben hinter sich, aber sie haben gelernt, mir zu vertrauen. Ich bat sie, für dich zu beten, weil es mich, genau wie Luisa, hilflos macht, deine Zukunft nicht ändern zu können, dir bei dem, was auf dich zukommt, nicht einmal eine Stütze sein zu können. Nach der Messe kam diese Frau zu mir. Sie ist Anfang Fünfzig, würde ich sagen, und sie hat ein Großteil ihres Lebens als Bordsteinschwalbe zugebracht, damit, an den Schnellstraßen, die nach Rom hineinführen, Lastwagenfahrer anzumachen. Das ist ein rauhes Spiel, wie du dir wahrscheinlich vorstellen kannst, sich sommers wie winters in einem Straßengraben zu verhökern. Ich war gerade im Rausgehen, als sie hinter mir hereilte und mir ihr Geschenk in die Hand drückte. Sie sagte: ›Geben Sie das Ihrer Bekannten. Es hat mich auf der Straße vor einer Menge Schwierigkeiten bewahrt. Vielleicht tut es ja auch was für sie.‹ Das ist das Ende der Geschichte. Wenn man's auf die eine Art betrachtet, haben wir eine Außenseiterin der Gesellschaft und einen nicht sonderlich guten Kleriker, die sich in dein Privatleben drängen. Schau noch mal hin, und es ist ein Akt der Liebe und Fürsorge.«

Isabel öffnete das Päckchen und zog das Medaillon an seinem hauchdünnen Kettchen heraus. Sie bat Luisa:

»Würdest du es mir bitte umlegen?«

Während Luisa den Anhänger zurechtrückte, faßte sie nach oben und ergriff ihre Hände.

»Verzeih mir! Ich wollte dich nicht so anschnauzen. Wenn ich Angst habe, werde ich wütend. Wenn ich wütend bin, muß ich es an jemandem auslassen. Luca sollte froh sein, daß er mich nicht geheiratet hat!«

Rossini zögerte nicht mit der Antwort.

»Verheiratet oder nicht, wir sind alle eng verbunden. Also laß mich in meinem eigenen Haus mein Sprüchlein sagen. Mein ganzes Leben ist ein Akt der Dankbarkeit für das gewesen, was du für mich getan und was du mir geschenkt hast – Würde und Männlichkeit! Ich kann über deinen Mann keinerlei Urteil fällen. Ich weiß nur, was du mir erzählt hast. Doch du mußt ihm die Chance lassen, dir zu geben, was er kann, in diesem letzten Abschnitt deines Lebens für dich zu sein, was er kann. Das darfst du auch Luisa nicht verweigern. Wir alle brauchen diese Chance, unsere Sünden durch Freigiebigkeit gutzumachen. Verstehst du das?«

»Ja; aber bitte keine Vorträge mehr, Luca!«

»Mein Gott!« sagte Luisa grinsend. »Er hört sich genau an wie der Großinquisitor, stimmt's? Ich bin froh, daß er auf unserer Seite ist.«

»Komm und hilf mir beim Geschirrspülen, junge Dame. Isabel, warum legst du nicht irgendwas von Haydn auf. Ich hab das Gefühl, wir können in unserem so unordentlichen Leben allesamt ein bißchen hübsche, ordentliche Musik gebrauchen!«

Während sie zusammen spülten und das Geschirr abtrockneten, fragte Luisa:

»Sehen wir dich vor dem Konklave eigentlich noch mal?«

»Höchst unwahrscheinlich. Wir könnten wohl mal bei mir zu Abend essen, aber wir alle im Kollegium stehen die nächsten paar Tage unter schwerem Druck. Nach dem Konklave wird es viel einfacher sein.«

»Es sei denn, du wirst zum Papst gewählt?«

»Das, meine liebe Tochter, wäre die größte Außenseiterchance aller Zeiten. Weit wahrscheinlicher ist, daß ich auf irgendeinen ziemlich obskuren Posten im Vatikan verbannt werde.«

»Gibt es irgendeine Chance, daß du nach New York kommen könntest, um Mutter noch einmal zu sehen – vor dem Ende? Das ist es, worauf sie hofft – obgleich sie zu stolz ist, es zuzugeben.«

»Ich werde Himmel und Erde in Bewegung setzen, um dortzusein. Das ist ein Versprechen, aber du mußt mir auch etwas versprechen. Ich muß mich auf dich verlassen können, was regelmäßige Nachrichten über den Zustand deiner Mutter betrifft. Schick sie per E-Mail.«

»Verlaß dich darauf. Ich werde dich auf dem laufenden halten.«

»Das ist gut! Und jetzt sollten wir langsam dran denken, nach Rom zurückzufahren.«

»Noch nicht, bitte. Mutter braucht auch ein wenig Zeit allein mit dir. Ich geh solange mit den Vögeln im Garten reden.«

Und prompt war sie weg, und er war allein mit Isabel, Seite an Seite auf dem ramponierten Sofa, einen Arm um sie gelegt, ihr Kopf auf seiner Brust, und genoß die Stille. Nach beträchtlicher Zeit murmelte Isabel schläfrig:

»Luca, mein Schatz, ich glaube, das war der längste Tag meines Lebens.«

»War er denn glücklich?«

»Glücklich, ja, aber trotz allem werden du und ich heute nacht alleine schlafen – und all die Nächte danach. Ich habe Angst, Luca, und ich friere innerlich, als wäre ich schon in meiner Gruft eingeschlossen.«

Er zog sie an sich, murmelte Worte des Trostes und der Hoffnung, die, schon während er sie aussprach, trocken und hohl klangen. Isabels Stimmung schien sich jedoch ein wenig aufzuhellen. Sie begann das abgenutzte kleine Medaillon zu befingern, das in dem Tal zwischen ihren Brüsten lag. Schließlich ergriff sie wieder das Wort, im gleichen schläfrigen, emotionslosen Ton.

»Stell dir bloß all die Dinge vor, die diese kleine Madonna im Licht der Feuer am Straßenrand gesehen hat. Ich hoffe, die Frau, die sie dir geschenkt hat, fühlt sich ohne sie nicht einsam. Würdest du was für mich tun, mein Schatz?«

»Was immer du möchtest; das weißt du doch.«

»Kauf ein neues Medaillon, ein goldenes mit einer Goldkette, laß es vom nächsten Papst segnen und schick es ihr mit einem Brief von uns beiden.«

»Was soll ich darin sagen?«

»Sag ihr, das Geschenk habe mir sehr viel bedeutet, und ihre kleine Jungfrau kümmere sich bereits um mich, und vor allen Dingen hätte ich das Gefühl, eine neue Schwester zu haben. Kannst du dir alles merken?«

»Wie sollte ich es vergessen können?«

»Allzu leicht, mein Schatz. Ich kenne diese Depressionen, die dich quälen. Was auch immer du mit deinem Leben anzufangen beschließt, tu es nicht in Eile oder im Zorn. Und tu es vor allem nicht für mich, weil ich nicht hier sein werde, um irgend etwas mit dir zu teilen.«

»Bitte, Liebling, bitte ...«

»Nein! Laß mich ausreden! Wenn du am Ende merkst, daß du nicht mehr glauben kannst, dann werde ich für dich glauben. Wenn du nicht mehr hoffen kannst, dann werde ich für dich hoffen. Wenn sich das närrisch anhört, dann denk daran, daß wir beide unsere Liebe haben, und die ist stärker als der Tod, stärker als die Verzweiflung. Küß mich jetzt. Halt mich einen Moment fest, und dann bring mich mit unserer Tochter zurück nach Rom.«

Acht

Um sich für sein Interview mit Steffi Guillermin zu präparieren, hatte Rossini ein halbstündiges Vorgespräch mit Angel-Novalis von der *Sala Stampa* arrangiert, der ein idealer Mentor war: knapp, scharfsinnig, leidenschaftlos. Zunächst lieferte er ein Porträt:

»Sie ist eine elegante Frau mit einem klaren Verstand. Sie wird sich auf ihr Thema und das dazugehörige Vokabular vorbereitet haben. In sexueller Hinsicht interessieren Männer sie nicht, aber sie verlangt, daß sie sowohl ihren Grips wie ihren Stil anerkennen. Sie können sich darauf verlassen, daß sie Ihre Aussagen korrekt zitiert; außerdem wird sie einige scharfzüngige Beschreibungen Ihres Verhaltens bei der Befragung liefern und dazu ein paar Einsichten, die Sie möglicherweise überraschen werden. Sie wird keinerlei Informationen unter dem Mäntelchen der Verschwiegenheit akzeptieren. Sie geht davon aus, daß Sie die Spielregeln anerkennen. Themen? Mit Sicherheit wird sie die persönlichen Beziehungen zwischen dem Pontifex und Ihnen ansprechen. Mit Sicherheit wird sie über Ihre dramatische Errettung vor der Soldateska und Ihre schließliche Ausreise aus Argentinien sprechen wollen. Ich würde mal schätzen, daß sie besser über Sie informiert ist, als Sie erwarten dürften. Es ist inzwischen allgemein bekannt, daß der Mann von Señora Ortega zum nächsten Botschafter Argentiniens am Vatikan vorgeschlagen wurde ...«

»Was uns direkt zu den Müttern von der Plaza de Mayo bringt.«

»Ja.«

»Und da Sie bei dem Interview anwesend sein werden, wird das zweifellos die Frage nach der Mitwirkung oder Rolle von Opus-Dei-Mitgliedern in dem schmutzigen Krieg in Argentinien aufwerfen. Haben Sie in dieser Sache irgendeinen Tip für mich?«

»Die Guillermin ist viel zu professionell, um irgendwelche Fragen an mich zu richten. Es ist Ihr Interview, Eminenz. Ich werde bloß eine Fliege an der Wand sein. Meine Empfehlung wäre, daß Sie Ihre eigenen Antworten geben und nicht versuchen zu erraten, wie ihr Kommentar lauten wird, oder sie im Glauben zu unterrichten. Einige Ihrer bedeutenden Kollegen sind bereits in diese Falle getappt. Sie wird Ihnen unweigerlich zwei generelle Fragen stellen: Wie ist der gegenwärtige Zustand der Kirche, und was für eine Art von Papst brauchen wir? In jede der beiden ist eine eigene Bärenfalle eingebaut. Wenn es um die Kirche schlecht steht, wer hat dann Schuld daran? Wenn die Kirche reparaturbedürftig ist, wer ist dann der richtige Mann, um sie wieder in Ordnung zu bringen? Und Ihre Antwort auf letzteres könnte Ihnen Ärger mit dem gesamten Wahlkollegium einbringen. Noch irgendwelche Fragen, Eminenz?«

»Geh'n wir noch mal zu der zurück, die Sie nicht beantwortet haben«, sagte Rossini. »Wie stehen Sie persönlich zu den Aktionen gewisser Mitglieder von Opus Dei während des schmutzigen Krieges in meinem Heimatland?«

Die Frage erwischte ihn vollkommen unerwartet. Er bekam einen knallroten Kopf. Er machte den Mund auf und schloß ihn wieder. Dann saß er stumm da und starrte hinunter auf seine Handrücken. Schließlich hob er den Kopf, um Rossini anzublicken. Seine Stimme war ruhig und seine Antwort betont förmlich.

»Sie sind nicht mein Beichtvater, Eminenz. Also bin ich nicht verpflichtet, diese Frage zu beantworten.«

»Das sehe ich ein.«

»Warum stellen Sie sie dann, Eminenz?«

»Weil die Angelegenheit zunächst in meinem Privatleben und nun in meinem Leben als Kardinal unter Kardinälen eine ganz spezielle Bedeutung bekommen hat. Vor wenigen Momenten, als ich die Frage angesprochen habe, haben Sie sich geweigert, mir irgendeine Hilfestellung zu geben, wie sie sich – wenn überhaupt – vor der Presse beantworten ließe. Also stelle ich sie Ihnen ganz im Vertrauen noch einmal. Es gibt Beweise, klare Beweise, daß Angehörige von Opus Dei direkt oder indirekt an den Repressalien des argentinischen Militärs beteiligt waren, daß sie halfen, das Beweismaterial über begangene Verbrechen zu unterdrücken. Ich kenne Sie als aufrechten und ehrenhaften Mann. Es würde mir helfen zu wissen, wie Sie mit diesen Unsäglichkeiten zurechtkommen. Auch ich habe Gewissensfragen zu lösen, und ich hätte gern einen klaren Kopf, wenn ich meiner Inquisitorin gegenübertrete.«

»Dann wird die Antwort ein reines Stenogramm sein müssen, Eminenz.«

»Das ist in Ordnung.«

»Lassen Sie uns mit folgender These anfangen: Opus Dei ist keine populäre oder populistische Gruppe. Sie sind elitär. Sie sind geheimnistuerisch. Sie kungeln tatsächlich mit einflußreichen Gruppen in der Justiz, in der Finanz, in der Politik. Sie versuchen, nicht immer erfolgreich, christliche Prinzipien auf die Mechanismen der sozialen Ordnung anzuwenden. Ihre Ursprünge liegen, wie die der Jesuiten, in Spanien. Ihr Asketizimus hat, wenn Sie so wollen, auch etwas Spanisches. Was mich betrifft, so muß ich zugeben, daß ihr Training mich in die Lage versetzt hat, eine höchst schwierige Phase meines Lebens durchzustehen. Aber die Macht ist ein gefährliches und korrumpierendes Spiel, wie wir wissen – besonders wenn man Gott und den Stellvertreter Christi auf seiner Seite hat! Unsere Gesellschaft bildet eine sehr starke Pressure-Group in den iberischen und südamerikanischen Kirchen, Gebieten, in denen, lassen Sie mich das ruhig sagen, das Machtspiel äußerst brutal geführt wurde. Wenn Sie mich nach Beweisen für unsere Verstrickung fragen, dann kann ich sie Ihnen nicht geben. Sie sind zu tief beerdigt. Ich habe mich entschieden, nicht tiefer nachzugraben, als ich verpflichtet bin. Wie Sie, Eminenz, habe ich unter dem engen persönlichen Patronat des verstorbenen Pontifex gelebt und gearbeitet, der unserer Gesellschaft in seinen Plänen einen speziellen Platz einräumte. Seine Heiligkeit hatte entscheidenden Einfluß auf den Niedergang der kommunistischen Regimes in Osteuropa. In der Politik wie in der Kirche tendierte er mehr nach rechts als nach links. Und deshalb, weil ich so nahe am Sitz der Macht lebte, war es einfach, mich davon zu distanzieren, wie sie mißbraucht wurde, mir die Kapuze über den Kopf zu ziehen wie ein mittelalterlicher Mönch und mir zu sagen, daß Gott und der Heilige Vater schon wüßten, was für die Welt am besten ist. Heute bin ich mir da nicht mehr so sicher! Was soll ich also tun? Auch da bin ich mir nicht so sicher, besonders angesichts all der Veränderungen, die ein neuer Mann mit sich bringen wird. Also warte ich ab. Ich ringe mit meinem Gewissen und bete darum, daß mir eines Tages genug Licht und Kraft geschenkt wird, meine eigene Ecke des Hauses Gottes auszukehren!« Er unterbrach sich. Seine feingeschnittenen Züge entspannten sich zu einem Lächeln, und seine Stimme nahm ihren gewohnten ironischen Tonfall an. »Sie sehen, wie einfach es ist, jegliche Disziplin zu vergessen und in Exzesse der Emotion zu verfallen.«

»Ihr Exzeß war für mich ein Geschenk«, sagte Luca Rossini. »Das Licht dämmert nur langsam, stimmt's?«

»Manchmal zu langsam. Aber lassen Sie mich meine Warnung wiederholen, Eminenz. Steffi Guillermin ist eine verführerische Interviewerin. Sie besitzt eine Menge Intelligenz, und es macht ihr Spaß, sie zu demonstrieren. Denken Sie daran, sie hat Eiswasser in den Adern und Säure in der Feder!«

Das Interview fand in einem Büro der Pressestelle statt. Steffi Guillermin und Rossini saßen sich an einem kleinen Tisch gegenüber. Angel-Novalis hatte ein wenig abseits, außerhalb ihres Blickfelds Platz genommen, aber sein Tonbandgerät stand neben dem von Steffi auf dem Tisch. Sie begann ohne Vorrede.

»Sie sind ein vielbeschäftigter Mann, Eminenz. Ich danke Ihnen, daß Sie sich zu diesem Interview bereit erklärt haben. Lassen Sie uns mit den großen Fragen anfangen. Was ist mit der Kirche nicht in Ordnung?«

»Das gleiche, was schon seit zweitausend Jahren nicht mit ihr in Ordnung ist – die Menschen! Männer und Frauen und auch Kinder, die die Familie der Gläubigen bilden. Das ist keine Gemeinschaft der Reinen und Vollkommenen. Sie sind gut, sie sind schlecht, oder sie liegen irgendwo dazwischen. Sie sind ehrgeizig, gierig, ängstlich, lüstern, ein unordentlicher Haufen von Pilgern, der durch Glaube und Hoffnung zusammengehalten wird – und von der schwierigen Erfahrung der Liebe.«

»Dann lassen Sie uns spezifischer werden: Die Institution, zu deren wichtigsten Amtsträgern Sie gehören – wie würden Sie deren gegenwärtigen Zustand beschreiben?«

»Sie wird gelegentlich die ›Barke Petri‹ genannt. Das ist eine gute Metapher. Sie ist ein Schiff – ein sehr altes Schiff, das sich durch stürmische Gewässer bewegt. Es ist gut konstruiert worden – seine grundlegenden Strukturen sind intakt –, aber sein Gebälk knarrt; ein Teil davon ist wurmstichig und muß ersetzt werden. Die Takelage ist ausgefranst, die Segel sind wieder und wieder geflickt worden. Es stampft in den Wellentälern und schlingert über die Kämme der schweren Seen, aber es schwimmt noch immer, und die Mannschaft ist nach wie vor an Bord – selbst wenn auch sie manchmal wie ein reichlich bunter Haufen wirkt.«

»Und jetzt ist natürlich der Kapitän tot. Sie sind einer der Leute, der ganz wenigen Leute, die einen neuen wählen müssen. Welche speziellen Talente bringen Sie für diese Aufgabe mit?«

»Weniger, als Sie vielleicht denken. Ich weiß, wie Bürokratie funktioniert, obwohl ich wenig Geschmack daran und noch weniger Talent dafür habe. Doch der Wahlprozeß ist ein Spiel der Kräfte und Interessen innerhalb einer kleinen Gruppe höchst unterschiedlicher Individuen, und manchmal kann irgendeine Kuriosität oder ein seltsamer Kauz wie ich dafür ausschlaggebend sein, daß die Entscheidung in der einen oder anderen Richtung fällt – jedenfalls höre ich das so von Leuten, die schon einmal einem Konklave beigewohnt haben. Für mich wird es das erste sein.«

»Seine Heiligkeit hatte eine sehr lange Amtszeit. Ist das gut oder schlecht?«

»Ob gut oder schlecht – es ist eine Tatsache, die bestimmte Konsequenzen hat.«

»Könnten Sie das genauer ausführen, Eminenz?«

»Das ist weiter kein Geheimnis. Der Alterungsprozeß bringt gewisse unvermeidliche Konsequenzen mit sich. Der Katalog ist wohlbekannt. Die Arterien verstopfen sich. Die Glieder werden steif. Die Gehirnfunktionen können sich radikal verändern. Dazu kommen auch psychologische Veränderungen. Die Betagten können überängstlich werden, paranoid, sogar tyrannisch. In menschlichen Gesellschaften, die lange unter demselben Regiment stehen, gibt es vergleichbare Erscheinungen.«

»Legt das nicht nahe, daß am traditionellen System Veränderungen notwendig sein könnten? Eine zwingende Altersgrenze, nach der ein Papst seinen Abschied nehmen muß – eine Revision der Regeln für den Rücktritt oder die Absetzung wegen Amtsunfähigkeit?«

»Das sind alles Dinge, an denen die gesamte Kirche ein berechtigtes Interesse hat. Ja.«

»Aber so, wie es jetzt steht, können sie am Ende von einem einzigen Mann entschieden werden, dem amtierenden Pontifex?«

»Das ist richtig.«

»Und welcher Papst würde beim normalen Gang der Dinge schon für seine eigene Exekution sorgen?«

Rossini warf den Kopf zurück und lachte.

»Sie sagen es!«

»Die Geheimtagebücher des verstorbenen Pontifex betonen diesen Punkt. Man hat die Beschuldigung erhoben, sie seien vom Kammerdiener des Papstes gestohlen worden, und daß wir, zusammen mit anderen Medien, sie illegal publizierten. Das ist Ihnen bewußt?«

»Ja, das ist mir bewußt.«

»Sind die Tagebücher authentisch?«

»Nach meinem besten Wissen sind sie es.«

»Wurden sie gestohlen?«

»Es besteht ernsthafter Grund zu dieser Annahme.«

»Eine Passage in den Tagebüchern lautet folgendermaßen: ›Es gibt Leute in der Kurie, die finden, es sei ein Fehler, daß ich Luca Rossini befördert habe. Sie behaupten, er sei geheimnistuerisch, arrogant und allzu schnell bereit, Ansichten abzutun, die seinen eigenen zuwiderlaufen. Ich weiß, was diese Kritiker meinen. Ich habe ihn oft wegen seiner übermäßig energischen Argumentation zurechtweisen müssen. Aber ich weiß auch, was er durchgemacht hat. Ich weiß, wie zäh er darum gekämpft hat, die Integrität seiner gepeinigten Seele zu bewahren. Er hat mir seine tiefe und anhaltende Zuneigung zu der Frau gestanden, die ihm das Leben gerettet hat. Ich glaube, diese Erfahrung hat seinem Dienst an der Kirche einen besonderen Wert und Charakter verliehen. Ich kann ihn nicht vor Skandalen, Verleumdungen und bösartigen Gerüchten beschützen. Er würde es als unter seiner Würde betrachten, einen solchen Schutz zu suchen. Seine Argumentation ist sehr simpel. Er sagte mir einmal: ›Eure Heiligkeit, ich bin vor meiner eigenen Kirche nackt ausgezogen und zu blutigem Brei gepeitscht worden. Ich wäre ums Haar vergewaltigt worden. Mein Angreifer wurde unmittelbar bevor er in mich eindrang erschossen. Was können mir denn Gerüchte antun?‹ Diesen Gedanken hatte ich im Kopf, als ich ihn zum Kardinal ernannte. In meinen Träumen stellte ich mir vor, wie er sich wohl verhalten würde, wenn er auf dem Thron Petri säße. Doch dann dachte ich an andere, die die Folter überlebt hatten und als *papabili* betrachtet wurden ... Beran, Slipyi, Mindszenty. Alle waren auf irgendeine Art verkrüppelt.‹ Haben Sie dazu irgendeinen Kommentar, Eminenz?«

»Keinen.«

»Sind Sie eine zutiefst gepeinigte Seele?«

»Sagen wir mal, ich hinke wie Jakob nach seinem Ringkampf mit dem Engel.«

»Wie sehen Sie Ihre Zukunft?«

»Jeder Tag ist für mich neu. Ich nehme die Dinge, wie sie kommen.«

»Sind Ihnen die Bemerkungen des Papstes peinlich?«

»Es ist mir peinlich, daß durch ihre Publikation seine Privatsphäre verletzt wurde.«

»Diese Frau, für die Sie diese tiefe und anhaltende Zuneigung empfinden. Was können Sie mir über die erzählen?«

»Ich verdanke ihr mein Leben. Das sagt wohl alles.«

»Meinen Informationen zufolge heißt sie Isabel Ortega, geborene Menéndez. Sie ist mit einem argentinischen Diplomaten verheiratet, von dessen Familie sie während des schmutzigen Krieges beschützt wurde. Sie hat eine fünfundzwanzigjährige Tochter.«

»Sie sind sehr gut informiert, Mademoiselle. Dann darf ich also jetzt sagen, daß ich nicht die Absicht habe, dieses Thema mit Ihnen zu vertiefen.«

»Die Episode ist also beendet?«

»Bitte, Mademoiselle, versuchen Sie keine Spielchen mit mir. Wir reden hier nicht von Episoden und Ereignissen, sondern von meiner anhaltenden Dankbarkeit. Als ich zum ersten Mal auf einer privaten Mission für den Heiligen Vater nach Japan fuhr, hat man mich ein wenig über die Sitten und Gebräuche in diesem Land instruiert. Ich wurde unter anderem gewarnt, mich bei einem Verkehrsunfall in keinster Weise einzumischen, sondern das Opfer der Fürsorge anderer zu überlassen. Falls ich mich einmischte, riskierte ich es, daß das Opfer ein Leben lang in meiner Pflicht stand – eine Beziehung, die ich unmöglich eingehen konnte.«

»Und die Moral dieser Geschichte, Eminenz?«

»Ich konnte und wollte die Frau, die mir das Leben gerettet hatte, nicht mit der Bürde einer fortdauernden Beziehung belasten, und so tat ich es auch nicht. Und nun lassen Sie uns den Rest Ihrer Fragen angehen, worin auch immer sie bestehen.«

»Bevor wir das tun, Eminenz, lassen Sie mich bitte noch etwas sagen. Ich komme nicht umhin, diese Angelegenheit im Zusammenhang mit den Tagebüchern anzusprechen – und der Wahl selbst. De facto haben gewisse Kollegen von Ihnen sie mir gegenüber zur Sprache gebracht.«

»Ich werde Sie nicht fragen, wer diese Kollegen sind.«

»Besser nicht. Meinem Interview mit Kardinal Aquino entnehme ich, daß Sie sich einverstanden erklärt hatten, eine Diskussion zwischen ihm und den Müttern von der Plaza de Mayo zu vermitteln.«

»Moment mal! Sie sagen, Sie haben Kardinal Aquino interviewt?«

»Neben anderen, ja.«

»Und er hat Ihnen freiwillig diese Information gegeben?«

»Ja.«

»Wann haben Sie das Interview geführt?«

»Gestern, ungefähr um diese Zeit. Warum? Stimmt damit irgendwas nicht?«

»Nein. Alles in Ordnung. Ich habe tatsächlich ein Gespräch mit ihm darüber geführt. Ich finde es nur seltsam, daß er eine derart delikate Angelegenheit in einem Zeitungsinterview enthüllt hat.«

»Wie delikat ist die Angelegenheit denn, Eminenz?«

»Sehr.«

»Weswegen ich mich frage, warum Sie sich bereit erklärt haben, für Aquino den Advokaten zu spielen.«

»Und wieder ist Ihre Sprache locker und ungenau, Mademoiselle. Ich habe mich nicht bereit erklärt, Aquinos Advokat zu sein, lediglich, eine Diskussion über die Anschuldigungen zu vermitteln, die die Frauen gegen ihn erheben.«

»Das ließe sich als äußerst effektives Plädoyer zu seiner Verteidigung interpretieren – oder der Verteidung der Politik Roms und der einheimischen Kirche.«

»Das wäre eine falsche Interpretation.«

»Wie würden Sie denn beschreiben, was in Ihrem Land geschehen ist, Eminenz?«

»Zu viele Angehörige unseres Volkes haben ihre Seelen dem Teufel verkauft.«

»Wofür, Eminenz?«

»Eine Illusion von Ordnung, Stabilität, Wohlstand. Eine Illusion, die so alt ist wie die Weltgeschichte, daß man Ideen mit Waffen und den Methoden der Folter auslöschen kann.«

»Warum sollten Sie sich dann überhaupt einverstanden erklären, Aquino unter die Arme zu greifen, der ja, wie er selbst zugibt, dem Regime zumindest gewissen Beistand geleistet hat?«

»Weil er erstens ein Recht darauf hat, daß ich zunächst einmal von seiner Unschuld ausgehe, und ich zweitens als Christ gehalten bin, in meinem Herzen Vergebung für jene zu finden, die mich gekränkt und verletzt haben.«

»Ist Ihnen das gelungen, Eminenz?«

»Ich arbeite dran.« Rossini verzog ironisch den Mund. »Bislang habe ich es noch nicht geschafft.«

»Können Sie erklären, warum nicht?«

»Ja. Wie der verstorbene Pontifex so richtig sagt, bin ich noch immer ein beschädigter Mann der sich seiner eigenen Kapazität für das Böse bewußt ist.«

»Haben Sie Angst vor dieser Kapazität?«

»O ja, das habe ich. Die Allgegenwart des Bösen ist das erschreckendste Mysterium des ganzen Universums.«

»Wie sehen Sie also die Rolle der Kirche im Kampf gegen das Böse?«

»Als die einer Gemeinschaft von Gläubigen, geformt in Glauben und Hoffnung, getragen und bereichert von der Nächstenliebe, die die Frohe Botschaft von der Erlösung verkündigt. Aber diese Gemeinschaft muß sich Tag für Tag erneuern.«

»Lassen Sie uns über die Rolle der Führung bei dieser Erneuerung sprechen.«

Rossini lächelte und schüttelte den Kopf.

»Das ist ein sehr dicker Brocken. Den können weder Sie noch ich bei einem kurzen Interview verdauen.«

»Dann lassen Sie es mich anders formulieren. In ein paar Tagen werden Sie zusammen mit hundert oder mehr Mitgliedern des Wahlkollegiums ins Konklave gehen, um einen neuen Papst zu bestimmen. Nach welcher Art von Mann werden Sie Ausschau halten?«

»Ich kann nur für mich selbst sprechen, als einzelner Angehöriger des Kollegiums.«

»Und doch teilen Sie ein gemeinsames Interesse – das Wohlergehen des Volkes Gottes.«

»Aber da wir Menschen sind, sind wir uns uneins darüber, wie man diesem Interesse dienen sollte.«

»Wird denn nicht sogar behauptet, beim Konklave sei der Heilige Geist anwesend?«

»Wir rufen ihn an.« Rossinis Ton war kühl. »Es gibt keine Garantie dafür, daß wir alle oder irgend jemand von uns für seine Einflüsterungen offen sind.«

»Und der Mann, den Sie wählen, wird der vom Heiligen Geist erfüllt sein?«

»Darum beten wir, aber auch er wird den täglichen Versuchungen der Macht ausgesetzt sein, die stets dazu neigt, einen zu korrumpieren, wie ein bedeutender Engländer einmal schrieb.«

»Und der Teufel führte ihn mit sich auf einen sehr hohen Berg«, zitierte Steffi Guillermin den bekannten Text, *»und zeigte ihm alle Reiche der Welt und ihre Herrlichkeit.* Also lassen Sie und Ihre Kollegen sich wahrhaftig auf ein höchst riskantes Unternehmen ein. Und das Risiko wird noch verdoppelt durch das Dogma der Unfehlbarkeit, das in letzter Zeit gelegentlich recht weit ausgelegt wurde, nicht wahr?«

»Ich würde es anders ausdrücken«, sagte Luca Rossini. »Ich glaube, der Kirche ist am besten gedient, wenn die Unfehlbarkeit nicht beschworen, aber die christliche Nächstenliebe in verschwenderischer Fülle gespendet wird.«

»Dann lassen Sie uns doch über Nächstenliebe reden, über göttliche Liebe und menschliche Liebe.«

»Zwei Seiten derselben Medaille.«

»Und der Geschlechtsakt ist ein Ausdruck dieser Liebe.«

»Das sollte er sein. Er ist es nicht immer. Manchmal stellt er eine Invasion dar, manchmal eine Erniedrigung. Wie beispielsweise sexueller Mißbrauch durch Kleriker oder Religionslehrer.«

»Und gerade Sie müssen einen solchen Mißbrauch unerträglich finden.«

»Das tue ich, und ich finde, daß seine Vertuschung durch Autoritäten innerhalb der Kirche das Verbrechen noch verschlimmert.«

»Was ist mit den Tätern?«

»Wir müssen zugeben, daß einige unserer Ausbildungsmethoden zu ihrer Verirrung beigetragen haben. Wir können sie nicht in aller Verschwiegenheit durch das kirchliche oder das Erziehungssystem zirkulieren lassen.«

»Ihnen vergeben?«

»Sie müssen, wie wir alle, die Chance haben, sich zu wandeln und um Verzeihung zu flehen.«

»Das Priesteramt für Frauen: Wie stehen Sie dazu?«

»Ich stehe dort, wo der verstorbene Pontifex uns zu stehen befohlen hat – ihm ablehnend gegenüber. Falls und bis nicht spätere Weisheit den Befehl ändert, und solange ich eine offizielle Position in der Kirche bekleide, werde ich nicht die Stimme gegen ihn erheben.«

»Besteht irgendeine Möglichkeit, daß sich eine der beiden Positionen ändern könnte: die päpstliche Meinung, Ihre eigene Stellung innerhalb der Kirche?«

»Trotz aller Gerüchte und allen Drucks, der dagegen ausgeübt wird, glaube ich, daß die päpstliche Position sich ändern könnte. Meine eigene Stellung? Wie jedermann sonst in der Kurie trete ich automatisch zurück und stelle mich dem neuen Mann zur freien Verfügung.«

»Wie denken Sie über schwule oder lesbische Partnerschaften? Sollten sie einen ehelichen Status erhalten?«

»Finde ich nicht. Andererseits sollten sie aber zivilrechtlich als Lebensgemeinschaften mit wechselseitigen Rechten und Verpflichtungen anerkannt werden.«

»Und was ist mit der physischen und emotionalen Seite ihres Lebens?«

»Die Kirche proklamiert ein christliches Ideal der Keuschheit. Sie kann und sollte sich nicht in das einmischen, was unter der Bettdecke vor sich geht.«

»Das hört sich ziemlich zynisch an.«

»Das soll es aber nicht. Männer und Frauen sind äußerst komplexe Geschöpfe. Ich wiederhole, sie brauchen Liebe dringender, als sie rechtliche Vorschriften brauchen.«

»Und moralische Vorschriften?«

»Die Kirche weist den Weg. Es steht uns frei, ihn einzuschlagen oder abzulehnen. Wenn wir den falschen Weg wählen, streckt die Kirche ihre Hand aus, um uns zurück auf den richtigen zu helfen. Dafür ist eine Familie schließlich da, nicht wahr?«

»Haben Sie irgendeine Vorstellung davon, wo Sie an diesem Punkt ihres Lebens sein möchten, was Sie gerne tun würden?«

»Ich bin mir nicht sicher, ob ich diese Frage beantworten kann. Die Worte, die mir zur Zeit immer wieder durch den Kopf gehen, sind die Goethes auf dem Totenbett: ›*Mehr Licht*‹.«

»Unsere Zeit ist um, Mademoiselle«, sagte Angel-Novalis aus dem Abseits.

»Wir sind fertig.« Steffi Guillermin schaltete ihr Tonbandgerät aus. Sie stand auf und streckte die Hand aus. »Danke für Ihre Zeit und Ihre Mühe, Eminenz. Ich hoffe, ich kann Ihnen gerecht werden.«

»Was denken Sie, wann das Interview veröffentlicht wird?«

»Zwei Tage vor Beginn des Konklaves.«

»Dann schicken Sie mich rein wie Daniel in die Löwengrube.« Er sagte es lachend, und Steffi Guillermin lachte mit ihm.

»Wenn ich ein Löwe wäre, Eminenz, würde ich mir sehr viel Mühe geben, mich mit Ihnen anzufreunden.«

Als er sie aus dem Zimmer brachte, fügte Angel-Novalis sein eigenes Postskriptum hinzu: »Ich hatte Sie gewarnt. Der ist eine harte Nuß.«

»Er hat mich für jede verdammte Zeile arbeiten lassen. Ein eindrucksvoller Bursche. Ich könnte ja bei den Wahlwetten im Presseclub mal zum Spaß ein bißchen was auf ihn setzen!«

Rossinis nächste Verabredung war entmutigender: ein spätvormittäglicher Kaffeklatsch mit sechs der betagtesten Mitglieder des Kardinalskollegiums, die zusammengenommen ein halbes Jahrtausend alt waren. Sie waren allesamt Italiener, alle in Stellungen als Seelsorger oder in der Kurie ergraut, aber noch immer aktiv und ehrgeizig genug, um die Elektoren beeinflussen zu wollen, bevor sie ins Konklave gingen.

Sie waren außerdem offen verärgert. 1975 hatte Papst Paul VI. alle Kardinäle von der Wahl ausgeschlossen, die über achtzig Jahre alt waren. Die Maßnahme war dazu gedacht, das Wachstum einer Gerontokratie in der Kirche zu stoppen, eines Kabinetts von alten Männern, die starrköpfig und eifersüchtig an ihrer Macht festhielten. Logischerweise hätte sie sich auch auf die Amtszeit des Papstes selbst erstrecken müssen. Es machte keinen Sinn, daß der Pontifex als einziger auf Lebenszeit gewählt werden sollte und die Kirche möglicherweise in Unordnung stürzen konnte, wenn er von Alter, Krankheit oder gar Verblödung verkrüppelt wurde. Die radikale Unentschlossenheit, die zur Natur Paul VI. gehörte, hatte ihn davor jedoch zurückschrecken lassen, womit diese entscheidende Ausnahme nach wie vor ein Problem darstellte.

Die Deputation, die Rossini gegenübersaß, war eine Interessengruppe von alten Männern, die dem jüngeren Kardinal eine klare Beschwerde und eine bestimmt formulierte Forderung vortrugen. Angeführt wurden sie von einem strammen Fünfundachtzigjährigen, dem emeritierten Erzbischof einer italienischen Großstadt.

»Wir sind alle Brüder in der gleichen Familie, aber die Apostolische Verfassung von 1975 nimmt uns unser Wahlrecht. Was immer wir an Weisheit und Erfahrung besitzen, bleibt der

Kirche versagt. Wir brauchen Sie – und andere Kollegen –, um den Elektoren im Konklave unsere Ansichten zu vermitteln.«

»Ich war nie in einem Konklave.« Rossini war freundlich und entgegenkommend. »Also bin ich ziemlich im Nachteil.«

»Sie werden es schon lernen! Halten Sie Augen und Ohren offen. Wägen Sie Ihre Worte sorgfältig ab, und passen Sie gut auf sich auf. Da drin kann es rauh werden.«

»Rauh! Ich bin mir nicht sicher, ob ich Sie verstehe.«

»Geschwisterneid!« Der alte Mann brach in ein keuchendes Lachen aus. »Wir alle sind Brüder im Herrn; aber wenn wir alle miteinander eingesperrt sind, dann sind wir wie ein Sack voller Katzen, die miauen und die Krallen zeigen. Je länger das Konklave dauert, desto schlimmer wird es.«

»Dann sagen Sie mir, was genau erwarten Sie von mir?«

»Eine Stimme, um unseren Ansichten Ausdruck zu verleihen.«

»Eine billigende Stimme?«

»Nicht notwendigerweise. Wir wären schon mit einem ehrlichen Boten zufrieden.«

»Warum gerade ich?«

»Oh, Sie sind nicht der einzige, mit dem wir reden; aber Sie sind für uns von speziellem Interesse. Einerseits sind Sie Ausländer. Andererseits liegen Ihre Wurzeln hier in Italien. Wir glauben, daß Sie – wie sollen wir's nennen? – eine wohlwollende Haltung besitzen, eine gewisse Neutralität.«

»Ich bin kein neutraler Mensch«, sagte Rossini, »und wem oder was stehe ich Ihrer Ansicht nach wohlwollend gegenüber?«

»Dem Konzept eines italienischen Papstes.«

»Die Idee hat gewisse Vorzüge.«

»Wie würden Sie die definieren?«

»Mir wäre es lieber, wenn *Sie* sie mir definieren würden«, sagte Rossini milde.

»Dann lassen Sie es mich versuchen, mein Freund.« Das war eine neue und energische Stimme. Rossini schaute hinunter auf seine Liste und identifizierte einen Dreiundachtzigjährigen, den ehemaligen Kanzler der Lateransuniversität. »Wir fangen mit einer These an, die das Zweite Vatikanische Konzil ganz klar zum Ausdruck gebracht hat, nämlich daß die Kirche eine Gemeinschaft darstellt, die stets reformierungsbedürftig ist, *ecclesia semper reformanda*. Dieser Prozeß verläuft manchmal langsam, manchmal rasch, aber er wird und muß sich fortsetzen. Seit einiger Zeit ist das Tempo der Reformen beinahe zum Stillstand gekommen, und das trotz der Tatsache, daß wir all diese Jahre einen weltreisenden Papst mit einer persönlichen Mission, die Kirche zu einigen und zu zentralisieren, hatten. Es ist ihm in erstaunlichem Maße gelungen. Radio, Fernsehen, das Internet und schnelle Reisemöglichkeiten haben auf eine Art, von der man zuvor nicht einmal träumen konnte, die Welt nach Rom und Rom in die Welt gebracht. Was wir jetzt haben, ist eine neue imperiale Kirche, vereinigt, aber zutiefst gespalten, beaufsichtigt von vatikanischen Kongregationen, überwacht von vatikanischen Nuntien und Delegierten, deren Doktrin insgeheim von der modernen Version der Inquisition zensiert wird, der Kongregation für die Glaubenslehre.«

Rossini brach in Gelächter aus.

»Ich schätze Ihre Offenheit, Eminenz. Was schlagen Sie also vor, um dieses imperiale Bild zu verändern?«

»Ich denke, wir brauchen einen italienischen Papst und eine totale Neubewertung der Rolle und des Amtes durch ein Ökumenisches Konzil.«

»Wie bekommt man diese beiden Dinge unter einen Hut?« Rossinis Verblüffung war nicht gespielt. »Einen Pontifex, der bereit ist, Harakiri zu begehen, und ein Ökumenisches Konzil, das die Waffen schmieden wird, die ihm dabei helfen sollen?«

»Einfach! Kriegen Sie genug Stimmen für den Mann zusammen, und er wird sich einverstanden erklären.«

»Warum sollte er? Sie wissen, daß ein vor der Wahl abgegebenes Versprechen rechtlich nicht bindend ist und selbst Simonie eine Wahl nicht ungültig macht. Und noch eine Frage: Warum bietet ein italienischer Papst bessere Aussichten auf einen Wandel als ein Nicht-Italiener?«

»Das ist eine Frage der Einstellung.«

»Könnten Sie das bitte erläutern?«

»Aber sicher. Das größte Problem, das wir während des letzten Pontifikats hatten, war altmodischer Absolutismus, die Angst vor ›moralischem Relativismus‹. Die Italiener hatten schon immer das Talent, zu einem brauchbaren Kompromiß zwischen den beiden Standpunkten zu gelangen. Wir erlassen abscheuliche Gesetze über alles und jedes. Wir akzeptieren, daß das Prinzip des Gesetzes unveränderlich ist und seine perfekte Befolgung unmöglich. Das ist der Punkt, wo die *tolleranza* ins Spiel kommt. Da unterscheiden wir uns von den Deutschen und den Angelsachsen ...«

Im Prinzip fand Rossini die Idee nicht übel. Die Italiener besaßen eine einzigartige Begabung, mit unmöglichen Situationen zurechtzukommen und sich irgendwie mit den kriminellen Seiten der menschlichen Natur zu arrangieren. Ihr Familienleben war tief im Matriarchat verwurzelt, in dem jede Frau – vorausgesetzt, sie war in der Lage, eheliche Untreue, die Tyrannei der Männer und wiederholte Schwangerschaften zu überleben – schließlich die Oberhoheit erringen mußte – den Respekt der gesamten Stammesfamilie, für die ihr Wort Gesetz war. Es war einer der großen strategischen Fehler seines verstorbenen Meisters gewesen, daß er die Frauen in aller Welt der Kirche entfremdet hatte. Konfrontiert mit der unglücklichen Entscheidung seines Vorgängers, sich gegen die künstliche Geburtenkontrolle auszusprechen, hatte er nichts dazu getan, die Bürde der Frauen zu erleichtern, und in einer hungernden und übervölkerten Welt noch schlimmeren Problemen Tür und Tor geöffnet, während er zugleich jenes zur offenen Diskussion dieser Probleme durch katholische Theologen verschlossen hatte.

Rossini machte sich keine Illusionen über die Komplexität der Fragen, die am primitiven Prozeß des Überlebens beteiligt waren. Es war ihm außerdem klar, daß die meisten individuellen menschlichen Entscheidungen in Krisenmomenten getroffen wurden und oft ohne Rat oder Unterstützung. Er hatte in seinem eigenen Leben schmerzhaft erfahren, daß es eine Sache war, gegen die Sünde zu predigen, und eine gänzlich andere, dem Sünder sein Mitgefühl und Vergebung anzubieten. Seine Antwort war simpel und pragmatisch.

»Ich stimme zu, daß wir einen Papst wählen müssen, der sich einer Versöhnungsmission annimmt. Das ist der Kern der Sache. Wen haben Sie im Sinn?«

Dieses Mal kam die Antwort von einem Kardinal, der in früheren Zeiten die Kongregation für Bischöfe geleitet hatte. Er war zerbrechlich und weißhaarig, aber ganz offensichtlich war das sein Stichwort, und er war bereit, darauf zu antworten.

»Wir haben drei Kandidaten. Zwei sind Oberhirten bedeutender italienischer Städte, einer ist ein Angehöriger der Kurie mit langer diplomatischer Erfahrung.«

Rossini wartete schweigend auf den Rest. Das war die alte römische Methode: Mach es spannend, teil die Informationen aus wie Perlen. Schließlich wurden sie geliefert.

»Unser erster Kandidat ist der Kardinalerzbischof von Genua. Sie kennen ihn, glaube ich?«

»Ja, wir sind uns begegnet.«

»Kein weiterer Kommentar?«

»Im Augenblick nicht.«

»Der zweite Kandidat ist der Kardinalerzbischof von Mailand.«

»Den kenne ich ebenfalls, ein bißchen besser als den Mann aus Genua.«

»Der dritte ist ihr Kollege Aquino.«

»Der ist mir wohlbekannt.«

»Wären Sie bereit, einem oder allen dieser Kandidaten Ihre Stimme zu geben?«

»Ich wäre bereit, jeden für sich in Betracht zu ziehen – und im gewandelten Klima jedes Wahlgangs, vorausgesetzt, daß mehrere Durchgänge nötig sind.«

»Gibt es irgendeinen, den Sie unmittelbar ablehnen würden?«

»Sie meinen hier und jetzt, außerhalb des Wahlprozesses?«

»Hier und jetzt, genau.«

»Ich finde, es wäre nicht angemessen, der Situation bei der Wahl vorzugreifen.«

»Selbstverständlich, ganz wie Sie wünschen.«

»Hat man Ihnen irgend etwas anderes gesagt?«

»Unser Kollege Aquino hat Sie uns als Mann mit ausgeprägten Ansichten dargestellt.«

»Hat er irgendwelche Beispiele für meine Ansichten genannt?«

»Nicht direkt. Genaugenommen schien es mir, daß er Ihnen ein Kompliment gezollt hat. Er sagte: ›Reden Sie mit Rossini. Der kommt viel rum. Der kann das Gras wachsen hören. Wenn ich Papst wäre, dann würde ich dafür sorgen, ihn ganz in meiner Nähe zu haben!‹«

»Das war überaus freundlich von ihm«, sagte Rossini. »Hat sich einer der beiden anderen irgendwie geäußert?«

»Lassen Sie mich mal nachdenken. Der Erzbischof von Genua hat bloß die Achseln gezuckt und gesagt, sie seien ein guter Mann, der seinen eigenen Kopf hat, und würden wahrscheinlich im Konklave nicht viel bewirken.«

»Und Mailand?«

»Der ist Jesuit, natürlich, und ein Bibelgelehrter von beachtlichem Ruf. Beides sind Handicaps für einen Papst oder könnten es zumindest werden. Wie hat er Sie beschrieben? O ja, er sagte: ›Rossini? Interessanter Bursche. Ich würde gerne glauben, daß wir voneinander lernen könnten.‹ Also, da sehen Sie's! Wenn Sie helfen würden, ihn zu wählen, würde er Ihnen vermutlich ein guter Patron werden. Zwei Fliegen auf einen Schlag. Gar nicht so übel, oder?«

Es war ein schlechter Witz, und er verpuffte. Ein peinlicher Moment folgte. Rossini saß stumm und schmallippig da. Die anderen in der Versammlung studierten ihre Handrücken. Dann begannen überall in der Stadt die Angelus-Glocken zu läuten. Wie die gutgedrillten Soldaten, die sie waren, standen die alten Männer auf und schauten zu Rossini, der als Gastgeber das rituelle Gebet sprechen mußte: »*Angelus Domini nuntiavit Mariae.*« Ihre Altmännerstimmen respondierten in einem unordentlichen Chor: »*Et concepit de Spiritu Sancto.*« Einen Moment lang wurde es ganz still, während jeder von ihnen daran dachte, daß an diesem Tag und auch noch an weiteren keine weißgekleidete Gestalt am Fenster der päpstlichen Gemächer stehen und mit den Pilgern unten auf dem Platz das Angelus rezitieren würde. Der Stuhl Petri war vakant. Jene, die in Rossinis Büro beieinanderstanden, waren Angehörige eines Kuratoriums, deren Macht durch das Dekret eines Toten limitiert wurde. Als das Angelusgebet zu Ende war, wirkte Rossini auf einmal verschlossen. Aus der Stille heraus bewegte der emeritierte Erzbischof ihn taktvoll zum Weiterreden.

»Es wäre eine große Hilfe, wenn Sie uns irgendeine unmittelbare Reaktion auf die Ideen geben könnten, die wir Ihnen vorgetragen haben.«

Rossini war einen Moment lang völlig verblüfft, aber seine Antwort kam in entschiedenem Ton.

»Um ganz offen zu sein, sie bereiten mir Kopfzerbrechen. Ihr Kandidatentrio ist interessant, aber ich kann nicht glauben, daß damit schon alle Möglichkeiten erschöpft sind. Ihrer Politik – wenn man sie denn so nennen kann – fehlt es an Substanz und Detailliertheit. Ich hätte eine durchdachtere Darlegung der Sorgen und Nöte der Kirche erwartet.«

»Wir sind davon ausgegangen, daß Sie sich derer bewußt sein würden. Wir hatten gehofft, Sie hätten bereits das eine oder andere Gegenrezept im Sinn.«

»Ich fürchte, da verlangen Sie zuviel von mir, meine Herren. Lassen Sie mich ganz offen sein. Meine Dienstzeit als Pfarrer war sehr kurz. Sie wurde in einer primitiven Ecke Südamerikas geleistet und endete abrupt. Den Rest der Zeit wurde ich – auf persönliche Anordnung des verstorbenen Pontifex – für eine Art Wandermission ausgebildet, wenn Sie so wollen. Ich berichtete aus so unterschiedlichen Orten wie Tokio und Tulsa. Seine Heiligkeit sah einen gewissen Wert in meinen Einschätzungen der Situation vor Ort oder glaubte ihn jedenfalls zu sehen; darin und in meinen Kontakten mit Politikern und den Führern anderer Religionen, die mich formell und öffentlich nicht hätten empfangen wollen oder können. Ich dachte oft, daß das, was ich sah, die Unterseite eines Teppichs sei, und das, was mir entging, das vollständige Muster auf der anderen Seite. Ich entwickelte Einsichten, gewiß. Ich hatte Freunde und Bekannte, die mir über die Hintertreppe Zugang zu Leuten an den Schalthebeln der Macht verschaffen konnten, aber denken Sie daran, meine Berichte wurden auf der Basis dieses fragmentarischen Wissens und meiner instinktiven Reaktion auf unerwartete Umstände abgegeben. Meine Einschätzungen erhielten ihren Wert durch den Mann, dem ich sie vorlegte. Er schenkte mir Selbstvertrauen. Er fügte seine eigenen Einsichten den meinen hinzu. Jetzt, muß ich Ihnen sagen, bin ich bei weitem nicht mehr so zuversichtlich. Ich bin mir absolut nicht sicher, ob meine Ansichten für Sie irgendeinen Wert haben.«

»Seien Sie versichert, Rossini, das tun sie. Und denken Sie daran: Ob unsere Ansichten nun richtig oder falsch sind, wir brauchen Ihre Stimme, um sie den Teilnehmern des Konklaves darzulegen. Wir sind alt und nur gelegentlich weise, aber man hat uns per Dekret zum Verstummen gebracht.«

Rossini machte eine resignierte Geste.

»So sei es denn also. Ich habe Ihnen eine ehrliche Stimme im Konklave versprochen. Sie werden sie bekommen. Und wissen Sie denn jetzt alle schon, wie Sie hier wegkommen? Wenn nicht, wird es mir ein Vergnügen sein, Ihnen einen Wagen zu besorgen.«

Und so war es denn vollbracht, wenn schon nicht erfolgreich, so doch zumindest im traditionellen Stil. Man hatte sondiert. Man hatte in einer feinen italienischen Schrift Pläne gezeichnet und sie dann wie durch Zauberhand ausradiert, als hätten sie nie existiert. Es war sogar das gedämpfte Klirren jener wertvollsten Münzen von allen zu vernehmen gewesen – Stellung, Bevorzugung, Patronage –, von denen in Wahrheit keine das Geschenk derer war, die sie angeboten hatten. Und dennoch, wußte Rossini, verbargen sich in der Spreu der Trugschlüsse Körnchen von Wahrheit.

In den letzten Jahrzehnten des zwanzigsten Jahrhunderts war das römische Papsttum so weit aufgebläht worden, daß kein einzelner Mensch es mehr gänzlich auszufüllen vermochte. Der verstorbene Pontifex hatte mit der Frohen Botschaft in seiner Aktenmappe die Welt bereist – selbst wenn die Hälfte davon durch einheimische Berater für ihn umgeschrieben wurde. Die modernen Medien hatten ihm eine durchdringende Präsenz verliehen, einen Grad von Öffentlichkeit, der in alten Zeiten undenkbar gewesen wäre. Die Aura, die ihn jetzt umgab, hatte nichts Geheimnisvolles mehr an sich; es war eine der Vertrautheit und des leicht Schrulligen. Zu viele seiner Texte waren von fremder Hand geschrieben. Sie rochen allmählich muffig, nach abgestandenem Weihrauch und abgestandenen Argumenten.

Kein Mensch – auch nicht einer, den der Heilige Geist erfüllte – war groß genug, weise genug, beständig genug, die Illusion der Universalität überzeugend zu verkörpern: einen universalen Oberhirten einer universalen Kirche. Es lag weit mehr Vernunft, möglicherweise weit mehr Attraktivität in dem Bild eines römischen Pontifex, der Bischof seines eigenen Bistums war und in seiner Person, wie es ja schon seine Stadt auf ihre Weise tat, die lange Geschichte des Christentums zusammenfaßte, die fundamentale Einheit seiner Sakramente und seiner Glaubensvorstellungen. Er würde der oberste Schiedsmann ihrer Dispute sein, der ultimative Zensor ihres Verhaltens. Er würde herrschen, aber nicht durch die fragwürdige Ausübung bürokratischer Macht, sondern durch die kollegiale Zustimmung zu einem gemeinsamen Evangelium und einer gemeinsamen apostolischen Tradition.

Auch das war möglicherweise eine Illusion, weil einmal erworbene Macht so leicht nicht aufgegeben wurde, und doch war die Vorstellung einer Autorität, die auf Dienen beruhte und von der apostolischen Tradition beglaubigt wurde, letztlich die einzig authentische. Dies war der wahre Senfstrauch des biblischen Gleichnisses, der einer einzigen Wurzel entsprungen war und doch sein Geäst so weit ausstreckte, daß alle Vögel des Himmels darin ruhen konnten. Wenn die Frohe Botschaft von einem universellen Evangelium über dem Gewirr der Stimmen und dem Dröhnen dissonanter Tempelglocken überhaupt zu vernehmen sein sollte, dann mußte sie mit der Schlichtheit morgendlichen Vogelgezwitschers verkündigt werden: *»Liebe deine Feinde. Tu denen Gutes, die dir Böses tun.«*

Von allen Rezepten war dieses am einfachsten zu predigen, am schwersten zu praktizieren. Rossini wurde allmählich schmerzhaft klar, daß hierin der Kern seines eigenen Problems lag. Seit er nach Rom gekommen war, hatte er unablässig an einer Festung für sein zerbrochenes Ich gebaut. Diese Festung war nicht auf soliden, ebenen Boden gegründet, sondern auf einen Granitfels aus Zorn und Verärgerung. In ihrem Innersten stand ein Schrein, in dem ein stummer Gott wohnte, wo aber stets eine Lampe vor dem wundertätigen Bildnis einer abwesenden Frau brannte – Isabel Ortega. Sie war es, die zwischen ihm und dem Stummen Gott vermittelte, dessen Existenz er in aller Form anerkannte, den er aber in seinem Unterbewußtsein mit dem barschesten aller Herrschaftsansprüche assoziierte: »Es gibt keine Macht außer von Gott – und den Herrschenden hat Gott sie verliehen.«

Es war die sichtbare Geliebte, die ihn am Leben und geistig gesund erhalten hatte. Nach ihr hatte er zölibatär gelebt, hatte sich aller Akte der Vergeltung oder Rache enthalten; und dennoch diente gerade die Korrektheit seines Dienstes dazu, die Erinnerung daran zu verdrängen, wie man ihn mißbraucht hatte. »Ich erwarte nicht, daß Sie mich lieben, meine Herren, aber respektieren werden Sie mich!« Nun war Isabel hier in Rom. Er hatte sie geküßt und in den Armen gehalten. Sie hatte ihm die Frucht ihrer Liebe gezeigt, ein Mädchen, das zur Frau herangewachsen war. Er hatte seine Tochter umarmt und sie ihn. Alle drei hatten an der Begegnung viel Freude gefunden.

Doch der Stumme Gott hatte sie mit einer Situation von exquisiter Ironie konfrontiert. Isabel stand unter einem Todesurteil. Es mochte aufgeschoben werden, aber es ließ sich nicht mehr zurücknehmen. Er selbst war für Luisa einer von zwei Vätern – derjenige, der ihr am wenigsten zu bieten vermochte, was Liebe, Fürsorge und zu erbendes Vermögen betraf. Der Stumme Gott hatte sein Antlitz verhüllt – vielleicht für immer –, so daß die öffentlichen Liturgien, die er ihm widmete, die Pflichten, die er an hohen und öffentlichen Orten erfüllte, zur sterilen Farce wurden. Bald würde der Schrein leer sein. Die Fundamente seiner Festung zersprangen. Rund um ihn zerbröckelten die Mauern. Eines Tages würde er zwischen Ruinen stehen und zu einem leeren Himmel hochstarren, selbst des Geschenks der Tränen beraubt.

Und das war die endgültige Ironie des Stummen Gottes: Es würde niemanden geben, mit dem er seine Verzweiflung teilen konnte. Isabel würde nicht mehr da sein. Luisa, von Trauer erfüllt, aber geborgen in der Liebe zweier Väter, würde am Ende auf beide verzichten und sich ihren eigenen Mann suchen.

Obwohl alles um ihn herum in Trümmer zu fallen drohte, konnte er sich nicht kampflos ergeben. Er würde Isabel oder Luisa nicht in seinen Privatkrieg verwickeln. Wenn Liebe irgend etwas bedeutete, dann, daß die letzten Schritte dazu unternommen werden mußten, jenen beizustehen, die man liebte. Das letzte Gebet mußte geteilt werden, selbst wenn es für ihn keine Bedeutung hatte, sondern nur für sein Gegenüber. Und danach was? Ein letztes gewaltiges Hornsignal wie das Rolands bei Roncevalles, um den Stummen Gott herauszufordern, sich in der Wüstenstille noch einmal vernehmen zu lassen?

Luca, Kardinal Rossini war selbst ein Ironiker. Er brachte noch immer ein dünnes Lächeln über seine eigene Anmaßung zustande. Zuviel Gerede und zuviel Koffein auf leeren Magen waren schlechte Medizin. Die schwarzen Teufel waren wieder dabei, auf ihn einzudringen. Er brauchte Nahrung und Gesellschaft. Er griff nach dem Telephon und wählte die Nummer von Monsignore Piers Hallett in der Vatikanischen Bibliothek.

Glücklicherweise war der Mann noch an seinem Schreibtisch.

»Piers, wir müssen miteinander reden. Wenn Sie frei sind, kriegen Sie bei mir zu Hause was zum Mittagessen. Holen Sie mich in zwanzig Minuten ab.«

»Eminenz, Sie haben mir das Leben gerettet. Ich sitze hier vor einem trockenen Schinkenbrot und einer Seite griechischem Bibeltext aus dem sechsten Jahrhundert. Mein Problem ist, daß sie einem ziemlich reizbaren Prälaten aus Mittelamerika gehört. Er wird nicht sonderlich glücklich sein, wenn ich ihm erzähle, daß sie eine schlechte Fälschung ist und das Original des Textes in Rossano unter der Obhut des Erzbischofs aufbewahrt wird!«

Neun

Isabel und Luisa hatten den Vormittag mit einer wahren Einkaufsorgie zugebracht. Sie waren in jede einzelne Luxusboutique zwischen der *Via Condotti* und dem *Corso* spaziert und schließlich mit schmerzenden Füßen und um einiges ärmer in *Babington's Tea-Rooms* am Fuß der Spanischen Treppe gelandet. Sie suchten sich eine ruhige Ecke, schlüpften unter dem Tisch aus ihren Schuhen und bestellten Earl-Grey-Tee mit Gurken- und Räucherlachssandwiches.

»Genau wie zwei *Anglos*«, sagte Luisa und grinste.

»Spar dir den Spott, junge Dame«, ermahnte Isabel sie heiter. »Mit diesem Lokal verbinden mich eine Menge glücklicher Erinnerungen. Mein Vater und meine Mutter brachten mich hierher, als ich sechzehn Jahre alt war. Das war damals Ende der Fünfziger Jahre, als Argentinien reich war und Italien für Touristen sehr billig. Wir kamen mit dem Schiff, eine Rückfahrt auf einem der großen Passagierdampfer, die italienische Auswanderer von Neapel nach Buenos Aires brachten.«

»Und dieses Café war damals schon hier?«

»Dieses Café gibt es schon seit 1894, wenn ich mich recht erinnere. Es wurde von einer Miss Anna Babington gegründet, die Britin war, zusammen mit Miss Isabel Cargill, die aus Neuseeland kam. Ich kann mich an ihren Namen erinnern, weil sie so hieß wie ich. Die Geschichte ist noch weitaus länger, aber ich will dich nicht damit langweilen.«

»Nein, bitte! Du langweilst mich nicht. Ich liebe es, wenn du Erinnerungen mit mir teilst. In diesen Tagen kann das gar nicht oft genug geschehen.«

»Man verliert die Gewohnheit«, sagte Isabel. »Mir hat mal jemand gesagt, man bräuchte Enkel, um sie zurückzubringen.«

Die Kellnerin kam, stellte die Sandwiches auf den Tisch, goß den Tee ein, wünschte ihnen guten Appetit und verschwand wieder.

»Bitte«, flehte Luisa sie an. »Bitte erzähl die Geschichte zu Ende.«

»Es ist schon seltsam, wie sich die Dinge bei einem im Kopf arrangieren. *Babington's* habe ich als das Lokal meiner Mutter in Erinnerung. Sie fand das Englische daran reizvoll – und das Geschichtliche faszinierte sie. Anna Babington stammte von einem gewissen Anthony Babington ab, der unter Königin Elizabeth I. von England wegen Hochverrats gehängt, geschleift und gevierteilt wurde. Ihre Freundin, Isabel Cargill, stammte von einem schottischen Nationalisten ab, der gegen Charles II. predigte und ihn der Tyrannei und Liederlichkeit bezichtigte. Er wurde in Edinburgh hingerichtet. Als in Argentinien die Zeiten schlimm waren und ich und Luca in Gefahr schwebten, habe ich immer von diesem Lokal geträumt. Dein Großvater Menéndez andererseits hat sich hier nie wohlgefühlt. Er zog das *Caffe Greco* vor, auf der anderen Seite des Platzes in der *Via Condotti*. Alle großen Romantiker sind dort hingegangen: Byron, Liszt, Wagner ... Und mein Vater *war* ein Romantiker – aber er hatte das Herz eines Löwen. Als wir uns versteckt hielten, nachdem ich den Sergeanten erschossen hatte, fuhr er allein nach Buenos Aires und feilschte um unser Leben ... Er hat mir nie erzählt, was passiert ist, aber als er bei dem Hubschrauberabsturz starb, habe ich mich gefragt, ob das die letzte Rache von jemandem war, dem er gedroht hatte. Den Berichten nach war es ein Unfall, aber wer weiß? Wir haben in den vergangenen zwanzig Jahren so viele Geheimnisse begraben. Und trotzdem, da sind wir, du und ich, und trinken

Tee und essen Gurkensandwiches im *Babington's* an der *Piazza di Spagna*!«

»Während dein Luca – und mein neuer Vater – ein Kardinal mit einem roten Käppchen ist, der sogar unser neuer Papst werden könnte.«

»Was hältst du denn von ihm?«

»Ich weiß nicht. Du hattest fünfundzwanzig Jahre Zeit, dich an ihn zu gewöhnen. Ich hatte bloß vierundzwanzig Stunden. Verstehst du, wie verwirrend das ist? Es ist, als wäre eine Figur aus einem Gemälde herausgetreten und ginge jetzt im privatesten Zimmer meines Lebens auf und ab. Du mußt mir helfen! Du mußt ihn mir erklären. Wo hat Luca all die Zeit in dein Leben hineingepaßt? Wo paßt er in deine Zukunft?«

»Die Zukunft? Das ist einfach. Ich werde ohne ihn nach Hause fahren. Ich werde in Liebe zu ihm sterben.«

»Mein Gott, du kannst manchmal brutal sein, Mutter!«

»Ich habe einen Mann getötet, denk dran. Das ist ein brutaler Akt. Ich habe brutale Zeiten miterlebt. Verzeih mir! Du hast mich um eine Erklärung gebeten. Aber diese Liebe zu Luca läßt sich nicht mit einfachen Worten erklären. Ich war damals jung. Ich betete meinen Vater an, der all das hatte, was Raul fehlte. Er war stark, abenteuerlustig, entscheidungsfreudig. Er hatte bei der Armee seinen Abschied genommen, weil er haßte, was in der Truppe vor sich ging. Ich war immer noch dabei zu lernen, daß Raul das war, was er immer bleiben würde, ein verzogener Junge, ein angenehmer Charmeur, aber eine totale Null, wenn man sich auf ihn verlassen mußte. Er reiste viel. Er spielte den Playboy, wenn er reiste. Wenn er nicht da war, pflegte ich meinen Vater zu besuchen, wo immer er gerade arbeitete. Deswegen war ich an jenem Vormittag in Lucas Gemeinde. Ich hatte ihn ein paarmal im Dorf gesehen, lang genug, um einander einen guten Morgen zu wünschen, um zu bemerken, daß er ein gutaussehender junger Mann war, und mich zu fragen, warum er damit zufrieden war, sich in einem solchen Kaff zu vergraben. An dem Tag, als die Soldaten kamen, änderte sich alles.«

»Bitte, Mutter, diesen Teil möchte ich noch mal hören. Wie hat Luca sich verhalten?«

»Du mußt dir klarmachen, daß man sich nicht ›verhält‹, nachdem man derartig ausgepeitscht worden ist; er hing einfach am Rad und stöhnte und zuckte, mit der Reitpeitsche des Sergeanten im Hintern, während der Sergeant seine Hose aufknöpfte und sich anschickte, ihn zu vergewaltigen.«

»Mein Gott!«

»Luca selbst hat diesen Teil vollkommen verdrängt. In all den Wochen, die wir zusammen waren, hat er ihn nie erwähnt. Der Doktor sagte, er würde ihn möglicherweise bis zu seinem Tod unterdrücken, falls er so lange bei Verstand bliebe. Die inneren Verletzungen waren nicht schwer – aber der Schaden an seiner Psyche überschritt, wie der Arzt es ausdrückte, ›jedes zulässige Maß‹ ...«

»Also hast du ihn bemitleidet und dich in ihn verliebt?«

»Nein! Ganz im Gegenteil. Ich habe mich in die Wut verliebt, die er noch immer in sich hatte, die Flüche, die er noch immer aufbringen konnte, seine trotzige Seele. Ich sah ihn nicht als Opfer, sondern als gequälten Mann, der dennoch im Geiste ungebrochen war. Er war meine Trophäe. Ich hatte für ihn getötet. Auch ich wäre am Ende möglicherweise getötet worden, doch dieser Mann gehörte mir.«

»Aber du konntest ihn nicht behalten?«

»Nein! Ich heilte ihn. Ich pflegte ihn, wenn er Fieber oder Albträume hatte. Ich wandte jeden Trick an, den ich jemals gelernt hatte, um seine Leidenschaft zu wecken und die Verheerungen wiedergutzumachen, die sein Stolz und seine Männlichkeit erlitten hatten. Mein Gott, Luisa! Wenn es auf der Welt jemals ein Kind der Liebe gegeben hat, dann warst du das.«

»Warum hast du Luca dann gehen lassen? Warum bist du bei Raul geblieben?«

»Weil das der Handel war, den mein Vater mit den Generälen und der Kirche abschließen mußte.«

»Und wenn er es nicht getan hätte?«

»Dann wären wir alle drei unter den Verschwundenen gelandet.«

»Wieviel von alldem weiß Raul?«

»Kann ich nicht sagen. Wir haben nie über die Sache gesprochen.«

»Das kann nicht glauben!«

»Es ist wahr. Als Großvater Menéndez den Generälen gegenübertrat – und vergiß nicht, Rauls Vater war einer von ihnen! –, erkannten sie alle die Gefahr der Situation. Es hatte in der Vergangenheit Massaker und Morde und spurlos Verschwundene gegeben. Dies konnte ein Fall zuviel sein. Ein kleiner Landgeistlicher – das war eine Null! Aber die Schwiegertochter eines Generals, die Frau eines prominenten internationalen Playboys und Tochter eines prominenten Ingenieurs aus der Ölindustrie? ›Das reicht!‹ sagten sie. ›Schaffen sie die Frau nach Hause zu ihrem Mann. Schaffen Sie den Priester aus dem Land. Lassen Sie ihn vom Apostolischen Nuntius in Geschenkpapier eingewickelt in Rom abliefern. Aber in aller Stille! Ein falsches Wort, und Sie können sich überhaupt nicht vorstellen, wie übel es dann wird.‹ Wir alle waren Geiseln des Schweigens!«

»Warum bist du nicht mit Luca zusammen geflohen?«

»Wohin hätten wir denn fliehen sollen? Peru, Chile? Und vergiß nicht, es gab noch andere Geiseln – meinen Vater, Raul und seine Familie. Es bestand absolut keine Möglichkeit, ein besseres Geschäft herauszuschlagen, als wir schon hatten. Das wußten wir beide.«

»Wie hat Luca reagiert?«

»Ich habe ihn nie zuvor so erzürnt gesehen. Als wir das letzte Mal miteinander schliefen, war das wild und verzweifelt und wundervoll – aber unser Abschied war ruhig und stumm. Wir standen im Schatten und sahen zu, wie der Helikopter landete. Wir küßten uns nicht. Wir umarmten uns nicht. Wir hatten entschieden, daß es für unsere Liebe zueinander keine Zeugen – zumindest keine offiziellen – geben sollte. Zwei Leute stiegen aus dem Hubschrauber: ein Geistlicher und ein Armeemajor.

Lucas Augen waren wie dunkle Steine. Sein Gesicht wirkte wie aus Holz geschnitzt; ich erinnerte mich an das, was er in der ersten Stunde der falschen Dämmerung zu mir gesagt hatte: ›Ich liebe dich. Ich werde dich immer lieben. In meinem Leben wird es niemals eine andere Frau geben.‹ Er ging zwischen den beiden Männern weg, stolz und schweigend und ohne noch einmal einen Blick zurückzuwerfen. Ich weiß nicht, ob er mir zugewinkt hat oder nicht, als sie starteten. Ich war blind vor Tränen.«

»Aber trotzdem bist du nach Hause zurückgekehrt und hast mit meinem Vater geschlafen und hattest auch andere Liebhaber. Wie war dir zumute, wenn du mit ihnen zusammenwarst?«

»Sie waren bloße Spielzeuge. Sie waren meine Rache für das, was Raul mir antat.«

»Aber auch Luca war Teil deiner Rache.«

»Nein! Er war mein Mann.«

»Du sagtest, er war deine Trophäe. Hat er dir wirklich gehört?«

»Nicht vollständig.«

»Gehört er dir jetzt?«

»Nein. Er gehört niemandem. Seine Liebe ist das freiwillige Geschenk eines freien Mannes.«

»Tut mir leid, Mutter, aber ich muß das alles erst einmal verstehen. Glaubst du, daß Luca sein Versprechen in bezug auf andere Frauen gehalten hat?«

»Da bin ich mir sicher.«

»Wie kannst du das? Hat er sich deinetwegen so schuldig gefühlt, daß er allen Geschmack an Frauen verloren hat?«

»Im Gegenteil. Er weigerte sich, mich als eine Schuld in seinem Leben zu sehen. Er nannte mich ein ›rettendes Geschenk‹, und er hatte recht.«

»Aber er ist noch nicht gerettet, nicht gänzlich. Er hat die Kirche um sich gewickelt wie einen Zaubermantel, der ihm Unsichtbarkeit verleiht. Diese Einsiedlerklause, die er da hat, erzählt von einer anderen Seite der Geschichte. Er ist noch immer auf der Flucht. Er braucht noch immer einen Zufluchtsort. Er wird das nicht zugeben. Dazu ist er zu stolz; aber du bist noch immer der Leitstern, der seinem Leben Richtung gibt. Was wird er anfangen, wenn du nicht mehr bist?«

»Ist es das, wovor du Angst hast, Luisa: daß er auf irgendeine Art versuchen wird, sich an dich zu klammern?«

»Schon möglich.«

»Das ist unmöglich, und es wird auch nicht geschehen. Als Luca und ich uns in das Unvermeidliche geschickt haben, war dieses Kapitel unseres Lebens zu Ende. Die Affäre war vorüber. Keiner von uns beiden war bereit, eine selbstauferlegte Folter zu akzeptieren. Die Liebe war etwas anderes, ein Schatz, von dem nur wir beide wußten. Wir haben nicht einmal angefangen, uns zu schreiben, bis dein Vater und ich nach New York zogen und ich für meine Arbeit im Institut ein eigenes Büro hatte. Ich war es, die mit der Korrespondenz begann. Also denk bloß nicht, daß Luca sich in dein Leben drängen wird!«

»Aber genau wie du kann ich ihn auch unmöglich davon ausschließen.«

»Das stimmt. Warum ihn also nicht willkommen heißen?«

»Und ihm dafür danken, daß er mich als seine Tochter anerkannt hat?«

»Auch das, wenn du möchtest.«

»Seine Karriere wäre total in Scherben, wenn das an die Öffentlichkeit gelangen würde.«

»Das bezweifle ich.« Isabel machte der Kellnerin ein Zeichen, die Rechnung zu bringen.

»Wie kannst du das sagen, Mutter?«

»Weil ich das Gefühl habe, daß er kurz davor stehen könnte, die Kirche zu verlassen.«

Luisa schaute ihre Mutter überrascht an.

»Um was zu tun?«

»Ich weiß nicht, und ich glaube, er weiß es auch nicht.«

»Aber warum sollte er sein Amt niederlegen wollen? Falls sie ihn nicht auch noch zum Papst machen, ist er so hoch aufgestiegen, wie ein Mann in Rom nur kommen kann.«

»Ich glaube nicht, daß er das so sieht.«

»Wie dann?«

»Er ist bei einer Glaubenskrise angelangt. Mag sein, daß das die Form ist, in der das unverarbeitete Trauma in seinem Leben von selbst eine Lösung findet. Die Auspeitschung, die Schändung, unsere Liebe zueinander, die Verschwörung des Schweigens zwischen Kirche und Staat, in die einbezogen zu werden wir uns beide bereit erklärt haben, um unser Leben zu retten. Da schleppt man eine Menge mit sich herum, meine liebe Tochter. Versuch also, keinen von uns beiden allzu unfreundlich zu beurteilen. Nebenbei, was fängst du mit deinem Nachmittag an?«

»Ich werde die Pakete mit unseren Einkäufen zurück ins Hotel bringen, und dann schreibe ich ein paar Briefe und Postkarten. Und du?«

»Ich treffe mich um vierzehn Uhr dreißig mit der Anführerin der Mütter von der Plaza de Mayo. Sie wohnt drüben auf dem Monte Oppio bei den Nazarenischen Missionsschwestern. Nach dem Gespräch werde ich bei Lucas Wohnung vorbeischauen und ein bißchen Zeit mit ihm verbringen, vorausgesetzt, er ist zu Hause und bereit, mich zu empfangen.«

»Denk dran, wir sind heute abend zum Diner in der Botschaft eingeladen. Sie schicken dir einen Wagen. Du solltest auch genug Zeit einplanen, um dich auszuruhen, bevor wir aufbrechen.«

»Wann müssen wir dort sein?«

»Zwischen acht und acht Uhr dreißig – o ja, und weil wir immer noch um den Papst trauern, ist zwanglose Kleidung angesagt.«

»Das ist ein Segen«, sagte Isabel. »Laß uns gehen. Wir zahlen an der Kasse.«

»Eins noch, Mutter. Ich weiß, daß ich mich manchmal zickig anhöre, aber ich liebe dich wirklich, und ich weiß auch wirklich, daß es etwas ganz Besonderes ist, sowohl dein Kind der Liebe wie dein legales zu sein.«

»Weißt du auch, warum?«

»Erzähl's mir!«

»Tante Amelia hat immer gesagt: ›Kinder der Liebe haben Glück, wenn sie willkommen sind. Sie kriegen mehr Aufmerksamkeit und haben im allgemeinen bessere Manieren als der Rest der Familie!‹«

Auf seiner kleinen Dachterrasse in der *Via del Governo Vecchio* goß Rossini gerade Kaffee für Monsignore Piers Hallet ein. Er war außerdem dabei, ihm einen kurzen Informationsvortrag über die Arrangements beim Konklave zu halten.

»... Diesmal werden alle Konklavisten und ihr Stab von Gehilfen im St.-Martha-Haus wohnen. Das ist nicht gerade das Grand Hotel, aber es ist ein ganz neues Gebäude mit einhundertacht Suiten und dreiundzwanzig Einzelzimmern, dazu Speise- und Aufenthaltsräume. Die gegenwärtigen Bewohner werden ausquartiert, um Platz für die Konklavisten zu schaffen. Wir sind uns noch nicht sicher, wie viele Kardinäle anwesend sein werden, sagen wir mal irgendwo zwischen einhundertzehn und der obersten Grenze von einhundertzwanzig. Das läßt nicht allzuviel Platz für Assistenten und Gehilfen. Jeder von uns ist gebeten worden, genau anzugeben, welche persönlichen Mitarbeiter er benötigt, und ihre Anwesenheit in einem kurzen Begleitschreiben an den Camerlengo zu rechtfertigen. Ganz abgesehen von der Raumfrage soll diese Anordnung die Zahl der klerikalen Lakaien reduzieren, die sonst immer zwischen den verschiedenen Fraktionen des Wahlkollegiums hin- und hergetrabt sind. Also habe ich beschlossen, mein lieber Piers, Sie als meinen persönlichen Beichtvater vorzustellen.«

Hallett lachte lauthals los.

»Das ist echt stark! Piers Hallett, Paläograph, Pedant, Bücherwurm und nun persönlicher Beichtvater einer Eminenz!

Das kaufen die Ihnen niemals ab! Die werden mich am Schlafittchen packen und mich hochkant rauswerfen!«

»Nein, das werden sie nicht«, sagte Rossini. »Ich habe bereits klargestellt, daß ich ein persönliches Problem habe und daß ich hoffe, es während des Konklaves zu lösen, bei dem wir angewiesen sind, *stets mit Gott vor unseren Augen* zu handeln. Also brauche ich tatsächlich einen Beichtvater – und ich nominiere Sie.«

»Sie müssen immer noch Witze machen.«

»Nein, mache ich nicht. Sie sind Priester, ja?«

»Natürlich. Aber sehen Sie doch, von Freund zu Freund, ich bin kein spiritueller Mensch. Ich bin ein Gelehrter im Priesterrock. Welchen Rat kann ich einem Mann wie Ihnen schon anbieten?«

»Aber Sie haben *mich* in einer sehr spirituellen Angelegenheit um Rat gebeten, Ihrer eigenen Identität, Ihrem eigenen moralischen Verhalten. Ich hoffe, ich kann Ihnen helfen; ich bin mir sicher, daß Sie mir helfen können.«

»Wie denn, um Gottes willen?«

»Indem Sie mir zuhören, indem Sie mich durch das Dornengestrüpp hinaus unter freien Himmel schleifen. Alles was wir miteinander bereden, wird unter dem Siegel des Beichtgeheimnisses stehen. Es steht uns frei, uns beiden, am Ende Vergebung zu gewähren oder zu verweigern.«

»Das ist doch reiner Formalismus.« Hallett war ehrlich überrascht. »Ich hätte nie erwartet, Sie so reden zu hören.«

»Ich weiß«, sagte Rossini. »Aber das ist alles, was mir im Moment noch bleibt. Sehen Sie, was ich zu entscheiden habe – mit Ihrer Unterstützung, hoffe ich –, ist, ob ich noch gläubig bin oder nicht, ob ich in aller Stille meinen Abschied nehmen und eine Weile in die Wüste gehen sollte oder nicht.«

»Wo würden Sie denn hingehen?«

»Das war die Frage des Petrus: ›*Herr, zu wem sollen wir gehen?*‹«

»Aber Petrus hat sie sich selbst beantwortet. ›*Du hast die Worte des ewigen Lebens.*‹«

»Genau; aber Petrus hatte die Antwort auch schon. Ich bin mir nicht mehr sicher, ob ich noch irgendeine habe.«

»Und ich mir auch nicht.« Hallett klang mit einem Mal bedrückt. »Ich bin mir nicht sicher, wo ich in diese überperfekte Welt der moralischen Absolutisten passe. Vielleicht machen wir ja zusammen einige Entdeckungen, während wir uns die Raritätenschau des Nachfolgers Petri ansehen!«

Luca Rossini schien die Anspielung rätselhaft. Er fragte: »Was sagten Sie da?«

»*The raree-show of Peter's Successor*. Das ist ein Zitat von dem englischen Dichter Robert Browning.«

»Aber was, bitte, heißt das genau?«

»Lieber Himmel! Im Italienischen oder Spanischen wäre das nächstliegende Wort wohl ›Wanderzirkus‹, schätze ich, obwohl der Ausdruck im Englischen eher an einen Jahrmarkt mit Jongleuren, Schwertschluckern, bärtigen Damen und anderen Seltsamkeiten denken läßt.«

»Mit ein paar komischen Klerikern darunter – dem einen oder anderen Kardinal oder einem Skelett aus den Verliesen der Franziskaner.«

»Jetzt haben Sie's erfaßt«, sagte Hallett fröhlich. »Es ist ein altmodisches Wort, aber es könnte in der Vatikanstadt einige Gespenster heraufbeschwören.«

Rossini lachte noch immer leise über dieses Bild, als sein Handy klingelte. Er antwortete brüsk; dann veränderte sich sein gesamter Gesichtsausdruck. Im einen Moment wirkte er gespannt, im nächsten zweifelnd und besorgt. Schließlich sagte er: »Sehr gut. Ich werde sie mit dir zusammen empfangen. Ich laß sie dann hinterher von meinem Bediensteten zurückfahren. Ich muß eine Weile alleine mit dir reden. Nein, überhaupt nicht, ich habe einen Besucher bei mir, das ist alles.« Er schaltete das Telephon ab und wandte sich Hallett zu.

»Ich muß in ungefähr zwanzig Minuten Leute empfangen, also muß ich Sie jetzt rauswerfen. Sind wir uns dann einig? Sie werden als mein persönlicher Beichtvater ins Konklave gehen.

Alle unsere Privatgespräche stehen fortan unter dem Siegel des Beichtgeheimnisses.«

»Wir sind uns einig. Und danke für das Vertrauen, das Sie mir entgegenbringen.«

»Wenn man's recht bedenkt«, sagte Rossini und grinste, »setzen wir beide eine Menge Vertrauen ineinander. Wenn einer von uns zum Ungläubigen wird, oder gar beide, macht keine der Regeln mehr Sinn, es sei denn als Werkzeuge zum Leiten der Institution ...«

»Wofür die meisten von ihnen im Lauf der Jahrhunderte ja auch erfunden wurden«, sagte Piers Hallett. »Eine wohlgeordnete Gesellschaft ist ein großartiger Anblick. Das ist wie ein Gewächshaus. Man kann darin ziehen, was immer man will, aber nicht alles davon wird das rauhe Wetter draußen überleben. Das ist der wirkliche Schrecken der Welt für mich, Luca. All wir Menschen – und so viele sind so verdammt einsam!«

Im Aufenthaltsraum des Clubs der Auslandspresse ließ Fritz Ulrich, gestärkt durch ein kräftiges Mittagessen und zwei Brandys, eine Gruppe von neu angekommenen Vertretern der katholischen Presse Bayerns an seiner Weisheit und Ironie teilhaben.

»... Es ist das kleinste und exklusivste Wahlkollegium der Welt: einhundertzwanzig zölibatäre Männer, die dazu berufen worden sind, einen absoluten Herrscher über die größte Religionsgemeinschaft auf dem ganzen Planeten zu bestimmen. Stellen Sie sich das mal vor! Sie selbst werden nicht gewählt. Sie werden von einem amtierenden Papst ernannt. Wen repräsentieren sie eigentlich wirklich? Ganz bestimmt nicht die ungeheure Masse der Gläubigen. Womit sind sie beauftragt? Einen universellen Mann für eine universelle Kirche zu finden. Unmöglich! Rein theoretisch können sie jeden beliebigen Getauften wählen und ihn mit einer einzigen Zeremonie zum Priester,

Bischof und Papst machen. In Wirklichkeit werden sie einen von sich bestimmen: einen von hundertzwanzig – falls sie alle erscheinen! –, der für eine Milliarde von Gläubigen und all die anderen umnachteten Seelen, die zu bekehren sie ein Mandat zu haben behaupten, die Schlüssel zum Himmelreich bereithält.«

»Du redest mächtig laut, Fritz!« rief ihm Steffi Guillermin quer durch den Raum zu. »Ein paar von uns versuchen zu arbeiten.«

»Ich bitte um Entschuldigung! Ich werde versuchen, leiser zu sein. Ich hab mein Verschen sowieso aufgesagt. Diese guten Leute hier werden sich schon ihr eigenes Urteil bilden.«

»Danke, Fritz.«

Jetzt, wo sie beide unter dem Druck standen, über ein Ereignis von historischer Tragweite zu berichten, jetzt, wo sie in Nachdruck- und Zweitverwertungsverhandlungen verwickelt waren, hatte ihr Verhältnis ein wenig von seiner Aggressivität verloren.

Ulrich entließ sein Publikum, stemmte sich aus seinem Stuhl hoch und kam herüber zu ihrem Tisch. Sie runzelte die Stirn und winkte ihn weg.

»Bitte nicht jetzt, Fritz. Ich arbeite.«

»Nur ein paar Sekunden, Steffi. Meine Heimatredaktion hat mir eine Anfrage geschickt.«

»Wozu?«

»Zu deinem Interview mit Aquino. Du weißt, daß wir die deutschen Rechte an sämtlichen Porträtartikeln von dir gekauft haben.«

»Und, was haben sie für ein Problem?«

»Du sprichst über die Anschuldigungen, die die Mütter von der Plaza de Mayo gegen ihn erheben. Meine Leute fragen, ob du irgendwelche Notizen zu einem anderen Aspekt der Situation hast: der Verwicklung ehemaliger deutscher Staatsbürger in den schmutzigen Krieg – Leute, die als Kriegsverbrecher verdächtigt werden, und so weiter?«

»Nein, hab ich nicht, Fritz. Das ist ein altes Thema, und ich wollte es nicht noch einmal anschneiden. Warum brauchen sie dieses Zeug überhaupt?«

»Sie versuchen, einen Hintergrundartikel über Kandidaten zusammenzubekommen, gegen die aus politischen oder anderen Gründen was einzuwenden sein könnte. Italiener, die den Christdemokraten aus der Hand gefressen haben, Südamerikaner, die sich zu weit nach links oder rechts gewandt haben, sowas in der Art. Ich hab ihnen gesagt, ich würde ein paar kurze Notizen schicken, aber ich wollte damit keine Zeit verschwenden. Es ist Füllmaterial – pure Spekulation.«

»Tja, sag ihnen, es täte mir leid, daß ich ihnen nicht helfen kann. Und wenn es dir jetzt nichts ausmachen würde ...«

»Nur eins noch, dann laß ich dich in Frieden. Was weißt du über die Janitscharen?«

»Über wen?«

»Die Janitscharen!« Er war glücklich, sie überrascht zu haben, glücklich, zu einem neuen Monolog ansetzen zu können. »Sturmtruppen des alten Ottomanischen Reichs, gegründet im vierzehnten Jahrhundert waren an allen Außenposten der ottomanischen Türken auf dem Balkan stationiert.«

Steffi Guillermin starrte ihn verständnislos an.

»Und was zum Teufel haben die mit einer Papstwahl zu tun? Bist du dir sicher, daß du nüchtern bist, Fritz?«

»Nein, da bin ich mir nicht sicher. Ich brauche noch 'nen Drink. Einer mehr würde die Frage in der einen oder anderen Richtung entscheiden. Du möchtest dich mir nicht anschließen, oder?«

»Kommt überhaupt nicht in Frage! Und du solltest auch nichts mehr trinken. Also, was soll dieser Quatsch mit den Janitscharen?«

»Analogie.« Er stolperte über das Wort und nahm dann einen neuen Anlauf. »Wichtige historische Analogie. Sie haben gefangene christliche Knaben rekrutiert. Sie kamen als Sklaven in türkische Familien, wo sie die Sprache lernten und den Islam annahmen. Danach wurden sie als Elitekorps zur Armee eingezogen. Sie trainierten in speziellen Kasernen; sie lebten zölibatär; ein Handwerk oder Handel zu treiben, war ihnen untersagt; ihr Gehorsam war absolut. Ihre Ehrenzeichen waren die alten Sklavennamen: Topfspüler, Holzhacker, Koch. Aber sie waren eine gefürchtete und eindrucksvolle Streitmacht. Siehst du jetzt, meine liebe Steffi, wo meine kleine Analogie mich hinführt? All die Prälaten, die sich gerade in dieser Stadt versammeln, sind wie die Janitscharen – Sturmtruppen eines religiösen Imperiums.«

»Das ist ein interessanter Gedanke, Fritz. Aber was willst du daraus machen?«

»Vielleicht eine Glosse. Wären deine Leute denn dran interessiert, sie zu übernehmen?«

»Das bezweifle ich, aber ich werd's gerne für dich versuchen, wenn sie fertig ist. Das Problem, das wir alle haben, ist, daß es eine Überdosis von Informationen gibt und nicht genügend gebildete Leser, die damit umgehen können. Und jetzt geh mir endlich von der Matte, ich muß meinen Redaktionsschluß einhalten.«

»Bin ja schon weg, bin ja schon weg!« Er rappelte sich ungeschickt hoch, bevor er seine Schlußpointe losließ. »Den Janitscharen ging's prima, solange sie einen regelmäßigen Nachschub an Sklavenjungen hatten. Aber sobald die Kämpfe aufhörten, mußten sie selber mit der Aufzucht anfangen; also warfen sie das Zölibat über Bord. Darin steckt eine Lektion, Steffi – eine Lektion für die Kirche. Und auch eine Lektion für dich, wenn ich's mir recht überlege.«

»Gott sei Dank bin ich keine Zuchtstute, Fritz, sonst könnte ich am Ende mit einem Kind wie dir geschlagen werden!«

Während er lachend wegschlenderte, kam Frank Colson an den Tisch. Bevor er noch den Mund aufmachen konnte, erkundigte sich Steffi Guillermin bei ihm:

»Warum falle ich immerzu drauf rein, Frank? Ich bin eine intelligente Frau, und doch gehe ich jedesmal in die Luft wie ein durchgeknallter Papagei.«

»Fällst worauf rein, Steffi?«

»Ulrichs blöde Witze! Er ist ein derartig taktloser Flegel.«

»Er kennt dich zu gut. Du springst immer wieder auf den gleichen Köder an. Und jetzt hab ich ein paar Neuigkeiten, die nur für deine Ohren bestimmt sind.«

»Gute Neuigkeiten, schlechte Neuigkeiten, oder was?«

»Die Londoner Boulevardpresse verbreitet eine Story über die Moral des gehobenen Klerus – größtenteils alte Hüte: dieser österreichische Kardinal, ein paar Unentwegte in der Kurie. Sie fischen bloß im Trüben; aber einer der Namen, die aufgetaucht sind, war der von Luca Rossini. Du hast ihn die Tage interviewt. Du hast ihn den Großen Unbekannten genannt.«

»Ich weiß. Ich überarbeite die Story gerade, und der Ausdruck gefällt mir immer noch nicht. Ich würde gerne einen anderen finden, bevor ich sie an die Redaktion schicke. Wie auch immer, was sagt die Londoner Boulevardpresse denn?«

»Sie gehen mächtig ran. Sie sprechen von einem mysteriösen Verbrechen, das mit Rossini zu tun hatte, einer gräßlichen Auspeitschung, einer Aussage, daß er vergewaltigt worden ist, einem geheimen Abkommen, ihn aus dem Land zu schmuggeln – und sie machen vage Andeutungen über eine Liebesaffäre und die Geburt eines Kindes, nachdem er das Land verlassen hatte.«

»Mein Gott! Die gehen ein verdammtes Risiko ein!«

»Welches denn, daß er sie verklagt? Das kann er nicht ohne Erlaubnis des Papstes – den wir momentan nicht haben. Und nebenbei, was würde es schon für einen Unterschied machen? Soweit es seine Chancen betrifft, gewählt zu werden, wäre Rossini so gut wie tot.«

»Wer hat also die Kanone geladen und den Schuß abgefeuert?«

»Gute Frage, Steffi. Wie lautet deine Antwort?«

»Es gibt zwei. Erstens haben die Argentinier diese Informationen schon seit langer Zeit besessen. Wenn es etwas gibt, was sie um jeden Preis vermeiden möchten, dann ist es, eines der Opfer ihres schmutzigen Krieges im Vatikan inthronisiert zu sehen – mit Narben und allem. Die zweite Vermutung, die mir nicht halb so gut gefällt, ist, daß es jemand im Vatikan war, der

Zugang zu den Akten hat und ein Motiv, ihren Inhalt gegen Rossini zu verwenden.«

»Kleriker oder Laie?«

»Kleriker. Das müßte er sein.«

»Motiv?«

»Entweder Eifersucht oder Bösartigkeit, oder beides.«

»Also brauche ich jetzt deinen Rat. Meine Redaktion hat mich um eine Empfehlung gebeten, ob wir der Story nachgehen sollten oder sie besser vergessen und jemand anders die Autopsie vornehmen lassen.«

Steffi Guillermin dachte ein paar Sekunden stumm über diese Frage nach, ehe sie schließlich antwortete.

»Zuallererstmal, Frank, gibt es außer der Vergewaltigung und dem unehelichen Kind nichts, was nicht schon implizit in den Tagebüchern des Papstes gestanden hätte. Die Liebesaffäre wird erwähnt, wenn auch nicht beschrieben. Das Kind? Eine Geburtsurkunde würde diese Frage auf Anhieb klären.«

»Du hast natürlich recht. Ich hasse es, in schmutziger Wäsche herumzuwühlen. Ich glaube, ich suche einfach nach einer guten Entschuldigung, ihnen abzusagen.«

»Du weißt, daß man in einem Fall wie diesem garantiert falsch liegt, Frank, egal, was man rät. Du lehnst eine schmutzige Story ab, und am nächsten Tag macht sie Schlagzeilen. Du läufst ihr hinterher und gewährst damit den Dreckskerlen Hilfe und Unterstützung, die sie überhaupt erst in die Welt gesetzt haben. Ich habe sowohl zu Aquino wie zu Rossini einen guten Draht – und es wäre nicht allzu schwierig, den Argentiniern irgendeinen Kommentar zu entlocken. Aber als Freundin sage ich dir, laß die Finger davon. Du kommst eh leicht aus der Sache raus. Du bist hier Bürochef. Du rätst ihnen, daß jeder Versuch, eine derartige Story unmittelbar vor der Wahl hochzuspielen, als Versuch eines protestantischen angelsächsischen Landes aufgefaßt werden könnte, sich in die Wahl einzumischen.«

»Damit komme ich nicht durch, Steffi.«

»Dann beruf dich auf dein Gewissen. Sag ihnen, daß du es

ablehnst, zu diesem hochwichtigen Zeitpunkt an der Verbreitung verleumderischen Unflats Anteil zu haben.«

»Die Bitte könnte ihn durchaus bewegen. Er hat Geschmack an wohlklingenden Sätzen. Ich bin dir einen Drink schuldig. Ciao!«

Was Steffi Guillermin Auge in Auge mit ihrem eigenen Dilemma zurückließ: wieviel Verrat an einem Kollegen es bedeuten würde, wenn sie sich ihre Story noch mal ansah, bevor sie sie losschickte, und vielleicht – nur vielleicht – ein paar eigene Vermutungen in die Welt setzte. Sie brauchte mindestens zwei Minuten, um sich zu entscheiden. Dann rief sie Rossinis Büro an und bat, ihren Anruf an ihn weiterzugeben, wo immer er sein mochte. Ja, die Sache sei ziemlich dringend. Sie müsse eine Schlüsselpassage in ihrem Interviewtext überprüfen, bevor sie ihn zur Veröffentlichung freigab. Nach längerem Warten wurde ihr die Antwort übermittelt. Seine Eminenz habe einen ziemlich ausgebuchten Nachmittag, aber er werde sich die Zeit nehmen, sie um halb sechs Uhr abends in seiner Wohnung zu empfangen. Er hoffe, es werde ihr nichts ausmachen, wenn sie einen Moment warten müsse. Selbstverständlich nicht. Bitte richten Sie Seiner Eminenz Mademoiselle Guillermins Dank aus!

Die Frau, die Isabel ihm an diesem Nachmittag vorstellte, war über siebzig Jahre alt. Sie hieß Rosalia Lodano. Sie war die Anführerin der Mütter von der Plaza de Mayo, die sich gerade in Rom aufhielten.

Ihr Haar war schneeweiß, ihre Haut wie altes Elfenbein, zerfurcht und gezeichnet von der Zeit und bitteren Erfahrungen. Sie hatte eine seltsam sibyllinische Ruhe an sich, einen beeindruckenden Ernst, dem Furcht und Bosheit nichts anzuhaben vermochten. Ihre Augen waren dunkel, verschleiert und unerbittlich. Mit Isabel an ihrer Seite saß sie kerzengerade da; ihre Kleidung schlotterte ihr um den mageren Leib, und ihre Hände lagen flach und unbeweglich auf einem dicken Aktendeckel mit Dokumenten. Ihre ersten Worte waren eine Überraschung: Eine knappe, gebieterische Feststellung.

»Ich kenne Ihre Geschichte, Eminenz. Ich kenne Señora Ortega. Ich bin bereit, Ihnen zu vertrauen.«

»Sie werden verstehen, daß ich nicht viele Versprechungen machen kann; aber die, die ich abgebe, halte ich auch.«

»Sie wissen, warum meine Freundinnen und ich in Rom sind?«

»Ich glaube schon; aber ich möchte, daß Sie es mir erzählen, in klaren, einfachen Worten.«

»1976 habe ich einen Sohn und eine Tochter verloren. Meine Tochter wurde verhaftet, verhört, gefoltert, vergewaltigt und schließlich umgebracht. Mein Sohn wurde verhaftet. Wir wissen, daß sie ihn zur ESMA gebracht haben, der Technischen Hochschule. Danach keine Spur mehr. Es gibt Tausende wie ihn, die Verschwundenen. Wir wissen, daß sie tot sind. Aber wir wissen nicht, wo oder wie sie gestorben sind. Es liegt eine Folter in diesem Nichtwissen, eine niemals endende Folter! Wir müssen es wissen – und wenn wir es erst einmal wissen, können wir die Killer vielleicht vor Gericht bringen. Aber zu wissen ist der erste Schritt. Verstehen Sie das?«

»Ja.«

»Dann verstehen Sie noch ein wenig mehr. Zuhause hat das Regime sich geändert, ja. Doch unser Präsident hat alle Wege zu der Gerechtigkeit versperrt, die wir suchen. Er hat die hohen Offiziere amnestiert, die für die Jahre des Terrors verantwortlich waren. Er läßt es nicht zu, daß in Argentinien Zeugenaussagen gegen sie oder andere Täter zu Protokoll genommen werden. Entscheidende Akten sind aus dem Land geschickt worden – wir glauben, nach Spanien. Wie Señora Ortega Ihnen sagte, hoffen wir, einige davon in der Schweiz in die Hände zu kriegen.«

»Aber Sie sind nach Rom gekommen. Warum?«

»Wir möchten diese ganze schmutzige Angelegenheit vor den Internationalen Gerichtshof in Den Haag bringen. Als Individuen können wir das nicht. Das Ersuchen muß von der legalen Regierung eines Staates gestellt werden. Unser eigenes Land weigert sich, etwas zu unternehmen. Also wenden wir uns an Italien. Sie und ich, Eminenz, sind beide italienischer Abstammung, aber wir sind keine Bürger. Und wieder haben wir keine Stimme. Doch Hunderte der Verschwundenen waren italienische Staatsbürger, Besitzer italienischer Pässe, die ganz legal in Argentinien lebten. Sie haben keine Stimme, weil sie nicht mehr existieren. Also wenden wir uns an einen Italiener, der weiß, was geschehen ist, den Mann des Papstes, den Apostolischen Nuntius, Erzbischof Aquino.«

»Aber Sie stellen fest, daß Sie an ihn auch nicht herankommen, weil er Bürger des Vatikanstaats ist?«

»Genau. Wir flehen ihn an abzudanken, damit wir ihn vor einem italienischen Gericht anklagen und dort Zeugen und Aussagen präsentieren können, die die italienische Regierung dazu zwingen sollten, die Angelegenheit vor den Internationalen Gerichtshof zu bringen. Der Erzbischof – er ist jetzt Kardinal – lehnt ab. Er behauptet, wir hätten keine Beweise. Er sagt, er wolle nicht darum ersucht werden, sich selbst zu bezichtigen. Abgesehen davon braucht er die Einwilligung des Heiligen Vaters, um vor einem weltlichen Gerichtshof erscheinen zu können. Nun ist der Heilige Vater tot – und jegliche Hoffnungen, die wir hatten, sind mit ihm gestorben. Ich meine das nicht als Respektlosigkeit Ihnen gegenüber. Sie haben mich in Ihrem Haus empfangen, aber ich muß sagen, daß ich kein Vertrauen mehr in die Kirche habe. In Argentinien haben zuviele aus ihrer Hierarchie einen Pakt des Schweigens mit den Bösen geschlossen. Es scheint, daß wir darauf warten müssen, die Angelegenheit mit Gott zu diskutieren.«

»Falls Sie Gerechtigkeit suchen, Señora«, sagte Luca Rossini, »ist das der einzige Ort, wo Sie sie finden werden. Ich wäre ein Lügner, wenn ich Ihnen was anderes erzählen würde. Während ich Ihnen zuhöre, fühle ich mich selbst schuldig. Ich habe gelitten, wie Sie wissen. Señora Ortega ist ein tödliches Risiko eingegangen, um mich zu retten; aber am Ende haben wir unser Leben eben dieser Verschwörung des Schweigens verdankt. Es wurde ein Handel abgeschlossen. Wenn wir seine Bedingungen gebrochen hätten, hätten andere gelitten.«

»Aber warum schweigen Sie noch immer – nun, da die Dinge sich gewandelt haben? Fürchten Sie sich noch immer?«

»Das kann ich nur für mich selbst beantworten«, sagte Rossini. »Ich habe nichts zu fürchten.«

»Ich schon«, sagte Isabel. »Ich habe einen Mann, eine Tochter. Ich kann mit ihren Leben nicht Vabanque spielen.«

»Ich verstehe«, sagte die alte Frau. »Ich weiß sehr gut, was Furcht bedeutet. Also, meine mutige Eminenz, was glauben Sie, daß Sie für uns tun können?«

»Lassen Sie uns noch ein wenig weiterreden, Señora. Wir kriegen dafür nur eine einzige Chance, wir können uns keine Fehler leisten. Ich möchte alles hören, was Sie gegen Aquino in der Hand haben – und denken Sie daran, es geht um ihn, nicht um die einheimische Kirche.«

»Ich habe die Unterlagen hier ...«

Über vierzig Minuten lang saßen sie dicht zusammen über den Tisch gebeugt, während Rosalia Lodano den Inhalt ihres Dossiers präsentierte und Rossini sie akribisch zu Echtheit und Herkunft der einzelnen Dokumente befragte. Schließlich brach er das Gespräch ab.

»Ich habe genug gesehen. Ich lasse Ihnen von Juan Tee oder Kaffee bringen. Ich muß ein paar Minuten allein sein.«

Er klingelte nach dem Diener, bestellte Erfrischungen für die Damen und zog sich dann in sein Schlafzimmer zurück, von wo aus er Aquino anrief. Er begann abrupt.

»Rossini hier. Ich rufe aus meiner Wohnung an. Bei mir ist eine Frau aus Argentinien, Rosalia Lodano, mit der Sie einen Schriftwechsel geführt haben. Ich bin gerade die Dokumente in ihrem Dossier gegen Sie durchgegangen.«

»Das ist unerhört! Sie haben kein Recht, sich auf diese Weise einzumischen.«

»Seien Sie still, bitte. Hören Sie einfach zu. Ich habe mich nicht eingemischt, Sie haben um meine Hilfe gebeten. Heute ist diese Frau mit dem gleichen Ersuchen zu mir gekommen. Vor ein paar Tagen haben Sie einer Journalistin von *Le Monde* ein ziemlich boshaftes Interview gegeben, in dem Sie unsere privaten Gespräche über die Mütter von der Plaza de Mayo enthüllt haben.«

»Das würde ich kaum eine Enthüllung nennen. Ich hielt es für eine gute Gelegenheit, den Boden für jegliche Diskussionen vorzubereiten, die wir mit den Frauen haben könnten – eine Atmosphäre des guten Willens zu schaffen. Ich sah darin nichts Anstößiges.«

»Ich fand es extrem anstößig. Sie haben mich als Ihren Advokaten und Verteidiger präsentiert.«

»Das habe ich nicht.«

»Die Dame schilderte das anders.«

»Nun kommen Sie schon, Rossini! Seien Sie fair! Sie wissen, wie ausgeliefert man Fehlinterpretationen ist, speziell bei einem legeren Interview.«

»Und Sie wissen es auch! Sie sind ein erfahrener Diplomat. Sie haben Ihre Worte ein Leben lang auf die Goldwaage gelegt. Sie haben auch diese abgewägt, bevor Sie sie aussprachen.«

»Das ist lächerlich – total paranoid!«

»Ist es das? Lassen Sie es mich für Sie mal in den Zusammenhang stellen. Ich willige privat ein, eine Diskussion zu vermitteln – nicht etwa sie zu leiten oder den Schiedsrichter zu spielen, bloß sie zu vermitteln. Diese Guillermin ist sehr intelligent, eine akkurate Berichterstatterin. Sie geben ihr eine Version unserer Vereinbarung, die mich auf der Stelle und unwiderruflich kompromittiert und Sie absolutiert. Das Opfer plädiert für die Unschuld des Angeklagten. Das bewirkt alles, was Sie brauchen. Sie müssen sich keinerlei Anschuldigungen stellen. Sie gehen als blitzsauberer Kandidat für eine Interimsherrschaft als Papst ins Konklave. Und da ist noch ein Punkt – bitte empfehlen Sie mich niemandem.«

»Was meinen Sie damit?«

»Noch eine Konferenz, mit einer Abordnung unserer Kollegen. Sie wurden zitiert: ›Rossini kommt viel rum. Der kann das

Gras wachsen hören. Wenn ich Papst wäre, dann würde ich dafür sorgen, ihn ganz in meiner Nähe zu haben.‹«

»Das war ein Kompliment.«

»Mir wurde es als subtiler Bestechungsversuch präsentiert.«

»Und Sie waren angemessen beleidigt!«

»Ja, das war ich.«

»Dann schlage ich vor, daß Sie sich erst mal wieder abregen, bevor wir unsere Geschäfte zusammen zu Ende bringen.«

»Wir können sie heute nachmittag zu Ende bringen, wenn Sie möchten. Rosalia Lodano ist noch immer hier. Mademoiselle Guillermin wird um halb sechs da sein. Ich habe alles Material aus dem Dossier, das ich brauche, um in der Diskussion eine intelligente Rolle zu übernehmen.«

»Wozu?«

»Um Ihnen die Chance zu geben, Ihre Ansichten offen der Presse darzulegen – einer Frau, mit der Sie offensichtlich gut zurechtgekommen sind. Um den Müttern von der Plaza de Mayo eine Chance zu geben, in einem öffentlichen Forum gehört zu werden. Um mir eine Chance zu geben, das zu tun, worum Sie mich ursprünglich gebeten hatten – eine Position auszuhandeln, die für Sie und die Kirche nur minimale Risiken birgt.«

»Und wenn ich ablehne?«

»Dann übernehme ich das Treffen und tue mein Bestes.«

»Ich kann das nicht auf der Stelle entscheiden. Ich brauche Zeit ...«

»Sie haben keine.« Er zitierte ironisch: *»Nun ist die rechte Zeit gekommen. Der Tag der Errettung ist angebrochen.«*

»Können Sie wenigstens das Spektrum der Themen ...«

»Ich glaube, ich kann den Schaden beschränken und Ihnen zumindest ein Restchen Ihres guten Rufs bewahren. Nun sagen Sie schon, Eminenz, ja oder nein?«

»Haben Sie mit dem Kardinalstaatssekretär darüber gesprochen?«

»Ich erinnere Sie daran, daß er es war, der auf Ihr Ersuchen hin unser erstes Treffen arrangiert hat. Ich zitiere ihn wörtlich:

›Möglicherweise finden Sie sogar irgendein Argument des Mitgefühls, das ihn ermutigen könnte, sich seinen Anklägern zu stellen. Vielleicht stoßen Sie zu dem wahren Menschen unter all dem Lack durch.‹ «

In der Leitung wurde es längere Zeit still. Dann fragte Aquino:

»Wie wollen Sie das arrangieren?«

»Rosalia Lodano ist hier. Sie sollten als erstes mit ihr sprechen. Dann sollten wir alle mit Mademoiselle Guillermin zusammentreffen.«

»Wer wird noch dabeisein?«

»Señora Ortega. Sie war es, die mich mit Rosalia Lodano zusammengebracht hat.«

»Was ist ihre Position bei alldem?«

»So ziemlich die gleiche wie die meine; sie ist eine Zeugin, die keiner der beiden Parteien angehört. Also, was sagen Sie dazu?«

»Ich komme, so schnell ich kann.«

»Ich glaube, das ist eine weise Entscheidung«, sagte Luca Rossini. »Sehr weise.«

Als er zurückkehrte, um den beiden Frauen von dem Gespräch zu berichten, reagierte Rosalia Lodano ziemlich feindselig.

»Je länger ich darüber nachdenke, desto weniger gefällt mir das, ein privates Gespräch in einem privaten Zimmer. Hinterher hat jeder eine andere Version. So geht das jedesmal, hier und zu Hause: freundliche Worte, sorgsam formulierte Sätze, ein Versprechen, der Sache weiter nachzugehen – und dann nichts mehr.«

»Wir werden die Gespräche aufzeichnen«, sagte Rossini ruhig. »Sie kriegen das Original des Bandes. Weit wichtiger ist allerdings das, was Sie von diesem Treffen haben werden.«

»Wir müssen ihn vor Gericht bekommen!«

»Nein, Señora!« sagte Rossini brüsk. »Das schaffen Sie nie. Ich habe Ihre Dokumente gesehen. Sie werden Ihr Geld und Ihr Leben verschwenden, bis nichts mehr davon übrig ist, aber Sie haben keinen Fall, der sich vor Gericht bringen läßt.«

»Wie können Sie das sagen?«

»Weil es eine Tatsache ist, die ganz eindeutig aus Ihren eigenen Unterlagen hervorgeht. Aquino ist kein Krimineller; auf der Basis dessen, was ich in Ihrem Dossier gelesen habe, werden Sie nie eine Anklage gegen ihn erwirken, weder in Italien noch in Den Haag.«

»Warum verschwende ich hier also meine Zeit?«

»Weil Sie heute nachmittag die Chance haben, der Story einmal mehr weltweite Aufmerksamkeit zu verschaffen, sie tiefer ins Gedächtnis der Welt einzubrennen – damit über den Tätern stets der Schatten der Schuld liegt. Was Aquino angeht, so könnte er sich trotz seines früheren Schweigens noch als einflußreicher Zeuge für Ihre Sache herausstellen. Wenn Sie ihn dazu bringen können, seine moralische Schuld einzugestehen, dann haben Sie einen großen Sieg errungen.«

»Können Sie garantieren, daß er irgend etwas zugeben wird?«

»Ich glaube, er kann dazu gebracht werden, ja. Seine Einwilligung, sich heute nachmittag mit uns zu treffen, zeigt, daß er dazu schon auf halbem Weg ist.«

»Und der Rest der Reise?«

»Ich glaube, ich kann ihn weiterlocken.«

Die beiden Frauen starrten ihn erstaunt an. Isabel äußerte eine Warnung:

»Du hast dieses Treffen arrangiert, Luca. Das allein ist eine ganze Menge. Ist es weise, auch noch die Diskussion zu leiten?«

»Ich bin mir nicht sicher. Das ist in jedem Fall eine Sache, die Señora Lodano entscheiden muß. Der Punkt ist, daß ich Worte und Argumente verwenden kann, die sie in ihrem Mund zu bitter finden würde. Ich kann die Wirkung dieser Worte auf Aquino abschätzen. In ihrem eigenen Kontext könnten sie sich als wirksamer erweisen als jegliche Vorwürfe, die im Namen der Abwesenden gegen ihn erhoben werden. Allerdings bin ich genauso bereit, den Mund zu halten und sie ihren eigenen Dialog führen zu lassen.«

Die alte Frau saß ein paar Sekunden schweigend da, und dann sagte sie abrupt:

»Warum glauben Sie, unseren Fall besser vertreten zu können, als wir das vermögen?«

»Ich kann ihn nicht besser vertreten. Ich kann Ihnen möglicherweise ein schnelleres Resultat liefern, und vielleicht ein besseres, als Sie andernfalls bekommen würden.«

»Überzeugen Sie mich davon, Eminenz. Überzeugen Sie mich, daß wir Ihnen so weit vertrauen sollten!«

Zehn

Als Aquino ins Zimmer trat, schien mit einem Mal ein eisiger Hauch in der Luft zu hängen. Rossini stellte ihm die beiden Frauen vor. Aquino nahm sie mit einer Verbeugung zur Kenntnis, bot ihnen aber aus Angst vor einer Abfuhr keinen Händedruck an. Rossini ließ ihn auf der anderen Seite seines Schreibtischs Platz nehmen, während er sich in seinen eigenen Sessel setzte und die Mappe mit den Dokumenten vor sich hin legte. Die Frauen saßen beieinander, einen Schritt vom Schreibtisch entfernt. Neben ihnen stand ein dritter Stuhl für Steffi Guillermin bereit, die im Verlauf der nächsten Stunde erwartet wurde.

Rossini war betont förmlich. Er verkündete:

»Ich schlage vor, daß wir unser Gespräch aufzeichnen, damit es keine Zweifel darüber geben kann, was hier gesagt worden ist. Wenn irgendeiner der Anwesenden etwas anmerken möchte, das nicht im Protokoll erscheinen soll, dann halte ich einfach solange das Band an. Sind wir uns alle einig?«

Sie nickten Zustimmung. Rossini schaltete das Tonbandgerät ein und diktierte Zeit, Datum, Ort und die Namen der Teilnehmer an diesem Treffen. Dann begann er:

»Diese Konferenz wird in der Hoffnung abgehalten, gewisse unerledigte Probleme zu regeln, die zwischen den Müttern von der Plaza de Mayo und Seiner Eminenz Kardinal Aquino, dem ehemaligen Apostolischen Nuntius in Argentinien, anstehen. Lassen Sie mich von vornherein klarstellen, daß Kardinal

Aquino mich vor ein paar Tagen gebeten hatte, eine derartige Diskussion in die Wege zu leiten. Der Kardinalstaatssekretär stimmte der Idee zu. Señora Lodano, die Leiterin einer Delegation der Mütter von der Plaza de Mayo, die sich derzeit in Rom aufhält, hatte seit längerem versucht, ein Treffen zu arrangieren. Nichtsdestoweniger findet die gesamte Diskussion ohne Voreingenommenheit gegenüber der einen oder anderen Seite statt – und sie hat keinen formellen Charakter. Meine eigene Rolle ist lediglich die des Vermittlers. Ich bin nicht dazu aufgerufen, Urteile zu fällen, lediglich die Diskussion zu erleichtern. Meine Rolle schließt ein gewisses Eintreten für die eine oder andere Seite nicht aus – falls ein derartiges Eintreten hilft, zu einer Lösung zu gelangen. Unglücklicherweise stehen einige Lösungen außerhalb unserer Macht. Wir können die Toten nicht zurückbringen. Wir können – zumindest in diesem Moment – nicht sagen, wo oder wie die Verschwundenen ihr Ende fanden. Gerechtigkeit für sie, Wiedergutmachung für ihre gramgebeugten Verwandten – das sind Dinge, die wir nicht bewerkstelligen können.

Lassen Sie mich ebenfalls sagen, daß es nicht möglich ist, Kardinal Aquino, der als diplomatischer Vertreter des Vatikans während einer schrecklichen Periode in der Geschichte Argentiniens dort Dienst getan hat, volle Gerechtigkeit zu erweisen. Dokumente, die er direkt an Seine Heiligkeit geschickt hat, liegen heute im Geheimarchiv. Andere, die von der Staatssekretarie aufbewahrt werden, können erst veröffentlicht werden, wenn ein neuer Papst gewählt ist. Über die Aktionen Seiner Eminenz im Zusammenhang mit dieser Zeit werden widersprüchliche Behauptungen erhoben. Es ist nicht meine Aufgabe, diese Behauptungen zu beurteilen, sondern lediglich jene Fakten herauszuarbeiten, über die sich beide Seiten im Augenblick einig werden können.

Eminenz, sind Sie bereit einzuräumen, daß es während Ihrer Amtszeit als Apostolischer Nuntius in Argentinien dort eine großangelegte Terrorkampagne des Staates gegen gewisse Schichten seiner Bürger gegeben hat und daß diese Kampagne zur Verhaftung, Folterung und Ermordung vieler Tausender und dem vollständigen Verschwinden zahlloser anderer, deren Schicksal noch unklar ist, geführt hat?«

»Ja. Ich habe keine genauen Angaben über die Zahl der Opfer, aber ich kann bestätigen, daß es Tausende waren. Die Regierung selbst gibt zehntausend zu, glaube ich.«

»Lassen Sie uns jetzt sehen, ob wir zu einer akkuraten, wenn auch nicht erschöpfenden Beschreibung Ihrer Funktionen als Apostolischer Nuntius kommen können. Bitte drücken Sie sich so klar aus, wie es nur geht. Das ist für Señora Lodano und die Kolleginnen, die sie hier vertritt, sehr wichtig.«

»Es ist eine Doppelfunktion. Ein Nuntius ist ein Legat des Heiligen Stuhls, ein permanenter diplomatischer Vertreter des Papstes, der Souverän des vatikanischen Stadtstaats ist. Er trägt den Rang eines Botschafters. Seine zweite, von der ersten getrennte Pflicht besteht darin, über das Wohlergehen der Kirche in dem Land zu wachen, in dem er eingesetzt ist.«

»Und welchen Rang bekleidet er in der einheimischen Kirche?«

»Er steht über dem gesamten lokalen Klerus, einen Kardinal-Erzbischof ausgenommen. Er muß sich allein dem Heiligen Stuhl gegenüber verantworten.«

»Kann er dem einheimischen Klerus Anweisungen erteilen?«

»Auf Ersuchen des Heiligen Stuhls, ja.«

»Aber er erteilt Rom regelmäßigen Rat über den Zustand der einheimischen Kirche – und selbst wenn er sie nicht nutzt, ist er zu weitreichenden Interventionen befugt.«

»Ja, aber man erwartet von ihm, daß er diese Macht mit Vorsicht und Diskretion anwendet.«

Rossini wandte sich den beiden Frauen zu.

»Soweit irgendwelche Fragen?«

»Nur eine«, sagte Rosalia Lodano. »Es scheint, daß wir da einen Wachhund mit zwei Köpfen haben. Welcher davon hat denn nun gebellt, als unsere Leute verhaftet, gefoltert und ermordet wurden?«

»Würden Sie das wohl beantworten, Eminenz?« fragte Rossini.

»Ich gebe zu, daß keiner von beiden genug Lärm gemacht hat.« Aquino hörte sich überraschend gedämpft an. »Ein Botschafter kann nur innerhalb eines gewissen protokollarischen Rahmens arbeiten. Normalerweise findet sein Meinungsaustausch mit Regierungen – seiner eigenen und jener, bei der er akkreditiert ist – im geheimen statt. Ein Großteil seines Einflusses hängt vom taktvollen Umgang mit schwierigen Situationen ab.«

»Das läßt sich nachvollziehen.« Rosalia Lodano war unheilverkündend gelassen. »Man fragt sich, wie taktvoll man sein muß, wenn es um eine junge Frau geht, eine Studentin, die von der Straße weg verhaftet wird, eingekerkert, gefoltert, vergewaltigt und dann ermordet. Genau das ist meiner Tochter passiert. Und mein Sohn? Wir wissen nicht, was nach seiner Verhaftung mit ihm geschehen ist. Wie kommen Sie damit klar?«

»Ich habe während meiner Zeit als Nuntius viele derartige Geschichten gehört. Es war nicht möglich festzustellen, ob sie zutrafen oder bloße Gerüchte waren.«

»Aber Sie standen den Generälen sehr nah. Niemand war in einer besseren Position, um sich nach Fakten zu erkundigen.«

»Ich bin mir nicht sicher, was Sie damit meinen, Señora.«

»Ich denke, sie redet gerade davon.« Rossini blätterte das Dossier durch und brachte drei Hochglanzfotos zum Vorschein, die einen wesentlich jüngeren Aquino im Tennisdreß zusammen mit einer Gruppe ebenso gekleideter prominenter Offiziere zeigten. Aquino warf einen Blick darauf und machte eine abwehrende Handbewegung.

»Das war, im nachhinein betrachtet, unbesonnen von mir. Andererseits war ich Diplomat. Diplomatie betreibt man nicht von einem Bürostuhl aus. Man versucht, Freunde zu gewinnen, sich seine Leute warmzuhalten. Das habe ich getan, und ich war bei diversen wichtigen Gelegenheiten in der Lage, die Freilassung von Gefangenen auszuhandeln, die andernfalls möglicherweise verschwunden wären.«

»Wir haben Aufzeichnungen über zumindest eines dieser Geschäfte.« Rossini blätterte erneut die Akte durch. »Man hat Ihnen, was war das noch, vierzig Häftlinge angeboten, die gerade von woanders nach Buenos Aires geschickt worden waren. Der örtliche Kommandant wollte mit ihnen nichts zu tun haben. Man sagte Ihnen, daß den Gefangenen einige höchst unangenehme Erfahrungen bis hin zu Tod oder Verschwinden erspart bleiben würden, wenn Sie es arrangieren könnten, sie aus dem Land zu schaffen. Das haben Sie getan. Es ist Ihnen gelungen, die venezolanische Regierung zu überreden, sie aufzunehmen. Diese Dokumente bestätigen das.«

»Ja, das habe ich getan. Es war nicht genug, aber es war zumindest etwas.«

»Für mich haben Sie auch etwas ganz Besonderes getan. Sie haben mir nach meinen eigenen Erfahrungen freies Geleit aus dem Land verschafft.«

»Abermals, das war eine Frage dessen, in schwierigen Zeiten zu tun, was man konnte.«

»Aber es gibt da eine Ungereimtheit, nicht wahr?«

»Was für eine Ungereimtheit?«

»Vor und nach diesen Ereignissen haben Sie in öffentlichen Presseinterviews jegliches Wissen darüber, was unter dem System des staatlichen Terrors verbrochen wurde, abgeleugnet.«

»Wenn man auf dem Hochseil tanzt, rutscht man gelegentlich aus. Es war, das gebe ich zu, eine diplomatische Lüge.«

»Aber die Frage stellt sich, nicht wahr: Sie wußten davon, und Sie haben geschwiegen?«

»Das habe ich Ihnen doch gerade erklärt. Als Diplomat mußte ich im stillen arbeiten.«

»Ist es Ihnen nie in den Sinn gekommen?« Rosalia Lodano war unerbittlich. »Haben Sie sich nie gefragt, was vielleicht geschehen wäre, wenn Sie die Wahrheit nur ein einziges Mal vor aller Welt herausgeschrien hätten?«

»Diese Frage habe ich mir viele Male gestellt.«

»Haben Sie Ihre Vorgesetzten in Rom um Rat ersucht?«

»Das habe ich. Die Antwort war immer dieselbe. Ich sei der

Mann vor Ort. Sie müßten sich auf mein Urteilsvermögen und das der einheimischen Kirche verlassen.«

»Und wieder!« entgegnete Rosalia Lodano ihm barsch. »Und wieder haben wir zwei Hundeköpfe, aber keiner davon bellt!«

»Nein, Señora!« fuhr Rossini sie an. »Das ist nicht wahr. Es gab viele andere, die gebellt und geschrien und auch gekämpft haben. Eine Menge guter Geistlicher wurde umgebracht. Unter den Verschwundenen waren auch Nonnen und Mönche.«

»Aber ihre Vorgesetzten haben geschwiegen. Und sie schweigen immer noch. Sie spielen mit Worten und versuchen Dokumente zu verfassen, die zugleich ja und nein sagen sollen.«

»Nochmals, Señora, ganz und gar nicht.« Er blätterte wieder das Dossier durch und fand schließlich eine Passage, die er langsam vorlas. »›Wir, die Angehörigen der argentinischen Kirche, haben viele Gründe, unsere Sünden zu bekennen und um Verzeihung zu bitten: für unsere Gefühllosigkeit, für unsere Feigheit, für unsere Unterlassungssünden, für unsere Mitschuld ...‹« Er brach ab und wandte sich Aquino zu. »Sie kennen den Mann, der das geschrieben hat, Eminenz?«

»In der Tat. Er war – er ist – ein guter Bischof, aber das ist seine Aussage und die Aussage des Klerus seiner Diözese. Seine Feststellung wurde nicht vom gesamten Klerus begrüßt. Sie begrüßen sie immer noch nicht.«

»Warum nicht?«

Aquino antwortete nicht sofort. Er saß mit gefalteten Händen und gebeugtem Kopf da, starrte auf den Schreibtisch, suchte nach Worten. Dann brachte er stockend und qualvoll langsam seine Antwort vor.

»Das ist die älteste und traurigste Geschichte auf der Welt. Zu wenig und zu spät. Das Böse mästet sich am Schweigen. Gute Menschen werden vom Komfort zur Gleichgültigkeit verführt. Männer Gottes schmeicheln sich damit, daß die Kirche ihnen Macht verleiht und hinter ihnen steht. Sie setzen sich mit dem Teufel zu Tisch und vertrauen darauf, daß sie ihn am Ende schon bekehren werden. Sie sind unweigerlich schockiert, wenn sie Blut in der Suppe entdecken. Einige von ihnen, Gott sei Dank sehr wenige, scheinen mit der Zeit Geschmack daran zu finden.« Er wandte sich zu Rosalia Lodano und sagte mit düsterem Pathos: »Ich fürchte, das ist das Beste, was ich für Sie tun kann. Wir könnten noch stundenlang so weitermachen, aber der Rest wäre bloß eine Wiederholung. Ich wünschte, ich könnte Ihre verlorenen Angehörigen zurückbringen, Señora. Ich kann Sie lediglich um Vergebung bitten.«

Rossini schaltete das Tonband ab, und das Zimmer war von Schweigen erfüllt. Dann ging Rosalia Lodano in zunehmend wütendem Ton erneut zum Angriff über.

»Das stinkt immer noch nach Verschwörung! Sie tragen beide die gleiche Uniform, sagen die gleichen leeren Worte. Sie werden beide von derselben Institution beschützt. Hat einer von Ihnen jemals ein Kind geboren, es in Liebe großgezogen und dann erleben müssen, wie dieses Kind brutalisiert und ermordet wurde? Haben Sie?«

»Genug!« Isabels Stimme knallte wie ein Schuß. »Und nun werden Sie den Mund halten, Señora, und mir zuhören.«

Sie griff nach ihrer Handtasche, öffnete sie und zog ein kleines ledergebundenes Mäppchen vom Format eines Passes heraus. Sie klappte es auf und hielt es Rosalia Lodano hin.

»Schauen Sie sich das an, und sagen Sie mir, was Sie sehen.«

Die Frau starrte es ein paar Sekunden lang an und fragte dann:

»Warum zeigen Sie mir das?«

»Sie haben von Verschwörung gesprochen, Protektion, leeren Worten. Sehen diese Bilder für Sie nach Verschwörung aus? Bitte geben Sie sie an Seine Eminenz weiter.«

Aquino hob ablehnend die Hand.

»Danke. Ich kenne sie bereits. Ich habe meine eigenen Kopien davon.«

»Könnte ich das bitte auch mal sehen?« fragte Rossini.

Rosalia Lodano gab ihm das Mäppchen. Er öffnete es und

starrte verblüfft auf eine Serie in Kunststoff eingeschweißter Fotos, die ihn selbst zeigten – nackt, mit allen Vieren ans Rad gebunden wie ein gehäutetes Tier, dem die Reitpeitsche des Sergeanten aus dem Hintern baumelte wie ein Schwanz. Der Sergeant war auf jedem Bild in einer anderen Haltung zu sehen; erst knöpfte er sich die Hose auf, dann holte er seinen Penis heraus, und schließlich lag er auf dem Boden, und sein Kopf war geborsten wie eine Melone.

Rossini wandte sich Isabel zu. Er war totenbleich. Seine Stimme schien ihm in der Kehle zu gerinnen.

»Warum habe ich die nie gesehen?«

»Weil mein Vater sie mit nach Buenos Aires genommen hat. Sie waren seine Trumpfkarte gegenüber den Generälen und Seiner Eminenz hier.«

»Aber ich habe mit ihm gesprochen, bevor ich das Land verließ. Ich fragte ihn, warum er die Auspeitschung so lang hat weitergehen lassen. Er hat mir nicht gesagt, daß er Fotos gemacht hat! Warum hat er sie mir damals nicht gezeigt?«

»Weil er dachte, du seist dafür noch nicht bereit. Der Doktor war mit ihm einer Meinung. Ich auch. Das war etwas, das du vollständig verdrängt hattest. Wir dachten, du könntest ohnmächtig gewesen sein, als es geschah.«

»Also erzähl mir den Rest der Geschichte, um Gottes willen.«

»Er machte die Bilder so schnell er konnte, aber auch sorgfältig. Dann warf er die Kamera aufs Bett, drückte mir das Gewehr in die Hand und sagte: ›Bring den Dreckskerl um, sobald du mich auf den Platz kommen siehst, und mach ein Foto von der Leiche.‹ Das habe ich auch getan. Ich brachte ihn um und schoß dann das letzte Bild. Den Rest kennst du.«

»Ich sehe aus wie ein Tier.« Rossini starrte noch immer auf die Fotos. »Die haben mich gehäutet wie ein Stück Vieh im Schlachthof, mich mit einer Reitpeitsche vergewaltigt.«

Er warf das Mäppchen auf den Tisch und stürzte aus dem Zimmer. Im nächsten Moment hörten sie ihn sich auf der Toilette die Seele aus dem Leib kotzen. Isabel war sofort auf den

Füßen, aber die alte Frau hielt ihr Handgelenk mit eisernem Griff fest.

»Nein! Es ist besser, wenn er mit seinen Teufeln alleine fertig wird.« Sie drehte sich zu Aquino. »Selbst mit diesen Bildern in der Hand haben Sie den Mund nicht aufgemacht?«

»Es standen Menschenleben auf dem Spiel. Das war der Kompromiß, den ich eingehen mußte.«

»Das war das Blut in der Suppe«, sagte die alte Frau. »Wie schmeckt es jetzt?«

»Seien Sie still, Großmutter.« In Isabels Stimme lag eine immense Müdigkeit. »Zorn bringt jetzt nichts mehr ein. Bitten Sie Seine Eminenz lieber, eine Messe zu lesen, um die Toten zu besänftigen und den Lebenden ein wenig Frieden zu schenken.«

Eine Viertelstunde später kam Rossini aus seinem Schlafzimmer. Er hatte sein Priestergewand abgelegt und ein sauberes weißes Hemd angezogen. Er war bleich, aber gefaßt. Er ging direkt auf Isabel zu, legte ihr die Hände auf die Schultern und sagte so laut, daß alle es hören konnten:

»Danke für die Fotos, mein Schatz. Sie waren das fehlende Stück meiner selbst, nach dem ich nicht zu suchen wagte, das ich nicht finden wollte.«

Er berührte mit den Lippen ihr Haar. Aquino wandte seine Augen von dieser intimen Geste ab und begann, mit dem Brieföffner zu spielen. Die Miene der alten Frau war unergründlich. Isabel faßte hoch, um Rossinis Finger mit ihren eigenen zu berühren. Dann löste er sich von ihr, setzte sich wieder hinter seinen Schreibtisch und wandte sich zunächst Aquino und dann Rosalia Lodano zu. Er sagte:

»Mademoiselle Guillermin wird in Kürze hier sein. Ich würde Ihnen beiden gern jegliches weitere Verhör ersparen. Ich schlage deshalb vor, daß wir ihr das Band vorspielen und sie dann jegliche Fragen an mich richten lassen. Sie brauchen sich nur einzuschalten, wenn Sie den Eindruck haben, meine Antworten seien inadäquat.«

»Ich verstehe, was Sie da tun«, sagte Aquino, »und ich danke Ihnen für Ihre Rücksichtnahme, aber Sie könnten sich einer Menge Kritik von unseren Kollegen aussetzen, sobald dieses Interview veröffentlicht wird.«

»Nach der Sintflut, was macht man da? Auf die Taube mit dem Ölzweig im Schnabel warten? Wie denken Sie, Señora Lodano?«

»Ich bin eine alte Frau mit einem bitteren Geschmack im Mund. Es tut mir wegen einiger Dinge leid, die ich gesagt habe – nicht aller, aber einiger. Wenn diese Frau mehr Informationen möchte, dann werde ich sie ihr direkt geben, aber nicht hier. Wir alle haben für einen einzigen Tag Aufregung genug gehabt.«

Ein paar Augenblicke später wurde Steffi Guillermin gemeldet. Sie war sichtlich überrascht von der Gruppe, mit der sie konfrontiert war. Ihr Kommentar richtete sich an Rossini.

»Zwei Eminenzen und zwei distinguierte Damen. Das ist ein ziemlicher Fang für eine Journalistin wie mich.«

»Und Sie werden dementsprechend dankbar sein.« Rossini sagte es mit einem Lächeln, aber sie war sofort auf der Hut.

»Und wie genau soll ich diese Dankbarkeit zeigen?«

»Bei unserem letzten Interview hatte ich eingewilligt, nach Ihren Platzregeln zu spielen – alles frei zur Veröffentlichung. Heute sind wir in meinem Haus. Ich gebe Ihnen Exklusivinformationen zu einer wichtigen Story. Es könnten gewisse andere Dinge zur Sprache kommen, die unter uns bleiben müssen. Sie haben einen hervorragenden Ruf als ehrliche Journalistin. Wenn Sie diese Bedingung nicht akzeptieren können, dann sollten wir nicht fortfahren. Sind Sie einverstanden?«

»Es bleibt mir keine Wahl, oder?«

»Sie *haben* die Wahl. Sie können mir Ihr Wort geben und sich dann irgendeine plausible Entschuldigung suchen, es zu brechen. Oder Sie können mir Ihr Versprechen geben und es halten.«

Sie ließ ihn ein paar Sekunden auf die Antwort warten.

»Sie haben mein Versprechen.«

»Danke. Bitte nehmen Sie Platz. Ich werde Ihnen jetzt ein

Tonband vorspielen, das heute nachmittag in diesem Zimmer aufgenommen wurde. Sie dürfen es auf Ihr eigenes Gerät kopieren. Kardinal Aquino wird es ablehnen, irgendwelche zusätzlichen Kommentare abzugeben. Señora Lodano ist bereit, einen weiteren Termin mit Ihnen zu vereinbaren, wenn Sie möchten, um die Sache zu vertiefen.«

»Und Sie, Eminenz?«

»Ich behalte mir meine Position vor, bis ich die Fragen höre. Sollen wir anfangen?«

Das Tonband machte sie alle sprachlos. Erst als es zu Ende war, wurde ihnen klar, wie gründlich Aquino sich bloßgestellt hatte und wie geschickt Rossini ihn zu diesem Geständnis gebracht hatte. Selbst Rosalia Lodano spendete ihm ein zögerliches Kompliment.

»Jetzt verstehe ich, was Sie gemeint haben. Wenn das veröffentlicht wird, könnte es uns durchaus Geld und Kummer ersparen.«

»Es wird veröffentlich werden«, sagte Steffi Guillermin. »Wir werden das Material als erste drucken und dann weiterverkaufen. Wir brauchen eine schriftliche Genehmigung und eine Erklärung, daß Sie auf die Rechte daran verzichten.«

»Wenn jedermann sonst damit einverstanden ist, können Sie die vorbereiten und mir zur Unterschrift zuschicken«, sagte Rossini.

Die anderen erhoben keine Einwände. Steffi Guillermin fuhr fort:

»Eminenz, könnten wir nun die Fragen erledigen, die mich ursprünglich hierher gebracht haben? Sie beziehen sich auf das Interview, das ich mit Ihnen geführt habe, und auf das, was ich gerade gehört habe.«

»Wie lauten die Fragen?«

»Die englische Boulevardpresse verbreitet Material, das derzeit noch vage ist, sich aber zu etwas Substantiellerem auswachsen könnte. Es geht um ein Gewaltverbrechen im Zusammenhang mit Ihrem Entkommen aus Argentinien, einen sexuellen Übergriff gegen Ihre Person, eine Liebesaffäre und ein uneheliches Kind, das geboren wurde, nachdem Sie Argentinien verlassen hatten.«

»Das sind jetzt vertrauliche Informationen«, sagte Rossini.

»Wie wir es vereinbart haben«, sagte Steffi Guillermin.

»Ich rate Ihnen dringlichst von jedweden Enthüllungen zu diesem Thema ab.« Aquino hatte sich mit einem einzigen großen Schritt an die Rampe gespielt. »Sie sind nicht opportun. Ganz egal, was Mademoiselle Guillermin verspricht, Gerüchte vermehren sich. Sie können sie nie alle unter Kontrolle halten.«

»Der Handel steht«, sagte Luca Rossini. »Bleibt das unter uns, Mademoiselle?«

»Das bleibt es.«

Rossini nahm das Mäppchen mit den Fotos vom Tisch und gab es Steffi Guillermin. Auch sie erbleichte beim Anblick der Bilder. Sie klappte das Mäppchen zu und gab es ihm zurück. Rossini sagte unumwunden:

»Der Mann an dem Rad bin ich. Die Fotos wurden von Señora Ortegas Vater aufgenommen, bevor er hinunter auf den Platz rannte, um mich zu retten.«

»Wer hat den Sergeanten erschossen?«

»Ich«, sagte Isabel. »Mein Vater hat das Kommando über die Soldaten übernommen, sie zurück in die Kaserne geschickt und uns beide versteckt gehalten, während er eine Amnestie für mich und freies Geleit für Luca aushandelte.«

»Und Sie wurden ein Liebespaar?«

»Nur für diese paar Wochen«, sagte Rossini. »Jetzt haben wir bloß noch die Liebe.«

»Aber Sie, Señora Ortega, haben eine Tochter, ja?«

»Ja. Sie wurde im Doctor's Hospital in New York City geboren und in der St.-Vincent-Ferrer-Kirche in New York auf den Namen Luisa Amelia Isabel Ortega getauft.«

Steffi Guillermin wandte sich Aquino zu.

»Ich habe einige Fragen an Sie, Eminenz.«

»Ich darf davon ausgehen, daß wir noch immer im Vertrauen sprechen?«

»Das tun wir. Erste Frage. Wieviel wußten Sie über Luca Rossini, bevor Sie ihn nach Rom brachten?«

»Alles. Auch ich bekam Kopien der Fotos. Ich übergab sie dem Heiligen Vater, als ich ihm meinen Bericht vorlegte.«

»Und Sie erzählten ihm auch von der Beziehung zwischen Luca Rossini, einem geweihten Priester, und Isabel Ortega, einer verheirateten Frau?«

»Ja.«

»Und dennoch machte der Heilige Vater ihn zu seinem Vertrauten und beförderte ihn im Lauf der Jahre immer wieder. Können Sie das erklären?«

»Es wäre eine Anmaßung, das zu versuchen. In derartigen Dingen handelte der Heilige Vater absolut nach eigenem Ermessen. Darf ich mich erkundigen, warum Sie mir diese Art von Fragen stellen?«

»Weil wir zwei Tage vor dem Konklave mein Interview mit Kardinal Rossini und den letzten Teil der päpstlichen Tagebücher veröffentlichen werden. In den Tagebüchern gibt es eine bedeutsame Anspielung, die für mich erst jetzt Sinn macht. Der Papst schreibt: ›Ich habe die Zärtlichkeit oder den Schrecken der Liebe nie kennengelernt. Rossini hat für dieses Wissen einen hohen Preis bezahlt. Letzten Endes, denke ich, hat er mehr Glück gehabt als ich.‹«

Sie wandte sich zu Isabel und zollte ihr einen unerwarteten Tribut der Bewunderung.

»Als kleines Mädchen in der Klosterschule habe ich immer die kühnen Frauen der Bibel bewundert: Ruth, Esther, Judith. Ich glaube, Sie haben sich Ihren Platz unter ihnen verdient.«

Isabel nahm das Kompliment mit einem Lächeln und einem Achselzucken zur Kenntnis.

»Sie schmeicheln mir, Mademoiselle. Töten ist sehr einfach. Die wirkliche Kunst ist es, am Leben zu bleiben.« Zu Luca Rossini sagte sie: »Ich sollte jetzt besser gehen. Luisa und ich sind zum Abendessen verabredet. Rufst du mich morgen früh an?«

»Selbstverständlich. Juan wird dich ins Hotel fahren und dann Señora Lodano zum Monte Oppio bringen.«

»Sie könnte mit mir kommen.« Steffi Guillermin ließ nie eine Möglichkeit ungenutzt. »Wir könnten unterwegs ein bißchen miteinander reden.«

»Danke. Es gibt sehr viel mehr zu sagen, als wir hier behandelt haben. Nichtsdestoweniger schulde ich Kardinal Rossini Dank für das, was er getan hat, und Señora Ortega für ihre tatkräftige Unterstützung. Und ich bin mir auch darüber im klaren, daß es für Kardinal Aquino nicht ganz leicht war, heute hier zu sein.«

An diesem Punkt hielt es Rossini für klug, sich einzuschalten.

»Haben Sie einen Wagen, Eminenz? Wenn nicht, kann Juan Sie mit Señora Ortega mitnehmen.«

»Mein eigener Fahrer wird mich abholen, sobald ich ihn anrufe; aber bevor ich mich verabschiede, möchte ich gerne noch ein privates Gespräch mit Ihnen führen.«

So kam es, daß Rossini seinem früheren Gegner unversehens bei einer Karaffe Brandy gegenübersaß, nachdem die drei Frauen gegangen waren. Aquino brachte den ersten Trinkspruch aus:

»Salud! Sie haben mich ganz schön hart rangenommen. Aber Sie sind ein größerer Mann, als ich immer geglaubt habe, Luca Rossini.«

»Ich freue mich um unserer beider willen, daß es vorbei ist.«

»Es wird nie vorbei sein«, sagte Aquino düster. »Aber jetzt ist es wenigstens heraus. Ich werde immer noch denselben Mann sehen, wenn ich in den Spiegel schaue, aber ich werde die Tür nicht mehr verschlossen halten müssen.«

»Sie sagten, Sie müßten mit mir reden«, erinnerte ihn Rossini. »Ich möchte nicht ungastlich wirken, aber ich glaube, ich leide unter einer Art verzögertem Schock. Der Anblick dieser Bilder war wie ein Schlag in den Magen.«

»Ich verstehe nicht, warum sie sie überhaupt nach Rom mitgebracht hat.«

»Unerledigte Angelegenheiten«, sagte Rossini schlicht. »Wir hatten uns seit einem Vierteljahrhundert nicht mehr gesehen.«

»Es war Ihnen anzusehen, daß Sie geschockt waren. Ich hatte aber den Eindruck, daß Sie sich sehr schnell erholt haben.«

»Ich weiß, was sie damit versucht hat. Als wir uns zum ersten Mal begegneten, war ich wie eine zerbrochene Vase. Meine Scherben waren überall verstreut.« Rossini schien mit sich selbst zu sprechen. »Tag für Tag, Stück um Stück hat sie mich wieder zusammengefügt. Als wir uns trennten und ich nach Rom kam, fehlten noch immer Stücke. Sie waren bei mir. Sie wissen, wie es mir ging.«

»Ich kann mich sehr gut daran erinnern.«

»Diese Fotos waren die fehlenden Stücke. Ich konnte den Horror der Schändung nicht zugeben. Isabel wußte, daß ich mich ihm schließlich würde stellen müssen.«

»Und das können Sie jetzt?«

»Ja, ich fühle mich wieder ganz, aber bitte schütteln Sie mich nicht allzu heftig, bevor der Leim getrocknet ist.«

»Ich muß Ihnen etwas gestehen.«

»Was?«

»Als ich Sie aus Buenos Aires herausbrachte und zurück nach Rom, erstattete ich dem Heiligen Vater einen Bericht. Ich sagte ihm, meiner Ansicht nach seien Sie ein sehr labiler Fall und daß es in Ihrer Geschichte skandalöse Elemente gebe. Bevor ich zurück nach Argentinien fuhr, ließ er mich noch einmal kommen. Er sagte mir, er habe viel über den jungen Mann nachgedacht, den ich ihm gebracht hätte. Er hielt mir einen kleinen Vortrag über den Brief des heiligen Paulus an Timotheus: ›*In einem großen Hause aber sind nicht allein goldene und silberne Gefäße, sondern auch hölzerne und irdene.*‹ Ich wußte nicht recht, worauf er damit hinauswollte, bis er sagte: ›Unser Sohn Luca ist ein beschädigtes Gefäß, aber eines Tages wird er ein Ehrenpokal sein, bestimmt zum Nutzen des Hausherrn.‹ Ich habe lange gebraucht, um zu verstehen, was er damit meinte.« Er unterbrach sich und stellte Rossini dann eine Frage:

»Haben Sie für heute abend schon irgendwelche Pläne? Könnten Sie sich vorstellen, mit mir zu Abend zu essen? Der Rektor des Angelicums hat ein paar von uns Elektoren zum Essen eingeladen. Ich bin mir sicher, daß er hocherfreut wäre, Sie begrüßen zu dürfen. Über Sie wird viel geredet, aber kaum jemand weiß etwas über Sie. In ein paar Tagen werden wir alle im St.-Martha-Haus eingeschlossen sein. Es würde Ihnen nichts schaden, sich schon ein wenig darauf vorzubereiten. Ich bringe Sie hinterher nach Hause.«

Die Ablehnung lag Rossini schon auf der Zunge, aber er sprach sie nicht aus. Die Aussicht auf einen einsam und allein verbrachten Abend war zu entmutigend. Er zögerte nur eine Sekunde lang und sagte dann:

»Das ist sehr freundlich von Ihnen. Ich würde gerne mitkommen.«

»Gut! Lassen Sie mich den Rektor anrufen und meinen Fahrer alarmieren. Dann können wir es uns für eine Weile gemütlich machen ... Das ist ein hervorragender Brandy. Und später, falls ich mir einen Rasierapparat ausborgen kann, mache ich mich dann landfein für unsere Kollegen.«

Die Dinnerparty tat ihm gut. Sie riß ihn aus seiner Isolation und zwang ihn, die kollegiale Funktion wahrzunehmen, die implizit zu seinem Amt gehörte. Mehr noch, sie forderte von ihm, es mit einer Gruppe eng befreundeter italienischer Prälaten aufzunehmen, von denen die meisten ehemalige Studenten der Institution waren, die sie eingeladen hatte.

Es war nicht nur die Sprache und die scholastische Tradition, die sie miteinander verband. Italiener stellten im Wahlkollegium inzwischen eine bedrohte Minderheit dar. Sie besaßen nur siebzehn Prozent der Stimmen. Einige Schlüsselpositionen in der Kurie waren von Nicht-Italienern übernommen worden, so daß ihre Macht nun von einer kuriosen kleinen Oligarchie hochpolitischer Männer abhing, die die ›Großen Elektoren‹ genannt wurden und manchmal auch die ›Nachtfischer‹.

Ihre Netze waren selbst in den am wenigstens versprechenden Gewässern weit ausgespannt. Sie schleppten sie geduldig in komplizierten Mustern durchs Wasser, ignorierten die kleinen Fische in der Oberflächenströmung und warteten auf die großen, die früher oder später in ihre Fallen schwimmen mußten.

In den alten Zeiten, die noch gar nicht so lange zurücklagen, brauchte ein Kandidat zwei Drittel plus eine der Stimmen, um zum Papst gewählt zu werden. Im Prinzip bedeutete das, daß selbst ein populärer Kandidat durchfallen konnte, wenn ein Drittel der Elektoren ihn ablehnte. Seit 1996 war jedoch eine weitere Vorschrift in Kraft gewesen. Wenn mehr als dreißig normale Wahlgänge gescheitert waren, würde schon eine einfache Mehrheit ausreichen. Das hieß, daß ein Kandidat bereits mit einer hauchdünnen Mehrheit von einer einzigen Stimme durchkommen konnte, falls sich die Abstimmung nur lang genug hinzog. Beim Diner des Rektors stand diese Regel nicht zur Debatte. Sie war, wie so vieles andere in Rom, zur Kenntnis genommen und bis auf weiteres zu den Akten gelegt worden, bis es an der Zeit sein würde, sie wieder hervorzuziehen. Sie lieferte jedoch den Subtext zu Aquinos Einladung. Soweit es die Nationalität betraf, war Luca Rossini ein Exot, ein kulturelles Hybridgewächs. Soweit es das bevorstehende Ereignis betraf, war er ein Kollege, der mitwählen würde, und ein Außenseiterkandidat. Für die Großen Elektoren war er eine verzichtbare, aber potentiell nützliche Figur in dem Schachspiel, das in einigen Tagen beginnen würde.

Also hofierten sie ihn mit kleinen Aufmerksamkeiten und schmeichelhaften Fragen über seine Missionen. Sie stellten ihn außerdem mit subtilen Anspielungen auf Dinge, mit denen ein neuer Pontifex sich befassen mußte, auf die Probe: ein verheirateter Klerus – wie man das wohl angehen könne, wie es in diesem oder jenem Land aufgenommen werden würde, wie es sich überhaupt finanzieren ließe; sollte die Macht der Dikasterien beschränkt werden oder ausgeweitet, sollte ein drittes Vatikanisches Konzil das Werk des Zweiten vollenden, oder sollte es überhaupt nicht abgehalten werden?

Sie erwarteten nicht jedesmal eine druckreife Antwort; sie beurteilten ihn nach dem Geschick, mit dem er die Fragen aufnahm oder abblockte, nach der Gelassenheit, die er zeigte, wenn er die Fallstricke erkannte, die sie für ihn ausgelegt hatten. Sie wollten wissen, wie er in einer Krise reagieren würde – konnte er eingeschüchtert, verführt oder erpreßt werden, bis er mit einer einflußreichen Gruppe wie den Großen Elektoren konform ging? Es gab eine Frage, der ein eigentümlicher Nachdruck innezuwohnen schien. Sie war formuliert wie ein Rätsel.

»Sie reisen viel, Luca; wie sehen Sie die Kirche: als eine oder viele? Was wird im neuen Jahrtausend aus uns werden?«

Rossini, den Müdigkeit und brüderliche Atmosphäre und der Frascati des Rektors unvorsichtiger sein ließen als gewöhnlich, biß auf den Köder an.

»Von allen Männern hier im Raum bin ich am wenigsten geeignet, diese Frage zu beantworten ... Ich bin weit genug herumgekommen, um die Vielfalt der Welt zu kennen. Ich habe lange genug in Rom gelebt, um sowohl die Wahrheit als auch das Irrige an dem Anspruch zu verstehen, daß dort, wo Petrus ist, auch die Kirche ist. Ich denke, das ist eine der historischen Vorstellungen, die wir akzeptieren, ohne sie zu hinterfragen. Es gibt eine weit ältere Aussage, die von Jesus selbst stammt: ›*Wo zwei oder drei in meinem Namen zusammenkommen, da bin ich mitten unter ihnen.*‹ In diesem Sinne gibt es viele Kirchen, aber nur einen Glauben, ja. Es hängt davon ab, wessen Zeichen über dem Türsturz steht, nicht wahr? ›*Daran sollen die Menschen erkennen, daß ihr meine Jünger seid, wenn ihr Liebe füreinander heget.*‹ Aber was sage ich da? Sie haben mich nicht hierher eingeladen, um das Primat Petri zu erörtern.« Er hob sein Glas und brachte einen Trinkspruch aus: »Auf die Brüderlichkeit, die wir teilen, auf die Zukunft, die wir gemeinsam zu gestalten hoffen!«

Sie tranken und spendeten ihm eine Runde kräftigen Applaus. Einige von ihnen lachten über seine Wahl des Wortes *fratellanza* für ›Brüderlichkeit‹, denn dieser Ausdruck war mit vielen Assoziationen behaftet, guten wie schlechten. Aber schließlich war Rossini ein Exot, und man konnte nicht von ihm erwarten, daß er sämtliche Nuancen ihrer Muttersprache verstand.

Auf dem Heimweg zu Rossinis Wohnung erklärte ihm Aquino:

»Sie haben da heute abend ziemlichen Eindruck gemacht, Luca. Die haben Ihnen die Hölle heißer gemacht als gewöhnlich, aber Sie haben es mit einem Lächeln überstanden wie der heilige Laurentius auf seinem Bratrost. Diese abschließende kleine Predigt ist auch gut angekommen, weil sie das letzte war, was sie erwartet haben.«

»Ich hoffe, ich habe die Prüfung bestanden.«

»Oh, das haben Sie, mit glänzenden Noten! Das alles wird hilfreich sein.«

»Hilfreich wobei?«

»Ich fürchte, daß diese Guillermin Sie sich in ihrem Artikel auch noch mal böse vorknöpfen könnte. Sie wird es Ihnen nicht so leicht vergessen, daß Sie den besten Teil der Geschichte unter Verschluß halten. Nicht, daß sie unfair mit Ihnen umspringen wird, aber sie wird Ihnen ein paar Spieße ins Fell pflanzen!«

»Sie könnte direkt über die Hörner kommen und mir den Todesstoß versetzen.« Rossini war hundemüde. »Ich würde nicht das Geringste spüren. Danke für das Abendessen und die Gesellschaft.«

»Träumen Sie was Schönes«, sagte Aquino. »Gute Nacht.«

Um fünf Uhr morgens wurde er vom Schrillen seines Telephons aus bleiernem Schlaf geweckt. Er tastete in der Dunkelheit nach dem Lichtschalter und dem Hörer. Am anderen Ende der Leitung war Luisa. Sie klang zutiefst besorgt.

»Ich weiß, daß das eine unchristliche Stunde ist, Luca, aber Mutter ist krank. Ich wollte den Hotelarzt rufen, doch sie hat sich geweigert, ihn zu sehen. Sie hat mir erklärt, ich solle bis zum Morgen warten und dann dich anrufen. Sie sagte, du könntest ihr einen guten Arzt empfehlen.«

»Wie geht es ihr jetzt?«

»Das Erbrechen hat aufgehört. Sie hat noch immer hohes Fieber. Sie nickt immer mal wieder ein, wacht dann aber gleich wieder auf.«

»Ist das früher schon passiert?«

»Ja, aber die Intervalle werden kürzer. Trotz der Medikamente war das der schlimmste Anfall, den ich miterlebt habe.«

»Von wo aus rufst du an?«

»Ich bin im Salon ihrer Suite.«

»Sie hat mir erzählt, daß sie eine Kopie ihrer Krankenberichte dabei hat.«

»Die sind in ihrer Aktenmappe.«

»Ich komme zu dir, so schnell ich kann. Inzwischen besorge ich einen Arzt und sage ihm, daß er mich im Hotel treffen soll.«

»Ich mache mir Sorgen. Was auch immer gestern geschehen ist, hat sie sehr gestreßt zurückgelassen. Während des Abendessens hat sie sich tapfer gehalten, aber bis wir zurück ins Hotel kamen, ist sie völlig zusammengebrochen.«

»Aber die Medikamente haben geholfen?«

»Ja. Das tun sie immer. Noch was, Luca: Ich möchte wirklich nicht, daß sie in die Schweiz fährt. Ich weiß, daß es für eine gute Sache ist, aber sie hat nicht allzuviel Energie übrig. Könntest du mit ihr reden?«

»Das werde ich. Und jetzt laß dir was zum Frühstück für dich und ein bißchen Tee für deine Mutter aufs Zimmer schicken. Ich muß jetzt loslegen. Ich werde bei dir sein, so schnell ich kann.«

Er legte auf und ging dann in sein Arbeitszimmer, um die Privatnummer von Doktor Ernesto Mottola zu suchen, dem Arzt des verstorbenen Papstes. Der Doktor war nicht gerade glücklich, geweckt zu werden, aber er hatte auch einen gesunden Respekt vor diesem seltsamen, herrischen Ausländer, der sowohl über Geister in höchsten Kreisen zu gebieten schien wie über seine eigenen Dämonen.

Er hörte aufmerksam zu, während Rossini umriß, was Isabel ihm über ihre Krankheit erzählt hatte, und dann sagte er:

»Ich werde sie selbstverständlich untersuchen. Es ist hilfreich, daß sie ihre Krankenberichte dabei hat. Ich bin kein Spezialist für Onkologie, wie Sie wissen. Ich kann natürlich einen Fachmann hinzuziehen; aber selbst ohne sie gesehen zu haben, würde ich empfehlen, daß sie auf der Stelle nach New York zurückkehrt, wo sie weit bessere medizinische Einrichtungen haben als wir. Wenn Sie hierbleiben würde, müßte ich dazu raten, daß sie sich in Mailand behandeln läßt statt in Rom. Hat sie hier Verwandte?«

»Eine erwachsene Tochter; der Mann ist in New York, aber leicht zu erreichen.«

»Wollen wir dann sagen, heute früh um acht im Hotel?«

»Danke, Herr Doktor. Ich bin Ihnen sehr verbunden.«

»Darf ich fragen, was Sie mit Señora Ortega verbindet, Eminenz?«

»Sie ist eine hochrangige Landsmännin«, sagte Rossini. »Vor einem Vierteljahrhundert hat sie mir das Leben gerettet.«

»Das macht sie zu einer ganz besonderen Patientin.« Doktor Mottola war ein sehr geübter Höfling. »Vielen Dank, daß Sie sie mir empfohlen haben. Bis später, Eminenz.«

Elf

Doktor Angelo Mottola war gekommen und wieder gegangen. Er hatte die Krankenberichte gelesen. Er hatte die Patientin sorgfältig untersucht. Sein Rat, der umgerechnet zweihundert Dollar gekostet hatte, war simpel gewesen. »Über das hinaus, was Ihr eigener Arzt Ihnen verschrieben hat, gibt es nichts, was ich für Sie tun kann, gnädige Frau. Ihr Zustand wird sich weiter verschlechtern. Die Remissionen werden kürzer sein. Sie sollten unverzüglich nach Hause fahren und sich bei Ihrem eigenen Arzt in richtige klinische Behandlung begeben.«

Worauf es, wie Luisa es ausdrückte, nur eine vernünftige Antwort gab: Den Mann bezahlen und schnellstens ab nach New York. Isabel protestierte. Doch Luisa weigerte sich, ihr zuzuhören.

»Ich habe bereits alles geregelt, Mutter!«

»Was geregelt?«

»Ich habe Señora Lodano angerufen und ihr gesagt, daß du nicht in die Schweiz fahren kannst. Es tut ihr sehr leid, daß du krank bist. Sie dankt dir für deine gestrige Hilfe. Sie sagt, du sollst mit Gott zurück nach New York gehen. Ich habe unsere Reise umarrangiert. Wir nehmen morgen gegen Mittag eine Maschine der Delta Airlines zum Kennedy Airport. Der Concierge hat sich um die Tickets gekümmert. Und ich werde für dich packen. Ich habe Vater angerufen. Er wird uns vom Flughafen abholen.«

Isabel war wütend.

»Ich habe mir geschworen, daß ich das nie zulassen würde. Ich weigere mich, die Kontrolle über mein eigenes Leben abzugeben. Du verstehst, was ich meine, Luca! Sag's ihr!«

Rossini legte ihr beruhigend die Hand auf den Arm. Sie zuckte vor seiner Berührung zurück. Er versuchte leise, sie zur Vernunft zu bringen.

»Mein Schatz, dein Körper sagt dir, daß es Zeit ist, sich zu ergeben. Das weißt du. Doktor Mottola hat mir und Luisa erklärt, daß du, selbst wenn du hierbleiben würdest, zur Behandlung nach Mailand müßtest und daß die in keiner Weise mit der vergleichbar wäre, die du in New York bekommen würdest. Bitte glaub mir!«

»Ich hatte mir vorgenommen, so viel mit Luisa zu unternehmen. Ich habe so viele Pläne gemacht.«

»Mutter, ich würde mich schon damit zufriedengeben, dich sicher und in guter Pflege zu Hause zu wissen.«

Isabel trommelte mit geballten Fäusten auf die Bettdecke.

»Du kannst dich mit überhaupt nichts zufriedengeben! Das ist mein Leben. Laß es mich führen, wie ich will!«

»Bitte hör zu, mein Schatz.« Rossini sprach beschwörend, aber bestimmt. »Weißt du noch, was du immer zu mir sagtest, als du mich auf der *estancia* gepflegt hast? ›Spar dir deine Wut auf. Leb von der Kraft, die andere dir verleihen werden. Kämpfe von befreundetem Territorium aus.‹ Hierzubleiben würde lediglich an deinen Kräften zehren. Selbst unter den freundlichsten Menschen ist der Reisende stets ein Fremder. Wenn ich bei dir sein könnte, wäre es vielleicht einfacher, aber ich habe dir nichts anzubieten. Ich lebe in Knechtschaft. Selbst wenn ich die Fesseln zerreiße – was durchaus geschehen könnte –, was bin ich denn? Ein Mann in den Fünfzigern ohne Zukunftsaussichten. Was kann ich dir denn bieten?«

Isabel schloß die Augen und ließ sich erschöpft zurück auf das Kopfkissen fallen. Luisa zog die Decken um sie zurecht, küßte sie und ging auf die Schlafzimmertür zu. Rossini folgte ihr und schloß die Tür hinter sich. Luisa sagte:

»Das war das Traurigste, was ich je gehört habe, Luca.«

»Ich mußte es sagen.«

»Ich weiß. Kannst du noch eine Weile bleiben?«

»Selbstverständlich. Ich spreche von hier aus mit meinem Büro. Du solltest versuchen, ein bißchen zu schlafen. Häng das ›Bitte nicht stören‹-Schild raus.«

»Versprich mir, daß du mich weckst, bevor du das Hotel verläßt. Wir müssen auch miteinander reden. Das ist unsere letzte Chance.«

»Ich verspreche es. Und nun geh schon!«

Als sie weg war, telefonierte Rossini mit seinem Büro; die einzige dringende Nachricht kam vom Kardinalstaatssekretär. Als er ihn anrief, fragte der Sekretär:

»Wo sind Sie jetzt?«

»Im Grand Hotel. Señora Ortega ist gestern nacht krank geworden. Ich habe sie von Doktor Mottola untersuchen lassen. Er empfiehlt ihre sofortige Rückkehr in die Vereinigten Staaten. Sie reist morgen früh mit ihrer Tochter ab.«

»Es tut mir leid, das zu hören. Was denken Sie, wann Sie frei sind?«

»Gegen Mittag.«

»Lassen Sie uns um ein Uhr in meinem Büro bei Kaffee und einem Sandwich zusammenkommen. Es gibt ein paar Dinge, die wir miteinander besprechen müssen. Aquino hat mich heute früh angerufen. Er erzählte mir von Ihrem gestrigen Treffen mit Señora Lodano. Anscheinend ist das ja gut gelaufen.«

»Besser, als ich erwartet hatte; aber wie immer hat das seinen Preis.«

»Ah ja, die Anwesenheit der Presse! Zu dumm, daß Sie mich das nicht im voraus haben wissen lassen. Ich hätte Ihnen davon abraten sollen.«

»Dann wären Sie noch immer im Krieg gewesen, Turi. So haben Sie zumindest einen Waffenstillstand – und können mich jederzeit verantwortlich machen, wenn irgendwas schiefläuft.«

»Unter den Umständen frage ich mich, warum Sie nicht Angel-Novalis gebeten haben, das Treffen zu überwachen.«

»Weil ihre Dokumente – und unsere, Turi – gewisse Schatten auf das Verhalten von Opus Dei werfen. Angel-Novalis ist ein guter Mann. Ich habe es vorgezogen, ihn nicht in Verlegenheit zu bringen – oder uns selbst.«

»Sie hatten wahrscheinlich recht. Ich höre außerdem, daß Sie gestern abend ein Gastspiel im Angelicum gegeben haben.«

»Neuigkeiten haben in dieser Stadt Flügel!«

»Und es schwirren momentan eine Menge davon durch die Luft. Wir haben eine Nachricht von unserem Nuntius in Brasilien. Claudio Stagni ist in Rio aufgetaucht. Er lebt einigermaßen stilvoll in einem angemieteten Apartment. Er wird auf Schritt und Tritt von einem Leibwächter begleitet.«

»Das spricht in der Tat für einen gewissen Stil.« Rossini lachte. »Ich frage mich allerdings, wer den Leibwächter bewacht. Nach allem, was ich weiß, gibt es in Rio einige sehr rauhe Gesellen. War noch irgendwas, Turi?«

»Der Rest kann warten, bis wir uns treffen. Es tut mir leid, das mit Señora Ortega zu hören, aber ich bin mir sicher, daß es eine weise Entscheidung ist, wenn sie so schnell wie möglich nach Hause fährt. Rom wird rapide immer unbewohnbarer. Bis später dann.«

Als Rossini zurück ins Schlafzimmer kam, war Isabel wach und hatte das Bett verlassen. Sie trug einen Morgenmantel, bürstete ihr Haar und roch nach Zitronenblüten. Sie küßte ihn, zuckte aber zusammen, als er sie berührte. Er wich sofort zurück. Sie erklärte, was los war.

»Es geht mir jetzt besser, aber meine Glieder schmerzen, und meine Haut ist sehr empfindlich. Es tut mir leid, daß ich mich so schlecht benommen habe. Wo ist Luisa?«

»Ruht sich in ihrem Zimmer aus. Sie möchte mit mir sprechen, bevor ich gehe.«

»Es tut mir leid, Luca!« Sie führte ihn hinaus in den Salon. »Das sollte eine glückliche Zeit werden. Und nun schau uns an! Wir erdrücken dich mit Problemen.«

»Bitte, mein Schatz. Mein Problem ist, daß ich arbeiten muß und mir eine Hand hinter den Rücken gebunden ist. Ich bin rund um die Uhr im Dienst – im Familienleben habe ich keine Übung.«

Dann, ohne Vorwarnung, brach sie zusammen. Die Worte sprudelten in einem wahren Sturzbach heraus:

»Ich fürchte mich, Luca! Ich ertrage die Vorstellung nicht, nach Hause zu fahren! All diese Stunden in einem Flugzeug, das viele Schlangestehen an der Paßkontrolle, die Drängelei wegen des Gepäcks. Mein Körper schmerzt jetzt fast die ganze Zeit über, mal hier, mal da. Der Schmerz ist nicht unerträglich, aber er verläßt mich nie ganz. Wenn wir nach Hause kommen, wird Raul dasein. Er wird sich charmant und eifrig geben. Das Haus wird voller Blumen sein. Das Personal wird auf mich aufpassen.« Sie stieß ein kleines, zittriges Gelächter aus. »Ich sag's dir, mein Schatz, die Ortegas betreiben ein überaus nobles Hotel! Aber das ist es nun einmal, ein Hotel, in dem wir alle getrennte Zimmer haben. Meines werden sie in ein Krankenhaus umwandeln müssen – bis sie mich aufs Sterbebett verfrachten. Und dennoch, wenn man's recht betrachtet, worüber kann ich mich denn beklagen? Eigentlich über gar nichts. Seit meiner Jugend habe ich den Baum des Lebens gepackt und ihn geschüttelt und mich mit den Früchten vollgestopft, die in meine Hände gefallen sind. Und jetzt wird es sehr bald an der Zeit sein, sich zu verabschieden ... Wie ging noch dieser kleine lateinische Vers, den du mir beigebracht hast? *Satis soundso...?*«

»*Satis bibisti satis ludisti tempus est abire.*«

»Genau! Genug gezecht, genug gespielt, Zeit, nach Hause zu gehen. Das macht mir am meisten angst, Luca. Wohin zu gehen? Und wer wird am anderen Ufer des Flusses auf mich warten?«

Und da war sie, klar und unbarmherzig wie das Auge des Horus, eine Frage der Geliebten, ausgelöst von der schrecklichen Furcht vor dem endgültigen Abschied. Er mochte sie nicht belügen, doch er konnte sie auch nicht um den Trost des Evangeliums betrügen, zu dessen bekennenden und beamteten

Dienern er, Luca, Kardinal Rossini, nach wie vor gehörte. Sie ergriff seine Hände und hielt sie, während er sanft und beschwörend auf sie einredete.

»Niemand weiß, was nach dem Tod geschieht, mein Schatz. Alles, was wir haben, sind Symbole und Parabeln, um unsere Sehnsüchte auszudrücken, unsere Hoffnungen und unseren Glauben. Es ist nicht nur das Unbekannte, das uns ängstigt, sondern auch der Verlust des Bekannten – der Dinge, an die wir uns klammern, als wären sie uns auf Ewigkeit gegeben und nicht nur als vorübergehende Stütze. Wenn wir geboren werden, empfangen uns fremde, aber liebevolle Hände in einer fremdartigen neuen Welt. Wenn wir sterben, so glauben wir – obschon wir es nicht wissen –, wird man uns mit Liebe in einer vollständig anderen Welt empfangen. Als Er im Sterben lag, rief unser Herr in Seiner Agonie und Verzweiflung: *›Mein Gott, mein Gott, warum hast du mich verlassen!‹* Sein Tod kam als Erlösung, und Er empfahl sich in die Hände Seines Vaters!«

»Ich bin nicht Jesus Christus.« In ihrer Stimme lag müde Ironie. »Eher wie Maria Magdalena.«

»Der viele Sünden vergeben wurden, weil sie viel geliebt hatte.«

»Würdest du mir die Beichte abnehmen, Luca, bitte?«

Das Ersuchen überraschte ihn stärker als das Eingeständnis ihrer Ängste. Es stellte ihn auf eine härtere Probe. Aus dem Winter des Zweifels, in dem er lebte, wurde er zurückgeworfen auf jenen Formalismus, dessen Piers Hallett ihn beschuldigt hatte. Und doch konnte er sich ihr abermals nicht versagen.

»Wenn du dir sicher bist, daß du das willst, ja. Aber du solltest dir die Strapaze einer langen Aufzählung ersparen. Sag einfach, was du glaubst, falsch gemacht zu haben. Verleih deinem Kummer Ausdruck, deinem Verlangen, dich zu ändern. Dann werde ich dir die Absolution erteilen.«

Isabel runzelte die Stirn und schüttelte den Kopf.

»Ich weiß, daß du es mir einfach machen möchest, Luca, aber ich habe nicht vor, dir eine lange Liste herunterzubeten: soundso viele Gelüste, soundso viele Wutanfälle, soundso viele Lügen. Ich möchte dir die wirklichen Wahrheiten erzählen: Was ich für mich selbst bin, was ich für Raul und Luisa gewesen bin – ja, sogar für dich, der mir teurer ist, als irgend etwas sonst auf der Welt. Wirst du mir bitte zuhören? Ich möchte das nie wieder durchmachen müssen. Ich könnte unmöglich ...«

»Du wirst es nicht müssen.« Und wieder schlich sich die rituelle Intonation in seine Stimme. »Jede Absolution ist ein neuer Anfang.« Er machte seine Hände aus ihrem Griff los, faßte nach dem Brustkreuz unter seinem Jackett und hielt es ihr vor Augen wie eine Chorschranke zwischen ihrer Vergangenheit und ihrer derzeitigen Beziehung. »Erzähl mir, was dich bedrückt.«

Dieses Mal gab es keinen panischen Sturzbach von Worten, sondern eine langsame, stockende Rezitation, als schmeckten die Worte bitter auf ihrer Zunge.

»Solange ich mich erinnern kann, wollte ich immer die Siegerin sein. Was auch immer ich tat, ich mußte die Beste und Cleverste sein. Wenn ich das nicht sein konnte, verlor ich das Interesse an dem Spiel. Nein, das ist nicht ganz wahr. Wenn ich heute nicht gewinnen konnte, dann wartete ich bis morgen oder übermorgen, bis zu dem Moment, da alle anderen glaubten, ich hätte das Interesse verloren. Dann trat ich erneut an und heimste den Preis ein. Im Rückblick wird mir klar, daß ich wie die alten Briganten und Gangster stets bewaffnet und gefährlich war. Das war keine Bösartigkeit, glaube ich. Es gab nichts, das mir Grund zur Bösartigkeit gegeben hätte. Es war der Dschungelthrill – töten oder getötet werden. Deswegen standen mein Vater und ich uns so nah. Er war ein wagemutiger Mann. An dem Tag, als er mir das Gewehr zuwarf und sagte, ich solle den Sergeanten umbringen, legte er sein Leben und das sämtlicher Dorfbewohner in meine Hände; aber er wußte, das ich dazu fähig war! Das ist keine Prahlerei. Es ist ein Teil der Wahrheit. Ich habe eine Menge böser Dinge über Raul gesagt, und sie sind alle wahr. Das eine, das ich nicht gesagt habe und das aber auch wahr ist, besteht darin, daß er auf mein

Spiel nicht eingehen wollte; also konnte ich ihn auch nie schlagen. Und weil ich ihn nicht schlagen konnte, konnte ich ihm auch nie verzeihen. Das Fürchterliche daran war, daß es Momente gab, sogar Monate, in denen ich wußte, daß wir mit einem bißchen Großzügigkeit meinerseits enger hätten zusammenkommen können. Selbst als ich entdeckte, daß ich sehr krank bin, war ich zu stolz, um einen Waffenstillstand zu ersuchen, zu zornig, um auch nur eine Handbreit Boden mehr aufzugeben. Du hast mich neulich gefragt, ob er von dir und mir wußte. Er wußte, daß ich den Sergeanten erschossen hatte. Was den Rest betraf, schien er bereit zu akzeptieren, daß du ein gebrochener Mann warst, um den ich mich gekümmert hatte. Er sagte einfach: ›Das war das Wenigste, was du für einen derart armen Teufel hast tun können. Reden wir nicht mehr darüber!‹ Und das haben wir dann auch nie getan, was hieß, eine weitere bittere Pille schlucken zu müssen. Du warst für mich wichtig; aber du warst ihm nicht wichtig. Ich war wütend, daß er einfach so wegschlenderte wie ein Duellant, der sich weigert, es mit einem Gegner aufzunehmen, den er für unwürdig hält.«

»Wenn du so auf Rache versessen warst«, sagte Luca Rossini, »frage ich mich, warum du ihm nicht die Wahrheit über Luisa erzählt hast. Du sagst, du seist stets bewaffnet und gefährlich gewesen; warum hast du dann diese Waffe aus der Hand gegeben?«

»Ich wußte, daß ich sowohl sie wie dich verlieren könnte, wenn ich sie einsetzte. Den Gedanken konnte ich nicht ertragen.«

Rossini äußerte keinen Kommentar. Er war noch immer der Priester, der ein Ritual durchführte. Der Rest von ihm hatte sich in ein gutgetarntes Versteck zurückgezogen. Er fragte:

»Du erzählst mir da gerade, daß du jegliche Aussöhnung mit deinem Mann verweigert hast, richtig?«

»Ja.«

»Wie kannst du dann darum bitten, mit Gott ausgesöhnt zu werden?«

»Deswegen brauche ich ja deine Hilfe.«

»Tut es dir leid, was du getan hast?«

»Es tut mir aufrichtig leid.«

»Erinnerst du dich noch an die Bußformel?«

»Es ist lange her, daß ich sie gesprochen habe.«

»Sprich sie jetzt, bitte.«

Sie sagte die Worte so förmlich auf, wie er darum ersucht hatte.

»O Herr, ich bereue von ganzem Herzen all die Sünden, die ich begangen habe ...«

Als das kurze Gebet zu Ende war, ermahnte Rossini sie erneut:

»Du mußt jetzt versuchen, den Schaden, den du angerichtet hast, wiedergutzumachen, wenn du kannst. Es ist erforderlich, daß du Buße tust.«

»Ich habe weder für das eine noch für das andere allzuviel Zeit.«

»Eine einzige Tat wird für beides reichen. Wenn du nach Hause kommst, dann erzähl deinem Mann das, wofür du die Worte gefunden hast, es mir zu erzählen.«

»Und bitte ihn, mir zu vergeben?«

»Warum es nicht anders formulieren? Können wir uns zumindest gegenseitig vergeben – bitte?«

»Das ist das Schwerste daran, nicht wahr? Ein einziges Wort: bitte. Kannst du Luisa erkären, was ich dir gerade gesagt habe?«

»Nein. Auch das mußt du tun. Ich schätze ja, daß ihr das meiste davon bereits klar ist.«

»Ich werde es versuchen. Und jetzt sag mir bitte, daß mir vergeben ist.«

Er hob die Hand, schlug das Zeichen des Kreuzes und sprach die Absolutionsformel: *»Ich spreche dich los von deinen Sünden, im Namen des Vaters, des Sohnes und des Heiligen Geistes. Amen.«*

Isabel erhob sich. Ihr Gesicht war bleich und abgespannt. Ihre Augen waren feucht vor ungeweinten Tränen, doch ihre Stimme klang gefaßt.

»Danke; aber hast du nicht was vergessen?«

»Ich glaube nicht.«

»Solltest du nicht ›*Gehe hin in Frieden*‹ sagen? Wir wissen beide, daß das der Abschied ist.«

»Es gibt keine Abschiede«, sagte Luca Rossini leise. »Die Liebe ist das einzige, das wir mit uns über den Fluß nehmen. Wir haben das schon einmal gemacht. Denk dran, was du zu mir gesagt hast: ›Laß es uns stilvoll tun, Luca. Hocherhobener Kopf, keine Tränen und keine Blicke zurück.‹«

»Halt mich ganz behutsam fest, wenn du mich küßt, mein Schatz. Ich habe überall Schmerzen.«

Luisa saß am Schreibtisch und schrieb Ansichtskarten, als er in ihr Schlafzimmer kam. Auf dem Bett lagen offene Koffer. Er mußte sie ein wenig beiseite schieben, damit er sich auf einer Ecke der Matratze niederlassen konnte. Luisa drehte ihren Stuhl so herum, daß sie ihn ansehen konnte, aber sie machte keinerlei Anstalten näher zu kommen. Sie fragte:

»Wie geht es Mutter?«

»Sie hat sich jetzt beruhigt. Sie ist dazu bereit, nach Hause zu fahren. Sie hat bloß ein bißchen Hilfe und Zuspruch gebraucht.«

»Danke, daß du ihr das gegeben hast.«

»Von dir braucht sie auch Hilfe. Sie wünscht sich verzweifelt, mit Raul ausgesöhnt zu sein, bevor sie stirbt.«

»Ausgesöhnt?« Luisa schien geschockt. »Was genau erwartet sie denn?«

»Sie möchte sagen, daß es ihr leid tut. Ihr Problem wird es sein, den rechten Moment und die rechten Worte zu finden.«

»Das ist auch mein Problem, Luca. Ich kann die Worte nicht finden, die ich dir sagen muß.«

»Vielleicht kann ich dir dabei ja behilflich sein.« Das war kein Ritual mehr. Diesmal gab es keine Formel, die man hätte rezitieren können. Er antwortete mit einem Grinsen. »Du weißt nicht, wie du mit mir zurechtkommen sollst. Ich bin der Stein in deinem Schuh, der dir beim Gehen Schmerzen bereitet. Habe ich recht?«

»Ja.«

»Und du liebst Raul, der dir ein besserer Vater ist, als ich es je sein könnte, und bald wird im Haus Trauer herrschen, wenn deine Mutter von uns geht. Also haben wir jetzt keine Zeit, irgend etwas zwischen dir und mir aufzubauen.«

»All das, ja! Aber es scheint so schade. Ich mag dich, Luca. Ich glaube, ich könnte anfangen, dich zu lieben. Ich sollte vielleicht ein paar Geschichtsbücher lesen und herausfinden, wie die Prälaten der Renaissance mit ihren Söhnen und Töchtern ausgekommen sind.«

Rossini lachte. »Sie haben ihre Söhne reich gemacht und für ihre Töchter bedeutende Ehemänner ausgesucht. So funktioniert das nicht mehr. Die Zeiten haben sich geändert.«

»Aber ich habe keine Zeit. Es ist zuwenig von mir übrig! Und du gehörst diesem, diesem riesengroßen, wuchernden Monster von einer Kirche.«

»Sie gebietet über meine Dienste.« In seiner Erwiderung lag ein scharfer Unterton. »Aber ich gehöre ihr nicht.«

»Tut mir leid. Das habe ich nicht so gemeint.«

»Ich weiß, was du meinst. Ich bin wie der Hauptmann im Neuen Testament. Sie sagen ›komm her‹, und ich komme; ›geh weg‹, und ich gehe weg. Aber da ist noch etwas anderes, Wichtigeres. Du hast dein eigenes Leben, und du mußt selber zusehen, was du daraus machst. Wenn du eine gute Künstlerin werden willst, dann mußt du reisen, die Alten Meister treffen und die neuen. Und du wirst mit leichtem Gepäck reisen müssen. Ein Kardinal als Vater ist zu sperrig, um ihn mit sich herumzuschleppen – aber hier oder sonst irgendwo könnte er dir vielleicht ein wenig nützen.«

»Bitte, Luca! Ich möchte dich nicht gänzlich aus meinem Leben streichen.«

»Wie solltest du das auch? Du bist meine Tochter. Ich bin für immer in dich eingeschrieben. Wenn du Kinder hast, dann werde ich auch in die eingeschrieben sein. Es wird immer eine genetische Inschrift geben, die ›gez. Luca Rossini‹ lautet. Ziemlich aberwitzig, wenn man's recht bedenkt. Darf ich meine Tochter denn jetzt zum Abschied küssen?«

»Sie hatten einen stürmischen Vormittag, Luca.« Es war eine Feststellung des Kardinalstaatssekretärs, keine Frage.

»So könnte man das wohl nennen, Turi. Ich hatte gehofft, daß Isabel und ich nach dem Konklave ein wenig Zeit füreinander haben würden, aber die werden wir nicht bekommen. Wir haben einander Lebewohl gesagt. Ich muß Sie um eine Gefälligkeit bitten.«

»Bitte, nur zu.«

»Ich weiß, daß wir während des Konklaves von der Außenwelt abgeschottet werden. Ich weiß aber auch, daß es einen offenen Kommunikationskanal zum Heiligen Offizium und dem Generalvikar von St. Peter gibt. Ich möchte in der Lage sein, Nachrichten über Isabel zu empfangen. Ihre Tochter hat sich bereit erklärt, mich auf dem laufenden zu halten. Können Sie einen zuverlässigen Mittelsmann benennen, der diese Botschaften an mich weitergibt? Doktor Mottola hat mich gewarnt, daß der finale Kollaps ziemlich bald eintreten könnte. Ich würde Luisa gerne die Details der Übermittlungsmöglichkeit geben, bevor sie morgen früh abreist.«

»Überlassen Sie das mir, Luca. Ich werde alles arrangieren und rufe Sie heute abend an.«

»Sie sind ein sehr guter Freund, Turi.«

»Wird es denn ein schmerzhaftes Ende für sie werden?«

»Das könnte sein – selbst bei der besten palliativen Behandlung. Wir sind zurück bei der alten Frage, nicht wahr? Wann wird es definitiv zur Einmischung, den Schmerz zu lindern, und verlangt der Allmächtige wirklich den Tod am Kreuz?«

»Wir alle müssen uns während des Konklaves mit einer

Menge Fragen auseinandersetzen, Luca. Das ist auch der Grund, weswegen ich Sie hergebeten habe.« So flink, wie er das Thema angesprochen hatte, verließ er es auch wieder. »Kaffee oder Tee? Ich habe denen in der Küche auch endlich beigebracht, wie man englische Sandwiches macht. Sie sind sehr gut.«

»Für mich Tee, Turi. Aber Sie werden keine Ratespielchen mit mir veranstalten, oder? Dazu bin ich nicht in der Stimmung.«

Der Staatssekretär ging forsch zum Text seiner Tagesordnung über.

»Sie haben bereits gesehen, wie sich unter den Elektoren Fraktionen herauszubilden beginnen, Luca. Sie werden sich während des Konklaves natürlich verändern, und sie könnten sich ziemlich dramatisch verändern, weil sich außer vor Gott und seinem eigenen Interesse niemand für irgendeinen Bündniswechsel während des Wahlprozesses verantworten muß.«

»Ich hab's bemerkt.« Luca schenkte ihm ein schiefes Grinsen. »Unser Freund Aquino ist ein Meister in der Kunst des Mauschelns. Er erinnert mich an diese Taschendiebe in Sri Lanka, die ›Fingertänzer‹ genannt werden, weil sie dich umringen und damit ablenken, daß sie ihre Finger rund um deinen Körper tanzen lassen, ohne dich auch nur einmal zu berühren. Du weißt nie, wo sie herkommen, bis deine Brieftasche weg ist, und sie mit ihr.«

»Das macht unser gutes diplomatisches Training!« Der Kardinalstaatssekretär lachte. »Zumindest kennen Sie das Spiel ... Aber jetzt mal im Ernst, diese Wahl kann – und muß meiner Ansicht nach – einen neuen Anfang für die Kirche bedeuten. Unser verstorbener Pontifex – Gott schenke ihm Frieden! – hat versucht, das Kollegium und das Episkopat mit Männern vollzupacken, von denen er glaubte, daß sie seine eigene Politik fortsetzen würden wie treue Jünger. Wenn sie dementsprechend abstimmen, werden sie sich für einen Interimskandidaten entscheiden – einen mit einer niedrigen Lebenserwartung, die aber dennoch hoch genug ist, um das Boot auf festem Kurs zu halten. Ich persönlich denke, daß wir uns das diesmal nicht leisten können. Wir verlieren zu rasch Gemeinden. Es gibt zuviele Angelegenheiten, die ad acta gelegt wurden, zuviele undiskutierte Fragen. Rom verliert an Relevanz, weil es den Leuten nicht zuhört. Ich war gestern abend zu einem kleinen Diner im englischen Kollegium eingeladen. Der Redner war ein nicht mehr ganz junger Benediktiner. Sein Text war ein Zitat des puritanischen englischen Dichters John Milton: ›Die hungrigen Schafe blicken auf und werden nicht gefüttert.‹ Seine Auffassung des Textes war überraschend unverblümt. ›Sie werden gefüttert‹, sagte er, ›aber wir füttern sie mit Papier statt mit dem Brot des Lebens.‹«

»Also«, sagte Rossini fragend, »bringen Sie mich hierher, um mich mit Tee und englischen Sandwiches zu füttern. Kommen Sie zur Sache, Turi.«

»Die Sache ist die: Ein Gerangel von ihre Meinungsverschiedenheiten ausfechtenden Seilschaften wird uns nicht den richtigen Kandidaten bescheren. Es werden Uneinigkeiten entstehen, wie in der Vergangenheit auch schon. Und obgleich das gegenwärtige System darauf ausgelegt ist zu verhindern, daß sich das Konklave endlos hinzieht, könnte ein Punkt kommen, an dem eine einfache Stimmenmehrheit die Wahl entscheidet. Das ist die Gefahr: ein gespaltenes Kollegium, eine gespaltene Kirche, die von einem Kompromißkandidaten geleitet wird. Drücke ich mich klar genug aus, Luca?«

»Ganz bewundernswert, mein Freund, und der Tee und die Sandwiches sind exzellent; aber nun erzählen Sie mir, was Sie von mir erwarten.«

»Bitte! Haben Sie Geduld, Luca! Wie Sie wissen, ist es Brauch, zu Beginn des Konklaves den Elektoren einen Überblick über die gesamte Kirche zu geben: ›Hier stehen wir, wer ist der beste Mann, um uns anzuführen?‹ Traditionsgemäß gibt der Kardinalstaatssekretär ein Statement darüber ab, wie sich die politische Situation in jedem einzelnen Land auf die Kirche auswirkt. Dann kommt die programmatische Ansprache, eine Meditation über die Kirche als Stadt Gottes und ihre Rolle als

Verkünderin der Heiligen Schrift in aller Welt. Das soll die Elektoren einstimmen, sie an ihre Pflicht erinnern, den besten Papst zu finden, der dem Volk Gottes vorstehen kann. Der Camerlengo hat einem Komitee des Heiligen Kollegiums eine Liste von möglichen Rednern vorgelegt. Das Komitee hat sich für Sie entschieden.«

»Das ist ein Witz, Turi!«

»Ganz im Gegenteil, es ist eine hohe Verantwortung: Die rechte Stimmung für einen historischen Moment zu schaffen, das Bewußtsein der Elektoren für die Eingebungen des Heiligen Geistes zu öffnen.«

»Turi, mein Freund, Sie wissen, daß ich es hasse, manipuliert zu werden. Sie wissen, daß ich davon in den letzten paar Tagen mehr als genug hatte. Also bitte nicht schon wieder!«

»Beruhigen Sie sich, Luca. Ich werde Ihnen erzählen, was unser Freund Baldassare mir erzählt hat. Ihr Ersuchen, Monsignore Hallett während des Konklaves als persönlichen Beichtvater dabeizuhaben, wurde nicht sehr freundlich aufgenommen. Gewisse Mitglieder der Kurie fanden, es röche nach Privileg. Platz ist im St.-Martha-Haus eine hochbegehrte Sache. Es gibt bereits Beichtiger, die dazu eingeteilt sind, im Konklave Dienst zu tun. Baldassare fand jedoch, er könne mal ein Auge zudrücken, falls Sie bereit sind zu predigen. Sie wissen doch, wie das ist, Luca.« Der Kardinalstaatssekretär kostete seinen eigenen trockenen Humor aus. »In den Augen Gottes sind wir alle gleich – aber manche müssen härter dafür arbeiten, gleich zu bleiben.«

»Sie erpressen mich, Turi.«

»Man nennt das, Interessen säuberlich gegeneinander abwägen. Das ist das Prinzip der gesamten Diplomatie.«

»Ich habe nichts anzubieten, Turi.« Rossini wurde von plötzlicher Leidenschaft ergriffen. »Ich bin der falsche Mann zur falschen Zeit. Ich bin mit Fehlern behaftet, und Sie wissen das. Ich mache eine Glaubenskrise durch, die ich nur als nächtliche Reise unter einer Gewitterwolke in einer Welt, aus der Gott sich entfernt hat, beschreiben kann. Die Frau, die ich all diese Jahre geliebt habe, wird mir genommen – und ich kann nicht einmal Gott die Schuld dafür geben, weil er nicht da ist. Heute früh bat sie mich, ihr die Beichte abzunehmen und ihr die Absolution zu erteilen. Ich konnte nicht ablehnen, und doch habe ich das Ganze rein mechanisch heruntergespult wie ein Zauberkünstler, der weiß, daß er mit der Illusion zwar das Publikum täuschen kann, aber nicht sich selbst. Das ist der Grund, warum ich Hallett bei mir haben möchte. Er hat seine eigenen Probleme, bei denen ich ihm behilflich zu sein versuche, aber er ist auch ein Skeptiker, mit dem ich reden kann, ohne mich verstellen zu müssen, und der mir vielleicht – nur vielleicht, Turi – helfen kann, zurück ins Tageslicht zu finden. Und da ist noch etwas. Ich habe für diese Kirche mein Blut gegeben. Sie hat mich erhalten, erzogen und mich weit über meinen persönlichen Wert hinaus befördert. Ich möchte sie nicht durch irgend etwas spalten, das ich sagen oder tun könnte. Es gibt vieles, sehr vieles, das ich an ihren Grundsätzen und ihrer Politik nicht billige. Wenn ich es nicht guten Gewissens akzeptieren kann, in diesem Haus zu leben, werde ich es nach dem Konklave in aller Stille verlassen. In all der Aufregung, die ein neues Pontifikat mit sich bringt, wird sich niemand dafür interessieren, daß Luca Rossini vorzeitig seinen Abschied genommen hat. Aber diese Predigt, die Sie mich halten lassen wollen, ist eine völlig andere Sache. Ich kann keine Platitüden von mir geben. Und ich werde es auch nicht. Ich bin bereit, zu schweigen; aber wenn Sie mich zum Sprechen aufrufen, müssen Sie das Risiko dessen, was ich sage, akzeptieren, genau wie ich das Risiko akzeptieren muß, es zu sagen.«

Es folgte eine lange Stille, in deren Verlauf der Kardinalstaatssekretär sich eine frische Tasse Kaffee eingoß, ihn zuckerte, ihn langsam umrührte und dann mit höchster Sorgfalt das Fleisch in dem letzten Sandwich inspizierte, bevor er hineinbiß. Rossini sah ihm zu und wartete. Er war versucht, Pascarellis vertrauter und wundervoll abgemessener Vorstellung Beifall zu spenden. Einer der jugendlichen Witzbolde in der Sekretarie hatte ihm wegen seines Talents, unangenehme Konfrontationen zu vermeiden, den Spitznamen ›Fabius Cunctator‹ verliehen – Fabius der Verzögerer. Schließlich aß er sein Sandwich auf, trank einen Schluck Kaffee, tupfte sich die Lippen ab und ließ dann sein Urteil hören.

»Lassen Sie uns hier genau unterscheiden, Luca. Ich bin nicht Ihr Beichtvater. Ich hege nicht den Wunsch, mich ins Forum Ihres privaten Gewissens zu begeben. Ich bete in meiner Messe dafür, daß Ihnen das Licht geschenkt werde, das Sie brauchen. Was den Rest betrifft, so gehören Sie zur Sekretarie. Ich bin rechtlich gesehen ihr Vorgesetzter. Ich könnte Ihnen diesen Dienst befehlen, wenn ich wollte, aber ich möchte Sie lieber zu überzeugen versuchen, daß Ihre Ansprache nicht so spaltend wirken könnte, wie Sie befürchten. Wenn sie einen Disput auslöst, umso besser. Eine Papstwahl ist nicht der rechte Zeitpunkt für Nuancen und sorgsam redigierte Proklamationen. Ihr persönlicher Kredit bei Ihren Standesgenossen ist weit höher, als Sie glauben. Sie haben das Vertrauen des verstorbenen Papstes genossen und es niemals mißbraucht. Im Gegenteil, Sie haben für Kollegen gekämpft, die Ihrer Ansicht nach Unrecht erlitten hatten – und für Anliegen, die als unpopulär erachtet wurden. Ihr persönlicher Charakter ist eine andere Sache. Sie haben einen großen, dunklen Fleck auf der Weste: Ihr ehebrecherisches Verhältnis mit Señora Ortega. Ihr unermüdlichster Verteidiger war der verstorbene Heilige Vater. Aber es spielt keine Rolle, wer für oder gegen Sie ist. Sie sprechen stets mit Ihrer eigenen Stimme, Luca, aus einer Klugheit des Herzens heraus.«

»Ich spreche aus einer Dunkelheit der Verzweiflung heraus, Turi. Mir bricht das Herz, und doch kann ich nicht einmal weinen. Was soll ich denn Ihrer Erwartung nach meinen Brüdern im Konklave sagen?«

»Genau das, vielleicht«, sagte der Kardinalstaatssekretär. »Einfach das: Ich bin Luca, euer Bruder. Laßt mich zu euch über die Botschaft sprechen, die wir zu verbreiten beauftragt sind.« Er machte eine kleine, abschließende Geste und lächelte dann ironisch. »Sie brauchen weder mich noch sonst jemanden, um Ihre Predigt zu schreiben, Luca. Es wird genügen, wenn Sie Ihr Herz sprechen lassen.«

Luca Rossini war so einfach nicht zu bewegen.

»Sie sind sehr gut im Überreden, Turi. Stellen Sie sich bloß mal vor, was Sie mit einer Folterbank und einem Satz Daumenschrauben alles erreichen könnten. Aber denken Sie bitte ein bißchen weiter. Ich halte dieses wortreiche Plädoyer. Und dann bin ich eines schönen Tages, während Sie alle sich im Lichte eines neuen apostolischen Zeitalters sonnen, nicht mehr da. Ich habe mir einen Zufluchtsort gesucht und bin geworden, was auch immer ich geworden bin – und Sie, mein lieber Turi, haben dann einen ausgewachsenen neuen Skandal am Hals, um den heuchlerischen Prediger, den Verräter am Abendmahlstisch der Brüder. Sie bieten mir da einen Giftbecher an. Warum drängen Sie ihn mir so beharrlich auf?«

»Weil das, was Sie Gift nennen, Luca, durchaus das Mittel sein könnte, das die Krankheit kuriert, unter der Sie so heftig leiden. Wenn Sie sich zu Ihrer Rede erheben, werden Sie Ihren Brüdern aus der ganzen Welt gegenüberstehen. Sie werden sich selbst in ihren Gesichtern lesen können. Sie werden in aller Vernunft mit sich selbst disputieren, so wie sie mit Ihnen disputieren.«

»Turi, Sie haben es immer noch nicht verstanden! Das ist keine Frage der Vernunft! Wenn es das wäre, dann könnte ich Gottfried Gruber und sein gesamtes Team von Assessoren und Inquisitoren in Grund und Boden argumentieren und mich selbst in augenblickliche Gelassenheit. Das ist etwas anderes. Ich bin im Dunkeln eingekerkert, dem Dunkel eines leeren Hauses. Eines Tages hat Seine Heiligkeit mich gefragt, Turi, ob ich es denn nie bereute, mein Heimatland verlassen zu haben. Ich sagte ihm, nein, ich trüge die Kohlen meines Herdfeuers bei mir. Ich müßte bloß daraufblasen, und sie würden wieder aufglühen. Er wußte, daß ich ihm nur die halbe Wahrheit gesagt hatte. Er lächelte und fragte mich, was geschehen werde, wenn die Kohlen schließlich zu Asche heruntergebrannt seien. Darauf wußte ich ihm nichts zu antworten. Heute kann ich es. Es wird sehr, sehr kalt im Haus.«

»Also müssen Sie ein neues Feuer anlegen. Sie beten bloß um den Funken, der das alte wieder aufflammen läßt ... Aber ich muß es jetzt wissen: Werden Sie vor dem Konklave sprechen?«

Nun war Rossini an der Reihe mit dem Verzögerungsspielchen. In dieser Situation ging es um mehr als darum, eine Predigt zu halten, um die Herzen und den Geist von hundert oder mehr Elektoren zu öffnen, allesamt hochrangige Männer mit fest verwurzelten Ansichten, von denen jeder einzelne eifersüchtig sein eigenes Fürstentum verteidigte. Er wußte, daß er ihnen als Prophet eines neuen Zeitalters angedreht wurde, der genauso leicht verächtlich abgetan wie respektvoll begrüßt werden konnte. In beiden Fällen wäre der einen oder anderen Fraktion unter den Elektoren gedient; oder es konnte allen auf einmal gedient sein, indem sie sich in der einhelligen Verdammung eines Emporkömmlings zusammenfanden. Also stellte er eine scheinbar frivole Frage:

»Wenn wir den Heiligen Geist anrufen, uns im Konklave zu inspirieren, verleiht er uns dann automatisch die Gabe des Zungenredens?«

»Bedauerlicherweise tut er das nicht, Luca. Und eine Menge unserer Prälaten sind nicht mehr so gut in Latein. Egal, welche Sprache Sie verwenden, Luca, einen Teil des Konklaves werden Sie nicht erreichen. Es ist eher wie eine Oper. Sie werden die Melodie miteinander teilen – und ihre Mühe mit den Worten haben.«

»Was soll also die ganze Übung?«

»Der entscheidende Punkt ist, daß wir einen vielsprachigen Text bereitstellen werden. Das ist eines der Dinge, in denen wir hier gut sind, wie Sie wissen. Auf diese Weise bekommen sie die Musik und die Worte mit. Sie haben sechs Tage, Luca – und ich brauche drei davon für unsere Übersetzungen und das Drucken.«

»Was mir drei Tage Zeit läßt, meinen Text vorzubereiten?«

»Zweieinhalb. Ich brauche einen Vormittag, um ihn zu lesen und Ihr Konzept mit Ihnen durchzudiskutieren.«

In diesem Moment begann ihm endgültig ein Licht aufzugehen, was da gespielt wurde. Der Puppenspieler zog bereits an den Fäden, die die Marionetten bewegten. Rossini lehnte sich in seinem Sessel zurück und lachte.

»Turi, Sie sind einigermaßen schamlos. Es wird keine schriftlichen Konzepte geben, keine Diskussionen. Es wird keine Interpolationen geben, keine Nuancierungen, keine Randbemerkungen. Ich habe eingewilligt zu sprechen. Das könnte das letzte Zeugnis sein, das ich in der Versammlung unserer Brüder ablege, also bestehe ich darauf, daß es meine eigenen Worte sind. Wenn sie die akzeptieren, gut! Wenn sie es von sich weisen, dann stecken Sie das Zeug in den Reißwolf. Ganz einfach. So oder so wird niemand außerhalb des Konklaves jemals davon erfahren. Wir stehen doch alle unter dem Eid der Verschwiegenheit, oder?«

»Selbstverständlich tun wir das«, sagte der Staatssekretär, »was einen ins Grübeln bringt, wie so viele Zeitungsspalten voller Informationen aus dem Konklave heraussickern können. Ich gebe mich geschlagen. Sie halten Ihre eigene Predigt.«

»Und ich kriege Piers Hallett und meine Verbindung mit New York.«

»Also, ich glaube, jetzt erpressen Sie mich, Luca!«

»Im Gegenteil. Ich denke, wir haben es gerade geschafft, Interessen säuberlich gegeneinander abzuwägen.«

»Ich wäre erheblich glücklicher, wenn Sie Ihren Text mit mir durchsprechen würden, Luca. Auf die Art werde ich mir nicht ganz so idiotisch vorkommen, wenn uns der Himmel auf den Kopf fällt.«

In diesem Moment klingelte das Telephon. Der Kardinalstaatssekretär antwortete. Nur Sekunden später kam Angel-Novalis ins Zimmer, begleitet von einem jungen Geistlichen, der im Hinausgehen die Überreste der Mahlzeit abräumte. Nachdem sie einander kurz begrüßt hatten, erklärte Angel-Novalis den Grund seines Besuchs. Er legte Kopien zweier Ausschnitte aus der *New York Times* auf den Tisch.

»Wir haben es hier sechs Stunden später als in New York.

Diese beiden Artikel sind in der heutigen Morgenausgabe erschienen. Ich habe sie dem Camerlengo gezeigt, und er hat mir empfohlen, sofort mit Ihnen darüber zu sprechen. Der eine ist die letzte Folge der päpstlichen Tagebücher.«

Rossini lehnte sich über die Schulter des Staatssekretärs, um mitlesen zu können.

»Mir geht es heute abend nicht gut. Mich plagen ein Kopfweh und dieses seltsame Unwohlsein, das sich in der Vergangenheit als Vorbote eines leichten Gehirnschlags erwiesen hat. Ich versuche, mich davon abzuhalten, mir die Möglichkeiten einzureden, aber man hat mich mehrfach gewarnt, daß so mein Tod kommen könnte. Ich trage eine Zeitbombe im Kopf, und eines Tages wird sie platzen und mich umbringen. Dennoch, ich muß weiterarbeiten, *denn es kommt die Nacht, da kein Mensch eine Arbeit tun kann.*

Da ich folglich im Schatten des Urteils lebe, bin ich gezwungen, mich selbst mit höchster Strenge zu beurteilen. Ich besitze noch immer Autorität, aber die Macht, sie anzuwenden, gleitet mir aus den Händen. Seit langer Zeit bin ich nun schon gezwungen, mehr und mehr an Männer zu delegieren, die ich ernannt habe, und dennoch bin am Ende ich es, der verantwortlich ist für das, was sie tun. Was mich in diesen düsteren Stunden am stärksten bekümmert, ist der Gebrauch meiner Macht über das Gewissen der Menschen, der Macht zu lösen und zu binden, die wir über die Jahrhunderte allzuoft zur Tyrannei ausgeweitet haben.

Was ich selbst als rechtmäßige Ausübung von Autorität zu rechtfertigen geglaubt habe, sehe ich nun als grobe und oft opportunistische Einmischung. Ich habe mich eher wie ein General verhalten, der unter seinem Kommando stehende Armeen ins Feld schickt, denn wie ein Hirte, der über seine verstreuten Schafe wacht, die auf riesigen Hängen grasen, wo sie von umherstreifenden Raubtieren bedroht sind. Ich habe tapfere Männer zum Schweigen verurteilt. Ich habe es vorgezogen, rebellische Geister zu zermalmen, statt sie zu überzeugen. Ich habe den Ratschlag unseres Herrn zurückgewiesen, das Unkraut und den Weizen zusammen gedeihen zu lassen, bis es Zeit zur Ernte ist. Statt dessen habe ich rohe Gärtner ausgesandt, um das Unkraut zu jäten – und zusammen mit ihm ist auch gutes Getreide ausgerissen worden.

Bei all dem habe ich den Rat von Männern gesucht, die ich selbst ernannt habe, und so war es stets meine eigene Stimme, die ich hörte. Um meine Entscheidungen zu rechtfertigen, habe ich auf die Toleranz loyaler Christen und die schiere Ignoranz der gewaltigen Herde gesetzt, die auf den fernen Weiden grast. Warum bin ich diesem höchst subtilen Selbstbetrug erlegen? Weil ich das als ein Mittel sah, meine Politik für die Kirche lange über das Ende meiner Amtszeit hinaus fortzusetzen. In allen, die herrschen, steckt eine tiefverwurzelte Furcht, daß abweichende Meinungen zu respektieren die Rebellion schüren heißt. Also lassen wir unsere Edikte, seien sie nun gut oder schlecht, an den Stadtmauern hängen, bis der Regen der Jahrhunderte sie hinwegspült. Solange sie da sind, können sie gegen die Unvorsichtigen und die Unachtsamen verwendet werden.

Es ist einfach, bei dieser Fortdauer der Macht Kollaborateure zu finden, denn ich werde als ihr Garant gesehen, ihre Rechtfertigung gegenüber jeglicher Kritik. Mehr noch, ihre Macht wird weiterbestehen, nachdem die meine mir aus den Händen geglitten ist. Die Gewöhnung wird sie nur bestärken. Sie in Frage zu stellen wird nur dazu führen, daß sie rigoroser ausgeübt wird.

Der Schrecken, der mich jetzt beschleicht, ist dieser: Ich bin zu alt, um noch irgend etwas zu verändern. Ich zähle mein Leben wie ein Kind am Schlafen und Wachen, an Nachtgebeten und dem Dank für jeden neuen Tag. Was soll ich Gott antworten, in dessen Namen ich herrsche, was Jesus Christus, dessen Stellvertreter ich zu sein beanspruche ...«

Zwischen den drei Männern war es lange still, während jeder für sich stumm den Text zu Ende las. Dann stieß Luca Rossini einen langen Atemzug aus, der in einer geflüsterten Bekundung des Bedauerns endete.

»Lieber Himmel! Das ist das, was er mir über Wochen zu sagen versuchte, aber er brachte es nie über sich, es auszusprechen. Der arme, einsame Mann.«

»Jetzt ist die Katze aus dem Sack«, sagte der Kardinalstaatssekretär schlicht.

»Ich glaube, Sie sollten sich den Kommentar ansehen«, sagte Angel-Novalis respektvoll. »Es wird noch viele andere dieser Art geben.«

Sie lasen ihn schweigend, Rossini über die Schulter des Staatssekretärs gebeugt.

»Obgleich die Herkunft der päpstlichen Tagebücher noch immer unklar ist, scheint niemand ernsthaft die Authentizität der Texte anzufechten.

Diese Passagen, geschrieben an dem Abend, bevor er zusammenbrach und für immer verstummte, stellen ein Dokument von einzigartiger Bedeutung dar. Sie sind die Beichte eines alten und mächtigen Mannes am Ende einer langen Amtszeit. Es liegt eine große Traurigkeit darin: ein Gefühl, sich schuldig gemacht zu haben, ein Erkennen, daß die Uhren für niemanden von uns jemals zurückgestellt werden.

Allzuoft, und gerade in diesem Zeitalter der sekundenschnell verfügbaren Informationen, machen die vatikanischen Autoritäten sich lächerlich und bringen den Glauben in Verruf, indem sie Entscheidungen verspätet zurücknehmen, die man schon vor Jahrhunderten hätte zum alten Eisen werfen sollen. Der Fall Galilei ist nur ein berüchtigtes Beispiel. Weniger offensichtlich, wenngleich vielleicht gefährlicher, sind die Hochschullehrern an katholischen Universitäten abverlangten Glaubensbekenntnisse, Bekenntnisse, die weit über die traditionellen Aussagen des Nikäischen Credos hinausgehen. Es reicht nicht aus, das Kurieren von Irrtümern oder Übertreibungen allein der Zeit zu überlassen. Das ergreifende Dokument der Unruhe des verstorbenen Pontifex angesichts seines drohenden Todes bestätigt, daß den Seelen im Hier und Jetzt gedient werden muß, denn auch für sie läuft die Zeit rasch ab.

Man kann nur hoffen, daß die Elektoren, die sich gerade in Rom versammeln, dieses letzte Vermächtnis lesen und bedenken werden, während sie ihren Kandidaten erwägen. Auch ihre Entscheidung wird bald nicht mehr rückgängig zu machen sein.«

Der Kardinalstaatssekretär lehnte sich in seinem Sessel zurück, verschränkte die Hände hinter dem Kopf und musterte schweigend seine Besucher. Angel-Novalis sprach als erster.

»Man wird mich um einen Kommentar ersuchen. Haben Sie irgendwelche, meine Herren?«

»Ich nicht«, sagte der Staatssekretär. »Der Mann ist tot und begraben. Kommentare sind der Schnee von gestern auf dem Grab.«

»*Requiescat*«, sagte Luca Rossini. »Lassen Sie ihn in Frieden ruhen.«

»Bei allem Respekt«, sagte Angel-Novalis, »brauche ich mehr Hilfe, als Sie mir zu geben bereit scheinen.«

»Vielleicht.« Der Kardinalstaatssekretär gab sich täuschend milde. »Vielleicht haben wir hier ja was nicht mitbekommen.«

»Dann erlauben Sie mir, es zu erklären, Eminenz. In einem unmittelbar vor seinem Tod geschriebenen privaten Tagebucheintrag hat der Papst Grundsätze und Vorgehensweisen widerrufen – oder zumindest ernstlich in Zweifel gezogen –, die durchzusetzen ihn zwei Jahrzehnte gekostet hat. Wir können die Stimmung verstehen, in der er das schrieb. Er war ein betagter und überarbeiteter Mann, der versuchte, eine Bilanz seines Lebens zu ziehen, bevor die abschließende Buchprüfung kam. Sie werden sich erinnern, daß ich diese Frage in einer öffentlichen Erklärung vor dem Club der Auslandspresse angesprochen habe. Ich verlieh meiner persönlichen Ansicht Ausdruck, daß die Tagebücher de facto Diebesgut seien. Ich tat das, wie Sie sich erinnern werden, auf ihr förmliches Ersuchen hin. Dieser letzte Auszug ist ein äußerst starkes Indiz dafür, daß diese These stimmt. Ich zumindest vermag nicht zu glauben, daß Seine Heiligkeit sich mit seinem Kammerdiener verschworen haben würde, um sein eigenes Lebenswerk zu zerstören. Ich glaube, dieser Kommentar muß geäußert werden, und zwar mit Nachdruck, andernfalls verlieren diejenigen, die in gutem Glauben die Politik des Papstes in die Tat umgesetzt haben, jeglichen Rückhalt in ihren Kongregationen. Mehr noch, es wird einen durchaus begründet wirkenden Verdacht geben, daß die Veröffentlichung stillschweigend geduldet wurde. Das ist ein Geschenk des Himmels für die Liberalen, eine Waffe gegen jene mit konservativeren Ansichten. Es ohne Kommentar des Vatikans durchgehen zu lassen, riecht nach Opportunismus. Ein Verbrechen bleibt unangeklagt, weil es einem politischen Wandel förderlich ist.«

Der Staatssekretär spielte mit dem Brieföffner auf seinem Schreibtisch. Rossini faßte die Lage emotionslos zusammen:

»Wenn Sie den Diebstahl unterstreichen wollen, brauchen Sie mehr Beweise gegen Stagni. Wenn Sie irgend etwas von der Politik Seiner verstorbenen Heiligkeit retten wollen, dann schaffen Sie das nicht, indem Sie die Elektoren polarisieren. Die ganze Kirche steht im Moment still. Der Heilige Stuhl ist vakant. Wir sitzen alle unter diesem symbolischen Schirm und warten darauf, daß eine neue Sonne über uns aufgeht.«

»Irgend etwas muß unternommen werden.« Angel-Novalis war ein Mann, der sich von seinen Überzeugungen nicht so rasch abbringen ließ. »Man wird mich um einen Kommentar ersuchen. Ich kann mich nicht weigern, ihn abzugeben.«

»Dann arbeiten Sie innerhalb der Konventionen Ihres Büros«, sagte der Kardinalstaatssekretär. »Es ist bereits bekannt, daß Sie im Presseclub eine öffentliche und persönliche Erklärung abgegeben haben. Wiederholen Sie sie, wenn es denn unbedingt sein muß, aber denken Sie dran, daß Sie da bloß Zwischenmusik spielen, bis der Vorhang für die große Nummer hochgeht, die Wahl eines neuen Papstes. Dieser Akt ist noch nicht geschrieben. Es wäre ein großer Fehler, wenn Sie in Ihrer Versessenheit auf eine unmögliche Gerechtigkeit versuchen würden, sich ins Skript einzumischen.«

»Lassen Sie mich sicherstellen, daß ich Sie recht verstanden habe, Eminenz. Sie weisen mich an, im Rahmen des Ermessensspielraums meines Büros zu arbeiten?«

»Genau.«

»Dann sollte ich wohl am besten ans Werk gehen. Mit Ihrer Erlaubnis, Eminenzen.«

Als sich die Tür hinter ihm geschlossen hatte, äußerte Rossini milden Protest:

»Sie haben ihn ganz schön heruntergeputzt, Turi.«

»Er wird schon nicht gleich von seinem hohen Roß fallen.« Der Staatssekretär erlaubte sich ein grimmiges Lächeln. »Aber er ist in der Spanischen Reitschule ausgebildet worden; das ist ein wunderschöner Stil fürs Dressurreiten, aber nicht unbedingt das Beste für ein langes Hindernisrennen über Stock und Stein.«

Es war schon später Nachmittag, als Rossini sich aus seinem Büro verabschiedete, die Vatikanstadt durch das Engelstor verließ und den *Borgo d'Angelo* hinunter auf den Fluß zuging. Es war ein langer Tag gewesen. Jetzt hatte ihn eine abgrundtiefe Depression ergriffen. Das Kindermärchen vom Jungen, der seinen Schatten verloren hatte, wollte ihm nicht aus dem Kopf. Er hatte keinen festen Bezugspunkt mehr. Er war ein leerer Mann auf dem Weg nach Nirgendwo.

Es schien eine Ewigkeit her, obgleich es nur sechs Stunden waren, daß er Isabel und Luisa Lebewohl gesagt hatte. Sie waren noch immer im Hotel. Sie würden bis zum Morgen dort sein. Er verspürte ein quälendes Verlangen, sie wiederzusehen, aber es war besser, den Schauplatz ihres gemeinsamen Kummers nicht derart rasch wieder aufzusuchen. Sie hatten sich voneinander verabschiedet. Es gab diesen letzten stockenden Worten der Zärtlichkeit nichts hinzuzufügen. Die tröstlich gemeinten Umarmungen waren für Isabel nun schmerzhaft geworden. Er hegte die Hoffnung, egal wie schwach, daß er sie nach dem Konklave in New York besuchen konnte. Für den Moment würde er stumm und allein durch seine eigene Dunkelheit wandern und auf den Sonnenaufgang warten, falls es denn tatsächlich jemals wieder einen Sonnenaufgang geben sollte.

Dann fiel ihm ein, daß er sich zumindest mit Luisa in Verbindung setzen und ihr die vom Kardinalstaatssekretär bereitgestellten Instruktionen übermitteln mußte, wie sie ihn während des Konklaves erreichen konnte. Er hatte ihr versprochen, sie an das Hotel zu faxen, aber der Staatssekretär hatte Einwände erhoben. Es ging um die Sicherheit. Hotelzentralen waren Orte, die ein notorisches Risiko darstellten.

Also wählte er auf seinem Handy die Nummer des Hotels, als er schließlich den Fluß erreichte und auf den Ponte Sant' Angelo hinaustrat, und bat, zu Luisas Zimmer durchgestellt zu werden. Er war erleichtert, aber verlegen, als sie antwortete. Er beeilte sich zu erklären, worum es ging:

»Ich habe es geschafft, eine Kommunikationsverbindung einzurichten, die du benutzen kannst, während wir im Konklave sind. Alles ganz offiziell, aber es hängt vom richtigen Umgang mit der Zeitverschiebung und vom direkten Zugang zu der fraglichen Person ab. Also möchte ich, daß du das alles sorgfältig mitschreibst, während ich es dir diktiere, mir es dann noch einmal vorliest und sicherstellst, daß du es immer bei dir hast. Der Vatikan ist groß, und bald wird er total überfüllt sein. Bis das Konklave vorbei ist, wird das die einzige Verbindungsmöglichkeit sein, die ich zu dir habe. Klar?«

»Klar. Ich sitze hier und habe Papier und Bleistift griffbereit.«

Er diktierte ihr langsam die Informationen, buchstabierte jedes Wort, wiederholte jede Zahl. Dann ließ er sie das Ganze noch einmal vorlesen, um sicherzugehen, daß ihre Orthographie und ihre Aussprache stimmten. Erst als das getan war, fühlte er sich frei zu fragen:

»Wie geht es deiner Mutter?«

»Sie hat eine schlimme Stunde gehabt, nachdem du gegangen bist, aber es geht ihr schon wieder besser. Ich war gerade drüben, um nach ihr zu sehen. Sie schläft. Später werde ich sie zum Abendessen nach oben ins Restaurant mitnehmen. Die gesamte Kofferpackerei ist erledigt. Wir werden uns morgen früh nicht abhetzen müssen.«

»Möchtest du, daß ich sie heute abend besuchen komme?«

»Lieber nicht, glaube ich. Warum sollten wir uns das noch mal antun.«

»Du hast natürlich recht. Sag ihr einfach, daß ich angerufen habe, und richte ihr meine allerherzlichsten Grüße aus.«

»Ein kleines Stück deines Herzens hätte ich gern für mich selbst.«

»Das gehört dir schon. Es wird dir immer gehören.«

»Und wie kommst du so zurecht, Luca?«

»Ich marschiere weiter – selbst, wenn ich mir nicht sicher bin, wohin eigentlich.«

»Ich auch nicht. Mir beginnt es gerade erst zu dämmern, was es bedeutet, eine Mutter zu verlieren.«

Ihre Not erfüllte ihn mit augenblicklicher Zärtlichkeit. Einen Elternteil zu verlieren, war, als würde eine lebenswichtige Wurzel abgehackt. Der nährende Zustrom aus der Vergangenheit versiegte. Die Zukunft wurde ungewiß.

»Mein liebes Kind, niemand ist jemals auf irgend etwas vorbereitet. Der Moment ist da, man muß damit zurechtkommen. Das ist die Kurtaxe, die wir alle dafür bezahlen, menschliche Wesen zu sein. Und laß mich dir noch etwas sagen, das deine Mutter gelernt hat und ich noch immer zu lernen versuche. Es gibt für uns alle Momente, in denen Gott abwesend zu sein scheint und wir im dunkeln und schrecklich allein zurückbleiben. Wir arbeiten uns voran wie die Blinden, klopfen den Weg vor uns mit einem Stock ab und hoffen, daß der Boden fest bleibt und jegliche Geschöpfe, die wir treffen, sich als freundlich erweisen. Es gibt keine Garantien, niemals. Wir halten uns offen für die Liebe, weil wir ohne sie zu reißenden Bestien werden.«

In der Leitung wurde es so still, daß er schon dachte, er hätte sie verloren. Dann fragte sie mit merkwürdig angespannter Stimme:

»Betest du, Luca?«

»Ich sage die Worte her. Ich weiß nicht, wer sie hört.«

»Wirst du sie für uns sagen – für mich und Mutter?«

»Selbstverständlich.«

»Und wir werden für dich beten. Ich lasse dann aus New York von mir hören.« Und wieder herrschte kurzes Schweigen, bevor sie verlangte: »Sag mir, daß du mich liebst, bitte!«

»Ich liebe dich, meine Tochter.«

»Ich liebe dich, Papa.«

Die Verbindung wurde unterbrochen. Er steckte sein Handy wieder ein, und dann lehnte er sich an die steinerne Balustrade und starrte durch einen Schleier von Tränen auf das graue Wasser.

Zwölf

Monsignore Domingo Angel-Novalis war ein gewissenhafter Mann. Er war außerdem ein wütender Mann. Es lag keine Hitze in seinem Zorn, nur frostige Berechnung. Es war etwas schiefgelaufen; es mußte in Ordnung gebracht werden. Es drohte Verwirrung; sie mußte verhindert werden. Die Zeit lief ab: Es blieb weniger als eine Woche, bevor die wahlberechtigten Kardinäle ins Konklave gingen. Danach würden die Worte und Taten eines toten Pontifex das Neueste von gestern sein, gerade noch gut für die Altpapiersammlung. Folglich mußten auf der Stelle klare Verhältnisse geschaffen werden. Also war Angel-Novalis von dem Moment an, da er das Büro des Staatssekretärs verlassen hatte, überaus beschäftigt gewesen.

Als erstes hatte er einen Kollegen in Rio de Janeiro angerufen, einen dieser Laien, die bei Opus Dei ›Numerare‹ genannt wurden. Er hieß Eduardo da Souza und war der Chefredakteur einer großen konservativen Zeitung. Angel-Novalis bat ihn, aus seinem Archiv jedes nur verfügbare Bröckchen Information über den kürzlich eingetroffenen Claudio Stagni zu besorgen. Er hätte das Material gerne in drei Stunden. Machbar? Selbstverständlich, nichts war unmöglich, wenn es um eine gerechte Sache ging und man Gott auf seiner Seite hatte, um es mit dem seligen Gründer zu sagen.

Sein nächster Anruf war schwieriger, denn er war ein stolzer Mann und haßte es, irgend jemandem zu Dank verpflichtet zu sein. Die angemessene Ordnung der Dinge bestand darin, daß die Medien zu ihm kamen, nicht umgekehrt. Er hatte niemals um Platz oder Aufmerksamkeit betteln müssen. Heute war er bereit, wenn schon nicht zu betteln, so doch um ein paar Gefälligkeiten zu ersuchen. Sein naheliegendstes Ziel war Frank Colson vom *Daily Telegraph*, der ihm im Club der Auslandspresse die Fragen gestellt hatte. Der *Telegraph* war zu kurz gekommen, als die Rechte an den päpstlichen Tagebüchern versteigert wurden. Colson konnte durchaus geneigt sein, eine abschließende Story zu veröffentlichen, ehe die bevorstehende Papstwahl die unmittelbare Vergangenheit vergessen machte. Colson zeigte sich der Idee gegenüber aufgeschlossen. Sie verabredeten, sich um halb sechs im *Caffe Greco* zu treffen.

Angel-Novalis verbrachte die nächsten beiden Stunden damit, daß er in seinem Büro eine in knappen Worten formulierte Story über die verdächtige Herkunft der päpstlichen Tagebücher und die Möglichkeit, daß die Texte dazu benutzt werden würden, radikal die Disziplinarpolitik des verstorbenen Pontifex zu ändern, aufsetzte. Es war fast schon fünf Uhr, als per E-Mail die Antwort aus Rio kam:

> »Claudio Stagni hat auf drei Jahre ein teures Apartment in einem hervorragend gesicherten Wohnblock an der Rua Lisboa gemietet. Sein Hauspersonal besteht aus einer Köchin, einem Zimmermädchen und einem Chauffeur/Leibwächter, den er über eine amtlich zugelassene Agentur engagiert hat. Angesichts der moralischen Toleranz dieser Stadt ist an Stagnis Lebensstil nichts, das Kommentare hervorrufen würde. Er hat eine Vorliebe für gutaussehende junge Männer, die hier leicht zu haben sind, und soll versuchen, Bekanntschaften in literarischen und künstlerischen Kreisen zu machen. Er hat begonnen, örtliche Kunstgalerien zu besuchen, und ist von ein paar hiesigen Verlegern eingeladen worden, die an dem in Arbeit befindlichen Werk über sein Leben im Dienste des verstorbenen Pontifex interessiert sind. Er scheint sich der Risi-

ken voll bewußt, die in dieser Stadt ein allzu öffentliches oder verschwenderisches Leben mit sich bringt. Er bietet das diskret unauffällige Profil eines literarischen Gentlemans von beträchtlichem Vermögen. Andererseits scheint er auch die Gesellschaft von Frauen nicht zu vernachlässigen – vorausgesetzt, sie sind in einem bestimmten Alter und süchtig nach schickem Klatsch. Kurzum, er ist ein höchst ausgekochter Kunde, der haargenau weiß, was er will, und sich sehr clever anstellt, wenn es darum geht, es zu bekommen.

Es gilt allerdings, noch ein paar nützliche Anmerkungen zu machen. Brasilien steht kurz davor, Auslieferungsverträge mit bestimmten Ländern, wie etwa Großbritannien, abzuschließen. Stagni hat einen bekannten Anwalt, zu dem wir Verbindungen haben, konsultiert, um sich beraten zu lassen, ob er dadurch in irgendeiner Weise bedroht ist. Ich glaube nicht, daß Italien oder der Vatikanstaat auf der Liste potentieller Vertragspartner stehen, aber ich kann mich erkundigen, und es würde nichts schaden, eine kleine Einschüchterungskampagne zu starten, um ihn aus der Ruhe zu bringen.

Das ist hierzulande ein verbreitetes Spiel, das einige sinistre Nebenprodukte wie die ›Todesschwadronen‹ und andere Formen gewaltsamer Selbstjustiz hervorgebracht hat. Ich will damit auch nicht einen Moment lang andeuten, daß Sie derartige Methoden in Betracht ziehen könnten, um Ihre Ziele zu erreichen. Es gibt einfachere Methoden, einen unerwünschten Gast nervös zu machen. Wenn mir irgend etwas Gutes einfällt, lasse ich es Sie wissen. Einstweilen bleibe ich am Ball.

Mit brüderlichen Grüßen, Eduardo da Souza.«

Es war nicht viel; aber es lieferte eine Grundlage für sein Gespräch mit Frank Colson. Er druckte die Nachricht aus, steckte sie zusammen mit seinem eigenen Material in seine Aktenmappe und tippte dann eine Antwort an da Souza:

»Vielen Dank für Ihre Zeit und Mühe. Stagni scheint sich einen soliden Bunker gebaut zu haben. Man kann nur hoffen, daß er sich eines Tages daraus vertreiben läßt. Stillschweigend persönliche Gewalt gegen ihn zu dulden, scheidet vollkommen aus, aber auch das Summen von Insekten kann unruhig machen.

Mit brüderlichen Grüßen, Domingo Angel-Novalis.«

Als die Nachricht übermittelt war, schaltete er den Computer aus und eilte zu seiner Verabredung im *Caffe Greco*.

Colson trank seinen Kaffee und las sich die Dokumente sorgfältig durch. Dann schüttelte er den Kopf.

»Da steht nichts Neues drin – jedenfalls nichts, das eine Story rechtfertigen würde, egal von welcher Länge.«

»Sie übersehen den entscheidenden Punkt, Frank! Stagni ist stets verdächtigt worden, die Tagebücher des Pontifex gestohlen und zur Untermauerung seines Anspruchs gefälschte Dokumente vorgelegt zu haben.«

»Verdächtigt, ja; aber nie angeklagt, weil es für beide Punkte null Beweise gibt.«

»Aber offensichtlich hat er vor irgend etwas Angst; warum sollte er sonst in Brasilien einen Anwalt konsultieren?«

»Und warum sollte dieser Anwalt bereit sein, das Mandantengeheimnis zu verletzen?«

»Er ist ein Freund von Freunden. Er hat es einfach mal nicht so genau genommen, um uns einen Gefallen zu tun.«

»Gott schütze uns vor solchen Anwälten! Und Sie, Monsignore, sollten mit solchen Freunden vorsichtig sein.«

»Sie sehen den Punkt immer noch nicht, Frank: den textimmanenten Beweis; den Papst, der seine eigene Politik widerruft. Ich habe lange Zeit für ihn gearbeitet. Ich kann mir nicht vorstellen, daß er sich mit einem Kammerdiener zu einem derartigen Zerstörungswerk verschworen haben soll.«

»Er hat den Text geschrieben!« Colson klang gereizt. »Warum? Doch sicher nicht, damit er jahrhundertelang im Geheimarchiv begraben wird? Wir alle schreiben, um mit jemandem zu kommunizieren. Der Kammerdiener war das letzte menschliche Wesen, mit dem er am Abend sprach. Er war der naheliegendste Vermittler zwischen dem Papst und dem Publikum, das er erreichen wollte, wer auch immer das war!«

»Wenn Sie damit meinen, daß dieses Publikum die Kirche insgesamt ist, dann irren Sie sich! All seine Anstrengungen sind darauf hinausgelaufen, die Autorität der Hierarchie zu festigen und den Einfluß der Laienschaft zu reduzieren. Warum sollte er sich daranmachen, sein eigenes Lebenswerk zu zerstören?«

»Weil es ihm am Ende nicht mehr gefallen hat! Bildhauer zerstören ihre Werke. Maler zerschneiden ihre Gemälde. Für mich liest sich das wie ein warnendes Geständnis: ›Die Struktur, die ich errichtet habe, ist fehlerhaft. Mutet ihr keine großen weiteren Belastungen zu. Baut sie in anderen Richtungen aus. Kümmert euch um die Fundamente.‹«

»Für mich liest sich das so nicht, Frank!«

»Wie dann?«

»Ein plötzliches nervliches Versagen eines sehr alten und überarbeiteten Mannes. In Panik hat er eine private Befürchtung eingestanden. Was er geschrieben hat, ist in die Hände eines Diebes gefallen. Nun kann es zur Subversion benutzt werden, dazu, das spirituelle Leben der Kirche zu unterminieren.«

»Unterminieren? Das ist ein starkes, eindeutiges Wort. Sie sagen da, daß der Papst höchstpersönlich die Formel für diese Subversion aufgestellt hat.«

»Ich glaube nicht, daß er sie dafür genutzt sehen wollte.«

»Der Text ist klar. Wenn das nichts zu bedeuten hat, wer soll dann seine Absicht interpretieren?«

»Der neue Pontifex. Nichts verändert sich, solange der Heilige Stuhl vakant ist.«

Colson konnte ein Lächeln nicht zurückhalten.

»Das, mein lieber Monsignore, ist ein reiner Mythos und ein Märchen. Natürlich verändern sich Dinge! Ansichten, Grundsätze, politische Färbungen, all das verändert sich, während wir miteinander reden, während sich in religiösen Instituten quer durch die Stadt die Prälaten versammeln. Die Welt wartet nicht, bis die päpstlichen Gemächer einen neuen Bewohner haben – sie dreht sich einfach weiter, und wir armen Teufel klammern uns mit Ach und Krach daran fest.«

»Tut mir leid, daß Sie so denken, Frank. Ich hatte gehofft...«

»Beruhigen Sie sich, mein Freund. Sie kriegen Ihre Story schon. Ich muß sie ein wenig umbauen, einige der Dinge verwenden, über die wir gerade gesprochen haben; aber, ja, wir werden dem Thema schon ordentlich Publicity geben.«

»Danke. Zumindest kann ich mir sagen, daß ich ihm einen frommen Dienst erwiesen habe. Ich werde nicht vergessen, daß Sie das für mich getan haben, Frank.«

»Ich habe Sie noch nie so versessen darauf erlebt, eine Story zu lancieren.«

»Ich bin wütend. Es ist ein Unrecht begangen worden. Ich möchte es in Ordnung gebracht sehen.«

»Die beste Art, das zu tun, ist, daß man das Ereignis mitten auf der Bühne noch einmal vorspielt und das Publikum sich seine eigene Meinung bilden läßt. Macht es Ihnen was aus, wenn ich mich jetzt verabschiede? Ich muß das geschrieben kriegen und auf den Weg nach London bringen.«

»Reicht das noch für die morgige Ausgabe?«

»Das hoffe ich. Ich habe darum gebeten, Platz freizuhalten.«

»Aber ich dachte, Sie hätten gesagt, da sei nichts Neues dabei?«

»Ein alter Trick, Monsignore: Bring den Erzähler dazu, seinen Plot zu rechtfertigen. Ihr Text war gut. Ihre Vorstellung war weit vielsagender.«

Monsignore Angel-Novalis bestellte sich eine weitere Tasse Kaffee und ein Stück Schokoladenkuchen. Er war ein zu intelligenter Mensch, um nicht zu wissen, daß er in eine Indiskretion hineinmanövriert worden war. Er übermittelte nicht länger die offizielle Ansicht des Vatikans, sondern fügte einen persönlichen

Kommentar hinzu. Andererseits, was machte das schon? Seine Amtszeit lief ab. Unter einem neuen Papst mochte Opus Dei selbst durchaus reif für einen Aufenhalt in den Wüsten der offiziellen Ungnade sein. So war nun einmal das Leben in einer imperialen Kirche. Religiöse Institute waren die Herzogtümer und Baronien, die Marquisate und Korporationen der gewöhnlichen Menschen, wo Besitz und Geld und menschliche Arbeitskraft zur Disposition eines Pontifex für das Volk Gottes versammelt wurden. Manchmal standen sie in hohem Ansehen. Manchmal fielen sie nicht bloß in Ungnade, sondern verloren auch ihr Ansehen. Es war allerdings selten, daß ihre offiziellen Patente rückgängig gemacht wurden. Es brauchte schon einen gewaltigen Fleck auf der Weste, bis man sie ganz aufhob.

Also Ruhe und Geduld, Domingo! Du hast versucht, die Ehre eines Mannes zu schützen, dem du in Ehren gedient hast. Falls du bei diesem letzten Dienst gestolpert bist und Wein auf den Teppich verschüttet hast, dann entschuldige dich, wisch ihn auf und tritt mit soviel Würde zurück, wie du nur aufbringen kannst. So Gott will, ist morgen ein neuer Tag.

Nun, da seine eigene Geschichte sicher an den Mann gebracht war, überlegte Angel-Novalis, könnte er eigentlich einen Umweg über den Presseclub machen und schauen, welche anderen Stories rund um den Globus verbreitet wurden und wie die Wetten standen, wer der neue Papst werden würde. Er sah in seiner Brieftasche nach, ob er genug Bargeld dabeihatte, um an der Bar ein paar Runden auszugeben. Er selbst trank nur Mineralwasser, aber er fand, daß ein Gehalt beziehender Kleriker seine Zeche bezahlen sollte wie der Rest der Menschheit auch. Dann stellte er amüsiert fest, daß Frank es ihm überlassen hatte, die Rechnung für seinen Kaffee zu begleichen. Er zahlte und trat hinaus in den gerüchteschwangeren Herbstabend.

Im Presseclub war Fritz Ulrich wegen der redaktionellen Präsentation seiner Glosse über die Janitscharen des Ottomanischen Reichs in Siegerlaune. Ein scharfsinniger Redakteur hatte die Möglichkeiten erkannt, die in der Idee steckten, und den Artikel zu einer Doppelseite mit Illustrationen eines bekannten satirischen Karikaturisten, Georg Albrecht Kirchner, aufgeblasen.

Ulrichs simple Analogie zwischen den Janitscharen – gefangenen christlichen Knaben, die zu grimmigen Soldaten des Islams geworden waren – und dem zölibatären, immer kleiner werdenden Klerus der römischen Kirche, der von Sexualskandalen und daraus erwachsenden gewaltigen Schadensersatzklagen geplagt wurde, war im Kontext einer globalen Konfrontation zwischen dem Christentum und einem wiedererwachenden fundamentalistischen Islam interpretiert worden. Es war ein starker Artikel, und er erntete viel Lob. Auch Steffi Guillermin geizte nicht damit.

»Ich gebe zu, Fritz, ich habe nicht aufmerksam genug zugehört, als du drüber gesprochen hast. Aber mit dieser Präsentation und den die Allegorie unterstreichenden Karikaturen ist es großartig. Es wird jede Menge Diskussionspunkte geben: Algerien, Serbien, Indonesien, Pakistan ...«

»Ich bin stolz darauf.« Ulrich freute sich wie ein Schuljunge. »Und Kirchner ist so clever. Schau, wie einfach er es aussehen läßt: Tausch die Mitren gegen Turbane aus, und beton dann den Ornat auf der einen Seite und die Paradeuniformen der ottomanischen Soldaten auf der anderen. Presto! Das Thema ist klar, und mein Text führt den Beweis! Wie geht's mit deinem eigenen Artikel voran – dem Porträt von Kardinal Rossini?«

»Ich weiß nicht recht. Einiges davon ist gut, aber bei dem Mann gibt es undurchsichtige Bereiche, in die ich noch nicht vorgedrungen bin. Doch die Zeit ist um. Ich muß den Artikel spätestens morgen früh abliefern.«

»Hättest du was dagegen, wenn ich mal reinschaue? Wir drucken die Story auf deutsch nach, wie du weißt.«

»Nur zu, bedien dich.«

Sie holte den Artikel auf den Bildschirm ihres Laptops. Als

Ulrich sich setzte, um ihn zu lesen, kam Angel-Novalis an den Tisch und nickte ihnen beiden grüßend zu. Er fragte, ob er bei irgend etwas störe. Steffi Guillermin versicherte ihm, das sei nicht der Fall, und erklärte, was sie gerade taten.

»Wir schauen ein letztes Mal meinen Porträtartikel über Kardinal Rossini durch.«

»Würde es Ihnen was ausmachen, wenn ich über Ihre Schulter mitlese? Denken Sie dran, ich war dabei und habe das Interview aufgezeichnet. Ich würde liebend gerne sehen, was Sie daraus gemacht haben.«

»Sie können mir vielleicht helfen, Ordnung hineinzubringen.«

Angel-Novalis stellte sich hinter sie in Position und las den Text mit, der über den Bildschirm lief. Steffi Guillermin nippte an ihrem Drink und wartete. Was Angel-Novalis sagte, konnte sich als wertvoll erweisen oder als irrelevant. Ulrich dagegen war ein Profi, und seine Leute in Deutschland hatten gutes Geld für die Rechte bezahlt. Er hatte ein eindeutiges Interesse an dem endgültigen Text. Sein erster Kommentar war ein Kompliment.

»Das ist ein gutes Porträt, Steffi – auch wenn du es aus einem sehr harten Stein herausmeißeln mußtest. Aber eine Frage hast du nicht beantwortet.«

»Sag's mir.«

»Seine verblichene Heiligkeit war ein Mann, für den es nur Schwarz und Weiß gab. ›Essentiell gut, essentiell böse.‹ Diese beiden Formulierungen tauchen in den Dokumenten seiner Amtszeit immer wieder auf. Warum also sollte er einen beschädigten Mann wie Rossini patronisieren? Warum sollte er ihm den roten Hut anbieten? Warum sollte er ihn als seinen persönlichen Legaten mit Geheimmissionen in aller Welt betrauen?«

»Ich denke, ich habe das klar beantwortet«, sagte Steffi. »Wenn du zurück zum dritten Absatz gehst, findest du es im Text. Seit er vor all diesen Jahren nach Rom zurückgekehrt ist, hat Rossini ein untadeliges Leben geführt. Er hat sich geweigert, seine Dankesschuld gegenüber der Frau, die ihm das Leben gerettet hat, oder seine Zuneigung zu ihr abzuleugnen. Der verstorbene Papst hat das respektiert. Wie hätte er auch nicht können? Darum dreht sich doch das ganze Christentum: Versöhnung, Wachstum, Vorankommen auf der Pilgerstraße – und immer die Liebe!«

Das war der Moment, in dem Angel-Novalis beschloß, sich in die Diskussion einzuschalten. Er fragte:

»Wie lautet Ihr abschließendes Urteil über Rossini?«

Steffi Guillermin runzelte die Stirn über ihr eigenes Eingeständnis.

»Das ist ja mein Problem. Ich habe kein abschließendes Urteil. Sie waren bei dem Interview dabei. Sie haben gesehen, was passiert ist. Er hat keine einzige Frage abgelehnt. Er hat alles beantwortet, was ich wissen wollte. Aber er hat nichts erklärt, am allerwenigsten sich selbst. Ich kann das zum Teil verstehen. Ich habe Beweise dafür gesehen, was man ihm vor vielen Jahren angetan hat. Es war eine schreckliche Greueltat.«

»Fünfundzwanzig Jahre«, sagte Ulrich. »Wie lange braucht ein Mensch denn, um wieder heil zu werden?«

»Manchmal ist ein Leben nicht genug!« fuhr Steffi Guillermin ihn in plötzlichem Zorn an.

»Und woher willst du das wissen?«

»Weil ich ein brutales Schwein zum Vater hatte«, sagte Steffi barsch. »Er hat mir auf Lebenszeit die Männer verleidet.«

»Es tut mir leid«, sagte Ulrich. »Es tut mir leid für all meine blöden Witze. Es tut mir wirklich leid.«

»Herrgott noch mal, Fritz! Geh doch zu deinen verfluchten Janitscharen und laß mich in Frieden.«

Ulrich stand wortlos auf und trollte sich zur Bar. Angel-Novalis brachte das Gespräch eilig auf ein anderes Thema.

»Ich verstehe das Problem, das Sie damit haben, diesen Rossini zu charakterisieren. Er hat seit mittlerweile über einem Vierteljahrhundert versucht, sich unverwundbar zu machen. Er ist – wie soll ich sagen? – wie ein großer Eisberg geworden, in dessen Herzen ein Feuer brennt. Man kann das Feuer sehen, aber man kommt nicht nahe genug heran, um die Hitze zu spüren. Man fragt sich, ob eines Tages das Feuer das Eis schmelzen oder das Eis das Feuer erfrieren lassen wird.«

»Würden Sie eine Vermutung riskieren, Monsignore? Schließlich haben Sie Ihre eigenen Erfahrungen nach dem Verlust Ihrer Frau beschrieben. Sie haben Ihr Heil oder zumindest einen sicheren Hafen in einer religiösen Bruderschaft gefunden. Würden Sie sagen, daß die Kirche für Kardinal Rossini dieses Bedürfnis erfüllt hat?«

»Ich würde sagen, daß sie das wahrscheinlich nicht getan hat – zumindest nicht bis zum gegenwärtigen Zeitpunkt seines Lebens.«

»Warum nicht?«

»Weil er sich niemals vollständig der Kirche anvertraut hat, die er in seinem eigenen Land allzuoft mit Militärregierungen unter einer Decke stecken sah. Sie hatte ihre Märtyrer, gewiß. Rossini selbst hat für den Glauben gelitten, aber ihre Märtyrer waren das, was Märtyrer gemeinhin sind, Außenseiter, die nach ihrem Tod zu Helden und Heldinnen werden. Trotz seines Aufstiegs an die Macht – und er hat Macht – war Rossinis überlebendes Ich um die Frau zentriert, die wahrhaft die real greifbare Erlöserin war, die Wiederherstellerin des zerbrochenen Gefäßes. Sie wußten, daß sie hier in Rom war?«

»Ich wußte es. Ich habe versucht, ein Interview zu bekommen, aber sie hat abgelehnt. Ich hörte vom Hotel, daß sie krank geworden ist und morgen früh mit ihrer Tochter nach New York abreist.«

»Sie ist de facto todkrank«, sagte Angel-Novalis. »Rossini hat den päpstlichen Leibarzt gerufen, Doktor Mottola, damit er sich um sie kümmert.«

»Was also wird passieren, wenn er sie ganz verloren hat?«

»Ich weiß nicht. Ich habe mich gelegentlich gefragt, was mit mir geschehen wäre, wenn all meine Stützen mich im Stich gelassen hätten. Manchmal habe ich mir überlegt, ob ich ein weiserer Mann hätte werden können, ein besserer Mensch am Ende, wenn ich in ein anderes Wachstumsmuster gezwungen worden wäre. Zu anderen Zeiten habe ich darüber nachgedacht ...«

»Worüber nachgedacht, Monsignore?«

»Über das Gleichnis vom leeren, sauber ausgekehrten und geschmückten Haus und den sieben Teufeln, die dort einzogen.«

»Und Sie denken, Rossini hat Teufel im Haus?«

»Das haben wir alle, aber Rossinis Dämonen werden Sie Ihre eigenen Namen geben müssen.«

Noch während er die Worte aussprach, fiel ihm wieder ein, daß ein boshafter Kobold dabei war, ans Fenster seiner eigenen Seele zu klopfen. Sein brüderlicher Kollege in Rio hatte das Teufelchen ins Spiel gebracht, nicht als ernsthaften Mieter, eher als Hausnarr. Es war amüsant sich vorzustellen, wie Claudio Stagni in der Sicherheit seines Exils und seines neuen Reichtums urplötzlich von Bremsen und stechenden Wespen belästigt wurde. Dann wurde Angel-Novalis, der ein Mann mit einem feingeschliffenen Gewissen war, klar, daß das kein Späßchen treibender Kobold war, sondern ein wahrer Gentleman von einem Teufel, der mit klarer Logik demonstrierte, wie die Perversionen der Macht der Sache der Gerechtigkeit dienlich sein könnten. Er schauderte unwillkürlich ein wenig zusammen. Steffi Guillermin warf ihm einen fragenden Blick zu.

»Irgendwas nicht in Ordnung?«

Angel-Novalis grinste verlegen.

»Ein Gedanke zur falschen Zeit. Wir sprachen gerade über Teufel. Ich habe soeben aus dem Augenwinkel einen flüchtigen Blick auf einen erhascht.«

»He, das ist eine Idee!« Steffi Guillermin wandte sich wieder ihrem Bildschirm zu. »Vielleicht ist das der Schlüssel zu ihm. Rossini ist ein Mann, der das nackte Antlitz des Bösen gesehen hat, und er kann nicht daran vorbei auf irgendeine Vision des Guten blicken. Der Glaube an einen gütigen Schöpfer ist schwer aufrechtzuerhalten. Das kann ich sehr gut verstehen.«

»Haben Sie jemals den *Don Quijote* gelesen?«

»Vor Jahren. Warum fragen Sie?«

»Da ist ein Satz drin, den ich nie vergessen werde: ›*Tras la cruz esta el Diablo.*‹ Hinter dem Kreuz steht der Teufel.«

»Kann ich mich nicht dran erinnern. Aber es macht Sinn.

Lassen Sie mich da eine Weile mit herumspielen. Besorgen Sie mir bitte einen Drink, ja – einen Gin Tonic –, und bieten Sie Fritz Ulrich mit besten Grüßen von mir auch einen an. Er hat versucht, nett zu sein, und ich habe ihn angeschnauzt. Aber bringen Sie ihn um Himmels willen nicht hierher zurück!«

Sie wandte sich wieder dem Bildschirm zu und tippte einen neuen Einleitungssatz:

»Luca, Kardinal Rossini, der sich langsam als potentieller Papstkandidat herausschält, ist ein komplexer Mann, der sich so schnell nicht enträtseln läßt.«

In der Abgeschiedenheit seines Büros war Frank Colson dabei, seine eigene Version von Angel-Novalis' Subversionstheorie aufzustellen. Er wußte, daß die Herkunft und Echtheit der Dokumente Schnee von gestern waren, der bald unter einer Lawine von Spekulationen über die Wahl und einer Flut von Bildberichten über den neuen Inhaber des Heiligen Stuhls begraben werden würden. Er hatte zwei Gründe, sich so spät noch an die Story anzuhängen: Angel-Novalis selbst und die Zukunft von Opus Dei unter einem neuen Pontifikat.

Angel-Novalis wurde ausreichend durch seine eigene Vorgeschichte erklärt. Ein Mann, der einen schweren persönlichen Verlust erlitten und sich in seiner Trauer geradezu obsessiv einer Bruderschaft anvertraut hatte, die seinem Leben Sinn und Richtung gegeben hatte. Er war in einer Bankierswelt ausgebildet worden, wo jeder einzelne Posten einer Bilanz penibel festgehalten werden mußte. Und darum stellte sich Opus Dei für ihn als die letzte und sicherste Zuflucht der Orthodoxie in einer Welt dar, die rapide vor die Hunde ging. Die gefährliche Vorstellung einer Restkirche, die inmitten allgemeinen Verfalls dem Glauben treu blieb, war tief in ihr Denken eingebrannt. Der Nachdruck auf dem höchst emotionsgeladenen Wort ›Subversion‹ schien der Schlüssel zu weiten Bereichen ihres Denkens und dem Gefühl der Empörung bei Angel-Novalis selbst zu sein. Colson begann wie gewöhnlich damit, einen kurzen Vorspann zu Papier zu bringen.

»Die päpstlichen Tagebücher, von denen man glaubt, daß sie gestohlen und mit gefälschten Herkunftspapieren publiziert wurden, könnten durchaus noch mehr sein: Eine Anleitung zur Subversion des geistlichen Lebens und der Disziplin der Kirche.

Dies war die persönliche Ansicht, der heute von Monsignore Domingo Angel-Novalis, dem Leiter der vatikanischen Pressestelle und offiziellen Sprecher des Vatikans, klar Ausdruck verliehen wurde. Es sollte eindeutig gesagt werden, daß dieser Kommentar nicht von uns erbeten worden war. Monsignore Angel-Novalis ersuchte von sich aus darum, daß sein persönlicher Standpunkt publiziert werden solle. Er kam zu uns, weil wir nicht zu den Veröffentlichern der Tagebücher gehörten.

Auf seinen Gebrauch des Wortes ›Subversion‹ angesprochen, beharrte Angel Novalis darauf, daß es korrekt sei. Er behauptete, der vom verstorbenen Papst am Abend vor seinem Zusammenbruch verfaßte Tagebucheintrag sei ›ein aus der Panik geborenes Geständnis, ein plötzliches Versagen der Nerven eines sehr alten und überarbeiteten Mannes‹. Er äußerte die Befürchtung, daß dieser momentane Verlust des Selbstvertrauens dazu benutzt werden könnte, die eigenen Richtlinien und Regeln des Papstes zunichte zu machen.

Auf den Einwand, dieses Argument berge einen inneren Widerspruch, nämlich, daß die Worte die des Pontifex selbst seien, flüchtete sich Angel-Novalis sofort in eine juristische Spitzfindigkeit: Der Thron Petri ist vakant. Alle bestehenden Entscheidungen behalten ihre Gültigkeit, bis ein neuer Pontifex sie ändert. Er ging noch weiter, versicherte abermals, daß die Dokumente gestohlen worden seien, daß es sich de facto um private Äußerungen ohne kanonische Gültigkeit handele.

Auf weiteres Befragen gab Angel-Novalis an, daß gegen den Verkäufer der Dokumente, Claudio Stagni, der jetzt einigermaßen luxuriös in Rio de Janeiro lebt, keine Beweise vorliegen. Ganz eindeutig hatte ein Kollege von Angel-Novalis in Brasilien zumindest inoffiziell nach derartigen Indizien gesucht.

Für den Verfasser dieser Zeilen besteht der merkwürdigste Aspekt dieser Situation in der Diskrepanz zwischen der offensichtlichen Gleichgültigkeit der vatikanischen Autoritäten, die sich damit abgefunden zu haben scheinen, die Tagebücher als unglücklichen Zwischenfall abzuschreiben, der mit der Zeit in Vergessenheit geraten wird, und dem plötzlichen Ausbruch von Zorn und Eifer bei Angel-Novalis selbst.

Seine persönliche Loyalität zu dem verstorbenen Pontifex ist wohlbekannt. Sein Auftreten war stets geprägt von kühler Distanz zu allen Kontroversen und einer puristischen Präzision bei der Wiedergabe vatikanischer Standpunkte.

Man fragt sich, ob er mit einem Mal empfindlich gegenüber dem unvermeidlichen Parteienzwist der *sede-vacante*-Periode geworden ist oder selbst parteiisch genug, jenen etwas anhängen zu wollen, die mit der vorherrschenden Politik nicht einverstanden sind und durch den Wahlprozeß einen Wandel herbeizuführen suchen. Meine persönliche Ansicht ist, daß ihn, der sein Leben auf die Bruderschaft von Opus Dei gegründet hat, jegliche Herausforderung an deren starre Konditionierung beunruhigt. Jene, die nahe am Sitz der Macht leben, werden nervös, wenn die Macht vorübergehend außer Kraft gesetzt ist oder sie in andere Hände überzugehen beginnt...«

Je mehr er schrieb, desto eloquenter wurde Colson. Als die Story schließlich fertig war, wurde ihm klar, daß er da gerade den Nachruf eines treuen Dieners verfaßt hatte, der seine Karriere aufs Spiel setzte, um eine Position zu verteidigen, die sein toter Herr bereits geräumt hatte. Dennoch verspürte Colson nur sehr wenig Reue. So lief es nun mal im Nachrichtengeschäft. Jeder spielte, um zu gewinnen. Irgendwer mußte verlieren.

Er las den Artikel noch einmal durch und entschied, daß er nichts von dem zurücknehmen würde, was er geschrieben hatte. Das war schließlich die Standardpraxis des Vatikans selbst. *Quod scripsi, scripsi.* Was ich geschrieben habe, habe ich geschrieben. Eine Änderung mochte in Betracht gezogen werden, aber es würde Jahrhunderte dauern, bis man dazu kam – falls nicht ein neuer Pontifex intervenierte; aber selbst sein Name war noch im Geist Gottes verschlossen.

Frank Colson machte den Artikel fertig und schickte ihn nach London.

Luca, Kardinal Rossini kam an diesem Abend schon früh nach Hause. Die depressive Winterstimmung bedrückte ihn noch immer, das Gefühl der Verzweiflung und der Vergeblichkeit aller Mühen. Er wußte aus langer Erfahrung, daß das einzige Gegenmittel die Routine war, die gewohnte stumpfsinnige Plackerei ohne jede Hoffnung auf Erleichterung.

Er begrüßte sein Hauspersonal, bat, ihm ein leichtes Abendessen zu bereiten, und zog sich dann in sein Schlafzimmer zurück, um ein Bad zu nehmen und in Pyjama und Morgenmantel zu wechseln. Als nächstes las er die letzten Stundengebete seines Breviers – Vesper und Komplet. Die Satzmelodie der Psalmen lag ihm vertraut auf der Zunge und tat seinem Ohr wohl, aber es war, als würden sie von jemand anderem gesprochen. Sie waren Beschwörungsformeln, keine Gebete. Es war fast, als versteife sich sein Wille gegen sie, so wie er sich gegen dröhnende Trommeln und scheppernde Becken in den Tempeln fremder Götter versteifen würde.

Er nahm sein Abendessen zum Klang von Musik ein, Haydns Oxforder Symphonie, gespielt von den Wiener Philharmonikern. Die Musik leistete für ihn, was die Psalmen nicht vermochten. Sie brachte die schnatternden Geister zur Ruhe. Sie ließ alle Auseinandersetzungen verstummen und legte die wohlgeordnete Unvernunft reinen Klangs über die gewundenen Argumentationen der Theologen und Philosophen und den sturen Legalismus der Kanoniker.

Als die Musik und seine Mahlzeit zu Ende waren, trug er sein Tablett hinaus in die Küche, sagte seinen Angestellten gute Nacht und setzte sich, mit Papier und Bleistift vor sich, an seinen Schreibtisch. Normalerweise würde er sein Textverarbeitungsprogramm benutzt haben, aber die Aufgabe, an die er sich jetzt machte, war eine intime und private Unternehmung, bei der die Maschine plötzlich zum Eindringling wurde. Ohne ins Stocken oder Zaudern zu geraten, schrieb er die Anfangsworte nieder, die der Staatssekretär vorgeschlagen hatte. »Ich bin Luca, Euer Bruder ...«

Schon während er sie zu Papier brachte, wußte er, daß sie nicht für jeden in seinem Publikum akzeptabel sein würden. Auf den zweiten Blick war das vielleicht doch kein so guter Anfang. Brüderlichkeit und Schwesterlichkeit waren selbst in der Kirche der Jahrtausendwende mit vielen Assoziationen befrachtete Begriffe. Der Geruch des Populismus hing ihnen noch immer an. Ordnungen und Hierarchien waren eine stabilere und leichter identifizierbare Währung. Selbst im Wahlkollegium gab es Ränge und Abstufungen: Kardinal-Erzbischöfe, Kardinal-Bischöfe, Kardinal-Priester, Kardinal-Diakone – und vor gar nicht so langer Zeit hatten auch Laien den Titel getragen und die damit verbundenen Benefizien genossen. Im Wahlkollegium waren alle Menschen gleich – aber in der tatsächlichen Ordnung der Dinge waren manche gleicher als andere. Also änderte er den Satz ein wenig: »Ich bin Luca, Euer Bruder. Wie Ihr bin ich ein Diener des Evangeliums.«

Und nun? Was konnte er dieser Versammlung von Kirchenfürsten Wertvolles sagen, das sie nicht schon tausendmal gehört und zum Thema eigener Predigten gemacht hatten? Was hatte er, der Zweifler im Dunkel, ihnen an Licht und Energie anzubieten, um ihre Wahl des Dieners der Diener Gottes zu leiten? Also, noch mal von vorne. »Ich bin Luca, Euer Bruder. Wie Ihr bin ich ein Diener des Evangeliums. Ich möchte Euch mein Herz eröffnen. Ich bin nicht hier, um Euch irgend etwas zu lehren. Ihr wißt das alles schon, besser als ich. Erlaubt mir, Euch ganz einfach meine Gedanken darzulegen, als Bruder in der gewaltigen Familie der Gläubigen, die nicht einmal unsere Namen kennen, die uns nicht erkennen würden, wenn sie uns zufällig auf der Straße begegneten.«

Er hielt inne und fragte sich erneut, was er mit dieser Ansprache zu bewerkstelligen versuchte. Er wollte, daß sie sich verletzlich fühlten, verantwortlich, an sich zweifelten und ihr Gewissen erforschten. Sie hatten so lange unter dem Schutz der Institution gelebt, daß viele sich fürchteten oder nicht gewillt waren, sich darüber hinauszuwagen. Für sie waren die formalen Gehorsamspflichten wie der *testudo* der alten Römer: ein Baldachin von Schilden, unter das sie sich von gefährlichen oder bedrohlichen Entscheidungen zurückzogen.

Solange man gehorsam blieb, lebte man sicher und verdienstvoll innerhalb des Systems. Doch wer dagegen protestierte, war als Unruhestifter gebrandmarkt oder glaubte, es zu sein. Subtile Strafen wurden verhängt. Der direkte Zugang zum Pontifex wurde eingeschränkt. Besuche bei ihm waren schwer zu arrangieren und in jedem Fall auf förmliche Begegnungen reduziert. Der Vatikan war noch immer ein Hofstaat, und wer die höfischen Sitten nicht lernte, mußte eben damit rechnen, benachteiligt zu werden. Also, vergiß die Brüderlichkeit. Überleg dir noch einmal deinen Weg durchs Labyrinth. Mach dich auf Sackgassen und trickreiche Fallen gefaßt.

Er rang lange Zeit mit seinem Text, füllte den Papierkorb mit zerknüllten Blättern voller verworfener Versionen. Schließlich ging ihm die Komik der Situation auf. Der Kardinalstaatssekretär, sein guter Freund Turi Pascarelli, hatte ihm den Schwarzen Peter zugeschoben – eine unsympathische Rolle im langweiligsten Teil des rituellen Dramas.

Turi selbst hatte den leichtesten Part darzulegen – die Demographie, die Geographie und die Geopolitik einer Kirche an der Schwelle zum neuen Jahrtausend. Er hatte sämtliche Fakten im Kopf und in seinem Archiv. Er konnte sie, wie er selber erklärt hatte, mit einem Globus und farbigen Lämpchen demonstrieren.

Aber der Geist der Pilgerversammlung, die Disposition der Kirchen in aller Welt, ihre Loyalitäten, ihre Sorgen, ihre Verärgerungen, das war nicht so leicht in den Griff zu bekommen. Das war dieser polyglotten Gruppe von Elektoren, in der jeder eifersüchtig über seine eigene Ecke des Weinbergs und die Qualität des Weins, den er hervorbrachte, wachte, verdammt schwer zu vermitteln.

Doch es steckte noch mehr, weit mehr, in dem Witz. In dieser zölibatären Versammlung gab es keine Stimme für die Frauen, die doch mehr als die Hälfte des Himmels trugen. Da war niemand, um ihre Sprache zu sprechen, ihren wachsenden Sorgen Ausdruck zu verleihen, ihrer Beziehung zu Gott, die allein im Maskulinum ausgedrückt wurde. Luca Rossini, der lakonisch und unbeholfen wurde, wenn es darum ging, die Leidenschaft seines eigenen Lebens in Worte zu fassen, würde sie an ihre Pflichten und persönlichen Fehler erinnern müssen. Er, der Zweifler in der Dunkelheit, war dazu nominiert worden, diese Versammlung von Elektoren zu erleuchten, die einen *pontifex* ernennen würden, einen Brückenbauer, dessen Werk die gewaltige Kluft zwischen den Geschlechtern überspannen konnte. Und, um dem Witz noch die letzte Würze zu verleihen, Turi Pascarelli hatte ihm zwei Tage gegeben, sich einen Text einfallen zu lassen.

Heute nacht würde er bestimmt nicht mehr geschrieben werden. Er goß sich ein Glas Mineralwasser ein, schaltete den CD-Player an und gab sich Mozarts Oboenkonzert hin. Das Stück war beinahe zu Ende, als Isabel aus dem Hotel anrief. Beim Klang ihrer Stimme machte sein Herz einen Sprung. Er stammelte wie ein Schuljunge:

»Ich wollte dich besuchen kommen, aber Luisa fand, ich sollte nicht ...«

»Sie hatte recht. Nachdem du gegangen bist, war ich sehr

wacklig auf den Beinen, aber jetzt bin ich ganz ruhig. Ich wollte nur, daß du weißt, daß ich mit Raul gesprochen habe. Ich sagte ihm, daß ich mir selbst erhebliche Schuld dafür gebe, daß wir nicht glücklich miteinander waren, daß ich mir wünsche, daß wir für den Rest der Zeit, die mir noch bleibt, in Frieden miteinander leben. Ich sagte ihm, ich erwarte von ihm nicht, sein Leben zu ändern, bloß, daß er unseren Teil davon vom Rest trennen soll. Er war ernst und ruhig und zärtlich – was beweist, daß dein Ratschlag bei der Beichte richtig war. Außerdem macht es das mir und Luisa einfacher, nach Hause zurückzukehren. Wie geht's dir, mein Schatz?«

»Ich sitze da, höre Mozart und versuche mit einem Auftrag zurechtzukommen, den man mir erteilt hat. Es ist ein echter Giftbecher. Ausgerechnet ich muß zu Beginn des Konklaves eine Ansprache halten und die Gedanken der Elektoren auf die Konsequenzen ihrer Wahl hinlenken. Mein Papierkorb ist voll von meinen gescheiterten Versuchen. Für heute abend hab ich's aufgegeben.«

»Warum hast du das angenommen?«

»Man hat mich dazu gezwungen.«

»Verzeih mir, Luca, mein Schatz, aber dich hat man nie zu irgend etwas gezwungen – ausgenommen deine Flucht aus Argentinien.«

»Und du würdest mich nie lügen lassen, nicht einmal ein bißchen. Also schön! Ich war bereit zu sprechen. Für kurze Zeit gab es da Dinge, von denen ich dachte, daß ich sie sagen wollte. Jetzt sind sie alle ausgeflogen wie Tauben aus einem Glockenturm.«

»Das heißt, daß es an der Zeit ist, mit dem Denken aufzuhören und dein Herz sprechen zu lassen.«

»Ich muß die Worte niederschreiben. Die Übersetzer brauchen einen Text.«

»Dann geh zurück an deinen Schreibtisch und schreib auf, was wir in diesen wenigen Wochen, die wir auf dem Land in der Nähe von Cordoba miteinander hatten, gedacht und gesagt und diskutiert haben, diesen Wochen, als wir unsere Mützen in die Luft warfen und sie vom Wind der Pampas wegwirbeln ließen. Du warst damals so zornig, so leidenschaftlich. Ich erinnere mich an etwas, das du gesagt hast: ›Wir müssen Christus aus seinem Nirgendwo zurückrufen und ihn dazu bringen, wieder unter uns zu wandeln und zu lehren. Wenn er das nicht tut, sind wir allesamt verlorene Tiere in einem Schlachthof, die auf die Metzger warten.‹ Das war in der Nacht, als wir zum ersten Mal miteinander geschlafen haben … Damals warst du ein blutjunger Priester. Jetzt bist du eine Eminenz. Können sich Euer Eminenz erinnern?«

»Ich erinnere mich daran«, sagte Luca Rossini.

»Dann erzähl es! Erzähl es so, wie dein Herz sich erinnert. Erzähl es für mich.«

»Aber du wirst nicht mehr da sein.«

»Ich werde niemals fern von dir sein, genausowenig wie du von mir. Nimm deinen Bleistift in die Hand und schreib!«

Dreizehn

Isabel war nun fort, und Luisa mit ihr. Die Mühsal, die sie ihm auferlegt hatte – die Erfahrung ihrer Liebe in einen leidenschaftlichen Aufruf zum Wandel umzumünzen –, hatte zumindest eine Zeitlang die Wucht des Verlustes und die Furcht vor einer Zukunft gedämpft, der es an ihrer Anwesenheit mangelte. Obgleich er für die kurze Gnade dankbar war, wußte er, daß der Schmerz so sicher nachfolgen würde wie die Nacht auf den Tag.

Um zehn Uhr vormittags stellte er sich hundemüde, aber gebadet, rasiert und geschniegelt wie ein Gardist bei der Parade beim Kardinalstaatssekretär ein und legte ihm das Manuskript auf den Schreibtisch. Der Staatssekretär nahm es mit vorsichtigem Respekt zur Kenntnis.

»Pünktlich wie immer, Luca! Danke. Ich lese es dann später, wenn es Ihnen nichts ausmacht. Haben Sie die Zeit gestoppt?«

»Fünfzehn Minuten – plusminus dreißig Sekunden. Ich hoffe, sie reißen mich nicht in Stücke vor Begeisterung, während ich rede.«

Es war ein Witzchen, aber der Staatssekretär entschied sich, es ernst zu nehmen. Er runzelte die Stirn und schüttelte den Kopf.

»Sie werden ein schwieriges Publikum sein, Luca. Sie werden sie in Ihrer Muttersprache adressieren. Die Nordeuropäer sind südländischer Beredsamkeit gegenüber skeptisch, also werden sie den Text in der Übersetzung lesen. Seien Sie nicht allzu entmutigt, wenn ihre Reaktion lauwarm scheint. Es gibt viel Unbehagen, viel Unzufriedenheit über die Arbeitsweise der kirchlichen Bürokratie, von der Sie und ich ein Teil sind.«

»Und über die gewisse ehrgeizige Mitglieder versuchen werden, die Kontrolle zu behalten.«

»So wie die Liste zur Zeit aussieht, könnte ihnen das durchaus gelingen.« Der Ton des Staatssekretärs war ernst. »Wir sind, mein lieber Luca, an einem kritischen Moment der Geschichte angelangt: dem Ende einer sehr langen päpstlichen Amtszeit, dem Ende des Jahrhunderts, dem Anfang eines neuen Jahrtausends. Es wäre müßig vorzugeben, daß derartige Ereignisse die Menschen nicht berühren und betreffen. Sie betreffen sie, zutiefst sogar. Sie betreffen auch uns, weit stärker, als wir zuzugeben bereit sind. Wir sind die Mandarins der Bürokratie, aber dem Wandel der Zeiten und Sitten gegenüber sind wir ebenso verletztlich wie der bescheidenste Bauer.«

»Es würde mir helfen, Ihre Einschätzung des Konklaves, so wie es sich nun zusammensetzt, zu kennen, Turi.«

»Nun!« Der Kardinalstaatssekretär nahm sich Zeit, seine Gedanken zu ordnen. »Zunächst einmal werden wir eine zutiefst gespaltene Versammlung sein. Es ist nicht so einfach, die Trennungslinien zu benennen, weil sie nicht alle auf religiöser Überzeugung oder disziplinarischen Grundsätzen beruhen. Einige davon basieren auf reinem Eigennutz. Nicht jeder von uns ist ein guter Mensch. Nicht jeder von uns ist auch nur halbwegs gut. Einige von uns sind heimliche Schurken, die ihre privaten Pakte mit gierigen und tyrannischen Leuten geschlossen haben. Sie wissen das. Wir alle wissen es, selbst wenn wir es nicht zugeben können. Die meisten der Männer guten Willens werden zugeben, daß Veränderungen notwendig sind. Sie alle stehen vor zwei grundlegenden Fragen: Was verändern und in welchem Tempo? Je größer das Schiff, desto schwieriger ist es, seinen Kurs zu ändern, und desto länger braucht es dazu. Unser verstorbener Pontifex hat – obwohl er das nie zugegeben hätte – versucht, den vom Zweiten Vatikanischen Konzil festgelegten Kurs hin zu einer auf Kollegialität und christliche Nächstenliebe gegründete Kirchenregierung zurückzunehmen. Es wäre ihm beinahe gelungen, aber er hat das Schiff in die Flaute manövriert, seine Fahrt abgewürgt, so daß es im Moment auf der Stelle dümpelt. Die Mannschaft ist entmutigt; unter Deck wird von Meuterei getuschelt. Die Offiziere – Sie, ich und all die Tausende von anderen – versuchen Ordnung und Disziplin und das Vertrauen in unsere Himmelsnavigation aufrechtzuerhalten. Viele von uns haben entdeckt, daß sie zu Beamten geworden sind, die unserem eigenen Priestertum skeptisch gegenüberstehen. Und auch die Gläubigen betrachten die Priesterschaft, die wir ihnen anbieten, mit Skepsis. Man befiehlt uns, zu allzu vielen Fragen zu schweigen, die für eine aktive Diskussion offen sein sollten. Sie und ich könnten einen ganzen Katalog weiterer Probleme herbeten, die nach Aufmerksamkeit schreien: Zölibat des Klerus, imperiale Kirche oder kollegiale, die Theologie der Liebe und Ehe, das hartnäckige Überleben inquisitorischer Praktiken innerhalb der Kirche, die Tatsache, daß Religionslehrern an unseren Schulen und Universitäten neue Eide und Glaubensbekenntnisse abverlangt werden. Jegliche Debatte zu unterdrücken, ist in der Welt von heute eine unhaltbare Position. Die Menschen fordern Licht. Wir verurteilen sie zur Dunkelheit. Sie schreien nach Wärme. Wir, die beanspruchen, die Hüter des Feuers zu sein, bieten ihnen eine schneidende Kälte. Da, wo ich sitze, Luca, bin ich wahrscheinlich der am wenigsten eingeengte Mann in der ganzen Kirche – aber, Gott vergebe mir, aber ich habe gespürt, wie die Riemen der Zwangsjacke jedes Jahr enger geschnallt wurden!«

»Angenommen«, forderte Luca Rossini ihn leise auf, »bloß mal angenommen, Sie fänden sich in meiner Position wieder – nicht aus Frustration, sondern aufgrund der langsamen Erosion des Glaubens selbst –, was würden Sie dann tun, Turi?«

»Ich habe keine Ahnung, Luca, weil ich keine Ahnung habe, wie das Problem selbst sich Ihnen darstellt. Mein Glaube ist einer, der nie in Frage gestellt wurde. Er gehört so selbstverständlich zu mir wie meine eigene Haut. Ich akzeptiere ihn, so wie ich meine genetische Identität akzeptiere. Ich beanspruche dafür keinen Verdienst. Er ist ein Trost, den mir zu verdienen ich nichts getan habe.«

»Was ich empfinde«, Luca Rossini wählte seine Worte mit großer Sorgfalt, »was ich schon seit einer Weile empfunden habe, ist wie die Drohung, blind zu werden. Ich weiß, daß ich eines Morgens aufwachen könnte und nichts von dem sehen, was ich jetzt sehe. Wird es dann dunkel für mich sein oder hell? Das kann ich unmöglich wissen. Wie wird die Welt sich mir darstellen – dieselbe Welt, Turi –, wenn der gesamte komplizierte Apparat aus Vernunft und Erleuchtung und Mythen und schönen Legenden, selbst die Kontinuität des Vertrauten demontiert worden ist, zum Verschwinden gebracht durch eine einzige Zauberformel: *non credo*. Ich glaube nicht, ich kann es nicht länger akzeptieren zu glauben?«

»Ich weiß es nicht, mein Freund. Ich weiß es nicht. Ich vermute allerdings, daß es das Leben ein wenig einfacher machen würde, wenn man von all den Bürden des Glaubens befreit wäre. Man könnte jeden beliebigen Pfad einschlagen, den man will, sich in jeder nur möglichen Weise an ein Universum der Zufälle anpassen. Ich könnte beispielsweise in einem skeptischen Papst, einem opportunistischen Staatssekretär gewisse Vorteile erkennen. Wir hatten über die Jahrhunderte einige davon.« Das schwache Lächeln verriet, daß die Äußerung ironisch gemeint war. Der Nachgedanke nahm der Ironie die Schärfe. »Ich verspotte Sie nicht. Ich kann in Ihren Augen lesen, daß Sie leiden. Ihre Isabel ist fort. Sie fürchten, sie vielleicht nie wiederzusehen. Und dennoch bitten Sie mich nicht, Ihre Trauer zu teilen. Sie liefern, was ich bestellt habe – fünfzehn Minuten Predigt, sorgfältig gestoppt. Ich bewundere das. Ich beneide Sie – verstehen Sie mich recht, Luca! – ich beneide Sie um die Erfahrung der Liebe, die ich nie gekannt habe, die Sie aber mit Isabel erlebten. Ich kann nicht einmal erraten, wie Sie es geschafft haben, all diese zölibatären Jahre ohne sie zu leben, und ich weiß, daß Sie es getan haben. Ich verstehe die

Leere, die Sie nach ihrem Tod befürchten, oder meine sie jedenfalls zu verstehen. Der Glaube ist, wie das Augenlicht, ein Geschenk, das einem genommen werden kann. Doch die Liebe wird Sie nicht im Stich lassen, so wie Isabel Sie in der Zeit des Terrors nicht im Stich gelassen hat.«

»Ich hoffe, Sie haben recht. Ich traue mich nicht, allzuweit über den heutigen Tag hinauszudenken. Ich habe Sie das nie zuvor gefragt, ich war zu stolz dazu, nehme ich an. Wieviel wissen Sie über diese frühen Ereignisse in Argentinien?«

»Das meiste davon ist in unseren Akten und denen des Heiligen Vaters, die dem Geheimarchiv anvertraut wurden. Unser Freund Aquino war ein sorgfältiger Berichterstatter, auch wenn er die Dinge zu seinen eigenen Gunsten uminterpretiert hat. Die argentinische Regierung war ebenfalls eifrig bestrebt, ihre Version der Geschichte loszuwerden – einschließlich der Tatsache, daß Isabel Ortega in einem New Yorker Krankenhaus per Kaiserschnitt von einer Tochter entbunden worden war.«

»Sie sollten wissen, daß Luisa tatsächlich meine Tochter ist«, sagte Luca Rossini. »Isabel hatte mir das vor diesem Besuch nie erzählt. Wie Sie sich wohl vorstellen können, verlief unsere erste Begegnung einigermaßen dramatisch.«

»Und wie steht Luisa dazu?«

»Sie ist verwirrt, glaube ich, aber sie ist mir freundlich gesonnen. Noch wichtiger, sie hat ihre Mutter und mich zusammen erlebt. Unsere Liebe ist für sie ein offenes Buch. Sie versteht und billigt sie. Vielleicht bin ich ja in der Lage, ihr ein wenig Unterstützung zu geben, wenn ihre Mutter fort ist. Es ist noch zu früh, um das sagen zu können.«

»Und Raul Ortega?«

»Ich habe den Eindruck, daß er sie liebt und als sein Kind akzeptiert. Ich habe nicht weiter nachgefragt.«

»Ich wollte das wissen«, sagte der Kardinalstaatssekretär ruhig, »weil Sie angesichts dieser neuen Erkenntnisse vielleicht gern ihre einigermaßen halbherzige Empfehlung für Ortega als Botschafter am Heiligen Stuhl ändern möchten. Der Brief ist noch in meinen Händen. Er ist noch nicht in dem Dossier abgelegt worden. Seine Erinnerung könnte Sie und Ihre Tochter einander ein wenig näherbringen.«

»Sie sind ein gütiger Mensch, Turi.« Rossinis Stimme war unsicher, und hinter seinen Augenlidern brannten Tränen. »Aber ich könnte Sie das nicht tun lassen. Meine Tochter und ich werden zu gegebener Zeit schon zueinanderfinden.«

»Da bin ich mir sicher.« Der Staatssekretär klang mit einem Mal brüsk. »Und jetzt brauche ich Ihre Hilfe bei einer Reihe von Angelegenheiten. Erstens, ich habe von unserem Nuntius in Brasilien diese Nachricht erhalten.« Er schob den Text über den Schreibtisch:

> »Bei einem gesellschaftlichen Anlaß sprach ich gestern abend mit einem prominenten Chefredakteur, Eduardo da Souza, von dem ich weiß, daß er Opus Dei angehört. Er erzählte in vorsichtigen Tönen davon, daß sich ein römischer Kollege im Hinblick auf Claudio Stagni und den beunruhigenden Effekt der päpstlichen Tagebücher innerhalb und außerhalb der Hierarchie an ihn gewandt habe. Offensichtlich gab es eine Andeutung, daß ein ›diskreter Nervenkrieg‹, wie er es nannte, gegen Stagni der erste Schritt auf dem Wege dazu sein könnte, die Herkunft der Dokumente selbst in Mißkredit zu bringen. Ich sagte ihm, von einem derartigen Vorschlag sei mir nichts bekannt, und ich riete dringend davon ab. Da Souza weigerte sich, seine römische Quelle preiszugeben. Ich empfehle eine Untersuchung an Ihrem Ende.«

Das Dokument ließ Rossini noch immer die Stirn runzeln, als der Staatssekretär ihm ein zweites zuschob.

»Dieser Artikel wurde mir heute früh aus London zugefaxt. Er ist im *Telegraph* erschienen und stammt von dessen römischem Korrespondenten Frank Colson.«

Rossini las den Artikel sorgfältig durch und fragte dann: »Haben Sie da ein Problem mit, Turi?«

»Sie nicht?«

»Auf den ersten Blick nein. Ich war hier, als Sie ihm seine Instruktionen erteilt haben. Sie sagten, es stehe ihm frei, ›innerhalb des Ermessensspielraums seines Büros‹ zu arbeiten – Ihre genauen Worte, Turi. Mir scheint, daß er eben das getan hat.«

»Nein, das hat er nicht. Ich habe ihn unmittelbar vor Ihrer Ankunft eingehend befragt. Er gibt zu, daß er bei einem Kollegen in Rio de Janeiro um Beweismaterial gegen Stagni nachgesucht hat. Er gibt zu, daß er nicht befugt war, Untersuchungsmaßnahmen durchzuführen. Zweitens schreibt er dem verstorbenen Pontifex Motive und Gemütszustände zu: ›aus der Panik geborene Äußerungen, ein alter und überarbeiteter Mann‹. Schon das ist zuviel. Und schließlich legt er besonderen Nachdruck auf ein überaus emotionsgeladenes Wort: ›Subversion‹. Das fällt auf uns alle zurück!«

»Sie sollten daran denken, Turi, daß das die Version eines Reporters ist. Es beansprucht nicht, ein wörtlich wiedergegebenes Interview zu sein.«

»Es war eine Gelegenheit, die Angel-Novalis sich gesucht hat, um seine privaten Überzeugungen darzutun. Das liegt außerhalb seines offiziellen Mandats. Er behauptet, eine moralische Verpflichtung gehabt zu haben, den Ruf des Papstes zu verteidigen und die Kirche vor Schaden zu bewahren, der aus dem Mißbrauch privater Dokumente erwachsen könnte. Er hatte Anstand genug, sich für das zu entschuldigen, was er ›die Prise Zorn‹ in seinen Aktionen nannte.«

»Ich glaube, Sie waren zu streng mit ihm, Turi. Er ist wie ein Vollblutrennpferd. Er läuft am besten, wenn er Scheuklappen trägt.«

Der Staatssekretär ließ sich diesen Gedanken eine Weile durch den Kopf gehen und nickte dann vorsichtige Zustimmung.

»Da könnten Sie recht haben, Luca. Ich bin ziemlich laut mit ihm geworden. Aber er hatte sich völlig unter Kontrolle. Er bot mir seinen sofortigen Rücktritt an.«

»Haben Sie ihn angenommen?«

»Nein. Ich sagte ihm, da er vom verstorbenen Papst ernannt worden sei, solle er der üblichen Praxis folgen und dem neuen Mann seinen Rücktritt anbieten.«

»Eine weise Entscheidung von Ihnen, Turi.«

»Ich freue mich, daß Sie das so sehen, Luca«, sagte der Staatssekretär in seiner direkten Art. »Ich habe ihm außerdem gesagt, daß das letzte, was wir brauchen können, irgendeine Art von Verstrickung mit seinen Kollegen in Rio oder eine Verstrickung Ihrerseits in die Affäre Stagni ist.«

»Es ist anzunehmen, daß Angel-Novalis genügend Einfluß hat, um das zu verhindern.«

»Wer weiß?« Der Kardinalstaatssekretär zuckte resigniert die Achseln. »Wir schaffen in der Kirche unsere eigenen heiligen Monster, sowohl Individuen wie Organisationen. Die Monster legen ihre eigene Tagesordnung fest und drücken den Dokumenten ihren eigenen Stempel der Gottesfürchtigkeit oder Perversität auf. Da sind große Heilige, bedeutende Institutionen der Frömmigkeit, Gelehrsamkeit und Mildtätigkeit. Da sind aber auch Hexenjäger, mörderische Kreuzfahrer, Judenriecher, Inquisitoren, die einen nachdenklichen Geist zum Schweigen und zur Isolation verdammen. Und jetzt, mein lieber Luca, nachdem ich mir all diese Indiskretionen von der Seele geredet habe, muß ich Sie vor die Schranken zitieren. Der Camerlengo möchte uns beide in seinem Büro sehen.«

»Wegen irgendeiner bestimmten Angelegenheit?«

»Ich nehme einmal an, daß Ihr Interview mit *Le Monde* zumindest erwähnt werden wird.«

»Ich habe es noch nicht gesehen, Turi.«

»Eine Menge anderer Leute schon.«

»Haben Sie eine Kopie?«

»Hab ich.« Er sammelte die anderen Papiere auf dem Schreibtisch ein und gab Rossini den in einem Aktendeckel abgehefteten Artikel. Er offerierte außerdem einen vorsichtigen Kommentar. »Nehmen Sie sich die Zeit, es sorgfältig durchzulesen, während ich mir Ihren Text anschaue. Dann schlendern wir rüber und besuchen Baldassare.«

»Worüber möchte er sonst noch reden?«

»Das hat er mir nicht gesagt. Der Heilige Stuhl ist vakant. Wir sind ganz einfach eingeladen, unter dem Schirm des Kämmerers zu sitzen und unseren Morgenkaffee zu trinken. Ich sage ihm, daß er uns in fünfzehn Minuten erwarten soll!«

Steffi Guillermins Artikel war weit länger, als er erwartet hatte. Er war mit großer Sorgfalt umbrochen und in zwei klar getrennte Sektionen unterteilt; Schlüsselpassagen des Textes waren mit halbfetten Kästen umrahmt. Überschrieben war er mit »Der Nachfolger?«. Die Unterzeile lautete schlicht »Porträt eines Papstkandidaten«. Der dreispaltig gesetzte Vorspann begann:

> »Luca, Kardinal Rossini, der sich langsam als potentieller Papstkandidat herausschält, ist ein komplexer Mann, der sich so schnell nicht enträtseln läßt. Selbst für seine eigenen Kollegen in der Kurie stellt dieser in Argentinien geborene und aufgewachsene Sohn italienischer Einwanderer vielfach ein wandelndes Mysterium dar: ein einfacher südamerikanischer Dorfpriester, der nach ebenso traumatischen wie dramatischen Erfahrungen mit der damaligen Militärdiktatur seines Landes unter noch immer nicht ganz geklärten Umständen ins römische Exil flüchten mußte und es dort zum Intimus des verstorbenen Papstes gebracht hat; eine weltweit agierende Graue Eminenz mit schleierhaften Befugnissen, deren unkonventionelle Art ihr nicht nur die Hochachtung ihrer Amtsbrüder eingebracht hat, sondern auch deren Haß und Mißgunst – und ein Mann, der möglicherweise als neuer Pontifex die krisengebeutelte Kirche ins kommende Jahrtausend führen könnte. Ich hatte das Privileg, diesen ungewöhnlichen Menschen gleich zweimal unter extrem unterschiedlichen Bedingungen erleben zu dürfen, und daraus ist – ergänzt

durch Informationen, die mir aus anderen Quellen zugänglich waren – dieses Porträt entstanden. Was ich eingefangen zu haben hoffe, ist das öffentliche und private Gesicht eines Mannes, der auf seine Kollegen im Konklave zweifellos einen tiefen Eindruck machen wird.«

Rossini runzelte die Stirn und wandte sich dem eigentlichen Text des Artikels zu.

»Der öffentliche Rossini ist leicht zu schildern. Er ist in jeder Gesellschaft von unübersehbarer Präsenz. Er ist groß, hager und gutaussehend, hat adlerhafte Gesichtszüge und dunkle, wachsame Augen. Wenn er lächelt, leuchtet sein Gesicht auf, und er strahlt ein tiefes Interesse aus. Wenn ihm etwas mißfällt, verhärten sich seine Züge zu einer unergründlichen Maske. Er ist stets höflich; aber er hat keine Geduld gegenüber journalistischen Tricks und Schlichen, wie ich bei meinem ersten Besuch entdecken mußte. Ich lernte rasch, mit offenen Karten zu spielen. Professionell gesehen fand ich ihn ernst und würdevoll, gelegentlich witzig und stets präzise. Er wußte die Tatsache zu schätzen, daß ich gut vorbereitet zu ihm gekommen war und mich mit den Begriffen seines Faches auskannte. Er erwiderte das Kompliment mit den wohlformulierten Antworten, die Sie auf dieser Seite lesen werden.

Der Privatmann enthüllte sich auf Umwegen. Erstens, er war mit einer delikaten diplomatischen Mission beschäftigt. Die Mütter von der Plaza de Mayo, Angehörige der Opfer des argentinischen Terrorregimes, möchten Kardinal Aquino, den ehemaligen Apostolischen Nuntius in diesem Land, vor ein italienisches Gericht bringen; sie beschuldigen ihn der Komplizenschaft und Kollaboration mit der argentinischen Militärregierung beim Tod oder Verschwinden italienischer Staatsbürger, sowohl Laien wie Angehörigen religiöser Berufe, die während des schmutzigen Krieges gefoltert und ermordet wurden oder einfach verschwanden. Um das bewerkstelligen zu können, brauchen sie eine offizielle Erklärung des Vatikanstaats, die Aquinos Immunität außer Kraft setzt. Daß die gewährt werden würde, ist höchst unwahrscheinlich, darf man annehmen.

An diesem Punkt kommt Kardinal Rossini ins Spiel, selbst ein Opfer des schmutzigen Krieges, der als junger Priester vor seiner eigenen Kirche ausgepeitscht und geschändet wurde. Er wurde von einer jungen Frau namens Isabel Ortega und ihrem Vater vor weiteren Schrecken errettet.

Ich habe fotografische Beweise – die zu grausig sind, um sie auf diesen Seiten zu beschreiben, geschweige denn abzudrucken – für das gesehen, was man Rossini angetan hat.

Während ihr Vater, ein im Ölgeschäft tätiger Ingenieur und Reserveoffizier, sich nach Buenos Aires begab, um mit den Obristen einen Deal auszuhandeln, der Rossini freies Geleit aus Argentinien sichern würde, floh Señora Ortega mit dem an Leib und Seele schwer gezeichneten Priester auf ein Landgut und pflegte ihn gesund.

Es war bei unserem Zusammentreffen nicht zu übersehen, daß Rossini durch diese Frau seine private Erlösung erfahren hat. Ich hatte das Privileg, sie unter extrem paradoxen Umständen zusammen zu erleben. Beide sind jetzt in den Fünfzigern. Sie hatten einander ein Vierteljahrhundert lang nicht mehr gesehen. Und dennoch hatte ich keinerlei Zweifel, daß sie früher einmal, wenn auch nur kurz, ein Liebespaar gewesen waren und daß eben diese Liebe nach wie vor in ihnen lebte. Sie erhellte das karge Junggesellenzimmer in der Residenz des Kardinals. Man konnte sie an jedem Blick und jeder Geste ablesen. Sie verlieh Rossinis Appell nach einem Waffenstillstand, wenn nicht gar einer Einigung zwischen Aquino und den Frauen, die ihn beschuldigten, einen ganz eigenen Charakter.

Isabel Ortega war und ist verheiratet. Ihr Mann ist ein heute bei den Vereinten Nationen akkreditierter Diplomat im aktiven Dienst. Sie selbst ist einer erfolgreichen Karriere als Spezialistin für hispanisch-amerikanische Beziehungen nachgegangen. Ihre Tochter ist Künstlerin und arbeitet als Restauratorin im Metropolitan Museum of Modern Art.

Kardinal Rossini andererseits stand bei dem verstorbenen Papst, der ihn mit vielen Auslandsmissionen betraute, in hohem Ansehen. Es liegt auf der Hand, daß die päpstliche Gunst auch ihre Nachteile mit sich brachte. Einige seiner Kollegen beneiden ihn. Andere neigen dazu, Klatsch über seine Vorgeschichte zu verbreiten, der von den frühesten Tagen an von der Militärdiktatur über ihre römische Botschaft gezielt in die Welt gesetzt wurde. Aber nicht einmal seine feindseligsten Richter waren jemals in der Lage, die Integrität und Treue seines klerikalen Lebens in Rom in Frage zu stellen.

Rossini hat eine Größe und eine Haltung an sich, die einen auf Anhieb beeindruckt. Das, so spürt man, ist ein Mann, der seine Schulden bezahlt hat. Das ist ein Mann, dem ich glauben würde, wenn er über Liebe spräche oder predigte. Ich möchte vermuten, daß er sein Herz nur sehr selten öffnet, aber wenn er es tut, sieht man die glühenden Kohlen darin. Ich weiß definitiv, daß er jetzt vor einer weiteren Tragödie steht. Señora Ortega wird in allernächster Zeit nach Amerika zurückkehren, um eine Krankheit behandeln zu lassen, die bereits als unheilbar diagnostiziert wurde.

Wie wird Rossini im Konklave angesehen werden? Man wird ihn möglicherweise besser kennen, als er erwartet. Er gilt als ein Mann, der mit leichtem Gepäck reist, flink zu Fuß ist, genau hinsieht und berichtet. Ein derartiger Mensch neigt dazu, den Eindruck zu unterschätzen, den er macht, weil er sich nicht auf sich selbst konzentriert, sondern auf das, was gerade anliegt.

Ich habe beide Seiten der Aquino-Geschichte gehört –

von dem Kardinal selbst, den ich für diese Zeitung interviewt habe, und von den Müttern von der Plaza de Mayo. Aquino und Rossini, die so verschieden sind wie Tag und Nacht, können einander nicht ausstehen. Sie sind Amtsbrüder, aber keine Freunde. Ich würde sagen, daß Kardinal Aquino großes Glück gehabt habt, einen Fürsprecher zu finden, der so stark und – die Bemerkung sei erlaubt – so großzügig ist wie sein Kollege Rossini.

Das Problem der Verschwundenen und all der anderen Tausende, deren Geschicke bekannt sind, wird sich nicht einfach so verflüchtigen. Kein Schweigen ist tief genug, um so viele Ankläger einzuhüllen. Es wird sich auch für Kardinal Aquino nicht verflüchtigen. Ich für mein Teil vermute, daß der neue Pontifex, wer immer er sein wird, ihn nicht einem bürgerlichen Gerichtshof überstellen wird – obgleich mehr und mehr Kleriker wegen kriminellen Mißbrauchs Jugendlicher bürgerlichen Gerichten überstellt werden, einer Tragödie von weit geringerem Umfang als die Brutalitäten des schmutzigen Krieges. Dennoch wird Aquino nach wie vor mit seinem eigenen Gewissen zurechtkommen müssen, so wie Luca, Kardinal Rossini für den Rest seines Lebens die Narben auf seinem Rücken und in seiner Psyche wird mit sich tragen müssen.

Und nun kommt das eigentliche Paradox. Sowohl Aquino wie Rossini werden ins Konklave gehen, um einen neuen Papst zu wählen. Beide sind definitionsgemäß Kandidaten für dieses Amt. Angesichts des reaktionären Klimas, das sich bereits zu verdichten beginnt, läßt sich keiner von beiden ohne weiteres ausschließen. Aquino ist abgelagertes Bauholz, gereift – und manche glauben, befleckt – im langen Dienst als Diplomat und in der Kurie. Rossini andererseits ist der einsame Wolf, der mit den Grenzregionen und dem Hügelland vertraut ist, sich an seine Liebe klammert und sich seinen Schmerz ganz allmählich dienstbar macht. Von den beiden ist er mir als Außenseiterkandidat lieber. Warum? Weil ich glaube, daß er das Feuer der Liebe am Leben erhalten könnte, selbst wenn er gewählt würde und die gewaltige Kälte der absoluten Macht über ihn käme.«

Der Artikel ging noch weiter, aber Rossini hatte genug gelesen, um zu wissen, daß seine Zuneigung zu Isabel nicht länger ein Geheimnis war. Die gesamte Weltpresse würde sie in der einen oder anderen Form aufgreifen. Er war froh, daß Isabel ihren Frieden mit ihrem Mann gemacht hatte und daß er mitgeholfen hatte, diese Versöhnung herbeizuführen. Die Enthüllung ihrer Krankheit durch die Medien war ein unerwarteter Schock, aber er mußte zugeben, daß Steffi Guillermin im großen und ganzen ihr Versprechen gehalten hatte und ihr Kommentar besser gewesen war, als er erwartet hatte. Er fragte sich, was der Camerlengo zu der Angelegenheit zu sagen haben würde. Er sann noch immer über die möglichen Auswirkungen des Artikels nach, als der Staatssekretär von seiner Lektüre aufblickte und sagte:

»Ich hoffe, meine Übersetzer können Ihrem Text annähernd gerecht werden, Luca. Es steckt sehr viel mehr Leidenschaft darin, als ich erwartet hatte.«

»Ist das schlecht, Turi?«

»Nein, ich denke, es paßt gut zu Mademoiselle Guillermins Porträt von Ihnen als einem höchst leidenschaftlichen Mann.«

»Beunruhigt Sie das?«

»Ganz und gar nicht! Wenn es bei dieser Wahl an Leidenschaft mangelt, wird die Chance auf einen Wandel vertan sein. Wenn wir uns nicht den richtigen Mann wählen, dann stecken wir allesamt in Schwierigkeiten. Das ist unsere einzige Chance, die Barke Petri für die Reise ins nächste Jahrtausend seeklar zu machen.«

»Ich habe diese Metapher immer gemocht«, sagte Rossini einfach. »Ich habe sie bei meinem Interview mit der Guillermin verwendet.«

»Ich weiß. Ihre Worte haben mich auch beeindruckt. Wie Sie wissen, war mein Vater Kapitän«, sagte der Staatssekretär. »Er konnte die Sterne lesen und liebte das Meer. Ich habe mir sagen lassen, daß seine Mannschaften ihn stets respektierten, weil er auf die Sicherheit des Schiffs bedacht war und seine Männer ihm am Herzen lagen.«

»Lebt er noch?«

»Nein. Er ist Anfang der fünfziger Jahre gestorben. Meine Mutter zog als Witwe zwei Mädchen und zwei Jungs groß. Ich bin in die Kirche eingetreten. Mein Bruder wurde das Familienoberhaupt. Er ist Manager bei *Italcable.* Meine beiden Schwestern sind verheiratet. Meine Mutter ist sechsfache *nonna* ...« Er gestattete sich ein rares Lächeln und machte eine gottergebene Geste. »Na bitte! Sie haben mich endlich dazu gekriegt, Familiengeschichten zu erzählen. Noch irgendwas, das Sie wissen möchten?«

»Ja. Warum dieses Treffen mit dem Camerlengo? Ich hasse es, blind in eine Konferenz zu tappen. Ihr Vater hätte das verstanden, glaube ich.«

»Er hätte es sehr gut verstanden. Er hat immer zu mir gesagt: ›Den Weisen wurde ein Stern geschenkt, um sie zum Christuskind zu leiten. Jeder Seemann muß die Sterne kennen, die ihn nach Hause führen.‹ Lassen Sie uns gehen, ja? Baldassare haßt es, wenn man ihn warten läßt, und momentan trägt er die gesamte Kirche auf seinen Schultern. Das macht ihn ein klein wenig reizbar.«

Die Versammlung im Büro des Camerlengo war größer, als sie beide erwartet hatten. Der Erzbischof von Los Angeles war anwesend, der Präfekt der Kongregation für die Doktrin des Glaubens, der maronitische Patriarch von Antiochia, der Erzbischof von Tokio und Bangkok und der Erzbischof von Ernakulam in Indien, der dem syro-malabarischen Ritus anhing. Aquino war ebenfalls da, zusammen mit dem Erzbischof von Seoul. Alles in allem waren sie zu elft. Rossini fragte sich, warum und nach welchem Auswahlprinzip die Gruppe zusammengerufen worden war. Der Camerlengo erklärte es mit gewohnter Verbindlichkeit.

»Es war nicht möglich, nicht einmal wünschenswert, vor dem Konklave ein volles Kardinalskonsistorium abzuhalten. Dies ist das letzte einer langen Reihe von Treffen im kleinen Kreis, bei denen Gespräche stattgefunden haben und unsere betagten Brüder, die vom Konklave ausgeschlossen sind, Gelegenheit hatten, ihre Ansichten und Erfahrungen mit uns zu teilen.

Morgen zwischen vier und fünf Uhr nachmittags werden Sie sich ins St.-Martha-Haus zurückziehen, wo Sie wohnen werden – komfortabler als die Konklavisten früherer Zeiten, hoffe ich. Bei Ihrer Ankunft werden Ihnen ihre Räumlichkeiten zugeteilt, und Sie erhalten alle notwendigen Unterlagen: die Zeitpläne, die Ordnung der Rituale, den Verschwiegenheitseid, die Regeln des Konklaves, die Namen der diversen Personen, die zu ihrer Unterstützung anwesend sein werden: Sekretäre, Beichtväter, ein Arzt, ein Chirurg, Krankenpfleger und so weiter. Falls irgend jemand von Ihnen eine spezielle Diät benötigt, wird die Küchenbrigade ihr Bestes tun, Ihnen entgegenzukommen. Es wird Telephonverbindungen von Zimmer zu Zimmer geben, aber keinerlei Kontakt nach draußen, außer in extrem dringenden Fällen, und auch dann nur mit Erlaubnis des Konklavemarschalls.

Es gibt allerdings einen Punkt, zu dem ein spezielles Vorgespräch notwendig schien. Einige unserer Brüder haben darum ersucht, in aller Form bekannt zu machen, daß sie die Ehre ablehnen würden, falls man sie zufällig wählen sollte. Sie argumentierten damit, daß sie den Elektoren Zeit und Mühe ersparen könnten, wenn sie schon im Vorfeld auf die Kandidatur verzichteten. Ich habe ihnen natürlich klargemacht, daß es allen Elektoren freistehen muß, ihre Stimme zu geben, wem immer sie wollen, selbst wenn sie wissen, daß der Kandidat im voraus abgedankt hat. Das könnte auf einen Mangel im System hindeuten. Andererseits haben die Elektoren die Freiheit, das System zu benutzen wie immer sie möchten, um die gültige Wahl ihres Kandidaten herbeizuführen. Ich spreche die Angelegenheit jetzt informell an, weil Sie eine endgültige und komplette Liste vorfinden werden, wenn Sie ins Konklave kommen, die unter den Eid der Geheimhaltung fällt und sich auf alle Konklavisten bezieht. Einige unserer Brüder haben ihren Absichten schon klar und öffentlich Ausdruck verliehen. Unser Bruder aus Dublin hat bereits verkündet, er wolle sich in sein Kloster zurückziehen und angeln gehen. Matteo Aquino, der heute morgen unter uns ist, hat auf seine Kandidatur verzichtet, damit über das neue Pontifikat kein Schatten lang vergangener Ereignisse in Argentinien fällt.«

»Man darf wohl fragen«, der Einwurf kam von Gottfried Gruber, »man ist geradezu gezwungen zu fragen, ob im selben Zusammenhang und aus dem selben guten Grund unser eminenter Kollege Rossini einen öffentlichen Verzicht auf seine Kandidatur erwägen könnte?«

Mit einem Mal war es totenstill im Raum. Rossini erhob sich langsam von seinem Platz. Er ignorierte Gruber und wandte sich dem Camerlengo zu. Sehr leise, sehr bedächtig fragte er:

»Wir kennen einander schon lange Zeit, Baldassare. Wußten Sie irgend etwas davon, daß man mir bei diesem Treffen den Fehdehandschuh hinwerfen würde?«

»Nein, Luca.«

Er wartete auf mehr. Der Camerlengo schwieg beharrlich.

Rossini drehte sich zu Aquino um. »Und Sie, Matteo, haben Sie diese Frage aufs Tapet gebracht?«

Aquino tat den Vorwurf mit einem Achselzucken ab.

»Gewissermaßen schon, nehme ich an. Nachdem ich Ihr Interview in *Le Monde* gelesen hatte, machte ich eine scherzhafte Bemerkung zu Gruber: so etwas in der Richtung, daß wir in intoleranteren und skandalträchtigeren Zeiten lebten und die Presse unser Leben stärker dominierte, als wir zuzugeben bereit seien. Andererseits sagte ich, daß Sie den Skandal besser überstanden hätten als ich.«

»Welchen Skandal?«

»Ihr Verhältnis, so kurz es auch war, mit Señora Ortega: ein Priester und eine verheiratete Frau. Das war es doch schließlich, und das wird es auch wieder werden. Wenn wir erst einmal in den Geschichtsbüchern stehen, können wir nicht aus der Seite treten.«

Rossini wandte sich langsam zu Gruber.

»Und Sie, Gottfried? Sie sind der Wachhund der Kirche, der Meister der Bluthunde Gottes. Sie finden, ich sollte wegen dieser Episode in meiner Jugend öffentlich auf meine Kandidatur verzichten?«

»Im heutigen Klima, ja.«

»Und Sie, Turi. Sie sind mein unmittelbarer Vorgesetzter. Was haben Sie dazu zu sagen?«

»Ich habe keinen Kommentar«, sagte der Kardinalstaatssekretär.

Rossini wandte sich von ihm ab und sprach wieder unmittelbar den Camerlengo an.

»Mit Ihrer Erlaubnis, Baldassare, und mit der Zustimmung unserer Brüder würde ich mich um diese Sache gern jetzt sofort kümmern.«

Der Camerlengo runzelte die Stirn, stellte aber die förmliche Frage:

»Placetne fratres?«

Die Antwort war einstimmig: *»Placet.«*

Rossini stand einen langen Moment schweigend da, sammelte sich, wartete, daß sich seine aufgewühlten Emotionen beruhigten, suchte nach den passenden Worten.

»Meine Brüder. Wir alle haben uns früher schon getroffen. Manchmal kam ich als persönlicher Emissär Seiner verstorbenen Heiligkeit zu Ihnen. Manchmal habe ich Sie in Rom empfangen, in meinem eigenen Haus. Wir haben zusammen die Eucharistie gefeiert. Jetzt sitzen Sie stumm da, während ich gedrängt werde, auf Rechte und Privilegien zu verzichten, die mir von unserem verstorbenen Pontifex verliehen wurden. Warum? Stehe ich hier vor Gericht? Oder einfach unter Anklage? Ich werde nicht versuchen, mich Ihnen gegenüber zu verteidigen, weil ich nichts zu verteidigen habe. Ich werde Ihnen kein Plädoyer halten und Sie nicht um Gnade anflehen, weil es nichts zu rechtfertigen gibt. Ich habe nicht um Gnade gefleht, als sie mich vor meiner eigenen Kirche und meinen eigenen Leuten an ein Wagenrad gebunden und mir die Haut vom Rücken gefetzt und mich mit einer Reitpeitsche geschändet haben. Ich habe geheult, ich habe geschrien, ich habe gebetet – und ja, ich habe meine Peiniger verflucht –, aber ich habe nicht um Gnade gefleht. Doch als Isabel Ortega einen Mann umbrachte, um mich zu retten, und mich dann in ihre Obhut nahm und mit mir in ein Versteck floh, da habe ich gefleht! Ich flehte vom kleinen Jungen zur Mutter, vom Mann zur Frau, der ich ohne es zu wissen entsagt hatte: Mach mich wieder ganz! Mach einen Mann aus diesem Trümmerhaufen. Und das tat sie. Sie tat es durch das Geschenk ihrer selbst und all ihrer Fraulichkeit. Sie tat es unter der täglichen Drohung von Gefangenschaft, Folter und Tod. Finden Sie das skandalös? Ich habe es nie als etwas anderes sehen können, denn als einen Akt der Liebe und des Heilens.

Wie mein Bruder Gottfried Gruber hier mich beurteilt, wie seine Assessoren meine Aktionen und meine Ansichten einstufen, ist für mich irrelevant. Als ich nach Rom kam, habe ich niemandem etwas vorgemacht. Ich wurde im Rahmen eines Handels hierhergebracht, den unser Bruder Aquino mit der argentinischen Militärdiktatur abgeschlossen hatte. Ich wurde dem Papst zugestellt wie ein Paket voll beschädigter Güter. Es hing ein Preisschild an diesem Paket, und der Preis war Schweigen. Isabel Ortega und ihre Familie wurden als Geiseln dieses Schweigens genommen. Auch ich war nicht frei, ein leibeigener Diener der Mutter Kirche, der ich bis zu diesem Tage gedient habe, nicht immer freudig oder mit Liebe, aber allemal treu und pünktlich. Ich habe mich öffentlich zum Advokaten unseres Bruders Aquino gemacht, der noch immer von den Konsequenzen seines Dienstes in Argentinien bedroht ist. Die Mütter von der Plaza de Mayo möchten ihn vor Gericht sehen. Ich habe versucht, ihre Wut gegen ihn abzumildern, obschon er nun schweigend dasitzt.

Seine verstorbene Heiligkeit hat sich meiner angenommen. Meine erste Beichte in dieser Stadt habe ich bei ihm persönlich abgelegt. Ich sagte ihm, ich bereute jegliche Schuld, die meinen eigenen Handlungen innewohne, und würde jede Buße akzeptieren, die er mir aufzuerlegen beschlösse, aber ich könne seine Absolution nicht akzeptieren, falls sie ein Verdammen oder ein Tadeln der Liebe und Dankbarkeit beinhalte, die ich für Isabel Ortega empfand und noch immer empfinde. Das forderte er nicht von mir. Aber die Buße, die er mir auferlegte, war hart genug: ein Leben der Trennung – im ehrenhaften Exil, gewiß, aber nichtsdestoweniger als Geisel. Ich habe meine Buße getan. Ich habe die Schuld bezahlt. Isabel Ortega kam für ein paar Tage nach Rom, um mir Lebewohl zu sagen. Sie ist unheilbar krank. Ihre Anwesenheit hat auch Ihnen geholfen, Matteo. Sie hat die Mütter von der Plaza de Mayo Ihnen gegenüber versöhnlicher gestimmt. Ich vertraue darauf, daß Sie sie in Ihre Gebete einschließen werden. Und jetzt lassen Sie mich Ihnen allen eine Frage stellen: Reden wir hier immer noch von Skandal? Ich werde mir das von Ihnen nicht bieten lassen, meine Brüder. Wenn Sie eine Kirche der Perfekten wollen, dann sehe ich für mich keinen Platz darin. Petrus hat seinen Herrn verraten, Paulus hat bei der Steinigung des Stephanus, des ersten Märtyrers, weder Hand noch Stimme erhoben. Maria Magdalena war dem Herrn teuer, weil sie viel geliebt hatte. Augustinus war ein Libertin und ein Häretiker, ehe er zum Glauben fand. Tertullian löste sich von der offiziellen Kirche, weil er jenen nicht vergeben konnte, die unter dem Druck der Verfolgung den Mut hatten sinken lassen.

In diesem Moment sind Sie Treuhänder dieser, unserer Kirche. Sie gehört Ihnen nicht; Sie sind Gott für das Volk Gottes verantwortlich. Und schließlich antworte ich unserem Bruder Gottfried hier. Das Amt, das ich innehabe, wurde mir legal verliehen, mit all seinen Rechten und Privilegien. Ich werde keines davon wegen einer falschen Skandalanschuldigung aufgeben. Gott verhüte, daß Sie daran denken könnten, mich zum Papst zu machen! Gott verhüte, daß irgend jemand hier mein Recht beschneidet zu kandidieren. Ich danke Ihnen, daß Sie mir so geduldig zugehört haben, Eminenzen. Ich bitte Sie, mich zu entschuldigen.«

Er war schon auf halbem Weg zur Tür, als der Camerlengo ihn zurückrief.

»Warten Sie, Luca! Bitte nehmen Sie wieder Platz. Wir haben noch weitere Dinge zu besprechen.«

Rossini zögerte eine Sekunde, drehte sich dann zum Camerlengo um, verbeugte sich und setzte sich hin. Der Camerlengo musterte sein Publikum und fragte feierlich:

»Möchte irgend jemand einen Kommentar zu den Bemerkungen unseres Bruders Luca abgeben?«

Niemand antwortete. Rossini wußte, daß er einen Sieg errungen hatte; er hatte die Großen Elektoren in die Schranken gewiesen, aber der Triumph schmeckte gallenbitter. Aquino konnte er verstehen, und auch Gruber, aber Baldassare, der Kardinalkämmerer, und Turi – das waren seine Freunde, und doch mochten sie nicht die Stimme heben, um ihn zu verteidigen. Dann überließ der Camerlengo das Wort dem Kardinalerzbischof von Tokio, einem kleinen, glatthäutigen Mann, der jünger wirkte als seine achtundsechzig Jahre. Er sprach ein perfektes Italienisch, das lediglich vom japanischen Rhythmus seiner Sätze gefärbt war. Sein Ton war milde und mißbilligend.

»Ich muß sagen, daß ich von dem, was ich heute früh hier vernommen habe, und dem, was ich seit meiner Ankunft in anderen Versammlungen gehört habe, beunruhigt bin. Es gibt da offenbar Reibereien zwischen Brüdern, die ich befremdlich und bestürzend finde. Es gibt da einen Druck, Standpunkte und kanonische Regeln durchzusetzen, als wären wir eine Armee und nicht eine in Liebe vereinte Familie. Lassen Sie mich versuchen, etwas zu erklären. Wir Christen in Asien leben als Exoten in gewaltigen Gemeinschaften, die ihre eigenen Religionen haben, die weit älter sind als unsere; aber sie sind nach wie vor unsere Leute, unsere Freunde, unsere Verwandten. Also sind wir gezwungen, unserer Mission, das Evangelium zu verbreiten, mit Demut, Diskretion und viel christlicher Nächstenliebe nachzugehen. Um es mit Papst Johannes XXIII. zu sagen: ›Wir suchen stets nach dem, was verbindet, nicht nach dem, was trennt.‹ Das bedeutet, daß wir bei unserer Lehrtätigkeit eine große Anzahl semantischer Barrieren überwinden müssen. Wir müssen unser christliches Denken im Bezugsrahmen anderer Sprachen und anderer Kulturen ausdrücken. Wir müssen mit Aufgeschlossenheit die Glaubensvorstellungen anderer Religionen untersuchen, stets in der Überzeugung, daß eine jede Wahrheit, wer auch immer sie ausgesprochen hat, eine authentische Offenbarung des Heiligen Geistes ist. Wir brauchen große Sorgfalt und viel Gespür, um uns in diese Geisteshaltung zu versetzen. Wir müssen auch emotional einräumen, was wir auf intellektueller Ebene zugeben, daß nämlich selbst die scharfsinnigsten Einsichten der Theologen, die präzisesten Vorschriften des kanonischen Rechts eine Barriere für das religiöse Verständnis bilden, wenn sie nicht in der Sprache des Herzens ausgedrückt werden. Das Wissen von Gott und den Wahrheiten der Erlösung ist für alle bestimmt; also muß es auch in allen Modi menschlicher Kommunikation verfügbar sein.

Hierin liegt ein großes Mysterium beschlossen: das Mysterium von Gottes eigenem stummen und geheimen Wirken in einem jeden Menschenleben, dessen Existenz der Herr selbst erhält. Es ist stets ein gefährliches Unterfangen, diesem Mysterium eine verbale Definition überzustülpen oder jene zu verdammen, die es mit neuen Werkzeugen oder auf ungewöhnlichen Wegen zu erforschen suchen. Unser Glaube ist keine Serie von Thesen, die wir den Leuten als eine Art Eintrittspreis ins Himmelreich aufzwingen. Der Glaube ist ein Licht, das alles und jedes auf der Welt bescheint. Er ist wie eine Kerze in einem Zimmer voller Spiegel, die sich bis ins Unendliche reflektiert und wiederholt. Wir definieren Christus in unseren Glaubensbekenntnissen nicht. Wir verkündigen ihn: ›*Licht vom Lichte, wahrer Gott vom wahren Gotte, gezeugt, nicht geschaffen, eines Wesens mit dem Vater.*‹ Diese Proklamation wurde von Menschen aus dem Mittelmeerraum verfaßt. Wie kann ich, ein japanischer Christ, sie meinen Leuten verständlich machen? Ich tue es auf die einzig mögliche Art, indem ich mich selbst zu dem Spiegel mache, der das Licht reflektiert, wie unvollkommen auch immer. Wir sind hier, um einen neuen Bischof von Rom zu wählen. Er wird traditionsgemäß der Nachfolger des Fischer Petrus werden, der als erster seinen Herrn verleugnete und doch von ihm als der Fels benannt wurde, auf dem er seine Kirche erbauen wollte. Wir müssen uns einen neuen Petrus suchen, jemanden, der ein Gefühl für seine eigene Schwäche besitzt, ein Gefühl für die Bedürfnisse einer gewaltigen zerstreuten Herde. Wir dürfen um ihn keine Mythen ranken. Wir dürfen nicht behaupten, daß ihm in dem Moment, da er gewählt ist, die gesamte Schöpfung offenbart wird. Wir müssen einen Mann wählen, der Sorge um seine eigenen Leute trägt, der ihnen gegenüber offen ist, der nicht fortwährend versucht, sie bei jeder Lebensäußerung zu gängeln, der sie nicht gegen die machtvollen Bürokratien der Kirche einsetzt, sondern versucht, anhand der täglichen Gleichnisse ihrer menschlichen Erfahrungen von ihnen zu lernen. Wenn wir ihn erst einmal gewählt haben, können wir ihn nicht wieder absetzen. Wir sollten uns also nicht in privaten Eifersüchteleien ergehen, sondern nach jenem unter uns suchen, dem wir zutrauen können, die Herde auf neue, offenere Weiden zu führen.«

»Amen.« Luca Rossinis Zustimmung kam von Herzen, doch noch während er das Wort aussprach, fragte er sich, ob sein eigener Glaube den Ausgang der Wahl überdauern würde.

Die Sitzung ging noch eine halbe Stunde weiter. Als sie vorbei war, verabschiedete er sich in aller Form, schützte einen weiteren dringenden Termin vor und machte sich eilig davon.

Er schlenderte die *Via Conciliatore* hinunter und bog in einen Laden ein, der Devotionalien an die Touristen verkaufte. Er nahm sich eine halbe Stunde Zeit, ein goldenes Medaillon der Jungfrau Maria und ein hübsches Schmuckkästchen dafür zu erstehen. Er schrieb in einer eleganten, italienischen Handschrift die Karte, um die Isabel ihn gebeten hatte:

»Die kleine Muttergottes, die Sie mir geschenkt haben, hat mich sehr glücklich gemacht. Ich schicke Ihnen ihr Ebenbild, damit Sie ohne sie nicht einsam sind. Ich schicke es in Gold, um Ihnen dafür zu danken, daß Sie meine Schwester geworden sind. Beten Sie für mich, so wie ich für Sie beten werde.

Isabel Ortega.«

Er bat die Verkäuferin, das Kästchen sehr sorgfältig einzuwickeln, weil er den neuen Papst bitten werde, es zu segnen. Er bezahlte die Rechnung, bedankte sich für den fiktiven Preisnachlaß ›für unsere distinguierten Prälaten‹, steckte sich das Päckchen in die Tasche und bummelte wie jeder beliebige Tourist hinunter zum Fluß. Im Gehen merkte er, daß ihm ein albernes Verschen nicht aus dem Kopf wollte, das ihm Piers Hallett einmal beim Abendessen zugeworfen hatte:

»Hätt' Laura er gehabt im Bette,
Gäb's von Petrarca dann Sonette?«

Zurück in seiner eigenen Wohnung, begann er seinem Hauspersonal Anweisungen zu erteilen. Heute um acht würde er in Piers Halletts Gesellschaft zu Hause das Abendessen einnehmen. Morgen würde er sich ins Konklave begeben. Seine Koffer sollten so gepackt werden, daß es für einen möglicherweise einwöchigen Aufenthalt ausreichte – mehr oder weniger, je nachdem, wie gut die Elektoren mit dem unter ihnen wirkenden Heiligen Geist kooperierten.

Seine Alltagsuniform würde die schwarze Soutane mit den roten Biesen bilden, das scharlachrote Scheitelkäppchen und sein Brustkreuz. Er würde genügend Unterwäsche benötigen, um jeglichem Zusammenbruch des hauseigenen Wäschedienstes von St. Martha Rechnung zu tragen. Er würde ein paar weißer Chorröcke und für das zeremonielle Nachspiel seine Mitra brauchen, denn obgleich er dem Rang nach Kardinal-Presbyter war, war er auch Titularbischof der Kirche des heiligen Sebastian auf dem Palatin.

Er würde sein Tagebuch und ein wenig privates Briefpapier benötigen. Während des Konklaves konnte keine Post verschickt oder empfangen werden, aber private Kommunikation im Innern war erlaubt, wenn auch möglicherweise schlechter Stil. Diesen Überlegungen folgte auf dem Fuß der vage Impuls, Isabel und Luisa zu schreiben. Er unterdrückte ihn auf der Stelle. Das könnte eine weitere Stillosigkeit darstellen. Raul Ortega hatte sie jetzt in seiner Obhut; alles, was Luca Rossini tun konnte, war, auf Nachricht zu warten.

Seine Gedanken wandten sich wieder den Ereignissen dieses Vormittags zu: der Eloquenz des japanischen Kardinals und dem unerwarteten Schweigen des Camerlengo und des Staatssekretärs. Seine eigene Verärgerung hatte sich so schnell gelegt, wie sie in ihm aufgestiegen war. So sahen die politischen Spielchen in der Hierarchie eines päpstlichen Hofes nun einmal aus. Schweigen ließ sich auf tausend Arten interpretieren, und man riskierte dabei nichts. Worte wurden stets verdreht, ausgelegt, mit verändertem Akzent weitergegeben. Sie waren für die Feindseligen Waffen, doch gegen einen entschlossenen Angreifer stellten sie nur einen spinnwebfeinen Schutz dar. Und dennoch, weder Baldassare noch Turi hatten ihn attackiert. Sie hatten sich ganz einfach zurückgezogen, um zu sehen, wie ihr jüngerer Kollege und Untergebener bei seinem Turnier mit den Großen Elektoren wohl abschneiden würde.

Es würde im Konklave selbst zu weiteren Turnieren kommen, wenn die Großen Elektoren und die Außenseiter in der Lounge und der Cafeteria und dem Rauchsalon des St.-Martha-Hauses aufeinandertrafen, oder während sie sich in einer Prozession zur Kapelle begaben, wo die Stimmen abgegeben wurden, viermal täglich, bis ein neuer Papst nominiert war.

Allein jetzt und kalt im Herzen, redete Luca, Kardinal Rossini sich selbst vernünftig zu. Er war bis hierhin auf seinen eigenen zwei Füßen gekommen. Er würde auch die letzte Meile zurücklegen und die Zukunft Gott überlassen – immer vorausgesetzt, Gott war im Kosmos und dem menschlichen Chaos überhaupt noch präsent.

Vierzehn

Luca, Kardinal Rossini und sein persönlicher Beichtvater, Monsignore Piers Hallett, fanden sich um vier Uhr nachmittags an der Rezeption des St.-Martha-Hauses ein.

Das nach der geschäftigen biblischen Hausfrau und Schwester des wieder zum Leben erweckten Lazarus benannte Gebäude war 1993 als Hotelresidenz für durchreisende kirchliche Würdenträger und zeitweilige Angehörige des vatikanischen Stabes geplant worden. Die notwendigen Mittel, so wurde berichtet, hatten die *Knights of Columbus* zur Verfügung gestellt, eine katholische Laienorganisation aus den USA. Jetzt wurde es den Konklavisten und ihrer kleinen Armee von Gehilfen, vom Tellerwäscher bis zum Sakristan, übergeben. Der Architekt des Konklaves und seine Techniker hatten fieberhaft gearbeitet, um es gegen Eindringlinge von außen oder Fluchtversuche seiner Insassen abzusichern, die dort von der Außenwelt abgeschnitten werden würden, bis sie imstande waren, die Wahl eines neuen Pontifex zu verkünden.

Die Errichtung des Gebäudes war nicht ohne Probleme verlaufen. Die italienischen Grünen hatten protestiert, daß es die Aussicht auf den Petersdom von der *Via dei Cavalleggieri* her verstellen würde. Also hatten die Architekten ein Stockwerk gestrichen, abgehackt und dafür ein zweites Tiefgeschoß gebaut. Dann kam die Schwierigkeit, für die von der Welt abgekapselten Kardinäle einen sicheren Weg in und aus dem Vatikan bereitzustellen. Also war ein vorübergehend versiegelter Durchgang angelegt worden, der durch die Basilika selbst zur Sixtinischen Kapelle führte, wo die Abstimmungen stattfanden.

Als sie in einer langen Schlange von Kollegen aus aller Welt schließlich an der Reihe waren, sich einzutragen, wurde Rossini ein Zimmer inmitten seiner Standesgenossen im zweiten Stock zugewiesen, während Hallett ins Basement verbannt wurde. In diesem Haus waren einige Diener Gottes gleicher als andere. Ihr Gepäck dagegen wurde vom vatikanischen Sicherheitsdienst mit gleicher Gründlichkeit duchsucht, um sich zu vergewissern, daß keiner von beiden ein Handy, eine Abhörwanze oder irgendein anderes verdächtiges elektronisches Gerät bei sich trug. Ganz eindeutig hatte die Kirche wenig Vertrauen in die letztendliche Integrität ihrer Fürsten. Es war in der Apostolischen Verfassung beispielsweise eigens festgelegt, daß das Verbrechen der Simonie, des Kaufs oder Verkaufs des päpstlichen Amtes, die Wahl nicht ungültig machen würde. Es war weiterhin festgelegt, daß jegliche Versprechen, die gemacht wurden, um eine Wahl herbeizuführen, hinterher nicht einzufordern waren. In früheren Zeiten war das Amt gekauft und verkauft worden. Gelegentlich waren seinetwegen Morde begangen worden. Es war eindeutig anerkannt, daß die Tricks von einst in dieser Zeit der Jahrtausendwende wiederholt werden könnten. Jeder Gast bekam eine Mappe, die alle notwendigen Informationen für seinen Aufenthalt enthielt: die Einrichtungen des Gebäudes, seine Hausordnung, die Namen und Telephonnummern seiner Bewohner und des Servicepersonals, einen Plan seiner öffentlichen Räume, Maßnahmen im Brandfall, den Text der Verschwiegenheitseide, die noch an diesem Abend sowohl den Elektoren wie dem Personal des Konklaves öffentlich abgenommen werden würden, eine Liste von Beichtvätern, Sekretären und medizinischen Helfern. In all das war das *Sede-Vacante*-Symbol eingeprägt, der *pavilion* genannte rot und gelb gestreifte Sonnenschirm.

Es gab eine momentane Verwirrung, als Rossini versuchte,

sich die speziellen Arrangements bestätigen zu lassen, die getroffen worden waren, damit er Nachrichten von Isabel aus New York erhalten konnte. Das übliche römische Bild: Achselzucken, geschürzte Lippen, zielloses Wühlen in Papieren, auf den Computerbildschirm geholte Fehlinformationen. Es schien keine Aufzeichnungen über eine derartige Vereinbarung zu geben.

Rossini beugte sich über den Schreibtisch, bedrohlich wie ein Andencondor, bis die entsprechende Direktive gefunden war und ihm und Hallett die genehmigte Kontaktprozedur präsentiert wurde. Dann forderte er, daß für ihn und Piers Hallett auf der Stelle Kopien der Anweisung gemacht werden sollten. Könnte das nicht warten, Eminenz? Nein, das konnte es nicht. Morgen würde ein anderer Tag sein. Hinter dem Schreibtisch würde jemand anders sitzen, und den Konklavisten würde sowieso der Zugang zu diesem Teil des Hauses verwehrt sein. Also geben Sie mir bitte ganz einfach die Papiere, mein Freund – in doppelter Ausführung.

Als ihm die Dokumente ausgehändigt wurden, antwortete er mit einem schwachen Dankeslächeln; dann erlaubte er dem Portier, sie durch das Foyer zu den Aufzügen zu bringen, die zu ihrem vorübergehenden Gefängnisquartier führten. Piers Hallett feierte den Moment mit einem Witzchen, das sich anhörte wie aus Cromwells Zeiten:

»Ich mag die Art, wie Sie vorgehen, Eminenz. Vertrauen Sie auf Gott, und halten Sie ihr Pulver trocken!«

»Ihre wichtigste Pflicht, Piers, ist es, dreimal täglich im Vikariatsbüro vorbeizuschauen. Ich möchte nicht, daß Nachrichten verlorengehen oder bis zum Sankt-Nimmerleins-Tag irgendwo abgeheftet werden.«

»Vertrauen Sie auf mich, Eminenz.«

»Das tue ich, Piers! Es sind die anderen, die mir Sorgen machen. Wir werden uns jeden Tag nach dem zweiten Wahlgang in meinem Zimmer auf ein Glas Wein und ein Schwätzchen treffen.«

»Was glauben Sie, wie lang die Wahl dauern wird?«

»Schwer zu sagen. Ich habe das Gefühl, daß das ein langwieriger Prozeß werden könnte. Die Kluft zwischen den Parteien ist breit. Für die Konservativen steht sehr viel auf dem Spiel. Die Befürchtungen der Liberalen, daß wir eine neue Eiszeit bekommen könnten, sind äußerst tief verwurzelt. Es gibt keine Möglichkeit, eine Voraussage zu treffen, ehe morgen der Abstimmungsprozeß beginnt. Sie werden uns heute abend um sieben die Eide abnehmen. Der Staatssekretär wird seine Ansprache zur Lage der Kirche halten. Ich werde mein Verschen aufsagen. Dann werden wir gemeinsam zu Abend essen wie gute Brüder. Am ersten Morgen wird es einen einzigen Wahlgang geben, und danach vier am Tag, morgens und nachmittags, bis ein neuer Papst gewählt ist. Sie werden eine Menge Freizeit haben. Halten Sie die Ohren offen, und lassen Sie mich von jeglichem Klatsch wissen, den Sie unter der Treppe hören.«

»Sie sollten sich was schämen, Eminenz!« sagte Hallett grinsend. »Das ist ein geheiligtes Unternehmen. Worüber sollte es denn da zu tratschen geben?«

»Sie sagen es, Piers, worüber denn wohl?«

»Was soll ich, vom Klatsch mal abgesehen, in der Zwischenzeit mit mir anfangen?«

»Beten Sie, wenn Sie können, und denken Sie viel nach«, sagte Rossini nüchtern. »Dies ist die Rückseite des Gobelins, mein Freund. Sie werden das Beste und das Schlechteste an dieser, unserer Kirche zu sehen bekommen. Hier gibt es keine Illusionen, und Sie müssen eine Entscheidung treffen. Wie ich genaugenommen auch.«

»Ich wünsche Ihnen Mut und Erleuchtung, Eminenz!«

Der Portier schleppte Rossinis Gepäck in den Lift, während Hallett, der seine eigenen Reisetaschen trug, zu Fuß in die unteren Regionen hinabstieg.

Nachdem er sich in seinem Quartier eingerichtet hatte, einem kompakten, aber komfortablen Schlafzimmer mit eigener Dusche und Toilette, einem Schreibtisch, einem Lehnsessel und einem Betstuhl mit einem Kruzifix darüber, überflog Rossini die Liste der Konklavisten, hakte die Namen derer ab, die er auf seinen Reisen kennengelernt hatte, und schrieb seine eigenen kabbalistischen Kürzel zu Werdegang, Charakter und persönlicher Loyalität jedes einzelnen an den Rand.

Sie kamen aus aller Welt: aus Afrika, dem Libanon, Indien, China, von den Philippinen, aus Nord- und Südamerika, Asien und Ostindien und von den Pazifikinseln. Ihre Haut war schwarz wie Ebenholz, gelb und braun und bleich wie altes Porzellan. Ihre Namen ergaben eine polyphone Litanei. Ihre Sprachen waren ein kunterbuntes Potpourri fremder Zungen, durchmischt vom zu ihrer Ausbildung gehörigen Latein, das gefärbt war von Spuren regionaler und stammesspezifischer Akzente ihrer Muttersprachen. Sie alle bekleideten einen hohen Rang. In normalen Zeiten wurde ihre Macht an der Größe der Bevölkerungen gemessen, über die sie regierten, an ihrer Nähe zum oder Entfernung vom Sitz der Macht in Rom, an dem Gewicht, das ihren Ratschlägen am päpstlichen Hof zugemessen wurde.

Die Höflinge selbst – die Kurienkardinäle – bewegten sich unter ihnen mit einer gewissen herablassenden Leichtigkeit. Sie waren schließlich die Kastellane dieser römischen Festung. Sie kannten all ihre gewundenen Korridore, all die Zugänge zu all den Kongregationen und Ausschüssen und Komitees; sie wußten, wo die Tentakeln der Macht miteinander verschlungen waren und wie ein Fremdling es – rasch oder durch lebenslanges geduldiges Antichambrieren – zu einem persönlichen Dialog mit dem Papst bringen konnte. Sie waren nicht allesamt Italiener, wie sie es in der Vergangenheit gewesen waren. Die Kurie war internationalisiert worden und schloß jetzt auch Briten, Belgier, Franzosen, Deutsche, Slowaken, Spanier, Südamerikaner, Afrikaner, Asiaten und Australier ein.

Es gab auch noch eine zweite Gruppe, die kleiner und dieser gegenüber eher peripher, aber dennoch einflußreich war: die Metropoliten der großen italienischen Bistümer – Mailand, Bologna, Venedig, Neapel, Florenz, Palermo, Turin. Sie waren mit einer anderen Art von Autorität ausgestattet: Oberhirten großer Städte mit einer langen eigenständigen Geschichte. Bei der Wahl selbst waren sie Männer, mit denen man rechnen mußte, denn sie waren als Seelenhirten bekannt und nicht als Bürokraten, und ihr Leben fand unter einfachen Menschen statt.

Die Erzbischöfe aus den Vereinigten Staaten waren – wie ein Witzbold es ausdrückte – mutierte Nachkommen ehemaliger Einwanderer aus Europa: Iren, Italiener, Polen. Jeder von ihnen war ein möglicher Kandidat, aber sie alle trugen ein unsichtbares Kainsmal. Sie waren die Abkömmlinge einer demokratischen Revolution, die, in historischen Dimensionen betrachtet, noch zu kurz zurücklag, um sich so recht komfortabel damit zu fühlen. Wichtiger noch, sie waren Angehörige einer aggressiv kapitalistischen Gesellschaft, in der es einem freistand, sich zu jeder beliebigen Religion zu bekennen und sie auszuüben, aber gesetzlich verboten, sie jemandem vorzuschreiben.

Merkwürdigerweise stammte das größte Kontingent der Elektoren aus den ehemaligen Kolonialgebieten Afrikas: Angola, Benin, dem Kamerun, Kenia, Nigeria, dem Senegal und so weiter. Die Vorstellung von einem afrikanischen Papst war verführerisch. Sie würde das Bild einer universellen Kirche wiederbeleben, eines Hauses, in dem alle Nationen Platz hatten. Sie würde für immer die Anschuldigungen widerlegen, die katholische Religion sei rassistisch, das Christentum eine eurozentristische Angelegenheit. Aber im kalten Licht der neueren Geschichte betrachtet, konnte sie auch die blutigen Stammesfehden verstärken, die den afrikanischen Kontinent noch immer erschütterten.

Was Rossini selbst anging, so war er der Überzeugung, daß sie einen Mann aufgrund seiner eigenen klar erkennbaren Verdienste und Tugenden aussuchen und wählen mußten, einen guten Mann, einen schlichten Mann, was nicht für ›Dummkopf‹ stand, sondern für jemanden, der aus dem Herzen heraus zu den Herzen des Gottesvolks sprechen konnte. Die Politiker des Heiligen Kollegiums waren ein notwendiges Übel, aber ihre Kriegslisten und Winkelzüge vetrugen sich schlecht mit der überwältigenden Schlichtheit des Evangeliums. Die klerikalen Geldwechsler und Taubenkrämer waren im Vorhof eines jeden Tempels allgegenwärtig, aber sie sollten nicht das Allerheiligste kontrollieren dürfen. Die Zensoren und Inquisitoren sollten dort gehalten werden, wo sie hingehörten: im Dienst am geheiligten Erbe des Glaubens. Sie sollten nicht – nie wieder – zu Richtern über die Menschen ernannt werden oder die Herrschaft über deren Gewissen an sich reißen dürfen.

Also bewegte er sich leger von Gruppe zu Gruppe, begrüßte alte Bekannte, stellte sich neuen vor. Luca Rossini versuchte, sich zu entscheiden, wem er beim ersten Wahlgang am nächsten Morgen die erste Stimme geben sollte. Der erste Durchgang war stets ein Probelauf, der – soweit möglich – das Spektrum der Kandidaten deutlich machen und – soweit möglich – die Interessengemeinschaften identifizieren helfen sollte, die hinter ihnen standen. Dieser Abend allerdings war einfach ein Präludium und eine Präambel: eine Wiedersehensfeier des kleinsten, aber einflußreichsten Clubs auf der ganzen Welt. Drinks wurden gereicht. Schnittchen wurden angeboten. Der Ton war gemäßigt, die Äußerungen eher unverbindlich. Die Mitglieder waren mehr darauf aus, Meinungen zu hören, als sie von sich zu geben.

Rossini hielt sich nicht allzulange mit irgendeiner bestimmten Gruppe auf. Er wußte, daß er hofiert, umworben, unter die Lupe genommen wurde – nicht allein seiner einzelnen Stimme wegen, sondern auch im Hinblick darauf, welchen Einfluß er nach einem erfolgreich überlebten Vierteljahrhundert im Vatikan besitzen mochte. Es gab gelegentliche Witze über seine momentane Berühmtheit bei der Presse. Er konnte sie interpretieren, wie er wollte: als Sticheleien oder als Respektsbezeugungen für einen alten Kämpen. Er verharrte einen Moment bei zwei Prälaten aus den USA. Einer von ihnen war der Kardinalerzbischof von Baltimore, der andere der Mann aus Los Angeles, der bei der gestrigen Zusammenkunft mit dem Camerlengo dabeigewesen war. Er hatte eine große Gemeinde von

Einwanderern und Flüchtlingen aus Lateinamerika und sprach fließend Spanisch, sowohl reines Kastilisch wie eine dialektgefärbte Version. Er schien darauf bedacht, seine vertane Gelegenheit bei Rossini nachzuholen.

»Das Interview mit dieser Frau Guillermin in *Le Monde*, das war eine eindrucksvolle Leistung. Mir hat die unverblümte Art gefallen, wie Sie auf die Fragen zur Sexualität reagiert haben. *Muy viril!* Das hilft uns allen weiter. Sie kennen ja den Feuersturm, durch den wir in dieser Angelegenheit gerade durchmußten!

Ich fand, daß Gruber total danebenlag, als er andeutete, daß Sie auf Ihre Kandidatur verzichten sollten. Ich war versucht zu intervenieren, aber ...«

»Geht schon in Ordnung, daß Sie's nicht getan haben«, versetzte Rossini honigsüß. »Unser Kollege aus Tokio hat alles Notwendige gesagt und dennoch einen Streit vermieden.«

»Er ist ein eindrucksvoller Bursche. Von seinen theologischen Ansichten her vielleicht einen Tick exotisch; aber das ist eine private Ansicht. Uns aus dem Westen ist mit Thomas von Aquin weit wohler, finden Sie nicht auch?«

»Das kommt ganz darauf an, wie wir seine Gedanken lehren«, sagte Rossini. »Wir hatten in den vergangenen Jahren ein paar gefährlich engstirnige Trends in der Theologie.«

»Wollen Sie damit etwa sagen«, schaltete der Mann aus Baltimore sich in das Gespräch ein, »wollen Sie damit im Ernst vorschlagen, daß wir unsere Lehre ändern sollten?«

»Eher, daß wir uns gut überlegen sollten, wen wir zu unserem neuen Oberhaupt bestimmen«, sagte Luca Rossini.

»Was hielten Sie von einem Papst aus den Vereinigten Staaten?« Er sagte es mit einem Lächeln, aber das Lächeln versickerte, bevor es seine Augen erreichte. »Dieses Mal ist es wahrscheinlich zu früh, aber die Amerikaner, ob Nord oder Süd, werden früher oder später ihren Anspruch auf den Heiligen Stuhl anmelden müssen. Schließlich erhalten die Vereinigten Staaten ja nach wie vor das militärische und finanzielle Gleichgewicht der Welt aufrecht.«

»Geistig«, sagte Rossini, »scheinen sie oft sehr gespalten. Sie bekennen sich zur Rede- und Gewissensfreiheit, aber sie bilden nach wie vor Killer aus, um südamerikanische Protest- und Guerilla-Bewegungen zu unterdrücken. Sie postulieren das Recht auf Leben, aber sie führen nach wie vor staatliche Hinrichtungen durch. Sie berufen sich auf die Freiheit des Gewissens, aber sie leiten gewaltsame Blockaden vor Abtreibungskliniken. Ich wäre nur höchst ungern der erste amerikanische Papst.«

»Irgend jemand muß ja mal den Anfang machen.« Lacey aus Los Angeles hatte Sinn für Humor. Sein Kollege aus Baltimore war weniger tolerant. Er versuchte, Rossini zu provozieren.

»Also, wen würden Sie uns dann empfehlen?«

»Ich empfehle überhaupt niemanden«, sagte Rossini liebenswürdig. »Ich gebe meine Stimme ab und überlasse es dem Heiligen Geist, was dabei herauskommt. Wenn Sie mich jetzt wohl entschuldigen würden, meine Herren.«

Als er wieder in der Menge verschwand, sagte der Mann aus Baltimore knapp:

»Und noch ein arroganter Heini. Was macht Rom bloß aus diesen Leuten?«

»Ich halte ihn nicht für arrogant«, sagte Lacey aus Los Angeles. »Er ist ein unbeugsamer Mann, der weiß, was gespielt wird. Er könnte der beste Schutz sein, den wir gegen Opus Dei und die Großen Elektoren haben.«

»Und was, bitteschön, ist nicht in Ordnung mit Opus Dei?« fragte der Mann aus Baltimore. »Wir sind bei der Zusammenarbeit mit ihnen sehr gut gefahren.«

»Da bin ich mir sicher«, sagte Lacey. »Aber ich würde mir mein Urteil vorbehalten, bis Sie ihre Abschlußrechnung gesehen haben.«

Rossinis nächste Begegnung war eine angenehmere, nämlich mit seinem ehemaligen Professor, einem Bibelkundler, der jetzt Erzbischof von Mailand war, der wichtigsten Diözese Italiens. Er war ein Mann von ruhiger Wärme und großer Gelehrsamkeit, der, wenn er nicht zwischen seinen Gemeinden unterwegs war, in seinem eigenen Dom Seminare für Christen, Juden, Muslime und weltliche Gelehrte aller Glaubensrichtungen leitete, denen er ein offenes Forum für Diskussionen und Debatten bot. Bei ihm war der Erzbischof von Montreal, der gerade die Frage gestellt hatte:

»Wen haben wir, der die Jahrhunderte überspringen und uns zurück zu den schlichten Prinzipien der apostolischen Kirche führen kann?«

»Niemanden«, sagte Rossini. »Wir alle schleppen zuviel Geschichte mit uns herum, und die Geschichte wirkt sich auf alles aus, was wir tun oder sagen. Der Heilige Vater fuhr nach Paris, um die Jugend zu begrüßen. Große Demonstrationen, große Inbrunst und Begeisterung – bis mit einem Mal das Gespenst der Bartholomäusnacht am Horizont auftauchte wie eine dunkle Wolke aus der Vergangenheit!«

»Das ist der ganze Punkt, glaube ich«, sagte der gelehrte Mann aus Mailand. »Wir können die Geschichte nicht ändern. Wir machen unsere schlimmsten Fehler, wenn wir versuchen, sie zu beschönigen oder umzuschreiben. Die Gefangenschaften in Babylonien und Ägypten sind ebenso permanent Teil der jüdischen Geschichte wie der Holocaust unserer Zeit. Unser Problem ist, daß wir glauben, die Zeit werde schon einen Teil des Schmutzes von uns abwaschen, bevor wir unsere eigenen Missetaten eingestehen müssen. Das tut sie nie.«

»Eine öffentliche Beichte ist, um es mal milde auszudrücken, ein entwaffnender Prozeß.« Rossini fühlte sich wohl bei diesen Männern. Seine ganze Art, sich zu geben, war verändert, offen und zwanglos. »Ich für mein Teil weiß, daß ich in dieser Stadt nicht hätte überleben können, wenn ich versucht hätte, auf Heimlichtuerei und Verstellung zu setzen. Aber allzuoft reduzieren wir uns selbst zu Absurditäten. Jetzt wird vorgeschlagen, daß wir Beichtstühle mit gläsernen Wänden haben sollten, damit die Gläubigen das Verhalten des Beichtigers und des reuigen Sünders überwachen können! Zur gleichen Zeit versuchen wir, die uralte Praxis einer öffentlichen Aussöhnung aller Gläubigen bei der Messe zu unterdrücken! Ich weiß nicht, was wir oder die Menschen dabei gewinnen sollen.«

»Wenig genug«, sagte der Mann aus Mailand. »Für jene, die sie brauchen, ist Privatheit vorhanden. Die Aussöhnung ist seit den frühesten Tagen, als Christus an der Jordanfurt zu Johannes dem Täufer kam, ein öffentlicher Akt gewesen. Das Problem ist, daß wir, die Geistlichen, nicht öffentlich die römischen Regeln verletzen können und bei ihrer Auslegung keinen sonderlichen Spielraum haben.«

»Das ist eines der Probleme, die zu lösen wir hier sind«, sagte Luca Rossini. »Wir müssen die Fenster wieder öffnen, frischen Wind durch das Haus Gottes wehen lassen.«

»Die Fenster waren zu lang verschlossen«, sagte der Kanadier. »Die Läden sind eingerostet und haben sich verzogen. Es wird einen starken Mann brauchen, um sie wieder aufzubekommen.«

»Oder einen einfachen«, sagte Rossini. »Einen schlichten Zimmermann vom Lande, der keine Angst hat, einen Meißel und ein Brecheisen zu benutzen, um durch unnützes Holz zu dringen.«

Als er einen Moment später davonschlenderte, schauten die beiden hohen Prälaten einander an. Ihre Blicke vermittelten dieselbe unausgesprochene Frage: »Könnte er der richtige Mann für den Job sein?« Für Rossini selbst stellte die Frage sich anders. Die Kirche brauchte einen Schlichter, einen Mann mit einem offenen Verstand, einem offenen Herzen und einem Sinn für Geschichte. Sechzehnhundert Jahre zuvor war Mailand die Hauptstadt des Weströmischen Reichs gewesen, und Ambrosius, der Gouverneur der Emilia und Liguriens, war in die Stadt gekommen, um in einem Disput zwischen den Kandidaten für den christlichen Bischofssitz zu vermitteln. Den Historikern zufolge war er selbst zum Bischof proklamiert worden, obgleich er noch kein Christ war. Ambrosius war zu seiner Zeit ein Phänomen gewesen – und vielleicht, dachte Rossini, ein prophetisches Paradigma der Zukunft. Er war von Herkunft und Erziehung her für den Dienst als Senator in der Abenddämmerung eines Reiches bestimmt gewesen; und doch hatte er es fertiggebracht, das Beste der Vergangenheit zu bewahren und an kommende Zeiten weiterzugeben: den Glauben an die Kontinuität, an elementare Gerechtigkeit, den Respekt vor der bürgerlichen Ordnung. Er war ein Mann, der mit einem Fuß in der Welt des Geistes und mit dem anderen in der Welt der Vernunft gestanden und in beiden festen Halt bewahrt hatte.

Rossini fragte sich mit einem Mal, ob sein ehemaliger Mentor, ein Mann von eminentem Verstand, der sich in der Geschichte auskannte und Hoffnungen für die Zukunft hegte, nicht gut der rechte Mann sein könnte, um die Kirche ins einundzwanzigste Jahrhundert zu führen. Es würde zweifellos eine Schlacht bedeuten, seine Wahl durchzusetzen. Er fand keinen Geschmack an Intrigen. Er war Jesuit, und die Jesuiten waren lange Zeit in Ungnade gewesen. Die Männer vom Opus Dei hatten sich seit langem in ihren Beobachtungsposten und finanziellen Schlüsselpositionen verschanzt.

Und dennoch, das war ein Mann, auf den man Hoffnungen setzen konnte, ein Mann, für den man seine Stimme riskieren konnte.

Gegen sechs Uhr dreißig am Abend war das St.-Martha-Haus von allen Unbefugten geräumt. Die Konklavisten und ihr Gefolge waren im Innern eingeschlossen, und die Angehörigen der vatikanischen *vigilanza* an Ein- und Ausgängen postiert. Um sieben Uhr wurde sämtlichen Teilnehmern und dem Personal der erste Eid des Konklaves abgenommen.

»Ich schwöre und gelobe, daß ich über alles und jedes, das in der Kongregation der Kardinäle im Hinblick auf die Wahl des neuen Pontifex diskutiert oder beschlossen worden ist, unverbrüchliches Stillschweigen bewahren werde, desgleichen darüber, was im Konklave oder am Ort der Wahl direkt oder indirekt geschieht, und schließlich auch über die Abstimmung selbst und jede andere Angelegenheit, die mir in irgendeiner Weise zur Kenntnis kommen könnte.

Ich werde dieses Geheimnis in keinerlei Weise verletzen, weder direkt noch indirekt, weder durch Zeichen noch durch Worte noch schriftlich oder auf irgendeine andere Art. Darüber hinaus schwöre und gelobe ich, im Konklave keinerlei Instrument zu benutzen, mit dem sich Botschaften versenden oder empfangen lassen, noch irgendwelche Geräte, die dazu bestimmt sind, Bilder aufzuzeichnen; und dies unter Strafe der Exkommunikation *latae sententiae* (das heißt einer automatisch in Kraft tretenden), wie sie ausschließlich dem Heiligen Stuhl vorbehalten ist.

Ich werde diese Geheimnisse selbst nach der Wahl des Pontifex sorgfältig und gewissenhaft wahren, es sei denn, eben dieser Pontifex erteilt mir eine spezielle Erlaubnis oder autorisiert mich ausdrücklich, es nicht zu tun.

In gleicher Weise schwöre und gelobe ich, daß ich jeglicher Einmischung, Opposition, Feindseligkeit oder sonstigen Art von Beeinflussung, mit der weltliche Mächte jeglichen Ranges und jeglicher Größe oder irgendeine Gruppe von Individuen in die Wahl einzugreifen versuchen könnten, keinerlei Hilfe oder Unterstützung gewähren werde.

So wahr mir Gott und diese Heilige Schrift, die ich mit meiner Hand berühre, helfe.«

Danach legten die Elektoren einen eigenen Eid darauf ab, an der Apostolischen Konstitution festzuhalten, die Rechte des Heiligen Stuhls zu verteidigen und jegliches Veto irgendeiner weltlichen Macht gegen die Wahl von sich zu weisen. Erneut wurde Verschwiegenheit gefordert und zugesichert:

»Vor allem aber schwören und geloben wir, mit höchster Treue und wie ein Mann das Geheimnis dessen zu bewahren, was sich im Konklave oder am Ort der Wahl im Hinblick auf die Abgabe der Stimmen zuträgt, ob direkt oder indirekt, und dieses Geheimnis in keiner Weise zu verletzen, weder während des Konklaves noch nach der Wahl des neuen Papstes, es sei denn, wir werden vom Pontifex ausdrücklich dazu autorisiert.«

Punkt zwanzig nach sieben erhob sich der Kardinalstaatssekretär, um seinen formellen Bericht zur Lage der Kirche zu erstatten. Er begann mit einem kurzen Nachruf auf den verstorbenen Papst:

»... Wir haben um ihn getrauert. Wir haben für ihn gebetet, wir haben ihn Gott als guten und getreuen Diener anempfohlen. Für uns geht die Arbeit weiter. Als erstes müssen wir der apostolischen Tradition folgen und einen neuen Pontifex bestimmen. Lassen Sie mich Ihnen die Welt beschreiben, der er sich gegenübersehen wird ...«

Er führte sie auf eine knappe Rundreise durch die Krisen- und Problemgebiete der Welt: den wiedererwachenden Islam; das ins einundzwanzigste Jahrhundert explodierende China; das eifersüchtig seine Märkte hütende Amerika; das einen langsamen AIDS-Tod sterbende Afrika; Indien und Pakistan, die ihre atomaren Arsenale ausbauten; das Heilige Land, wo Israelis und Araber sich noch immer taschentuchgroßer Fleckchen Land wegen bekriegten; Europa, dessen Stämme noch immer darum fochten, ihre ethnischen und religiösen Identitäten zu bewahren; die globale Umwelt, deren Ressourcen – Wälder, Sauerstoff und Wasser – in verschwenderischem Tempo aufgezehrt wurden, während die Kirche es noch immer ablehnte, sich mit den krassen Realitäten der Überbevölkerung auseinanderzusetzen. Dann warf er in der gleichen trockenen Manier eine entsicherte Handgranate in die Versammlung:

»Wir, meine Brüder, tragen unser gerüttelt Maß von Schuld an alledem. Auch wir haben unsere Kriege geführt, im Namen Gottes unsere Massaker begangen. Wir brauchen zu lange, um unsere Missetaten zu bereuen. Wir führen unsere Reformationen zu spät durch. Wir haben innerhalb der Kirche eine einflußreiche Organisation von Klerikern und Laien genährt, eine wohlhabende und geheimniskrämerische Organisation, die im Namen Gottes Programme verfolgt, die – egal wie sie in Wort und Schrift formuliert werden – in der Praxis der Botschaft des Erlösers zuwiderlaufen. Wir sind keine verborgene Zufluchtsstätte. Wir sind nicht – obschon das manche gerne glauben würden – die privilegierten Getreuen einer Restkirche, die in einem apokalyptischen Zeitalter bis zum bitteren Ende die Fahne hochhalten. Wir sind eine Stadt auf dem Berge, und die ganze Welt kann uns sehen. Denken Sie daran! Denken Sie an die Skandale, in die unsere heimlichen Finanzgeschäfte uns verwickelt haben ...«

Während er ihm zuhörte, war Luca Rossini verblüfft, wie sehr er den Mann unterschätzt hatte, wieviel dieser in seiner Attacke gegen die Windmühlenflügel zu riskieren bereit war. Sein Vortrag nahm einen neuen Ton an, als er auf das Ende zusteuerte.

»... Denken Sie über all diese Dinge nach. Versuchen Sie, die Zeichen der Zeit zu erkennen, die Gottes stetige Botschaft an uns sind. Versuchen Sie zu erkennen, wo wir, als das Volk Gottes, in uns gehen und uns wandeln müssen. Ich erinnere Sie daran, daß so lange, bis Sie einen neuen Papst gewählt haben, das Wort des alten nach wie vor Gesetz ist. Es gibt Leute, die sagen, es solle bis in alle Ewigkeit gültig bleiben. So nicht! Es gilt, bis die Weisheit eines späteren Pontifex oder seiner bischöflichen Kollegen es ändert.

Uns alle hat die Veröffentlichung der Tagebücher schockiert, die dem verblichenen Papst gestohlen und von seinem Kammerdiener an die Presse verkauft wurden.

Und dennoch gibt es auch hierin etwas zu erkennen. Den Pontifex selbst, alt und krank wie er war, haben bestimmte seiner eigenen Entscheidungen und Grundsätze beunruhigt, und er wünschte sich, sie noch umstoßen oder zurücknehmen zu können. Er ist bereits unserem Urteil entzogen, eingegangen in die gnadenreichen Hände Gottes. Aber wir haben unsere Urteile noch immer zu treffen, und wir müssen sie mit nüchterner Weisheit fällen. Gott stehe uns allen bei!«

Er setzte sich, umgeben von unergründlichem Schweigen. Die Uhr zeigte genau zwanzig Minuten vor acht, als der Zeremonienmeister Luca Rossini dazu aufrief, seine Predigt an seine Standesgenossen zu halten. Sie hatten den Text bereits in den Händen, aber keiner von ihnen las ihn. Es ging auf das Abendessen zu. Die Elektoren waren hungrig. Luca Rossini kam mit einem Mal der makabre Gedanke, daß sie ihn ohne weiteres zum Diner verspeisen könnten, falls er sie langweilte oder verärgerte. Er bekreuzigte sich und verkündete:

»Im Namen des Vaters und des Sohnes und des Heiligen Geistes. Ich habe nicht darum ersucht, heute abend zu Ihnen zu sprechen. Es wurde mir befohlen; aber was ich zu Ihnen sage, kommt von Herzen. Ich stelle Ihnen eine simple Frage: Wen sollen wir zu unserem Papst bestimmen?

Theoretisch könnte das jeder männliche Christ sein. In der Praxis sitzt er jetzt in diesem Raum. Ob das nun gut oder schlecht ist, so läuft es heutzutage in unserer Kirche nun mal. Das ist möglicherweise ein Zeichen des Zentralismus, in den wir verfallen sind, dessen, daß wir uns unserer eigenen Vielfalt überhaupt nicht mehr bewußt sind. Lassen Sie mich Ihnen die Fragen vorlegen, die ich mir selbst in bezug auf den nächsten Papst stelle.

Wie alt soll er sein? Wenn er zu jung ist, könnte er zu lang leben, und die Arterien der Kirche würden zusammen mit seinen eigenen verkalken. Wenn er zu alt oder gebrechlich ist, könnten wir das bekommen, dem wir gerade mit knapper Not entgangen sind: eine Verfassungskrise in der Kirche, eine Gewissenskrise für gläubige Christen. Wir sind bereits jetzt eine tief verwundete Gemeinschaft.

Also brauchen wir als nächsten Papst einen Heiler, einen Mann der Nächstenliebe, der Mitgefühl mit den Massen hat wie einst Jesus selbst. Unglücklicherweise waren in letzter Zeit Worte des Mitgefühls und des Trostes in vatikanischen Texten nur schwer zu entdecken. Allzu viele davon haben sich stärker auf dogmatische Darlegungen konzentriert als auf die wirren, doch widerhallenden Schreie des menschlichen Herzens. Unser Auftrag lautet, die frohe Botschaft zu verbreiten, die simple Botschaft: ›*Sehet die Lilien auf dem Felde, wie sie gedeihen ... Marias Sünden sind ihr vergeben, weil sie viel geliebt hat. Liebet eure Feinde.*‹

Um dieses so einfache Konzept darzulegen, brauchen wir einen Mann, der sicher in seinem Glauben an die letztendlich guten Absichten des Schöpfers verwurzelt ist: ›*Nun aber bleiben diese drei: Glaube, Hoffnung und Liebe, und die Liebe ist das Höchste von ihnen.*‹ Die Weisheit der Liebe sieht und akzeptiert das gesamte Mysterium der Schöpfung, ihre hellen wie ihre dunklen Seiten. Die Liebe vermittelt das Mysterium jenen, die Angst und Pein und Unwissenheit leben.

Unser neuer Pontifex muß aufgeschlossen sein. Er muß zuhören, bevor er Stellung nimmt. Er muß verstehen, daß die Sprache ein unvollkommenes Instrument ist, daß sie sich fortwährend verändert und daß sie das unzulänglichste Mittel ist, das wir besitzen, um die Beziehungen zwischen menschlichen Wesen und dem Gott, der sie geschaffen hat, auszudrücken. Das ist die Crux unserer Probleme. Die Menschen glauben uns nicht, wenn wir eine Ethik der Sexualität darlegen. Sie wissen, daß wir weder ihre Sprache noch ihre Praktiken kennen; daß es uns verboten ist, das eine wie das andere in einer ehelichen Beziehung zu erlernen.

Also wird unser Mann sich sehr sorgfältig überlegen, wem er erlaubt, in seinem Namen zu sprechen. Er wird sich an den Respekt erinnern, den er seinen kollegialen Brüdern schuldet, die er, wie Petrus, zu bestätigen und zu bestärken beauftragt ist. Er wird sich daran erinnern, daß er, obschon das Prinzip des Primats Petri all die Jahrhunderte lang anerkannt wurde, kein kirchlicher Alleinherrscher ist und es auch nie war. Jene, die aus fehlgeleiteter Loyalität oder aus Parteiinteressen heraus das Amt oder die Autorität seines Inhabers aufzublasen suchten, haben der Kirche stets einen schlechten Dienst erwiesen.

Und schließlich wird er, gefestigt in seinem eigenen Glauben, die Philosophen und Theologen respektieren. Er wird zur offenen Untersuchung schwieriger Fragen ermutigen. In der freimütigen Atmosphäre des Familienlebens wird er zur Debatte zwischen den Söhnen und Töchtern des Hauses ermutigen. Er wird den klammheimlichen Denunziationen und geheimen Überprüfungen der Orthodoxie aufrechter Gelehrter ein für allemal ein Ende bereiten. Er wird sie in christlicher Nächstenliebe gegen alle Anwürfe beschützen.

Nächstenliebe! Liebe! Darauf läuft letztlich alles hinaus, nicht wahr? *Die Liebe ist langmütig und freundlich, die Liebe eifert nicht, die Liebe treibt nicht Mutwillen, sie blähet sich nicht. Die Liebe verträgt alles, sie glaubet alles. Die Liebe höret nimmer auf.* Sehen Sie diesen Mann des Mitgefühls und der Nächstenliebe unter uns? Können Sie ihn irgendwo ausmachen? Wenn das so ist, dann wählen Sie ihn ohne jedes Zaudern und lassen Sie uns alle Gottes Werk tun!«

Und abermals herrschte Schweigen, in das hinein der Zeremonienmeister das Schlußgebet rezitierte. Dann verkündete er mit einer gewissen Erleichterung:

»Sie haben jetzt fünf Minuten Pause, bevor das Abendessen aufgetragen wird. Es gibt keine Platzkarten, bitte setzen Sie sich hin, wo immer Sie wollen. Ich heiße Sie alle im St.-Martha-Haus willkommen und wünsche Ihnen einen guten Appetit.«

Luca Rossini verbrachte eine unruhige Nacht; er wurde von einem frustierendenTraum verfolgt, in dem er auf der Suche nach Isabel durch die labyrinthischen Korridore eines Krankenhauses wanderte. Alle Türen waren verschlossen. All seine Fragen wurden von gesichtslosen Gestalten beantwortet, die ihn mit stummen Gesten tiefer ins Labyrinth schickten.

Er wachte um vier Uhr morgens auf, schwitzend und mit dem sprichwörtlichen Sand in den Augen, und beschloß, wie er es oft tat, die Albträume mit einem frühmorgendlichen Spaziergang zu vertreiben. Dann ging ihm zum ersten Mal das ganze Ausmaß der Situation auf. Er konnte nirgendwo hingehen. Das St.-Martha-Haus war ein Gefängnis, das fest verschlossen bleiben würde, bis die Insassen ihre Pflicht getan hatten.

Wie er so im Dunkeln lag und grübelte, fragte er sich, ob seine Predigt irgend jemandem irgend etwas bedeutet hatte. Er hegte da erhebliche Zweifel. Diese Kirchenältesten in der Versammlung hatten das alles schon zuvor gehört. Sie waren gegen jegliche Rhetorik gepanzert, mißtrauten der Schlichtheit ebensosehr wie der schlangenhaften List. Er schätzte – soweit denn eine um vier Uhr in der Frühe getroffene Einschätzung irgendeinen Wert hatte –, daß Turi Pascarellis ruhige Anklage gegen die geheimen Klüngel innerhalb der Kirche viele seiner Zuhörer schockiert hatte. Turi war kein Augur, der Vogelinnereien studierte. Er war ein respektgebietender Mann: ein Diplomat, der in jedem Dokument sowohl das Groß- wie das Kleingedruckte las, dann jeden losen Faden in der Argumentation oder der Sprache bekrittelte und sich schließlich die Dossiers über die Verhandlungsführer selbst kommen ließ.

Vielleicht hatte Turi seine Intervention zu lange hinausgezögert, oder vielleicht hatte er auch genau den richtigen Zeitpunkt gewählt. Rein technisch gesehen, war er bereits aus dem Amt. All seine Funktionen waren suspendiert. De facto unterlag er noch immer den Edikten eines Toten. Er hatte gegen keines davon verstoßen, aber er hatte sie alle in Frage gestellt. Ohne Zweifel hatte er sich Feinde gemacht, aber sie konnten ihm nichts anhaben. Er hatte nicht den Ehrgeiz zu herrschen. Er war der machtvollste Einflüsterer von allen – ein Mann, der nichts zu erwarten und nichts zu verlieren hat.

Während er langsam wieder wegdämmerte, stellte Luca Rossini sich eine radikalere Frage: Wenn Isabel erst einmal von ihm gegangen war, wer würde er dann sein, was konnte er dann mit irgendeiner Überzeugung oder Gewißheit sein? Dann mußte er, was ihm einigermaßen inkonsequent vorkam, mit einem Mal an Angel-Novalis denken. Beim Tod seiner Frau hatte der sich für die absolute Gewißheit entschieden, die ihm die autoritären Sektierer von Opus Dei boten. Er hatte seinen Dienst mit einem zielbewußten Geist und einem loyalen Herzen getan, und doch hatte er sich in einem entscheidenden Moment zu einer beruflichen Torheit hinreißen lassen. Um das Andenken und die Politik eines Toten zu verteidigen, hatte er eine unautorisierte Jagd nach dem treulosen Diener begonnen, der sich dessen Papiere unter den Nagel gerissen hatte. Er hatte die Hilfe seiner eigenen Kollegen gesucht und damit Ereignisse in Bewegung gesetzt, die er nicht länger unter Kontrolle halten konnte.

Das war das Problem mit allen Intrigen. Es war auch das verworrene Gewebe des Traums, in den Luca Rossini in der Stunde vor der Dämmerung hineinglitt. Er war jetzt ein Flüchtling in den Straßen und Gassen einer sinistren Stadt. Er wurde von Meuchelmördern verfolgt, die im Dunkeln leise lachten und spöttisch »Wer möchte mal ‘nen Priester ficken?« riefen.

Die Zeremonien der Wahl begannen mit einer Eucharistiefeier und einer Anrufung des Heiligen Geistes. Dann begaben sich die Elektoren in einer Prozession zur Sixtinischen Kapelle, wo sie, jeder in seinem eigenen Chorstuhl, unter dem ehrfurchtgebietenden Blick von Michelangelos Christus saßen, dem von der Nippon Television Company finanzierte moderne Restauratoren neues Leben und neue Kraft verliehen hatten.

Jeder Elektor war mit einem kleinen Stapel von Stimmzetteln ausgestattet, die mit einer lateinischen Präambel beschriftet waren: »Ich wähle zum Obersten Hirten ...« Der Elektor würde den Namen seines Kandidaten in Blockschrift daruntersetzen. Er würde den Stimmzettel nicht unterzeichnen.

Auf dem Altar der Kapelle standen ein goldener Hostienteller und ein großer goldener Kelch. Nachdem sie ihre Stimmzettel ausgefüllt hatten, falteten die Elektoren sie zusammen. Dann begaben sie sich der Rangordnung entsprechend einer nach dem andern zum Altar, wo jeder einen Moment zum Gebet niederkniete und erklärte: »Ich rufe unseren Herrn Jesus Christus zum Zeugen auf, daß ich meine Stimme jenem Mann gebe, von dem ich vor dem Angesicht Gottes glaube, daß er gewählt werden sollte.« Dann legte er seinen Stimmzettel auf den Teller, kippte ihn in den Pokal und kehrte zurück an seinen Platz.

Als alle Stimmen abgegeben waren, wurden sie von drei Wahlhelfern ausgezählt, die per Los aus dem Kreis der Elektoren bestimmt worden waren. Ihre Zählung würde von drei anderen nachgeprüft werden, die auf die gleiche Art ausgewählt worden waren. Luca Rossini gehörte zur ersten Gruppe von Helfern.

Die Zeremonie und ihr Schauplatz hatten eine Feierlichkeit an sich, die einen jeden berührte, und doch lag auch etwas Paradoxes darin. Die wiederholten Eide, die doppelte Überprüfung, die sofortige Vernichtung der Zettel nach jedem erfolglosen Wahlgang kündeten von Mißtrauen gegenüber menschlichen Wesen, selbst wenn sie, wie sie es beschworen, im Sinne Gottes handelten, dessen stetige Anwesenheit bis zum Ende aller Zeiten zugesichert worden war.

Der erste Wahlgang endete so, wie alle erwartet hatten. Er

zeigte ein Spektrum von zehn Kandidaten auf, von denen der erfolgreichste achtzehn Stimmen bekommen hatte und der schlechteste acht. Seine einzige Bedeutung lag darin, daß er eine Menge Möglichkeiten eröffnete. Südamerikaner, Nordamerikaner, Spanier, Italiener und Afrikaner. Bis auf einen Belgier waren keine Mitteleuropäer darunter und auch keine Orientalen. Keiner von ihnen kam der erforderlichen Mehrheit von zwei Dritteln der Stimmen plus einer auch nur nahe. Zwei der Südamerikaner, der Spanier und der Nordamerikaner waren vom verstorbenen Pontifex ernannt worden. Der Afrikaner war ein langjähriges Mitglied der Kurie. Die beiden italienischen Kandidaten kamen aus Venedig und Mailand. Der Name Luca Rossini war nirgendwo zu entdecken.

An diesem Nachmittag fanden zwei weitere Wahlgänge statt. Bis zum Ende des Tages waren die Fronten abgesteckt. Die Zahl der Kandidaten hatte sich auf acht reduziert. Einer der Südamerikaner war von der Liste verschwunden, zusammen mit dem Afrikaner und dem Nordamerikaner. Dafür war Luca Rossini zum ersten Mal auf den Stimmzetteln aufgetaucht.

Es war ein langer, öder Tag gewesen. Als er um fünf Uhr abends in sein Zimmer zurückkam, war Rossini überzeugt, daß eine der lebensgefährlichsten Bedrohungen im Dasein eines jeden römischen Papstes das tote Gewicht des Zermoniells und Protokolls war, das er jeden Tag zu tragen hatte. Der Gedanke war von seinem eigenen unerwarteten Auftauchen in der Kandidatenliste provoziert worden, obschon er wußte, daß man ihn als bloßen Störfaktor ins Spiel gebracht hatte, dessen Präsenz helfen würde, andere chancenlose Anwärter abzuschütteln und die Aufmerksamkeit der Elektoren auf die wahrscheinlichsten Möglichkeiten zu konzentrieren.

Es war noch zu früh, um zu sagen, wer die sein mochten, aber der Erzbischof von Mailand hatte sich auf fünfundzwanzig Stimmen verbessert, der Spanier war auf neunzehn vorgerückt, und der Mann aus Brasilien lag jetzt drei Stimmen vor dem mexikanischen Kandidaten. Politisch waren beide eisern rechts der Mitte angesiedelt.

Um fünf Uhr dreißig kam Monsignore Piers Hallett mit einer Flasche Scotch in der einen Tasche seiner Soutane und einem Päckchen Erdnüsse in der anderen ins Zimmer. Er stellte beides mit einer schwungvollen Geste auf den Tisch.

»Das war mir vielleicht ein Gedrängel! Wenn's an die Tränke geht, werden die Herren Eminenzen echt lebensgefährlich. Ich fürchte, wir haben kein Eis! Soll ich einschenken? Sie sehen aus, als könnten Sie einen Drink gebrauchen.«

»Ich hab für Rituale nicht viel übrig. Wie war Ihr Tag?«

»Lang, aber voll von interessantem Klatsch. Die Modeworte, mit freundlicher Genehmigung von Opus Dei, heißen jetzt Stabilität, Kontinuität, Treue. Die Spanier, ob einheimisch oder kolonial, sind die Fahnenträger. Nein! Nehmen Sie das nicht auf die leichte Schulter! Spanien ist das Machtzentrum, das Finanzzentrum, und es hat eine stabile Monarchie, die für die traditionelle arabische Welt, die sich an die Alhambra erinnert, noch immer eine Art Sinn macht.«

»Die gehen ein verdammtes Risiko ein«, sagte Luca Rossini.

»Sie sind darauf vorbereitet, es einzugehen.«

»Wer ist ihr bevorzugter Kandidat?«

»Dem Klatsch zufolge der Chilene. Der Insidertip besagt, daß der Spanier bei der Kurie schon fest etabliert ist. Es heißt, daß man Sie gerne als Schrittmacher für die Spitzengruppe einsetzen möchte.«

»Ich stehe auf der falschen Seite, Piers. Das wissen die doch.«

»Das stört sie nicht. Sie sind sich sicher, daß Ihnen just dann die Luft ausgehen wird, wenn ihre eigenen Leute sich nach vorne schieben.«

Luca Rossini lachte.

»Was kann ich dazu schon sagen?«

»Ich hatte auch gar keinen Kommentar erwartet«, sagte Hallett, »aber ich würde einen zu meinem nächsten Thema begrüßen, nämlich mir selbst. Ich weiß, daß das erst Tag eins ist und ich hier für die Dauer des Konklaves festsitze; aber der entscheidende Punkt ist, daß ich mich so gut wie entschieden habe.«

»Was zu tun?«

»Das Priestertum an den Nagel zu hängen und als weltlicher Gelehrter zurück an die Arbeit zu gehen.«

»Möchten Sie mir erzählen, warum?«

»Ja, das möchte ich. Es ist mir wichtig, daß Sie es wissen. Sie sind stets mein eminent guter Freund gewesen. Sie haben mich als das genommen, was ich war, was ich bin: ein ganz brauchbarer Wissenschaftler, ein mittelmäßiger Kleriker, der frei genug von Leidenschaften ist, wie ich dachte, um sich aus Schwierigkeiten herauszuhalten und die Freuden der Freundschaft und Gelehrsamkeit zu genießen. Bis jetzt hat das auch prima funktioniert. Aber das kann es nicht länger. Der Klerus steht jetzt zu sehr im Scheinwerferlicht. Ich bin verwundbar, und eines Tages könnte ich zu dringend Gesellschaft brauchen, um diskret zu sein. Abgesehen davon, wenn ich mir eine einträgliche Stelle suchen möchte, dann ist jetzt der richtige Zeitpunkt dafür. Es sind ein paar Jobs ausgeschrieben, einer davon in Harvard und ein anderer am Getty-Museum in Los Angeles. Getty zahlt besser, aber in Harvard ist eine Dozentur damit verbunden. Also werde ich mich als erstes dorthin wenden. Hat mein eminenter Freund dazu irgend etwas anzumerken?«

»Nicht allzuviel. Ich denke, es ist eine weise Entscheidung. Ich werde mein Bestes tun, Ihre Laisierung zu erleichtern, aber wenn wir einen Hardliner zum Papst bekommen, könnte die Prozedur für Sie mit einigen Kopfschmerzen verbunden sein, die ich Ihnen, alles in allem, zu ertragen und ignorieren raten würde.«

»Und das war's schon?«

»Mehr will mir dazu nicht einfallen. Es ist eine simple Situation. Sie müssen ja keine verzweifelte draus machen. Sie könnten mir allerdings noch einen Whisky einschenken.«

»Mit Vergnügen«, sagte Piers Hallett. »Ich kann Ihnen gar nicht sagen, wie sehr ich diesen Moment gefürchtet habe.«

»Welchen Teil davon? Die Entscheidung oder darüber zu sprechen?«

»Beides. Die meisten Leute würden sich in irgendeine vorbereitete Stellung zurückgezogen haben. Sie wissen schon ... nimm dir ein bißchen Zeit, geh mal zum Psychologen, such dir einen weisen Beichtvater, nimm eine kalte Dusche ...!«

Luca Rossini schüttelte lächelnd den Kopf.

»Es gibt keine vorbereiteten Stellungen, jedenfalls keine, die lange zu halten sind. Früher oder später kommen wir an eine letzte Bastion, wo wir kämpfen oder sterben müssen. *Salud, amigo!*«

Als sie einander zugetrunken hatten, setzte Piers Hallett sein Glas ab und bemerkte:

»Ich habe überprüft, ob Nachrichten gekommen sind, wie Sie mich gebeten hatten. Es gab keine.«

»Es ist noch zu früh«, sagte Rossini. »Es ist noch viel zu früh. Ich bete darum, daß wir hier längst raus sind, bevor Isabel irgend etwas zustößt.«

»Und wenn es geschieht?«

»Das ist meine Bastion.«

»Wo man kämpft oder stirbt, wie Sie sagten.«

»Genau.«

»Das ist eine drastische Alternative«, sagte Piers Hallett. »Aber mir haben Sie die nicht angeboten. Warum nicht?«

»Ich bin in eine Auseinandersetzung mit Gott verstrickt, die entschieden werden muß.«

»Und Jakob rang mit dem Mann, bis die Morgenröte anbrach«, sagte Piers Hallett. »Und als Jakob davonkam, da hinkte er an seiner Hüfte. Wenn Sie nichts dagegen haben, trinke ich noch einen.«

»Es ist Ihr Schnaps«, sagte Rossini. Er hob sein Glas und prostete ihm zu. »Auf Gesundheit, Geld und Liebe – und Zeit, sie zu genießen. Ich wünsche Ihnen alles nur erdenkliche Gute, mein Freund!«

Fünfzehn

Nach dem Essen wurde Luca Rossini an diesem Abend eingeladen, mit dem Kardinalstaatssekretär und dem Camerlengo in dessen privatem Büro einen Kaffee zu trinken. Nun, da sein Name mit einem Mal bei der Abstimmung aufgetaucht war, fragte er sich, ob man ihm um den Bart gehen oder ihn warnen wollte. Er entschied sich, die Frage lieber gleich zu stellen:

»Wer bringt mich da ins Spiel?«

»Fünfzehn Stimmberechtigte laut offizieller Auszählung.« Der Camerlengo gab sich angemessen vage. »Sie gehören zu den Wahlhelfern, Sie haben das selber überprüft.«

»Auf welcher Seite stehen die? Auf unserer oder der anderen?«

Der Camerlengo schüttelte den Kopf.

»Das kann niemand wissen, und es ist sowieso die falsche Frage. Beide Seiten erblicken einen gewissen Vorteil in Ihrer Kandidatur. Ihre Predigt hat eine Menge Leute bewegt.«

»Außerdem sind Sie ein großartiges Symbol«, sagte Turi Pascarelli lächelnd. »Sie sind ein bußfertiger Überlebender, der jetzt ein untadeliges Leben führt, unkorrumpiert von der Macht. Sie würden beim Volk eine sehr populäre Wahl abgeben.«

»Aber das Volk hat bei der Wahl nichts zu sagen – und stellen Sie sich bloß mal vor, was die Presse hinterher veranstalten würde.«

»Wir denken nicht an später«, sagte Turi Pascarelli, »wir denken an jetzt – die nächsten paar Tage.«

»Und worüber denken Sie nach?«

»Strategie«, sagte der Camerlengo. »Die Strategie der Alten Garde besteht darin, das Konklave so weit zu treiben, wie es nur geht, ohne sich auf die Regel der absoluten Mehrheit berufen zu müssen – die sie unserer Ansicht nach nicht erzielen könnte. Ihre beste Chance besteht darin, bis zum Schlußakt des Patts durchzuhalten, wenn das Kollegium der Elektoren sich mit einer Wahl per einfacher Mehrheit einverstanden erklärt, einer simplen Abzählerei im Prinzip: Wer als erster durchs Ziel geht, gewinnt.«

»Wie lange wird es dauern, bis es dazu kommt?«

»Bei einem kleinen Feld von Kandidaten und vier Wahlgängen am Tag wird es nicht allzulange dauern, bis sich der Druck aufbaut, eine Lösung zu finden. Vergessen Sie nicht all die Leute, die draußen auf der Piazza warten, all die Millionen, die rund um die Welt vor dem Fernseher sitzen. Die sind unsere eigentliche Wählerschaft. Wir sitzen hier in einem Märchenland. Wir wollen glauben, daß wir die Gebieter über das Geschick der Menschheit darstellen, aber wir sind nicht unfehlbar. Das waren wir noch nie.«

»So sagen Sie mir denn also, meine Freunde, sagen Sie's mir ganz offen, welches Ergebnis Ihnen am liebsten wäre.«

»Bei diesem Mal? Ein italienischer Papst, einer, der politisch sauber ist und ruhig genug, um die Lage zu entspannen und wieder eine Atmosphäre des Vertrauens in die Kirche zu schaffen.«

»Mit anderen Worten, der Erzbischof von Mailand.«

»Ja.«

»Er ist auch meine eigene Wahl«, sagte Luca Rossini.

»Würden Sie für ihn beiseite treten?« Es war der Camerlengo, der die Frage stellte. Rossini schaute ihn ungläubig an.

»Beiseite treten? Ich bin nicht mal in der Diskussion. Es gibt keinerlei Chance, daß ich gewählt werden könnte. Meine gesamte Vorgeschichte spricht dagegen.«

»Ihre Vorgeschichte spricht für Sie«, sagte der Staatssekretär mit Nachdruck. »Ist Ihnen das denn nicht klar? Sie sind ein charismatischer Mann, Luca. Gerade Ihre Schwächen sprechen für Sie. Wer wäre denn attraktiver als der bußfertige Petrus oder der auf dem Weg nach Damaskus mit Blindheit geschlagene Saulus? Es ist Ihnen reichlich unklar, welche Macht Sie ausstrahlen, selbst auf unsere skeptischsten Kollegen. Sie werden von vielen seelsorgerisch tätigen Kardinälen, mit denen Sie auf Ihren diversen Missionen zu tun hatten, höchlich bewundert. Ich gehe jede Wette ein, daß Ihr Stimmenanteil von nun an bei jedem Wahlgang wachsen wird.«

»Und Sie werden dazu natürlich beitragen?«

»Das kann ich nicht garantieren, aber ja, wir werden dazu beitragen.«

»Und Sie rechnen damit, daß der Mann aus Mailand auch weiter aufsteigt?«

»Da sind wir uns ganz sicher.«

»Aber Sie sind sich genauso sicher, daß er einen besseren Papst abgeben würde als ich.«

»Würden Sie da nicht zustimmen?«

»Natürlich stimme ich da zu. Warum sollten wir uns also die Mühe machen und diese Komödie durchspielen? Ich habe Ihnen bereits gesagt, daß der Erzbischof von Mailand auch mein Kandidat ist. Ich habe weder den Ehrgeiz noch das Talent für dieses Amt. Wenn Ihnen das hilft, werde ich meine Kandidatur vor dem nächsten Wahlgang zurückziehen.«

»Wir bitten Sie inständig, das nicht zu tun«, sagte der Camerlengo. »Wir brauchen Sie für die Wahl. Wir hoffen, um Sie herum einen Block von Stimmen aufbauen zu können, der die Alte Garde aus dem Rennen wirft und uns zügig zu einem toten Rennen zwischen Ihnen und dem Erzbischof von Mailand bringt.«

Rossini starrte ihn total ungläubig an. Dann brach er in Gelächter aus, ein gewaltiges brüllendes Gelächter mit einer Andeutung von Galgenhumor darin.

»Ich kann's einfach nicht glauben, was ich da höre. Sie beide kennen mich besser als jeder andere in Rom. Sie kennen meine Vergangenheit, meine Gegenwart – selbst die Wolke der Ungewißheit, die über meiner Zukunft in der Kirche und im Glauben selbst schwebt. Und dennoch versuchen Sie, mich den Elektoren anzudienen, mich sogar in eine Position zu bugsieren, aus der ich den Erzbischof von Mailand zu einem Kopf-an-Kopf-Rennen herausfordern kann. Ich vermag das einfach nicht ernst zu nehmen.«

»Warum nicht?«

»Weil Sie im Vertrauen auf meine Treue zuviel riskieren. Geben Sie mir genügend Stimmen, und ich könnte zum Schurken werden und mir den Ring des Fischers selber unter den Nagel reißen.«

»Wir gehen mit Ihnen ein geringeres Risiko ein als mit dem Ehrgeiz bestimmter anderer Kollegen, die ungenannt bleiben sollen.«

»Vielleicht beurteilen Sie die strenger, als Sie mich beurteilen.«

»Wir glauben«, sagte der Camerlengo, »daß Sie einen besseren Papst abgeben würden als diese Leute. Ihre Mängel empfehlen Sie stärker als deren Tugenden.«

»Aber«, beeilte sich der Staatssekretär, sein Postskriptum nachzuschieben, »wir glauben nach wie vor, daß der Erzbischof von Mailand der Mann wäre, der für die Kirche momentan am besten ist. Es gibt eine starke Opposition gegen ihn. Er ist ein Gelehrter. Er ist ein Jesuit. Er hat fremde Stimmen auf seiner Kanzel willkommen geheißen. Nichtsdestoweniger brauchen wir mehr Einfluß, um ihn auf den Stuhl Petri zu hieven. Wir brauchen Sie so lange als Kandidaten, bis wir Ihnen sagen, daß es jetzt an der Zeit ist zu verzichten. Werden Sie das tun?«

»Mal angenommen, Sie schätzen die Situation falsch ein? Mal angenommen, der Mann aus Mailand fällt in Ungnade und ich werde zum Favoriten? Mal angenommen, mein engster Rivale ist jemand, den wir alle ablehnen, wo stehe ich dann?«

»Mutterseelenallein auf dem Berg der Versuchung«, sagte der Kardinalstaatssekretär düster. »Wo all die Königreiche der Erde unter Ihnen ausgebreitet sind wie ein Teppich.«

»Und Sie würden mich dort beide allein zurücklassen?«

»Sie würden nicht allein sein, mein Freund Luca.«

»Warum nicht?«

»Denken Sie mal drüber nach«, sagte der Staatssekretär und wechselte dann abrupt das Thema. »Der Kaffee ist abscheulich, Baldassare. Können Sie dagegen nicht irgendwas unternehmen?«

»Das ist so Tradition«, sagte der Camerlengo gutgelaunt. »Den Konklavisten muß das Leben ordentlich schwergemacht werden, um sie dazu anzuspornen, daß sie ihr Werk zu Ende bringen.«

Der Kaffee hielt ihn wach, und das Gespräch verfolgte ihn in den langen, schlaflosen Stunden bis Mitternacht und danach. Trotz all seiner Proteste war etwas seltsam Verführerisches an dem Gedanken, daß er, Luca Rossini, die Nachfolge auf dem Heiligen Stuhl antreten könnte. Die verführerische Vorstellung verwandelte sich mit einem Mal in eine Versuchung, die sich wie eine Dunstwolke in die verriegelte Festung seines Ichs einschlich, dorthin, wo die Reste von Haß lauerten, die alten Erinnerungen an ungesühntes Übel, der Abscheu vor jedem Anzeichen der Tyrannei innerhalb und außerhalb der Kirche.

Er begann, im Geiste ein Spiel mit sich selbst zu spielen. Er legte die Regeln sorgfältig fest. Ich, für mein Teil, möchte kein Tyrann und kein Monster werden. Ich möchte lediglich die Waagschalen der Gerechtigkeit ins Gleichgewicht bringen. Als potentieller Papst habe ich Macht in den Händen. Ich habe gesehen, wie weit diese Macht reicht, wie wirksam sie eingesetzt werden kann, wie gute Männer und gute Frauen dazu überredet werden können, ihr zu dienen, wie andere, die genauso gut sind, von ihr unterdrückt werden können. Wo fange ich an?

Welche Figuren nehme ich vom Brett? Wem gebe ich verbriefte Macht? Wer werden meine Berater sein, wer meine Gefolgsleute?

Er war überrascht, wie sehr die Permutationen und Kombinationen des Spiels ihn faszinierten. Er war schockiert über die Intensität der primitiven Gelüste, die sie in ihm weckten.

Es gab einen Moment, in dem Bilder der Vergeltung so überwältigend wurden, daß er seinen Geist nicht gegen sie verschließen konnte, nicht einmal den Willen aufbrachte, es zu versuchen. Sein vernarbter Rücken begann zu jucken und zu brennen. Sein Herz klopfte wie rasend, und er schwitzte am ganzen Körper. Er zwang sich, aus dem Bett zu steigen, seinen klatschnassen Pyjama auszuziehen und eine lange Dusche zu nehmen, um den Schmutz der Vergangenheit abzuwaschen, der noch immer an ihm zu kleben schien. Er wünschte sich Musik, um die Dämonen auszutreiben. Es gab kein Radio. Er erinnerte sich daran, daß er im Gefängnis war, so versklavt wie der frühe Papst Pontian, der nach Sardinien verbannt und zur Zwangsarbeit im Steinbruch verurteilt worden war.

Er nahm sein Brevier zur Hand und versuchte, darin zu lesen. Die Buchstaben verschwammen ihm vor den Augen. Er versuchte zu meditieren, und der erste Text, der ihm in den Kopf kam, war der des Paulus an die Römer: *»Ja, lieber Mensch, wer bist du denn, daß du mit Gott rechten willst? Hat nicht ein Töpfer Macht über den Ton, aus demselben Klumpen ein Gefäß zu ehrenvollem und ein anderes zu nicht ehrenvollem Gebrauch zu machen?«*

Sein verstorbener Patron hatte ihn viele Male gedrängt, über diese Worte nachzudenken. Er hatte sie ausgekaut wie einen Grashalm, bis kein Saft mehr darin war, und doch befand er sich noch immer im Disput mit seinem Schöpfer. Noch immer fragte er: »Warum, warum gerade ich? Warum gerade sie? Warum ist deine Welt gerade so und nicht anders beschaffen? Ich habe zu lange mit dir gerungen. Ich werde den Kampf abbrechen und dich nach Hause schicken – wo immer du zu Hause sein magst. Dieses ganze Durcheinander von Galaxien, und dann erzählen sie einem, du seist so ausgedehnt, daß du all den leeren Raum zwischen ihnen ausfüllst!«

Irgendwann in den frühen, stillen Morgenstunden schlief er ein.

Die beiden ersten Wahlgänge des nächsten Tages zeigten, daß sich das Muster der Abstimmung ein wenig verschoben hatte. Der Erzbischof von Mailand sicherte sich weitere Stimmen. Rossini konnte einen bescheidenen Zuwachs verbuchen. Der Brasilianer und der Amerikaner verloren die Unterstützung und verzichteten. Die Gewinne und Verluste beim Rest der Liste spiegelten die Diskussionen und taktischen Manöver der Großen Elektoren und einer rivalisierenden Gruppe von Mitteleuropäern am Abend zuvor wider.

Der Klatsch beim Mittagessen zeugte von gewissen Ängsten. Eine zu lange hinausgezögerte Wahl würde die Risse innerhalb der Kirche betonen. Sie würde darauf hindeuten, daß der siegreiche Kandidat möglicherweise eine Kompromißlösung darstellte. Sie würde die Aufgabe, die Spaltung zu überwinden, schwerer machen. Ob einem das nun paßte oder nicht, jeder neue Pontifex mußte mit einem öffentlichen Image ausgestattet werden, das er gezwungenermaßen während seiner gesamten Amtszeit tragen würde. Wenn die Image-Macher ihre Arbeit verpfuschten oder der Papst selbst sich dagegen sperrte, konnte das die Gläubigen noch weiter entfremden.

Als sie den Speisesaal verließen, machte der Kardinalstaatssekretär eine knappe Bemerkung zu Rossini:

»Der letzte Wahlgang heute sollte uns eine gewisse Vorstellung davon geben, wo die Strömungen hinlaufen.«

»Ich bin froh, daß irgend jemand sie deuten kann, Turi. Trotz all der Leute, die auf dem Petersplatz warten, frage ich mich, wie relevant wir für das Volk Gottes wirklich sind.«

Der Staatssekretär zuckte auf sehr römische Art die Achseln.

»Wer weiß das schon? Ich sage Ihnen eines, Luca: Wenn wir

nicht hier wären, wir und alles, für das wir stehen, würde es in der Geschichte der Menschheit einen großen leeren Fleck geben und in der menschlichen Psyche auch.«

Dann war er weg, und Luca Rossini suchte sich ein stilles Eckchen, wo er sein Brevier lesen und die uralten Gebete für die geliebte Frau verrichten konnte, die nun seiner Fürsorge entzogen war.

Wie der Kardinalstaatssekretär prophezeit hatte, brachte der letzte Wahlgang des Tages wenn schon kein Erdbeben, so doch eine Erschütterung mit sich, die stark genug war, eine Handvoll schwächerer Kandidaten aus dem Rennen zu werfen; der Erzbischof von Mailand und Rossini lagen jetzt klar an der Spitze, während der Belgier und der Chilene noch immer mögliche Anwärter darstellten.

Drei Stunden später wurde Rossini erneut gebeten, sich mit dem Camerlengo und dem Staatssekretär zu treffen. Der Camerlengo verkündete die erste Hälfte der Neuigkeiten.

»Wir können das Ganze morgen beim ersten Wahlgang zu Ende bringen. Der Chilene und der Belgier werden auf ihre Kandidatur verzichten. Die Entscheidung zwischen Ihnen und dem Erzbischof von Mailand wird durch einfache Mehrheit gefällt werden.«

»Ist das legal?«

»Es ist eine De-facto-Situation«, sagte der Staatssekretär. »Sie schmeckt nicht jedem, aber niemand im Elektorenkollegium ist bereit, sie anzufechten.«

»Da wäre allerdings ein Problem«, sagte der Camerlengo. »Es gibt einen soliden Kern der Opposition gegen den Mailänder. Da sind Leute, denen seine Verbindung zu den Jesuiten nicht paßt. Da sind – Gott stehe uns bei! – andere, die seiner liberalen Gelehrsamkeit und seiner Offenheit Ungläubigen gegenüber mißtrauen. Also schätzen sowohl Turi wie ich, daß es ein knappes Rennen werden dürfte. Sie könnten die Wahl gewinnen.«

»Und dem Heiligen Geist die Verantwortung dafür zuschieben!« Plötzlich lachte er los, ein fröhliches Schuljungengelächter, das in seiner Kehle aufstieg und seine Augen aufleuchten ließ. »Vergeben Sie mir, meine Freunde. Aber ich habe Sie gewarnt, oder?«

»Das haben Sie«, sagte der Staatssekretär.

»Und Sie haben auch ein Versprechen abgegeben«, sagte der Camerlengo.

»Das ich garantiert einhalten werde.« Rossini war wieder ernst. »Aber Sie müssen mir sagen, wie ich das am besten tun kann. Ziehe ich meine Kandidatur zurück, bevor die Stimmen abgegeben werden?«

»In diesem Fall«, sagte der Camerlengo, »würden Sie die Elektoren bitten müssen, ihre Zustimmung zum Erzbischof von Mailand durch Akklamation zu bestätigen. Es wäre peinlich, wenn sie das ablehnen würden.«

»Was ist, wenn ich gewählt werde und mich weigere, das Amt anzunehmen?«

»Dann könnte behauptet werden, der Wahlprozeß sei unsauber oder manipuliert gewesen, und wir müßten möglicherweise wieder ganz von vorne anfangen. Im Lauf der Jahrhunderte sind schon seltsamere Dinge passiert.«

Es gab einen langen Moment des Schweigens. Dann stand Rossini auf.

»Ich habe keine Lösungen für Sie, meine Herren. Ich werde tun, was ich versprochen habe. Mehr kann ich im Moment dazu nicht sagen. Vielleicht sollten wir darum beten, daß wir im Schlaf von der Weisheit des Heiligen Geistes erfüllt werden.«

Er wurde vom Schrillen eines Telephons geweckt – im St.-Martha-Haus ein verdächtiges Geräusch. Er mußte herumtasten, um den Apparat zu finden, und sich den Sand aus den Augen reiben, um auf seine Uhr sehen zu können. Es war acht Uhr morgens. Die Stimme in der Leitung gehörte Piers Hallett.

»Kann ich bitte mal raufkommen?«

»Selbstverständlich. Ich bin froh, daß Sie angerufen haben.

Ich hatte eine schlechte Nacht und hab verschlafen. Geben Sie mir fünfzehn Minuten Zeit, damit ich einen Menschen aus mir machen kann. Und wenn es nicht zuviel Mühe macht, bringen Sie ein bißchen Kaffee und ein *panino* mit.«

»Überhaupt kein Problem«, sagte Hallett und legte auf.

Rossini beeilte sich bei seiner Morgentoilette, aber er war noch immer in Hemdsärmeln, als Hallett mit seinem Frühstückstablett hereinkam, auf dem eine Kopie des *Ordo* für den Tag lag. Es gab darin nichts Neues: zwei Wahlgänge am Vormittag und am Nachmittag, die übliche Liste von Ärzten, Sakristanen und Beichtvätern. Rossini überflog das alles hastig und trank dann in großen Schlucken seinen Kaffee. Es dauerte ein paar Minuten, bis er Hallett fragte:

»Verzeihen Sie mir. Ich schlafe noch halb. Sie wollten mich wegen irgendwas sprechen?«

»Deswegen«, sagte Hallett und gab ihm ein an das Vikariatsbüro adressiertes Fax. »Das ist heute früh um sieben gekommen, abgeschickt um ein Uhr New Yorker Zeit.«

Rossini starrte das Blatt lange Zeit an und las dann die Nachricht laut vor, als wolle er sich vergewissern, daß sie authentisch war.

»Señor Raul Ortega und seine Tochter Luisa haben mich gebeten, Eure Eminenz darüber zu informieren, daß Señora Isabel Ortega, eine Patientin dieses Krankenhauses, gestern abend um 22 Uhr 30 entschlafen ist. Sie stand unter starken Beruhigungsmitteln und hatte ein friedliches Ende. Die Familie wird sich zu gegebener Zeit näher mit Ihnen in Verbindung setzen. Gez. Olaf Wintergroen, Doctor's Hospital.«

»Tut mir leid, das zu hören«, sagte Hallett. »Wenn ich irgendwas für Sie tun kann ...«

»Das können Sie«, sagte Rossini. »Zeigen Sie die Nachricht dem Camerlengo und dem Staatssekretär. Bitten Sie sie, die Neuigkeit für sich zu behalten. Sagen Sie ihnen, ich sehe sie dann beim ersten Wahlgang.«

»Ja, Eminenz«, sagte Hallett und ging hinaus und machte die Tür hinter sich zu.

Rossini stand da und schaute ihm nach. Dann drehte er sich langsam zu dem Betstuhl um. Er kniete nicht nieder, sondern blieb davor stehen und starrte die Figur des an sein Kreuz genagelten Heilands an, die darüber an der weißgetünchten Wand hing. In einem unbewegten und nahezu konversationsmäßigen Ton sprach er den Christus an:

»Also ist sie ohne Schmerzen dahingegangen. Hab Dank dafür, falls Du das arrangiert hast. Und jetzt hätte ich es gern, daß Du mit mir sprichst, wenn es Dir denn genehm ist – natürlich immer vorausgesetzt, es gibt Dich wirklich und Du bist nicht bloß eine kosmische Fiktion. Weißt Du, das ist unsere letzte Chance für einen Dialog. Mir sind die Worte und das Blut und die Tränen ausgegangen. Ich bin leer von allem. Wenn Du mir nichts zu sagen hast, dann laß uns nicht mehr miteinander reden. Laß uns nicht länger rumstreiten. Ich werde dieses pompöse Drama zu Ende spielen, und dann bin ich weg von hier. Ich bin schließlich bloß ein Mensch. Du weißt doch noch, wie das ist, oder? Wir sind begrenzte Kreaturen. Du kannst uns nicht wie Ballons zu unendlicher Größe aufblasen. Selbst Du hast am Ende aufgegeben, nicht wahr? Du hast ›Genug ist genug. Jetzt reicht's!‹ gesagt. Das ist es, was ich jetzt auch sage. Es sei denn, daß ich Dir für Isabel noch was schuldig bin. Ich würde das gerne ins reine bringen. Also sprich zu mir, falls Du da bist, bitte!«

»Er steht unter Schock!« Monsignore Hallett, der lässige Engländer, legte sich mit den beiden höchstrangigen Prälaten der Universalen Kirche an. »Er will es nicht zugeben. Er kann es nicht zugeben. Sie werden es an diesem phantastischen Pokergesicht, das er hat, nie ablesen können, meine Herren, aber Sie sollten es besser glauben! Er braucht Hilfe, und in dieser, unserer Kirche sind wir darin nicht mehr so gut.«

»Sie vergessen sich, Monsignore Hallett.« Der Camerlengo war beleidigt.

»Nein, das tut er nicht«, sagte der Kardinalstaatssekretär. »Er erinnert uns an die elementarste Nächstenliebe. Rossini braucht Brüder und Schwestern, die ihm helfen, über den Verlust hinwegzukommen. Wir haben diese Kunst verlernt. Unsere Schwestern sind zu sehr damit beschäftigt, die Rechte zurückzuforden, die wir ihnen abgesprochen haben. Unsere Brüder haben zuviel damit zu tun, wieder zusammenzusetzen, was von der Kirche noch übrig ist. Hören Sie, Hallett! Bleiben Sie ganz in seiner Nähe. Übertreten Sie dafür ein paar Regeln, wenn es sein muß – aber kümmern Sie sich um ihn. Bitte!«

»Ich werde mein Bestes versuchen, Eminenz«, sagte Hallett gemessen, »aber das ist ein Mann, dem zweimal bei lebendigem Leib das Herz herausgerissen wurde. Was ist das Heilmittel dafür im Rituale Romanum?«

»Es gibt eine Formel, aber kein Heilmittel«, sagte der Kardinalstaatssekretär. »Gehen Sie zu ihm zurück. Bleiben Sie den ganzen Tag über so dicht bei ihm, wie Sie nur können. Baldassare und ich werden die Sache besprechen.«

»Ich wüßte nicht, was es da zu besprechen gibt«, sagte der Camerlengo knapp. »Jeden Tag sterben Leute. Wir offerieren unser Mitgefühl, unsere Unterstützung, unsere Gebete, unseren Anteil an den erlösenden Verdiensten Christi. Was können wir denn mehr tun?«

»Herrgott noch mal!« fluchte Hallett leise. »Himmelherrgott noch mal! Wie wir Christen einander lieben!«

»Sie dürfen sich entfernen, Monsignore Hallett.« Der Ton des Camerlengo war eisig. Hallett verbeugte sich und ging wortlos davon. Der Staatssekretär schüttelte den Kopf.

»Sie hätten das nicht tun sollen, Baldassare. Er ist ein treuer Freund. Er hat um unseres Freundes Luca willen kein Blatt vor den Mund genommen.«

»Ich weiß! Ich weiß! Ich werde mich später entschuldigen. Ich mache mir Sorgen, Turi. Was passiert jetzt bei unserer Abstimmung?«

»Vielleicht«, sagte der Staatssekretär, »vielleicht ist das ja die Intervention des Heiligen Geistes, um die wir gebetet haben.«

»Was sagen wir zu Rossini?«

»Nichts, es sei denn, er beschließt, uns sein Herz auszuschütten. Das ist ein Mann aus Stahl! Er wird tun, was er versprochen hat. Wir sollten ihm nicht vorzuschreiben versuchen, wie er es tut.«

»Man wird uns in zwanzig Minuten in die Kapelle rufen. Wir brauchen irgendeine Art von Plan.«

»Warum nicht Gott den Ausgang überlassen?« sagte der Kardinalstaatssekretär.

»Ich wünschte, daß ich dazu genügend Vertrauen in Ihn hätte«, sagte der Camerlengo trübsinnig. »Ich glaube, ich bin zu lang in Rom gewesen.«

Bevor der erste Wahlgang des Morgens begann, machte der Sekretär des Konklaves eine Ankündigung:

»Die Apostolische Verfassung sieht vor, daß die Wahl durch einfache Stimmenmehrheit entschieden werden soll, wenn nach einer längeren Reihe von Durchgängen noch kein Kandidat gewählt worden ist. Jetzt sind wir bei einer vollkommen anderen Situation angelangt. Es sind nur noch zwei Kandidaten im Rennen. Ich habe Ihnen einen Vorschlag zu machen, der, wie man mir zugesichert hat, dem Geist der Apostolischen Konstitution entspricht, wenn auch nicht dem Buchstaben. Ich schlage vor, daß dieser Wahlgang durch einfache Mehrheit entschieden werden soll. Es steht Ihnen frei, das abzulehnen und sich strikt an die Regel zu halten, nach der eine absolute Mehrheit von zwei Dritteln der Stimmen plus einer erforderlich ist. Bei nur zwei Kandidaten scheint das allerdings wenig Sinn zu machen. Ich bitte Sie, Ihre Zustimmung durch Handaufheben zu bekunden.«

Sie brauchten eine Weile, um sich zu entscheiden, aber am Ende waren alle Hände erhoben.

»Gut«, sagte der Sekretär. »Die Wahlhelfer werden Ihre Eminenzen aus New York und aus München sein. Sie werden von ihren Kollegen aus Sydney und aus Paris unterstützt werden. Lassen Sie uns den Beistand des Heiligen Geistes erflehen.«

Luca Rossini erhob zusammen mit den anderen seine Stimme zu der feierlichen Anrufung: *»Steig herab, o Geist des Schöpfers, erfülle die Herzen der Gläubigen und entzünde in ihnen das Feuer Deiner Liebe.«*

Es war ein Gebet, das tief ins Zentrum der ältesten Dreieinigkeitsvorstellungen des Christentums reichte und weit genug gefaßt war, um die primitivsten Vorstellungen von einer Gottheit, die in allen Dingen wohnte, einzuschließen. Es hatte eine Zeit gegeben, in der Rossini alles, für das es stand, mit Isabel verbunden hatte. Einmal, als er gerade in Griechenland war, hatte er eine leidenschaftliche Predigt über die femininen Elemente gehalten, die implizit in diesem Mysterium enthalten waren. Nun raschelte die Erinnerung daran wie welke Blätter in einem sengenden Wind.

Das feierliche Ritual, zu dessen Teilnehmern er gehörte, war eine theatralische Belanglosigkeit. Er konnte es kaum abwarten, das Ganze hinter sich zu bringen. Er schrieb den Namen seines Kandidaten auf den Stimmzettel und reihte sich in die Schlange ein, um ihn auf den Hostienteller zu legen und die Versicherung zu rezitieren, daß er im guten Glauben den bestmöglichen Kandidaten ausgewählt hatte.

Er schaute ausdruckslos und gleichgültig zu, wie die vier Wahlhelfer die Stimmen auszählten, noch einmal nachzählten und schließlich, als sie sich über das Ergebnis einig waren, die Zahlen unterzeichneten und dem Sekretär des Konklaves übergaben. Dann wandte sich der Sekretär an die Versammlung und verkündete, daß Seine Eminenz Luca, Kardinal Rossini mit zwei Stimmen Mehrheit zum Bischof von Rom und Nachfolger des Apostelfürsten Petrus gewählt worden war.

Es folgte einen Moment betäubten Schweigens, und dann brach Applaus los, der vom Sekretär des Konklaves auf der Stelle erstickt wurde.

»Bitte! Noch nicht. Es gibt noch eine notwendige Formalität.«

Er durchquerte das Mittelschiff der Kapelle und baute sich vor Luca Rossini auf, der so unbeweglich wie eine geschnitzte Holzfigur in seinem Chorstuhl saß. Dann stellte der Sekretär mit lauter Stimme die entscheidende Frage:

»*Acceptasne electionem*? Nehmen Sie die Wahl an?«

Langsam, sehr langsam erhob sich Luca Rossini von seinem Platz und wandte sich der Versammlung zu. Sein Anblick, seine unbeugsame Haltung, sein hocherhobener Kopf, das Spiel des Lichts auf seinem hageren und gequälten Gesicht ließ sie alle verstummen. Seine Antwort war die eines Unglückspropheten, der seine eigene Verdammnis verkündet.

»Meine Antwort lautet: Nein! Ich nehme sie nicht an. Ich kann sie nicht annehmen. Ich bin für dieses Amt nicht geeignet. Ich weiß, daß ich unter seiner Last zerbrechen würde. Sie mögen fragen, wie es Ihr gutes Recht ist, warum ich dann überhaupt erst kandidiert habe. Die Antwort ist sehr einfach. Einige meiner Brüder, Ihrer Brüder, wollten, daß ich einer kurzen Verbindung mit einer verheirateten Frau wegen, die mir in Argentinien das Leben gerettet hat und für die ich seither eine tiefe und dauerhafte Liebe empfunden habe, auf meine Kandidatur verzichte. Der verstorbene Heilige Vater wußte von diesen Dingen. Sie waren keine Geheimnisse, derer ich mich geschämt hätte oder schäme. Ich habe die Bußen akzeptiert, die mir auferlegt wurden – eine lebenslängliche Verbannung aus meinem Heimatland, höhere Ehren, als ich sie verdient habe, eisernes Schweigen über das, was in meinem Land verübt worden war, und über das stillschweigende Einverständnis meiner Kirche, Ihrer Kirche, meine Brüder, mit dem, was dort geschehen ist. Mein Rang machte mich bei dieser Wahl zum Kandidaten. Ich wollte mir keine weitere Beschneidung meiner Rechte in der Kirche oder außerhalb ihrer bieten lassen. Ich erwartete nicht, gewählt zu werden. Der Zorn, den Sie in meiner Stimme hören, disqualifiziert mich für dieses Amt, das Sie mir offerieren, weil ich mich nicht gänzlich von ihm befreit habe, obschon ich es gelernt habe, ihn unter Kontrolle zu halten.

Eine Sache noch, die Frau, die ich so lange Zeit aus der Ferne geliebt habe, ist letzte Nacht in New York gestorben. Ich erhielt die Nachricht heute früh um acht Uhr. In meiner ersten Agonie vor vielen Jahren hatte ich wenig Zeit, meine Wunden auszuheilen und zu trauern. Jetzt, so muß ich gestehen, brauche ich sie. Dieses Bedürfnis ist ein Maß meiner Schwäche und nicht meiner Stärke. Der Urgrund meines Glaubens bebt mir unter den Füßen. Ich bin nicht der Mann, den Sie wollen. Ich bin nicht der Mann, den Sie brauchen. Der steht mir gegenüber: unser Bruder aus Mailand.

Ich weiß nicht, welche Formalitäten notwendig sind, um das juristisch zu besiegeln, aber ich weiß, daß ich das Recht habe, ihn zu akklamieren und Sie dringlich zu bitten, ihn in dem Amt zu bestätigen, das Sie mir zugedacht hatten. Er ist mein alter Meister. Er ist ein weiser Mann. Ich glaube, daß er die Wunden zu heilen vermag, die die Kirche quälen, und uns alle in der Barmherzigkeit Jesu Christi wiedervereinen kann. Wir brauchen das. Wir müssen einen Schlußstrich unter die Vergangenheit ziehen und wieder mit dem beginnen, was unsere wahre Aufgabe ist: in unserem eigenen Leben die erlösende Kraft des Evangeliums zu demonstrieren. Ich bitte Sie alle, diesen Mann zu akzeptieren. Geben Sie ihm die Stimmen, die Sie mir geschenkt haben, der ich sie soviel weniger verdiene. Erheben Sie sich, und geben Sie Ihre Zustimmung kund. Lassen Sie sie sehen und hören.«

Der Camerlengo und der Kardinalstaatssekretär standen als erste auf, und dann begann die Demonstration. Die anderen erhoben sich zu fünft und zehnt und zwanzigst, bis niemand mehr auf seinem Platz saß und jedermann applaudierte, als der Sekretär die Frage wiederholte, die er zunächst Rossini gestellt hatte.

»*Acceptasne electionem*?«

Worauf fest und deutlich die Antwort ertönte:

»Ich nehme die Wahl an.«

Sie applaudierten ihm erneut, doch dieses Mal gebot er ihnen mit erhobenen Händen Schweigen, beriet sich kurz mit dem Camerlengo und verkündete dann:

»Ich möchte das als meinen ersten Akt als Oberhaupt dieser Familie betrachtet sehen. Lassen Sie uns für unsere verstorbene Schwester Isabel Ortega beten, die Gott bereits bei sich willkommen geheißen hat. Lassen Sie uns für unseren gramgebeugten Bruder Luca Rossini beten, auf daß er bald durch Christus, unseren Herrn, seinen Frieden finden möge.«

Das gemurmelte »Amen» ging durch die Kapelle wie eine Woge, die auf den Strand zuläuft. Dann trat der neue Pontifex auf Rossini zu, um ihn zu umarmen. Der Sekretär des Konklaves beeilte sich, ihn aufzuhalten.

»Bitte, Eure Heiligkeit! Da ist noch die Frage des Namens, bei dem Sie genannt werden wollen. Wir müssen ihn den Leuten und der Welt verkünden.«

»Erst mal brauche ich einen Moment Zeit für meinen Freund Luca.«

Der Sekretär trat einen Schritt zurück. Die anderen Prälaten blieben auf Distanz, merkten sich jedes Detail der Szene, versuchten vergeblich, den leisen Dialog mitzuhören.

»Wie fühlen Sie sich, Luca?«

»Sehr seltsam! Wie der blinde Mann auf dem Baum, der die Menge laufen und rufen hört, als Jesus vorüberkommt, aber nichts davon sehen kann.«

»Aber Er wird Sie sehen, und Er wird Ihnen die Augen wieder öffnen.«

»Das hoffe ich. Ich habe keinerlei Gewißheit mehr.«

»Meine Tür wird Ihnen stets offenstehen, genau wie in den alten Tagen. Sie haben mich hierhergebracht. Ich werde Ihre Hilfe benötigen.«

»Ich danke Ihnen, Eure Heiligkeit, aber erst einmal muß ich irgendwo hin, wo es ruhig ist und mich niemand kennt. Werden Sie mir Urlaub gewähren?«

»Soviel Sie brauchen. Und später, wenn Sie dafür bereit sind zurückzukehren, dann lassen Sie mich das wissen.«

»Danke, Eure Heiligkeit.«

»Gibt es noch etwas?«

»Eine rasche Entlassung für einen Kleriker, den ich beraten habe. Er ist ein guter Mann, aber er ist im Priesterrock nicht glücklich. Es wird besser für ihn und die Kirche sein, wenn er ihn ausziehen kann.«

»Schicken Sie mir die Papiere. Ich werde die Sache beschleunigen. Noch was?«

Rossini kramte in der Tasche seiner Soutane und zog das Päckchen mit dem goldenen Medaillon darin hervor.

»Würden Sie das segnen, bitte? Es ist nur ein Medaillon.«

»Für jemand Besonderen?«

»So könnte man das wohl sagen, Eure Heiligkeit. Sie ist ein Straßenmädchen von der *Via Flaminia*. Ich bin mir sicher, daß sie da eines Tages wieder landet; sie ist sich genauso sicher, daß die Madonna sie beschützen wird. Das ist nur ein Teil der Geschichte.«

»Den Rest werden Sie mir dann erzählen, wenn Sie zurückgekehrt sind. Seien Sie versichert, daß ich Sie erwarte. Gehen Sie mit Gott, und kommen Sie sicher nach Hause.«

»Seien Sie freundlich zu Ihrem Volk, Eure Heiligkeit«, sagte Luca Rossini. »Es lebt in einer rauhen Welt. Es ist oft ängstlich und einsam. Es braucht einen gütigen Hirten.«

Clareville
1996 – 1997

Danksagung

Ich möchte ein spezielles Dankeswort an meine beiden redaktionellen Gewissen richten – meine persönliche Assistentin Beryl Barraclough und meine Frau Joy, Begleiterin auf vielen Reisen und Beteiligte an vielen literarischen Unternehmungen. Zusammen haben sie mich so ehrlich, konsequent und selbstkritisch erhalten, wie es ein Mensch in einer verwirrenden Welt nur sein kann.